Alexander Kronenheim

Rom im Untergang

Band 4: Entscheidungsschlacht am Frigidus

Bibliografische Information der Deutschen Nationalbibliothek:
Die Deutsche Nationalbibliothek verzeichnet diese Publikation in der Deutschen Nationalbibliografie; detaillierte bibliografische Daten sind im Internet über http://dnb.dnb.de abrufbar.

© 2015 **Alexander Kronenheim** *; 1. Auflage*

Herstellung und Verlag: BoD – Books on Demand, Norderstedt

ISBN: 9783734791222

Inhaltsangabe

1. Kapitel .... Seite 5
2. Kapitel .... Seite 21
3. Kapitel .... Seite 35
4. Kapitel .... Seite 48
5. Kapitel .... Seite 65
6. Kapitel .... Seite 76
7. Kapitel .... Seite 93
8. Kapitel .... Seite 108
9. Kapitel .... Seite 120
10. Kapitel .... Seite 138
11. Kapitel .... Seite 149
12. Kapitel .... Seite 156
13. Kapitel .... Seite 162
14. Kapitel .... Seite 190

1. Kapitel

Am rechten Moselufer, unweit der Grenze des freien Frankenlandes, lag, umgeben mit einer wehrhaften Mauer, in baumloser Ebene ausgebreitet die Stadt Totonis[1]. In ruhigen Zeiten wurden hier Märkte abgehalten, auf welchen alemannische und fränkische Kaufleute ihre Waren austauschten. Zu jener Zeit aber hatte ein Kriegsungewitter seit Jahr und Tag alle freundnachbarlichen Verhältnisse zerrissen und aus den Grenzorten alles Händlervolk hinausgefegt.

Die fränkischen Stämme, an beiden Ufern des Rheins bis hinauf zum germanischen Meer, der Nordsee, zerstreut lebend, ebenso kriegerisch und unruhig wie die Markomannen des zweiten Jahrhunderts, beneideten die blühenden Länder des römischen Reiches um ihren Wohlstand. Vom Norden her von den Sachsen bedrängt, stürzten sie sich über die römischen Provinzen, um von dem Körper des kranken Riesen die gesundesten Teile sich anzueignen. Mit solchem Ungestüm fielen sie über das Besitztum der mit dem Imperator verbündeten Alemannen her, dass Arbogast selbst, als oberster Feldherr der bewaffneten Macht der westlichen Präfekturen, ihnen mit seinen Legionen den Weg zu weiterem Vordringen verlegen musste.

Nahezu ein Jahr schon dauerte das blutige Ringen. Hier zersprengt und vertrieben, sammelten sich die Franken an einer anderen Stelle. Ein Dorf nach dem anderen, Stadt auf Stadt entriss ihnen Arbogast. Um jeden Fußbreit Erde musste er verbissene Kämpfe führen. Mit unsäglicher Mühe drang er nach Norden vor. Zwar hatte er im Verlauf einiger Monate Alemannien gesäubert und die Eindringlinge über die Reichsgrenze hinausgedrängt. Doch ihr Mut war nicht gebrochen. Die Franken, im Feld vom Winter überrascht, hatten sich in die Wälder der Ardennen zurückgezogen mit der Drohung, im Frühjahr wiederzukommen.

Diese Unterbrechung der Kämpfe nutzte Arbogast mit der Vorsorglichkeit eines gewiegten Feldherrn aus. Er befestigte die seit dem Tod Julians des Abtrünnigen vernachlässigten Standlager. Die gelichteten Legionen ergänzte er mit germanischen Freiwilligen. Er ließ über die fränkischen Lande eine zahlreiche Meute von Spionen und Kundschaftern los mit dem Befehl, die Bewegungen der Feinde zu überwachen. Er selbst bezog den gefährlichsten Posten, welcher dem ersten Ansturm der Barbaren ausgesetzt war.

Die Franken pflegten am rechten Moselufer hinaufzuziehen und die römische Grenze bei Totonis zu überschreiten.

In den letzten Januartagen des Jahres 392 näherte sich dieser Stadt vom Westen her ein zahlreicher Tross. Voran ritten zwei Männer auf kleinen Pferden, die vom Scheitel bis zur Ferse in den Häuten verschiedener wilder Tiere steckten. Auf den Köpfen hatten sie die Kopfhaut von Auerochsen mitsamt den Hörnern, ihr Leib war in Bärenhaut gehüllt, die Arme in Wolfshäute, die Füße in Luchsbälge. Ihnen auf der Spur folgte ein großer römischer Reisewagen, gezogen von sechs spanischen Stuten, schier luftdicht mit Teppichen umspannt,

---

[1] Nördlich vom heutigen Metz.

so dass die Insassen nicht zu sehen waren. Weiter kam eine lange Reihe von Fuhrwagen mit Zelten, Kisten, Kesseln, Spaten, Äxten und verschiedenen Gerätschaften, dann viele bewaffnete Leute zu Fuß und zu Ross. Den Schluss bildete eine Herde Ochsen.

Es war ein strengfrostiger Wintertag. Der Schnee knirschte und pfiff unter den Rädern. Weißer Dampf quoll aus Mund und Nase der Menschen und Tiere; als Reif setzte er sich an die Bärte der Männer, an die Mähnen der Pferde.

Als der Tross vor dem Stadttor anlangte, stieß einer der Vorreiter ins Horn. Daraufhin erschien im Torturm ein Soldat, welcher, über die Brüstung sich neigend, den Reitern zurief:

„Die Stadt ist für Reisende geschlossen. Fahrt weiter."

Von unten aber erhielt er zur Antwort:

„Das Tor wird sich vor den Freunden deines Königs und Herrn öffnen. Die hochberühmten Cajus Julius Strabo und Konstantius Galerius, römische Senatoren, kommen zum König Arbogast zu Besuch."

„Der Fähnrich wird dem König die Namen deiner Herren überbringen." erwiderte der Soldat und zog sich zurück.

Eine Viertelstunde später hielt der Tross Einzug in die Stadt. Die engen, mit Basaltfliesen gepflasterten Gassen, durch welche sich der Zug bewegte, boten das Bild eines Kriegslagers. Überall wimmelte es von Soldaten.

Auf einem großen Platz stand ein niedriges Haus, im römischen Stil erbaut. Über dessen Tor glänzten goldene kaiserliche Adler. Legionäre mit gezückten Schwertern hielten längs des Portikus Wache.

Als der Reisewagen diesem Haus nahte, erscholl ein Kommando. Die Soldaten nahmen stramme Haltung an und senkten die Schwerter.

Gleichzeitig erschien unter den Säulen des Portikus ein Greis von hohem Wuchs. Seine Kleidung bestand aus einer purpurnen Tunika und einer germanischen Hose, welche in Soldatenstiefeln steckte. Sein weißes Haar fiel ihm auf die Schulter herab, der Bart bedeckte seine hochgewölbte Brust. Aus dieser Umrahmung schaute ein frisches rotes Gesicht hervor, belebt durch ein Paar grauer stechender Augen, welche tief unter der breiten, durch eine senkrechte Furche über der Nase geteilten Stirn lagen.

Den zahlreichen Tross erblickend, konnte der Greis ein Lächeln nicht unterdrücken.

Dem Reisewagen entstiegen Gaius Julius und Konstantius Galerius, so eingenäht in Bärenhäute, dass sie sich nur schwer bewegen konnten.

Julius schob die Pelzhaube vom Kopf zurück und sprach mit heiserer Stimme:

„Symmachus und Flavianus entbieten dir, edler König, einen Gruß vom römischen Senat und Volk. Mögen die Götter dich lange erhalten, dem Reich zu Ruhm und heil!" Dabei zitterte er wie im Fieberfrost.

Wieder glitt ein Lächeln über des Greises Gesicht:

„Der Gruß vom römischen Senat und Volk ist mir der ehrenvollste Lohn für meine dem Reich gewidmeten Mühen. Die Götter mögen Symmachus und Flavianus ein heiteres Greisenalter bescheren."

Darauf stieg Arbogast die Stufen des Portikus herab und küsste Julius auf beide Wangen.

„Sei willkommen! Vergiss die Mühen der beschwerlichen Reise in meinem Zelt."

Und Konstantius Galerius sich zuwendend, fügte er hinzu:

„Auch dir, Senator, sei mein Zelt ein häuslicher Herd. Wer von Symmachus und Flavianus entsendet ist, betritt dies Haus als Freund von Arbogast."

Er gab der Wache ein Zeichen. Die Soldaten schlugen Schild an Schild, Schwert an Schwert, die Trompeter bliesen eine Fanfare, während Arbogast seine Gäste ins Haus führte.

In der Vorhalle wurden sie durch Sklavenhände von ihrem Pelzwerk befreit.

„Ein warmes Bad für die hochberühmten Herren!" befahl Arbogast. „Der Koch bereite das Mahl etwas früher!"

Er nahm Julius am Arm und führte ihn in den Empfangssaal, wo in bronzenen Becken glühende Kohlen lagen.

„Erwärmt zuerst die durchfrorenen Glieder." lud er ein. „Der Frost ist heuer grimmig, wie seit Jahren nicht."

„Mich wundert es, dass ich noch nicht in eine Eissäule verwandelt bin." Julius rieb sich seine steifen Finger. „In den rhätischen Bergen überfiel mich solche Schläfrigkeit, dass ich überzeugt war, ich würde meine letzte Ruhestätte unter der Schneedecke finden. Wie könnt ihr so fürchterliche Luft atmen? Nadeln und Messer verspürt man in der Lunge, die Stimme gefriert im Hals, Hände und Füße erstarren."

Er hockte sich neben einem Becken nieder und machte drollige Bewegungen, um Brust und Rücken zugleich zu erwärmen. „Langsam geht der Frost aus meinen Gliedern, wie die Sünde aus einem büßenden Galiläer[2]." witzelte er dabei.

„Ein warmes Bad und alter Wein werden ihn dir gründlich austreiben." tröstete Arbogast. „Morgen wirst du mit Vergnügen an die überstandene Plage zurückdenken, obwohl du es bei mir nicht allzu bequem finden wirst. Der Krieg muss mich entschuldigen, dass du nur hartes

---

[2] Galiläer, antikes Synonym für die Christen

Lager und keine auserwählten Speisen bei mir bekommst. Viel Gepäck nehme Ich niemals mit mir ins Feld, denn alles Unnötige hindert nur die Bewegungen des Soldaten. Dagegen findest du bei mir ein wohlwollendes Herz. Stets habe ich mit dir gern einen Krug rechtschaffenen Weines geleert, wenngleich du ein schlechter Trinker bist."

Julius erhob sich und ergriff Arbogasts Rechte.

„Deiner Freundlichkeit zu mir verdanke ich meine ehrenvolle Sendung. Symmachus und Flavianus, denen bekannt ist, welch hohe Achtung ich für dich hege, edler König, haben eine große Herzensangelegenheit der römischen Nation in meine Hände gelegt, damit ich es dir vorbringe."

„Ich vermutete sofort, dass ihr euch nicht zum Vergnügen den Strapazen der Reise bei Frost und Lebensgefahr ausgesetzt habt. Indes ruht jetzt ein wenig, hochberühmte Väter. Eure Botschaft will ich wohlwollenden Ohres während des Mahles anhören."

Arbogast entfernte sich. Da wandte sich Julius an seinen Begleiter:

„Lass mich sprechen, du aber sage ihm Bescheid beim Wein, denn darauf verstehst du dich besser als ich. In Arbogasts redlichem Wesen gibt es nur eine Saite, welche auf unseren Ton gestimmt werden kann. Doch dazu gehört Gewandtheit. Um keine Schätze und Ehren der Welt ließe sich dieser treue Verbündete dahin bringen, die Bande, welche ihn an Theodosius fesseln, zu zerreißen. Aber wer seinen gereizten Stolz sich zum Werkzeug macht, bringt ihn, wohin er will."

„Arbogast liebt den Wein?" fragte Konstantins Galerius.

„Er trinkt gern und viel, wie jeder Soldat, doch ich habe ihn noch nie besinnungslos gesehen. Diese Barbaren besitzen die Gesundheit unserer Vorfahren aus der Zeit der Könige."

Zwei Stunden später führte Arbogast selbst seine Gäste in ein kleines niedriges Zimmer, dessen ganze Einrichtung aus einem Tisch, einigen mit Hirschhäuten bedeckten Sesseln und einer an goldenen Kettchen herabhängenden Lampe aus korinthischem Kupfer bestand.

Dieser weniger als bescheidene Speisesaal erregte die Verwunderung Konstantius. Speiste hier doch der Mann, welcher nach Theodosius der Mächtigste im Reich war. Allgemein war es bekannt, dass das Staatsruder des weströmischen Reiches nicht Kaiser Valentinian in Vienna, sondern sein oberster Feldherr Arbogast führte.

Der König, dessen scharfes Auge das Erstaunen des Senators bemerkte, lächelte gutmütig.

„Nochmals erinnere ich euch daran, dass ihr euch im Lager befindet. Es gibt zwar in diesem Haus größere Säle, doch sind diese von meinen Schreibern und Eilboten besetzt, welche ich bei der Hand haben muss. Seid auch nicht ungehalten über das bescheidene Mahl, denn der Krieg hat alle Lieferanten in weitem Umkreis verscheucht. Seit zwei Monaten leben wir von dem, was wir selbst fangen und erjagen."

Ein alter Sklave kam mit einem silbernen Waschbecken. Ein zweiter brachte auf einer goldenen Platte einen Kristallkrug und gekochten Fisch.

Die Hände waschend, bemerkte Arbogast:

„Vor diesen Leuten braucht ihr weder euren Gedanken noch euren Zungen Zwang anzutun. Sie würden nicht aufzucken, auch wenn ein Blitz in das Haus schlüge. Da Staatsangelegenheiten mich in den Ruhestunden oft genug beschäftigen, so führe ich überall diese zwei stocktauben Greise mit mir, damit meine Vertrauten mit mir ohne Scheu sprechen können. . . Bevor ihr jedoch euer wundes Herz mir erschließt, stärkt euch und erwärmt euch am Falerner, dessen hohes Alter ich mit meinem königlichen Wort verbürge."

Arbogast nahm bei Tisch zwischen den Senatoren Platz.

Nach dem Fisch brachte einer der Sklaven einen zubereiteten Eberkopf und Brot, der andere eine große schimmelbedeckte Amphora und drei Becher aus alexandrinischem Glas.

Nachdem der Hausherr und die Gäste den ersten Hunger gestillt hatten, nahm Julius das mit dem goldigen Rebensaft gefüllte Trinkgefäß:

„Deinem Schutzgenius großer König, weihe ich diesen edlen Trank."

Schnell neigte er den Becher und goss rasch die Hälfte des Inhalts unter den Tisch, in der Meinung, Arbogast habe die allzu reichliche Libation nicht bemerkt.

„Mein Schutzgenius dankt dir." antwortete der König. „Deiner Abneigung gegen Wein brauchst du keinen Zwang anzutun, obwohl ein voller Becher nach so beschwerlicher Reise dir nicht schaden würde."

Dann erhob er seinen eigenen Becher gegen das Licht und trank ihn auf einen Zug aus bis auf den letzten Tropfen.

„Ihr da in Rom habt schon vergessen, was gut ist." fuhr er fort, seinen Becher dem Sklaven zum Füllen hinhaltend. „Sogar euren Falerner, welchen die Götter in einer gnädigen Stunde gegeben haben, versteht ihr nicht mehr zu schätzen und zu ehren."

Als aber Konstantius seinem Beispiel folgte, lächelte er ihm unter den buschigen Brauen hervor freundlich zu.

„Ich ziehe mein Wort zurück. . . . Und nun sprecht mir von der Hauptstadt eurer Nation, von ihren Betrübnissen und Hoffnungen, denn mein Herz liebt euch, wenngleich ihr von eurer alten Festigkeit, von eurem Schrot und Korn viel eingebüßt habt. Von den Imperatoren verlassen, von der Neuzeit der Vernichtung geweiht, erinnert ihr euch von Zeit zu Zeit, dass ihr einst die Gebieter der Welt gewesen seit. Ich liebe den Stolz, denn er führt den Mann zum Ruhm und behütet das Weib vor Schande. Rom zu Ehren trinke ich den zweiten Becher."

Das geleerte Gefäß, hielt er wieder dem Sklaven hin, welcher mit der Amphora hinter seinem Rücken stand.

Konstantius Galerius tat ihm wieder Bescheid.

Julius dagegen benetzte nur seine Lippen und begann:

„Es wäre überflüssig, dir, der du der eigentliche Imperator der westlichen Präfekturen bist, unsere Lage zu schildern. Du weißt ebenso gut wie wir, was uns schmerzt und kränkt und was wir wünschen. Auch wäre es nicht angebracht, dich um tätige Hilfe gegen Theodosius Macht zu bitten, weil es im ganzen Reich bekannt ist, dass König Arbogast ein treuer Verbündeter zu sein versteht. Von Feinden unserer Vergangenheit rings umgeben, zwischen offenen Aufruhr und den Verrat an unseren Göttern gestellt, erheben wir zu dir unsere Hände, um wohlwollenden Rat bittend."

Arbogast nahm jetzt nur einen kleinen Schluck, dann überlegte er kurze Zeit, nahm wieder einen Schluck und antwortete:

„Ich begreife nicht, was Theodosius an diesem Glauben der Enterbten liebgewonnen hat. Stets war er ein guter Soldat. Wie kann aber ein Krieger sein Handwerk mit den Satzungen der Galiläer vereinbaren? Ihre Gebote schlagen dem Gekränkten das Schwert der Rache aus der Hand und männlichen Stolz nennen sie Sünde. Nur Sklaven, welche die Sieger um die Herrschaft beneiden, haben einen so weinerlichen Glauben erfinden können. Meine Überzeugungen und Gewohnheiten sind auf eurer Seite, aber helfen kann ich euch nicht. Du hast selbst gesagt, König Arbogast weiß ein treuer Verbündeter zu sein. Mein Theodosius gegebenes Wort werde ich nicht brechen, obwohl ich seinen galiläischen Irrtum missbillige."

„Um Rat habe ich gebeten." bemerkte Julius.

Arbogast zuckte mit den Achseln.

„Gegen Theodosius' Hartnäckigkeit ist schwer zu raten. Ihr wisst, dass er von einem einmal gefassten Beschluss nicht abzubringen ist. Ich könnte höchstens Fürsprache für euch bei ihm einlegen, um einen Aufschub hinsichtlich der Durchführung seines Ediktes bitten, denn von einer Zurückziehung desselben kann bei ihm keine Rede sein. Theodosius widerruft seine Befehle nie. Menschlicher Rat und menschliche Hilfe werden den Schlag von euch nicht abwenden, welcher in Konstantinopel vorbereitet wird. Nur die Götter könnten euch retten, wenn sie euch den älteren Imperator baldigst aus dem Weg räumten."

Arbogast leerte seinen Becher und hielt ihm dem Skalven zum Füllen hin. Konstantius Galerius tat desgleichen.

„Theodosius' Tod würde uns vom dem Hass der Galiläer nicht erlösen. An Stelle des älteren Imperators würde der jüngere treten."

Arbogast hatte dafür nur ein geringschätziges Lächeln.

„Solange ich lebe droht euch von dieser Seite keine Gefahr. Ihr wäret keine Männer, wenn ihr euch vor dem bartlosen Jüngling fürchtetet, zumal da du selber gesagt hast, dass nach Theodosius sofort Arbogast kommt, nicht etwa Valentinian."

Julius warf seinem Reisegefährten Konstantius einen verständnisinnigen Blick zu, der da sagte: Die Sache geht gut, der Fisch beißt an.

„Diesem bartlosen Jüngling," gab er Arbogast zur Antwort, „mehren sich nach jedem Sonnenuntergang die Tage. Aus Tagen aber entstehen Monate und Jahre. Valentinian wird nicht immer deinen Willen befolgen."

„Aus Theodosius' Hand habe ich die Gewalt über die westlichen Präfekturen erhalten und nur Theodosius kann meine Verfügungen aufheben. Was er jedoch nicht tun wird, weil er weiß, dass in demselben Augenblick, wo ich als oberster Feldherr zurückträte, Gallien, Spanien und Britannien von den Barbaren überschwemmt würden. Was wollte Valentinian ohne mich? Dieser Knabe weiß nur zu beten und nichtbegangene Sünden zu bereuen. Denn die Galiläer werfen sich Sünden vor, welche sie gar nicht kennen."

„In den Adern dieses Knaben fließt das tolle Blut seines Vaters, des gewalttätigen Mörders." stachelte Julius, während Arbogast nach dem langen Reden wieder seine Kehle anfeuchtete, worin ihm der schweigsame Konstantius pflichtgemäß nachkam. „Winfridus Fabricius verbreitet es schon seit einigen Monaten in ganz Rom, dass Valentinian der Aufsicht des Königs Arbogast überdrüssig sei."

Verwundert sah Arbogast dem listigen Römer ins Gesicht. „Wen hast du genannt?" fragte er.

„Ich spreche von einem deiner Unterfeldherren, von Winfridus Fabricius."

„Fabricius hat im Oktober von mir das Kommando über die Legionen von Mittelspanien erhalten."

„Und im November hat ihn Valentinian als Herzog Italiens nach Rom geschickt."

Arbogast trank seinen Becher aus, dann schrie er heftig: „Das ist unmöglich!"

Pflichtgemäß leerte auch Konstantius seinen Becher und schob nun ein: „Und doch hat mein Freund Gaius Julius Strabo die Wahrheit gesprochen."

Am Tisch entstand große Stille.

Die Senatoren betrachteten mit verhaltenem Atem des Königs Gesicht, welcher den frisch gefüllten Becher an die Lippen setzte und langsam den feurigen Trank einsog. Lange sog er, bedächtig, aber doch funkelten dabei seine Augen immer mehr. Als er den Becher wieder dem Sklaven hinhielt, war seine Miene völlig verändert. Sein bisher milder, freundlicher Gesichtsausdruck war hart geworden, die Furche in der Stirn tiefer, die buschigen Augenbrauen vereinigten sich über der erglühenden Nase, die Unterlippe erschien verächtlich gebläht.

Er warf Julius einen dolchartig aufblitzenden Blick zu:

„Willst du mit Hilfe einer Lüge meine Hilfe für eure Sache gewinnen, so kehre nur heim, damit ich nicht meine Pflichten als Hausherr vergesse. Meine Seele hasst jegliche List und Tücke."

Julius blieb durch die Drohung uneingeschüchtert.

„Nur ein Tor könnte mit Lügen einen mächtigen König überlisten wollen, welcher eine Legion treuer Diener besitzt, die ihn jederzeit von der Wahrheit unterrichten können." antwortete er ruhig. „Verdächtigst du mich einer List, so schick deine Eilboten nach Rom. Du wirst dann erfahren, dass Winfridus Fabricius seit Anfang November Herzog In Italien ist, ja noch mehr, mit unbeschränkter Machtvollkommenheit ausgestatteter Bevollmächtigter des Imperators."

„Welches Imperators?"

„Unseres göttlichen und ewigen Herrn Valentinian." gab Julius mit spöttischem Lächeln zur Antwort.

„Nur mein Wille gebietet in den westlichen Präfekturen!" schrie der König.

„Valentinian ist anderer Meinung."

Wiederum wurde es ganz still am Tisch.

Die zwei Senatoren verständigten sich mit Blicken: der Fisch hing schon an der Angel. Arbogast strich sich mit zitternder Hand den Bart und schaute vor sich hin.

Sprach der Senator die Wahrheit, dann war ihm, dem König, eine tödliche Beleidigung widerfahren. Nur er, der oberste Feldherr, war höchster Richter und Herr der gesamten bewaffneten Macht des westlichen Reiches. Niemand außer ihm hatte das Recht, über seine Soldaten zu verfügen. So etwas erlaubte sich nicht einmal Theodosius, Arbogasts langjähriger Erfahrung und bewährter Treue vertrauend. Hatte doch dieser bisher keine einzige Schlacht verloren und nicht nach der Imperatorenkrone gelangt, welche ihm von den Legionen schon einige Male angetragen war. Er diente dem römischen Reich des Ruhmes wegen und wegen der Freundschaft des Imperators Theodosius. Nun aber, da er dem Ende seines verdienstvollen Lebens nahegerückt war, erschien auf der Bildfläche ein bartloser, von galiläischen Priestern erzogener Jüngling, der noch nie ein blutiges Gefilde gesehen hatte, und zerriss mit ungeschickter mutwilliger Hand das Gewebe seiner Pläne. Der beleidigte Stolz des obersten Gewalthabers umfing Arbogasts Seele als zehrende Flamme.

In dieses Feuer fielen Julius' Worte wie Tropfen heißen Öles, indem dieser, das glühende Eisen mit schamlos kühler Schlauheit bearbeitend, die Stille unterbrach und Wort von Wort trennend, langsam fortfuhr:

„Soweit ich aus dem, was ich unterwegs gehört habe, Schlüsse ableiten darf, beabsichtigt Valentinian, dich von den Staatsgeschäften gänzlich zu entfernen. Deine lange Abwesenheit benützend, ergriff er selbst mit unfähiger Hand das Staatsruder. Festgebannt hier in

Alemanniens Schneegefilden, von der Welt abgeschnitten, kannst du nicht wissen, was in Vienna vorgeht. Ich habe vernommen, dass Valentinian alle Legionen Galliens um Vienna zusammenzieht, um deinen gerechten Zorn zu meistern, wolltest du dich seinen Befehlen nicht unterwerfen. Du hast nach Beendigung des Krieges Überraschungen zu erwarten, welche deine soldatische Tugend nicht verdient hat. Aber es ist nun einmal so: der Ruhm des obersten Feldherrn hat schon immer den Neid der Imperatoren erweckt."

Arbogasts zitternde Hand strich den Bart immer schneller.

„Die Legionen Galliens müssen schon unfern von meinem Winterlager sein." antwortete er. „Ich habe Arbitrio hingeschickt, denselben meinen Befehl zu überbringen. Heute oder morgen erwarte ich sie."

„Hast du die Legionen Galliens nötig, um zu siegen, so ziehe dich nur beizeiten gegen Süden zurück. Denn mir scheint, dass du von Vienna vergebens Hilfe erwartest."

„Das wäre Staatsverrat!" rief Arbogast.

Der Senator zuckte mit den Achseln:

„Der imperatorische Stolz und Überschätzung haben sich schon oft über das Staatswohl hinweggesetzt."

Arbogast sprang von seinem Sessel auf, begab sich schnellen Schrittes in den Gang und klatschte in die Hände. Die zwei Senatoren hörten, wie er jemand laut befahl:

„Patrizius Eugenius erscheine sofort vor mir!"

In das Speisezimmer zurückgekehrt, füllte er sich selbst den leeren Becher, trank ihn aus und umkreiste schwerfälligen Schrittes den Tisch. Von Zeit zu Zeit machte er halt und warf die abgerissenen Wörter hin:

„Undankbare Hunde!... Elendes Schlangengezücht!... Spitzbuben!"

Solcher Zorn funkelte in seinen Augen, dass die Senatoren, sich nicht trauten, ein Wort zu äußern.

Da betrat leisen Trittes ein etwa vierzigjähriger, hagerer Mann von mäßigem Wuchs das Zimmer. An ihm erglänzte Gold und Edelstein. Am Hals hing eine goldene Kette mit dem Bildnis des Imperators Theodosius; seine Arme waren mit Goldspangen bedeckt, seine Sandalen mit kleinen und großen Perlen besetzt. Er trug eine weißseidene Tunika, welche am Hals von einem großen Rubin zusammengehalten, den breiten Purpursaum des Senatorenstandes aufwies. Ein ebensolcher Gürtel schlang sich um seine Hüften.

„Du hast befohlen, König." meldete er sich, an der Schwelle vor Arbogast stehend.

Arbogast gegen Julius gewendet, sprach:

„Wiederhole ihm, was du mir gesagt hast."

„Ich habe dem König gesagt, dass der göttliche und ewige Herr, unser Imperator Valentinian, Winfridus Fabricius zum Herzog in Italien ernannt und mit unkundiger Hand selbst das Staatsruder ergriffen hat."

Eugenius schaute den Senator verwundert an.

„Nun, was sagt denn dazu der Vorsteher meiner Schreiber und Kundschafter?" fragte Arbogast zischend. „Mein zweiter Kopf, meine rechte Hand, was sagst du dazu?"

„So etwas hat man uns von Vienna aus nicht berichtet." murmelte Eugenius verlegen. „Sogar in den gestrigen Berichten des Präfekten des Prätoriums geschieht der neuen Würde des Winfridus Fabricius gar keine Erwähnung."

„Weil ich von Dummköpfen und Tölpeln umgeben bin!" brach Arbogast hervor. „Was ich nicht selbst bemerke und wittere, das bleibt euch allen verborgen! Habe ich dich etwa dazu mit Goldketten behängt, mit Edelgestein bedeckt und auf die höchste Stufe der Rangordnung des Beamtentums gestellt, dass du gedankenlosen Auges die lügenhaften Berichte des Präfekten liest? Weißt du es nicht von lange her, dass dieser elende Höfling, dieser galiläische Fuchs, mit einer in dem Gift der Hinterlist getauchten Feder schreibt? Wozu ernähre ich eine ganze Legion von Spionen?"

Eugenius' bräunliches Gesicht, in einen kurzgeschnittenen schwarzen Bart auslaufend, bedeckte sich mit leichter Röte.

„Nicht meine Schuld ist es, dass . . ."

„Schweig!" unterbrach ihn Arbogast, mit der Rechten ausholend. „Reize meinen Zorn nicht, du Tor! Fort aus meinen Augen, du Tölpel! Und schicke sofort die gescheitesten Kundschafter nach Vienna. Binnen einem Monat muss ich die Sachlage genau kennen. Treibe deine Spürhunde an, damit sie nicht unter dem Eis des Toteniser Sees ein kaltes Bad genießen!"

Erschrocken wich der Würdenträger einen Schritt zurück, doch er verließ nicht das Zimmer.

„Was willst du noch hier?" schrie Arbogast, seinen Becher ergreifend.

„Vor einer kurzen Weile ist Arbitrio zurückgekehrt." meldete nun Eugenius mit bleichen Lippen, „und erwartet deine Befehle, o König."

Arbogast stellte den vollen Becher auf den Tisch und antwortete ruhiger:

„Arbitrio? . . . Lass ihn hereinkommen."

Eine Weile lang stand der König nachdenklich am Tisch. Die römischen Senatoren trauten sich noch immer nicht zu sprechen.

Bald nachdem Eugenius, der griechische Vorsteher der Kanzlei und des Kundschafterdienstes, hinter dem Türvorhang verschwunden war, erschien an der Schwelle des Speisezimmers ein junger Tribun der Legionen mit silbernem Brustharnisch und vergoldetem Helm. Hochgewachsen, breitschulterig, war er mit seinem sturm- und frostgepeitschten Gesicht eine Verkörperung strotzender Kraft und Gesundheit ein leibhafter Gegensatz zu Eugenius. Sein helles langes Haar und rötlicher Bart verrieten germanische Abstammung.

In militärischer Haltung erwartete der Tribun die Frage des obersten Feldherrn.

Arbogast sah ihn so durchdringend an, als wollte er mit seinem Blick des Tribunen verborgenste Gedanken erforschen. Er befürchtete ungünstige Kunde. Da aber das unbewegliche Gesicht des Tribunen nichts sagte, fragte er mit gedämpfter Stimme, in welcher schlimme Ahnung zitterte:

„Ich zweifle nicht, dass die Legionen Galliens auf deiner Spur heranziehen."

,,Die Legionen Galliens haben ihre Winterquartiere noch nicht verlassen." antwortete der Tribun.

Arbogast senkte das Haupt und schwieg eine Weile. Seine Brust atmete schnell, seine Finger öffneten und schlossen sich, als wenn er etwas zerdrücken wollte. Plötzlich hob er den Kopf:

„Noch nicht verlassen?! . . . Ich habe dir doch befohlen, dem Comes Galliens zu sagen, dass wir ohne die Hilfe seiner Legionen das Reich vor der übergroßen Zahl der Franken nicht beschützen können. Hast du das in Vienna gesagt, Arbitrio?"

Seine Stimme kochte im Hals rot siedendes Wasser.

„Ich habe getan, was du befohlen hast, König."

„Du hast es getan und der Comes schickt die Legionen trotzdem nicht?!"

„Er hat mir geantwortet, dass er seine Treue dem Imperator geschworen hat."

„Dem Imperator?!"

Arbogasts Stimme klang immer mehr gedämpft. Die blauen Adern an den Schläfen schwollen ihm an, seine Augen erglänzten bedrohlich.

„Und du, Arbitrio, der liebste unter meinen Tribunen, du, mein Günstling, du hast jenem Schurken nicht dein Schwert ins Herz gestoßen?" fragte er vorwurfsvoll. „Du hast dich nicht in die Winterquartiere begeben und nicht selbst meine getreuen Soldaten hergeführt? . . . Verräter!"

Er ergriff den Becher und schleuderte ihn gegen den Tribunen. Das Glas zerschellte an Helm und Rüstung, der Wein ergoss sich über das erbleichte Antlitz.

Arbitrios Hals entrang sich ein Schrei, ähnlich dem röchelnden Aufbrüllen eines tödlich verwundeten wilden Tieres. Seine Rechte fuhr an den Schwertknauf. Bevor er jedoch die Waffe zücken konnte, erhielt er von Arbogast einen Stoß vor die Brust, dass er wankte und dann sich vornüber bückte wie eine geknickte Ähre.

„Du Hund!" wütete der König. „Gegen deinen Feldherrn erhebst du die frevelnde Hand?!"

Gleichzeitig entwand er ihm das Schwert und wollte auf ihn einbringen.

Julius und Konstantins, welche die Szene bisher gleichgültig verfolgten, sprangen jetzt auf.

„Mit unschuldigem Blut willst du dich beflecken!" rief Julius.

Arbogast ließ das erhobene Schwert fallen und richtete seinen gestörten Blick auf die Senatoren.

„Dieser tapfere Tribun ist unschuldig. Nicht er hat deinen gerechten Zorn verdient."

„Unschuldig . . . nicht er . . ." stammelte Arbogast, wie erwachend.

Er sah bald die Senatoren an, bald Arbitrio, welcher unbeweglich, wie eine Säule, an der Wand stand. Totenblässe bedeckte das Gesicht des jungen Soldaten, in seinen Augen kam glühender Hass zum Ausdruck.

Arbogast atmete tief auf.

„Ich danke dir, Julius." sprach er mit müder Stimme. „Genau zur rechten Zeit hast du die Hand eines Greises aufgehalten, welcher sonst sein silbernes Haar mit unschuldigem Blut befleckt hätte. Durch diese edle Tat hast du die Bande, welche uns verbindet, enger geknüpft."

Dann wendete er sich Arbitrio zu, legte ihm eigenhändig das Schwert wieder an und suchte ihn zu begütigen.

„Verzeihe deinem alten Feldherrn, dass er sich einen Augenblick lang vergessen hat."

Nach kurzer Überlegung fügte er hinzu:

„Eugenius hat mir berichtet, dass du dich noch nicht getraut hast, um die Herzogswürde zu bitten. Morgen will ich deine Ernennung zum Herzog im südlichen Gallien vollziehen."

Arbitrio dankte nicht, seine Augen erstrahlten nicht freudig. Er schüttelte die kleinen Glassplitter vom Mantel und entfernte sich, Arbogast noch einen hasserfüllten Blick zuwerfend. Er verzieh dem alten Feldherrn den Angriff nicht.

Als der König mit den Senatoren wieder allein war, sprach er zu Julius:

„Ich will Flavianus und Symmachus benachrichtigen, dass du in ausgezeichneter Weise dich deines Auftrages entledigt hast. Sie konnten keinen besseren Anwalt eurer Sache an mich entsenden. Ich werde versuchen, Theodosius' Zorn von euch abzuwenden und alles tun, was in meiner Macht liegt, um die Strenge des Ediktes zu mildern. Aber ich kann euch nur mit Vermittlung dienen. Sollte Theodosius auf meine Vorstellungen nicht eingehen, dann ratet euch selber weiter. Valentinians Unverstand soll mich nicht verleiten, das Bündnis mit Theodosius zu brechen. . . Nun aber begebt euch zur Ruhe, denn ihr habt den Schlaf unter sicherem Dach wohlverdient."

Er gab den stummen Sklaven einige Winke und entfernte sich wankenden Schrittes.

„Den heutigen Tag haben wir nicht verloren." hob Konstantins an.

„Diesen Arbitrio," stimmte ihm Julius zu, „haben uns Roms Schutzgeister geschickt. Seine misslungene Mission hat unsere Sache mehr gefördert, als es die beredtesten Worte vermocht hätten. Das übrige wird der erwachte Ehrgeiz des jungen Valentinian besorgen, welcher zu vernichtendem Feuer angefacht werden muss. Zu diesem Zweck begeben wir uns sofort nach Vienna, damit uns Theodosius oder Ambrosius nicht zuvorkommen, Arbogast können wir seinem beleidigten Stolz überlassen. Dieser wird Tag und Nacht an seinem Herzen nagen, er wird ihm das Gehirn durchwühlen, bis alle Verpflichtungen zerfressen und zerrissen sind, welche ihn an die Regierung der Galiläer binden. Ich kenne ihn gut. Das, was er für sein Recht hält, lässt er sich nicht nehmen, auch wenn er zugrunde gehen sollte unter den Trümmern des von ihm errichteten Gebäudes."

Der beleidigte Stolz hatte schon begonnen, Arbogasts Hirn zu durchwühlen. Nachdem er seine Gäste verlassen hatte, ließ er sich in der Vorhalle seinen goldenen Helm und sein Schwert reichen, sowie einen Zobelpelz um die Schultern hängen. Dann trat er aus dem Haus. So tat er es jeden Abend. Die auf den Mauern aufgestellten Wachposten wussten, dass der greise König nicht früher seine Ruhestätte aufsuchte, bevor er sich nicht von ihrer Wachsamkeit überzeugt hatte.

Als er vor dem Haus erschien, begrüßte ihn ein Ausruf seiner Leibwache.

„Heil und Ehre dem Vater des Heeres!" erscholl es durch die frostkalte Nacht.

Der Vater des Heeres pflegte die eifrigen Soldaten mit einigen Worten zu ermuntern, sie um ihr Befinden zu fragen. Heute aber ging er an der Leibwache schweigend vorbei. Und er ging nicht wie gewöhnlich, schnellen elastischen Schrittes mit erhobenem Haupt, sondern bewegte sich langsam und gebückt vorwärts, als wenn er plötzlich gealtert wäre.

Arbogast war König eines fränkischen Stammes, welcher, kraft eines noch mit Julian dem Abtrünnigen geschlossenen Bündnisses im nördlichen Gallien angesiedelt, dem römischen Reich treue und nützliche Dienste leistete. Seit dreißig Jahren kämpfte er an der Spitze seines Volkes auf allen Schlachtfeldern, auf welchen die Geschicke des Reiches entschieden wurden. Zu wiederholten Malen hatte er Unheil von den Imperatoren abgewendet. Den gefährlichsten der Rebellen, den Usurpator Maximus, hatte er zu Theodosius' Füßen geworfen. Die fürchterlichsten der Nachbarn, die unruhigen Franken, hielt er von den Grenzen des Reiches fern. Ohne sein Feldherrngenie und seine soldatische Tüchtigkeit, ohne die Scheu, welche er den Barbaren einflößte, wäre Gallien längst schon eine Beute der Franken geworden. Er war des Reiches Schild und Haupt der westlichen Präfekturen.

Und dafür? . . .

Schwere Seufzer entrangen sich Arbogasts Brust, während er gesenkten Hauptes die verödeten Gassen von Totonis durchwandelte.

In der Nähe des Tores brannte ein Feuer. Ringsherum saßen auf Bärenhäuten wilde bärtige Gestalten, mit Bier sich erwärmend. Die rote Flamme spiegelte sich in ihren eisernen Helmen und Brustharnischen, schwarzer Rauch verbreitete sich zu einer Wolle über ihren Köpfen.

Auf einem Haufen Reisig lag ein altes Weib, in Lumpen gehüllt. Mit ihrem verwelkten runzeligen Gesicht dem Feuer zugekehrt, bewegte sie den eingefallenen zahnlosen Mund, als wenn sie an etwas kaute.

„Erzähle uns, Mutter, erzähle doch, wie es früher war." bat ein Soldat. „Mit Bier wollen wir gegen dich nicht geizen. Wir Soldaten hören gern alte Geschichten."

„Erzähle, Mutter, erzähle." stimmten ihm andere bei.

Die Alte zuckte mit den Achseln. „Ich habe euch schon alles erzählt." brummte sie. „Mein Hals ist trocken."

Schnell reichte ihr der nächste Soldat ein mit Gerstensaft gefülltes Büffelhorn.

„Feuchte dir den Hals an, Mutter, und erfreue unsere Herzen mit einer schönen Erzählung. Du hast so viel in der Welt gesehen und so viel wunderbare Dinge gehört."

Ohne den Blick vom Feuer wegzuwenden, nickte die Alte mit dem Kopf.

„Ich habe ein großes Stück Welt gesehen und viele gar wunderliche Dinge gehört," sprach sie halblaut, wie für sich, „ja, ja . . . In Rom und in Konstantinopel war ich Liebkind von Herren, welche mit Edelsteinen besät waren. Mit Schmeicheleien überschütteten sie mich und taten sehr zärtlich mit mir. Als aber die Jahre den Glanz meiner Augen verlöschten, den Körper auszehrten, das Haar lichteten, ist es mit mir dahingekommen, dass ich eure groben Tuniken wasche und eure Mäntel flicke, weil ich jenen gleißenden Schlangen glaubte."

Sie setzte das Horn an die Lippen und trank.

Nach einer Weile fing sie mit der klanglosen Stimme ihres Alters zu erzählen an.

„Eine alte Geschichte wollt ihr? So hört denn, was dem König Hilderich widerfahren ist. Lang ist es her, sehr lange. Die ältesten Leute können sich nicht mehr erinnern, wann das war. Jung wie der Lenz, schön wie eine mondbeschienene Wiese im Wald, so tapfer, dass ihm nur der Kriegsgott gleichkam, war König Hilderich, der freien Franken geliebter Feldherr. Wenn er mit seinem Schwert winkte und in sein silbernes Horn stieß, dann gerieten die Wälder zweihundert Meilen im Umkreis in Bewegung. Aus Tausenden von Dörfern kamen bewaffnete

Männer gezogen und folgten ihrem König gehorsam, ergeben. Überall gingen sie mit ihm, und wo sein Kriegsruf brauste, da fielen greise Fürsten dem jungen Hilderich zu Füßen. An beiden Rheinufern gab es keinen glücklicheren Herrn, als es König Hilderich war."

Sie unterbrach sich und labte sich am Bier.

Durch die Erzählung der Alten gefesselt, bemerkten die Krieger gar nicht, dass Arbogast sich dem Feuer genähert hatte und an der Wand stand.

„Die Kunde von des glücklichen Hilderich Siegen drang zu Ohren des römischen Imperators." fuhr die Alte fort. „Darum entsendete er zu unserem König seine Herren mit Geschenken und freundlichem Gruß und ließ ihm solche Worte sagen: Schade ist es um deine Jugend und um deine Tapferkeit in den Wäldern des Frankenlandes. Deinen Tugenden wird dort kein solcher Ruhm erblühen, wie ihn dir die Götter bestimmt haben. Willst du, dass deines Namens Glanz in der ganzen Welt erstrahlt, so komme mit deinem Volk zu mir, und ich will dich über viele Völker stellen, welche du richten und anführen sollst."

Das alte Weib lachte höhnisch auf:

„Hehehe! König Hilderichs böse Geister standen zu seiner Seite in der Stunde, da die Abgesandten des Imperators solche Worte sprachen. Die bösen Geister betörten sein rechtschaffenes Herz, dass er den Römern Glauben und Vertrauen schenkte. Der Imperator aber wollte nur einen mächtigen Diener haben. König Hilderich indes meinte, der Treulose suche seine Freundschaft. Wie ehemals, wie vor vielen Jahrhunderten eure Vorfahren mit dem Halsband und mit Fesseln an den Füßen geboren wurden und dazu aufwuchsen, dass sie mit ihrem grausen Tod den römischen Pöbel erfreuten, so fällt ihr jetzt auf den Schlachtfeldern zum Ruhm des nichtswürdigen Volkes, welches selber Schwert und Schild nicht mehr zu tragen weiß. Toren, die Ihr seid! Wann werdet ihr endlich zu der Einsicht kommen, dass nicht der Imperator Herr des Reiches ist, sondern ihr!"

Die Soldaten sprangen einer nach dein anderen auf. Arbogast hatte sich dem Feuer genähert.

Als das alte Weib des Königs ansichtig wurde, schlang sie erschrocken ihre Arme über dem Kopf zusammen, als wollte sie denselben vor einem Schlag schützen. Wiegelte sie doch römische Soldaten gegen den Imperator auf, dessen Adlern sie Treue geschworen hatten. Das war ein Verbrechen, welches im Lager zur Kriegszeit mit dem Tod auf dem Pfahl geahndet wurde.

Zu einem Knäuel zusammengeschrumpft, vor Entsetzen erstarrt, stöhnte sie leise, ihr Todesurteil erwartend.

Da geschah etwas Unerwartetes: Arbogast betrachtete zuerst das Weib, dann die Soldaten mit sonderbarem Blick und ging dann weiter, ohne ein Wort zu sagen.

Gesenkten Blickes schlich er mehr, als er ging, längs der Festungsmauer, taub gegen die Anrufe und Gegenrufe der Wachen, welche beim Anblick des Königs die Nachtlosung austauschten.

Mitunter blieb er stehen, warf einen Blick zum Sternenhimmel, murmelte einige Worte vor sich hin und ging dann wieder langsam weiter.

In seinem Herzen rangen der beleidigte Stolz und die Rechtschaffenheit miteinander. In ihm rang der freie Franke, der Nachkomme von unversöhnlichen Feinden des römischen Reiches, mit dem Bundesgenossen des Theodosius.

In sein Haus zurückgekehrt, fragte er den Namenrufer, welcher auf einer Bank in der Vorhalle wachte:

„Hat des Kanzlers Eugenius Exzellenz sich schon zur Ruhe begeben?"

„Seine Erzellenz arbeitet noch, göttlicher Herr." antwortete der Sklave kniefällig.

Arbogast betrat einen geräumigen Saal, in welchem drei Reihen Tische und Sessel standen. An einem derselben saß Eugenius über einem Stoß von Pergamenten, welche er sichtete.

Den König erblickend, erhob er sich schnell vom Sessel. „Morgen wirst du zwei Gesandtschaften abschicken." sprach Arbogast zu ihm. „Der Presbyter Apollonius wird sich nach Konstantinopel begeben zum Imperator Theodosius, damit er dessen erzürnte Hand von Rom abwende. Drei deiner beredtesten Räte vom Senatorenstand wirst du mit Geschenken und guten Worten zum König Fravitto schicken. Ich will mit den Franken für einige Zeit Bündnis schließen, weil ich sehe, dass meine Anwesenheit mehr in Vienna als an der Mosel nötig ist. Der Gesandtschaft zu den Franken wird Arbitrio mit seiner Legion das Geleit geben."

„Es soll geschehen deinem Befehl gemäß, o König." antwortete Eugenius mit tiefer Verbeugung.

2. Kapitel

Winfried Fabricius lag in seinem Empfangssaal auf einem weichen Sofa und blickte scharf in das magere verwelkte Gesicht eines Mannes von kleinem Wuchs, welcher, nachlässig in eine stark abgenützte Toga gehüllt, vor ihm stand.

„Man hat mir berichtet," begann der Herzog, ohne sich zu erheben, „dass du ein eifriger Diener des wahren Gottes bist."

„Alle meine Gedanken und alle Stunden meiner Tage sind dem Schöpfer des Himmels und der Erde gewidmet und seinem gekreuzigten Sohn, unserem Herrn Jesus Christus." antwortete der Diakon Procopius.

Es war derselbe Eiferer, welcher am Tag der Vermählung der Tochter des Symmachus eine Christenmenge gegen die Heiden aufgereizt hatte und welchen der Schuster mit der Kupfernase an Stelle des Siricius zum römischen Bischof gewählt sehen wollte.

„Einen in den Satzungen unseres Glaubens so bewanderten Mann brauche ich nicht daran zu erinnern, dass der gute Hirte mehr Freude an der Wiederbringung eines verlorenen Schafes hat, als an neunundneunzig folgsamen. Möchtest du es unternehmen, eine Heidin zu bekehren, welche sehr tief in den Vorurteilen der Götzendiener steckt?"

„Schon manche Bekennerin römischen Aberglaubens habe ich mit dem Kleid der Katechumenin angetan."

„Diejenige aber, die ich deiner Unterweisung und deinem Schuh anvertrauen will, wirst du nicht mit Worten der Güte und Liebe zu besserer Einsicht bringen. Du musst Mittel und Wege wissen, welche auf den Verstand einwirken."

„Bevor ich Diakon geworden bin, war ich Rhetor."

Der Herzog vertiefte wiederum seinen Blick in Procopius' Gesicht.

In dem gelben Gesicht des Diakons leuchteten die kühlen Augen eines Menschen, der vor keinem Hindernis zurückscheut.

„Vollbringst du dein schwieriges Werk," fuhr Fabricius fort, von seiner Erforschung des Mannes offenbar befriedigt, „so will ich dich dem göttlichen Valentinian anempfehlen und dir ein Bistum in Gallien verschaffen. Dafür aber verlange ich nicht nur deine Beredsamkeit, sondern auch deine Verschwiegenheit. Solange du jene Heidin nicht bekehrt hast, wirst du um gar nichts fragen, meinen Befehlen mit der Folgsamkeit eines Sklaven gehorchend."

Als der Herzog des Bistums Erwähnung tat, blitzten Procopius' Augen vor Freude auf.

„Ich will mich in die Seele jener Heidin vertiefen, um den Weg zu ihrem Verstand zu finden, taub und blind gegen alles, was rings um mich herum vorgehen wird. Befiehl Deine Exzellenz ihrem Sklaven."

Der Herzog winkte Theodorich, welcher den Eingang vor der Neugierde der Dienerschaft behütete:

„Der Schatzmeister hat dem gottesfürchtigen Diakon tausend Sesterzen auszuzahlen, der Kleiderverwahrer zwei warme Tuniken auszufolgen, sowie eine Pelzdecke und einen Militärmantel."

Zu Procopius aber sprach er in befehlendem Ton:

„Noch heute wirst du auf der Aurelischen Heerstraße Rom verlassen, ohne irgendjemand zu sagen, wohin du gehst. In Luna wirst du in der Postherberge Aufenthalt nehmen und diesen meinen Diener" — er wies auf Theodorich — „erwarten. Dann hast du ihm zu folgen. Der Wille dieses Greises ist mein eigener Wille. In Luna wirst du keinerlei Bekanntschaften machen. Endlich an Ort und Stelle angelangt, geize nicht mit Beredsamkeit, damit ich dir die Bekehrung der Heidin möglichst bald mit dem Bistum in Gallien lohnen kann. Friede dir, Diakon."

„Ich will zu Gott flehen, dass er meine Stimme flammend mache und in meine Worte die Macht der Wahrheit lege. Friede dir, Herzog."

Nachdem Procopius sich entfernt hatte, verließ Fabricius sein Lager, durchschritt alle Gänge, um sich persönlich zu überzeugen, dass nirgends überflüssige Ohren lauschten. Zurückkommend stellte er sich so knapp vor Theodorich, dass sein Körper den des Dieners beinahe berührte und fragte leise:

„Ist alles bereit?"

„Wie Ihr befohlen habt, Herr!"

„Und dein Calpurnius?"

„Es sind deren fünf. Keiner wird vor der Ermordung seines eigenen Vaters zurückscheuen."

„Bist du so fest überzeugt?"

„Sie zittern vor Ungeduld, mir den Beweis zu erbringen, dass sie ehrenfest sind und nicht einmal vor Göttern zurückweichen."

„Und unsere Sklavinnen?"

„Die weibliche Bedienung habe ich schon gestern Abend nach Luna vorausgeschickt, damit das Weibervolk wenigstens bis dahin gemächlich reist und den Hauptzug nicht stört. Hermanrich ist mitgefahren."

„So war es vernünftig von dir. Was aber ist's mit den Sänften, Tragbetten, Teppichen und Bettzeug?"

„Hermanrich hat eine ganze Hauseinrichtung mitgenommen."

„Also morgen, gleich nach Sonnenaufgang?"

„Noch vor Sonnenaufgang, in der Dämmerung, begibt sich Fausta Ausonia nach Tibur. Ihre Person wird nur von einem Liktor und zwei Sklaven bewacht. Denn die Römer glauben, dass eine Priesterin der Vesta von Bergen, Flüssen und am Weg verstreuten Felsblöcken genügend beschützt wird."

Die Fragen und Antworten fielen von den Lippen des Herzogs und Theodorichs schnell, leise, bangvoll. Während sie sprachen, überwachten ihre Augen alle Ein- und Ausgänge des Empfangssaales.

Kurze Zeit hindurch schwiegen sie. Allerlei Gedanken durchschwirrten des Herzogs Kopf und von verschiedenen Gefühlen wurde sein Herz durchzuckt.

Wieder brachte er seine Lippen Theodorichs Ohr nahe:

„Die Dankbarkeit von Verbrechern ist unbeständig wie die von reißenden Tieren. Ein gezähmter Wolf beißt heute in die Hand, die er gestern leckte. Solange Fausta Ausonia nicht wiedergeboren ist im Quell des ewigen Lebens, darf nicht einmal der Wind wissen, wo sie versteckt, ja nicht einmal, in welcher Richtung sie zu suchen ist."

Er heftete auf Theodorichs Gesicht einen durchdringenden Blick und die Worte sondernd, flüsterte er:

„Das Meer ist tief, breit und so schweigsam wie die Urne mit der Asche eines Toten. Tausendmal tausend Verbrecher finden darin Platz."

Er hielt inne. Nach einer Weile fragte er:

„Verstehst du mich, Alter?"

Der Diener erriet den geheimen Gedanken seines Herrn, denn er antwortete:

„Mein welkender Arm bezwingt nicht fünf Räubergesellen, von welchen jeder sein Messer ausgezeichnet führt."

„Nie möchte ich dich mit deinen weißen Haaren einem Kampf mit Räubern aussetzen. Noch diese Nacht schicke ich zehn Alemannen von meiner Leibwache hinaus, welche sich auf der zehnten Poststation mit dir vereinigen werden. Diesen überantwortest du an einem geeigneten Ort, fern von menschlichen Wohnungen, deinen Calpurnius und seine Gesellen. Die Sache muss schnell und still verlaufen. Habe kein Mitleid mit dem Räubergesindel, welches auch ohne dein Zutun bald eines vorzeitigen Todes sterben müsste... Nun kannst du gehen. Nach dem Mahl wirst du mir berichten, ob vielleicht irgendwo ein Hindernis eingetreten ist."

Theodorich aber ging nicht, sondern senkte das Haupt und blieb unbeweglich und stumm auf seinem Platz.

„Hast du mir noch etwas zu sagen?" fragte der Herzog.

Der alte Krieger blieb stumm.

„So geh denn. Oder hat dich im letzten Augenblick unvernünftige Angst beschlichen?"

„Herr," antwortete Theodorich, sein Haupt erhebend und den Herzog bekümmerten Blickes ansehend, „ich habe Euch schon gesagt, dass die Geister der Väter mich zu sich rufen. Was sollte ich fürchten? Den Tod? Als Soldat und Diener beschließe ich mein Leben gut, wenn ich für meinen Feldherrn und Gebieter sterbe."

„Und doch zeigst du mir eine umwölkte Stirn."

„Nicht Angst um die wenigen Jahre, welche mir auf dieser Erde noch bestimmt sind, hat diese Wolke gewebt."

„Fürchtest du schon wieder für mich?"

„Eine innere Stimme sagt mir, dass aus dieser Reihe von Gewalttaten Euch kein Glück erblühen wird."

„Deine Stimme lügt!"

„Die innere Stimme lügt immer, wenn ihre Warnungen menschlichen Leidenschaften sich entgegenstellen. Erst die Zukunft pflegt zu zeigen, dass sie von guten Geistern herrührte."

Theodorich erhob seine Hände zu Fabricius und fuhr in warmem Ton fort:

„Zürnt mir nicht, Herr, wenn meine alten Augen Eure Verzweiflung nicht sehen möchten. Warum musste denn Euer Blick auf der Priesterin haften bleiben, deren Keuschheit auch uns heilig sein sollte, und welche nur mittels so vieler Gewalttaten zu erobern ist? Bedarf denn Eure Jugend durchaus der Zärtlichkeiten einer Priesterin der Vesta? So viele schöne Weiber hat der gute Hirt erschaffen um das Herz von Kriegern zu erfreuen."

„Auch Toren und Feiglinge hat der gute Hirt erschaffen!" brauste der Herzog auf. „Zu rechter Zeit verlässt du das abscheuliche Nest heidnischen Aberglaubens. Denn bliebest du in Rom, sicher würdest du in dem Pfuhl der Götzendienerei zurücksinken. Tue, was Ich befehle. Es ist nicht Sache des Dieners, den Willen seines Herrn zu leiten."

„Stets war ich Euer Vertrauter." entschuldigte sich Theodorich.

„Deshalb höre ich dich so geduldig an . . . Die priesterliche Würde der Römerin soll dich nicht beängstigen. Wer einem Aberglauben dient, ist nicht Priester. Durch die Entführung Faustas erwirbst du für deine sündige Seele das Anrecht auf die Barmherzigkeit des guten Hirten, denn du bereitest eine Mehrung seiner Ehre vor. Die bekehrte vestalische Jungfrau, die Nichte des Präfekten Flavianus, wird unserem heiligen Glauben viel Glanz eintragen."

Theodorich lächelte traurig.

„Ich tue, was Ihr befehlt, Herr. Aber behaltet es nur im Gedächtnis, dass der alte treue Diener Euch gewarnt hat."

Fabricius wollte das peinliche Gespräch abbrechen. Er wandte sich der Tür zu, welche in sein Arbeitszimmer führte. Doch blieb er plötzlich stehen und horchte verwundert auf.

Von der Straße drang durch Portikus und Vorhalle in den Empfangssaal ein Rauschen, dem Herbststurm ähnlich, bald nachlassend, bald wieder anschwellend.

„Was ist das?" fragte der Herzog, Theodorich ansehend. „Ist das Wetter plötzlich umgeschlagen?"

Der alte Diener wies nur auf die quadratische Öffnung in der Decke, durch welche die Sonne eines wolkenlosen Nachmittags als schräge Lichtsäule einfiel und eine kleine Fläche des Estrichs grell beschien.

Und doch hörte das Rauschen nicht auf.

„Geh, schau', was es ist." befahl Fabricius.

Kaum war Theodorich hinter der Tür, als sich in der Vorhalle schnelle schwere Schritte vernehmen ließen und gleich darauf ein alemannischer Zenturio in den Saal stürzte.

„Die Stadt steht in hellem Aufruhr!" rief er, Fabricius erblickend, und mit der Rechten die Ehrenbezeugung leistend, welche in der Berührung des Schwertknaufes bestand. „Die vom Senat nach Konstantinopel entsendete Abordnung ist heute vormittag nach Rom zurückgekehrt. Die hochberühmten Väter haben eine abschlägige Antwort gebracht. Der göttliche Imperator Theodosius hat sein Edikt nicht widerrufen. Als das Volk den Misserfolg erfuhr, strömte es auf die Straßen hinaus und bedroht nun die christlichen Gotteshäuser."

In des Herzogs' Augen zuckten Freudenblitze.

„Nicht widerrufen? Und der römische Pöbel rebelliert?"

„Ohne Flavianus' und Symmachus Dazwischenkunft hätte er die Lateranische Basilika schon gestürmt."

„Meine Alemannen sollen mich in voller Bereitschaft erwarten! Die Garnison des Palatinischen Hügels soll sich sofort aufs Marsfeld begeben!" befahl er.

Dann zog er unter der Tunika ein Wachstäfelchen hervor, ritzte mit dem Griffel einige Worte hinein und übergab es dem Zenturio mit den Worten:

„Ins Lager vor dem Romentanischen Tor!"

Eine Viertelstunde später saß Winfridus Fabricius in voller Rüstung auf seinem Hengst. Schon wollte er das Schwert erheben, um seine alemannische Wache in Bewegung zu sehen, als ein vergoldeter Stehwagen vor das Haus rollte.

Fabricius runzelte die Stirn. Im Wagen stand Symmachus.

Einige Augenblicke lang sahen sich die beiden Gegner schweigend an. Dann hob der Konsul mit gerührter Stimme an:

„Der römische Senat entbietet durch meinen Mund einen Gruß dem Herzog in Italien."

Winfried murmelte etwas Unverständliches als Antwort zurück.

„Mit dem Gruß verbindet der Senat die Bitte um Nachsicht für das berechtigte Weheleid der Bekenner unserer nationalen Götter." fuhr Symmachus fort. „Du machst dich um das Reich verdient, wenn du die Soldaten vor Gewalttaten zurückhältst. Ein einziger unnütz vergossener Blutstropfen von uns brächte einen Aufruhr zum Ausbruch, dessen Ende nicht abzusehen wäre."

Fabricius lächelte verächtlich und schaute stolz auf Symmachus herab. Schon wollte er antworten, dass er den Pöbel nicht fürchte, als er sich an den Fingerzeig des Comes Valens erinnerte. Darum wurde er anderen Sinnes und sprach:

„Ich will nur das Leben und die Gotteshäuser der Christen in Schutz nehmen. Wenn deine Bekenntnisse ihre Hand nicht gegen unsere Heiligtümer erheben und die Ruhe der Stadt nicht stören, will ich ihr unsinniges Tosen nicht beachten."

Symmachus' Lippen zuckten, seine Stirn runzelte sich.

„Der Senat würde dir schriftlich den Dank der versammelten Väter übersenden, wolltest du die Verzweiflung des römischen Volkes nicht durch den Anblick bewaffneter Macht reizen. Die Ruhe werden wir selbst wiederherstellen. Die Väter und die vestalischen Jungfrauen sind schon dabei, die erregten Gemüter mit Worten der Besonnenheit zu beschwichtigen."

„Ist die Stadt von der Zügellosigkeit des Pöbels erschüttert, so ist mein Platz in den Straßen derselben." erwiderte Fabricius schroff. „Der Statthalter des Imperators darf nicht unter dem sicheren Dach ruhen, wenn das seinem Schutz anvertraute Land von einem Sturm bedroht ist."

„So will ich denn vor dir einherfahren, um dir den Hass des römischen Volkes aus dem Weg zu räumen."

„Tue, was dir dein Verstand rät."

Fabricius erteilte gleich darauf seinen Alemannen das Kommando: „Aufs Marsfeld!"

Die Schwerter erklirrten, die Pferde hoben die Köpfe und schnauften, des Herzogs Leibwache setzte sich in Bewegung. Voran fuhr Symmachus, seine Rosse selbst leitend.

Nicht Furcht um Fabricius' Haupt machte den römischen Patrioten zum Beschirmer des Christen. Gälte es nur das Leben des verhassten Galiläers, ohne Bedenken würde Symmachus ihn der Wut des tobenden Pöbels preisgegeben haben. Aber keinem von den Häuptern der altrömischen Partei wäre in diesem Augenblick ein Straßenkampf erwünscht gewesen. Einen solchen hätte aber ein dem Statthalter des Imperators angetaner Ärger nach sich ziehen müssen. Zwar hatten die nach Konstantinopel entsendeten Senatoren eine so entschiedene und bedrohliche Antwort des Imperators heimgebracht, dass Flavian und Symmachus die Hoffnung aufgaben, es könnte das die Schließung der heidnischen Tempel anordnende Edikt auf friedlichen Weg unwirksam gemacht werden. Doch musste, bevor man sich zu bewaffnetem Widerstand entschloss, der Erfolg von Gaius Julius' Reise abgewartet werden. In Rom wusste man bisher noch nichts von Arbogasts Bereitwilligkeit zur Übernahme der Vermittlerrolle.

Indem Symmachus seinen Feind Fabricius beschirmte, behütete er nur seine Bekenntnisgenossen vor Unheil. Denn ein vorzeitiger Ausbruch konnte alle Vorbereitungen der römischen Patrioten zu Nichte machen und das römische Volk der Rache der Imperatoren überantworten.

Dass er mit der ganzen Bedachtsamkeit eines Mannes handelte, welcher die Empfänglichkeit der Massen für Eindrücke kennt, zeigte sich in dem Augenblick, als die Wache des Herzogs den Palatin hinabzureiten begann.

Die Straßen da unten boten das Bild einer wogenden Flut von Menschenköpfen. Sie waren so gefüllt, dass es den Anschein hatte, als könnte sich nicht einmal für einen einzigen Fußgänger ein schmales Gässchen zwischen den Menschenleibern finden. Über der lebendigen Flut schwebte in der von der Februarsonne schon erwärmten Luft ein Dunst, welcher den erhitzten dichtgedrängten Massen entstieg. Und ihr Tosen glich dem Getöse an der Brandung sich brechender Meereswogen. Fabricius hatte die Empfindung, als ob die hochaufspritzende Gischt ihm ätzend in die Augen fiel.

Er strich sich mit der Hand über das Gesicht und kommandierte: „Schließt euch!"

Die Pferdeköpfe rückten aneinander, die Alemannen ritten Knie an Knie. In Gold und Eisen erglänzte die herrliche Reitertruppe — ein prachtvoller Anblick. Nicht aber für die Menge da unten, welche die zusammenschließende Bewegung derselben mit fürchterlichem Wutgeheul begrüßte.

Mitten hinein erscholl des Konsuls Symmachus lauter Ruf:

„Macht Platz da, Quinten!"

Die Nächststehenden, den Konsul erkennend, begannen nach rechts und links zurückzuweichen, um seinem zweirädrigen Stehwagen Raum zu gewähren. Zugleich gaben sie seinen Namen weiter. In der dichtgedrängten Menschenmenge entstand nach und nach eine schmale Gasse.

„Mehr Raum, Quinten, mehr Raum!" bat Symmachus. „Legt euer Leid, unser Leid zu Jupiters Füßen nieder. Der Vater der Götter wird euer Unrecht rächen, denn seine Blitze und Donnerkeile sind noch allmächtig."

Plötzlich rief jemand aus der Menge: „Der Herzog!"

Um die Gruppe herum entstand für einige Augenblicke eine solche Stille, als wenn plötzlicher Tod den Pöbel an der Kehle ergriffen hätte. Hunderte von Augenpaaren starrten den Herzog in stummer Erregung an.

Diese starren Blicke sagten es deutlich heraus: Der galiläische Frechling, der Barbar, der jugendliche Statthalter des viennensischen Knaben erdreistet sich, durch seine Gegenwart das Herzleid der altberühmten römischen Nation zu verhöhnen!

Und wieder geriet die Flut ins Wogen, und wieder brauste sie auf, diesmal mit rückläufig zunehmender Stärke. Und aus diesem Getöse drangen anfangs einzeln, dann immer häufiger und lauter die abgerissenen Ausrufe:

„Galiläer! . . . Barbar! . . . Feind unserer Götter!"

In wenigen Augenblicken war die Menge mehr erregt, als vorher, und tausendstimmig heulte der Pöbel:

„Fort aus unseren Augen! . . . Tötet ihn! Tötet ihn! Erschlagt ihn!"

Nackte Arme erhoben sich über der lebendigen Flut, jede Faust hielt krampfhaft ein Messer.

Fabricius sah sofort ein, dass seine nur hundert Schwerter führende alemannische Wache der Wut der bewaffneten Volkshaufen nicht gewachsen wäre. Sollte sie auch ein Tausend niederschmettern, schon vom zweiten Tausend würde sie selbst niedergemetzelt und zertreten werden. Er konnte umkehren, noch war es Zeit. Aber sein soldatischer Stolz hielt ihn in seinem Bann.

Er neigte sich über den Hals seines Rosses vor und betrachtete den tobenden Pöbel mit der Ruhe des Kriegers, welcher todesbereit um sein Leben zu kämpfen entschlossen ist. Gerne hätte er sich in die Menge hineingestürzt. Eingedenk jedoch der Warnung des Comes Valens, fasste er den Vorsatz, nicht anzugreifen, sondern sich auf die Verteidigung zu beschränken.

Aber umso ungeduldiger erwartete er ein Anstürmen der Angreifer. Nicht Blässe bedeckte sein Gesicht, er zuckte mit keiner Wimper, seine Augen glühten unheimlich. Die zusammengekniffenen Lippen und die den Schwertgriff krampfhaft umspannende Faust waren eine herausfordernde Drohung.

Aber auch Symmachus sah ein, dass von seiner Geistesgegenwart in diesem Augenblick das Schicksal Roms abhing.

Darum riss er seine Rosse zurück, breitete seine Arme aus, als wollte er damit Fabricius beschützen, und rief:

„So ermordet denn auch mich!"

Ein gewaltiges Aufseufzen war die Antwort auf des Konsuls Worte. Das Volk sah jetzt nur den geliebten Senator, die erhobenen Messer senkten sich, der Lärm legte sich etwas.

„So ermordet denn auch mich!" wiederholte Symmachus, die Toga vom Leib reißend. „Zugleich mit mir ermordet auch Flavianus und Julius und alle, welche an eurer statt denken, damit wir euer wahnsinniges Treiben nicht länger ansehen müssen! So oft habt ihr vernommen, dass Geduld der oberste Schild der Schwachen ist. Unablässig rufen wir euch zu: Wartet! Ihr aber zerstört mit eurer unbedachten Übereilung das Werk unserer Gedanken und unserer Hände. Anstatt uns behilflich zu sein, bereitet ihr uns stets neuen Kummer, neue Sorgen. So tötet denn mich und Flavianus und Julius und alle Väter eures Geblütes und wehrt euch nach eurem eigenen Sinn vor der Macht der Imperatoren."

Er riss nun die Tunika auf seiner Brust auf und rief: „Hier stoßt zu!"

Wie Öl hochgehende Wogen um das Schiff herum glättet, so besänftigten seine Worte den kochenden Hass des Pöbels um seinen Wagen.

Das römische Volk wusste, dass der berühmte Senator alle seine Gedanken der Sache des bedrohten Heidentums widmete. Wenn Symmachus, der verbissene Feind der Galiläer, mit eigener Person den Herzog beschirmte, so tat er es zweifellos infolge einer Beratung mit anderen Vätern und verfolgte damit einen Zweck, welchen er öffentlich nicht verraten durfte.

Soweit Symmachus' Stimme reichte, hörte der Lärm gänzlich auf. Leises Geflüster trat an dessen Stelle. Besonnenere erklärten Hitzigeren die Bedeutung von Symmachus' Rede. Nur aus einiger Entfernung drang noch bedrohliches Getöse herüber. Je weiter jedoch das Gelispel sich verbreitete, desto schwächer wurde der Ausbruch des Hasses.

„Beschütze uns, Vater des Vaterlandes, vor der Macht der Imperatoren!" rief endlich ein Greis.

„Beschütze uns, rette uns!" flehten die Nächststehenden.

„Sag' an, Vater, was sollen wir tun?"

Symmachus erhob die Hand über dem beruhigten Volk:

„Solange das göttliche Antlitz Theodosius' und des Valentinians die Standarten des römischen Heeres schmückt und von den Tempeln und Staatsgebäuden auf euch herabschaut, achtet und ehrt die Vertreter und Vollzieher ihrer Gewalt. Niemand soll sagen dürfen, das römische Volk habe durch Gewalttaten und Verrat den Zorn der römischen Imperatoren auf sich herabgezogen."

Er ließ seinen Blick über die Menge schweifen und dieser sagte mehr als seine nicht allgemein verständlichen Worte. Dann fragte er:

„Habt ihr mich verstanden, Quiriten?"

Wiederum ging ein Gelispel durch die Menge. Ältere deuteten die Worte Jüngeren, diese den Weibern.

Das Volk fing an zu begreifen, dass der entscheidende Augenblick noch nicht gekommen war.

„Befiehl, Symmachus, Verteidiger unserer Götter!" rief einer.

Brausend wiederholte sich der Ruf aus tausend Kehlen:

„Befiehl, Symmachus, Vater des Vaterlandes!"

„Eure Hand soll nichts von den Flammen wissen, die euer Herz verzehren." rief Symmachus mit erhobener Stimme.

Wieder warf er dem Volk beredte Blicke zu und setzte dann seine stampfenden Rosse in Bewegung.

Langsam, Schritt für Schritt, grub sein Wagen eine Furche in die gedrängte Masse von Menschenleibern. Willig teilte sich das Volk nach rechts und links.

Unmittelbar hinter Symmachus zog Fabricius mit seiner Wache, und wo sie vorbeizogen, herrschte solche Stille, dass das schwere Aufatmen der Zunächststehenden deutlich vernehmbar war. Die Römer senkten die Augen oder wandten sich gar ab, um die christlichen Monogramme nicht zu sehen, welche auf den Helmen der Soldaten glänzten.

Über dieser Stille schwebte das dumpfe Gepolter der Räder am Wagen des Symmachus und das im Takt erklingende Rasseln der Rüstung und der Schwerter der alemannischen Truppe. Von Zeit zu Zeit erscholl die Stimme des Symmachus:

„Schafft Raum, Quiriten, schafft Raum!"

Seine Stimme wurde immer schwächer. Er befahl nicht, sondern er bat, er flehte, er klagte.

Erhobenen Hauptes fuhr Symmachus einher, aber sein Gesicht war von solcher Blässe bedeckt, als hätte eine schwere und langwierige Krankheit ihm alles Blut ausgesogen. Das graue Haar fiel ihm in Unordnung auf die Stirn herab, seine Wimpern und Lippen zuckten unablässig. Es war dem stolzen Römer anzusehen, dass er all seine Kräfte erschöpfte, um nicht zusammenzubrechen unter der Last der patriotischen Pflicht, welche so viel Selbstverleugnung erforderte.

Denn weder er, noch irgend ein anderes Haupt der altrömischen Partei hätte je vorausgesetzt, nicht einmal in einer Stunde der Verzweiflung, dass sie durch Umstände gezwungen werden könnten, einen Zerstörer römischer Traditionen vor dem Zorn des römischen Volkes beschützen zu müssen. Was niemand erwartet hätte, das geschah hier: einer der wärmsten Patrioten beschirmte mit eigener Brust in Rom, in der irdischen Residenz Jupiters, im Herzen des zum Tod verurteilten Heidentums, den entschiedensten Feind der nationalen Götter!

Aus Symmachus' Zurufen, aus der dumpfen Stille, aus dem schweren Atmen der Menge tönte so tiefe Betrübnis heraus, dass dieselbe auch auf des Herzogs Seele ihren Schatten warf. War er ja doch ein tapferer Soldat, und ein solcher weidet sich nie an den Gefühlsausdrücken des Schwächeren.

Als er die ungeheure Volksmenge knirschend zwar, aber doch von Herzleid niedergeschmettert vor und um sich sah, vergaß er seinen Abscheu vor den Heiden. Hätten die Römer sich über ihn gestürzt, dann hätte er in ihrem Blut gewatet oder sich in seinem eigenen gewälzt und noch mit seinen Zähnen ihre Leiber zerfleischt; aber gedemütigt, gepeinigt, erweckten sie sein Mitleid.

Und noch ein anderes Gefühl beschlich ihn im weiteren Vordringen durch die Massen. Welche Rolle spielte er hier? Im Grunde genommen eine recht traurige. Traurig in den Augen der Römer, traurig auch in den Augen seiner eigenen Soldaten, weil er hinter den Rücken des Symmachus versteckt erschien — er, der unumschränkte Bevollmächtigte des Imperators hinter dem Rücken des Aufwieglers!

Er bereute, Symmachus' Rat nicht befolgt zu haben, sich dem Volk nicht zu zeigen. In diesem Augenblick schämte sich sein Herz seines fanatischen Hasses.

Die Leibwache des Herzogs begegnete keinem einzigen freundlichen Blick in der Menge. Mitten durch ein Meer düsteren Schweigens bewegten sich die Alemannen, als wären sie Verbrecher, welchen der Pöbel das Geleit zum Richtplatz gibt.

Auf dem Marsfeld erwartete den Herzog schon die Garnison der Hauptstadt. Als Symmachus derselben ansichtig wurde, hielt er seinen Wagen an: „Jetzt bedarfst du meiner nicht mehr."

Nachdem Symmachus mit seinem Gespann umgekehrt war, ritt der Herzog vor die Front der Truppen und rief ihnen laut zu:

„Seid gegrüßt, Gefährten!"

Ein dumpfes Murren war die Antwort. Die Schwerter schlugen nicht an die Schilder, die Reihen der Legionäre blieben unbeweglich. Der Herzog sah nur missmutige Blicke unter den blinkenden Helmen auf sich gerichtet. Sehr vereinzelt erschollen die Stimmen, welche antworteten:

„Sei gegrüßt, Herzog!"

Fabricius biss sich in die Lippe. Er hatte schon früher handgreifliche Beweise, dass ihm die Herzen seiner Soldaten nicht entgegenschlugen, dass sich zwischen ihn und die Legionen religiöser Hass geschoben hatte. Aber einen bedenklichen Grad musste seine Unbeliebtheit erreicht haben, wenn bei dieser Gelegenheit sein Gruß mit Murren beantwortet wurde.

Er winkte seinen Unterbefehlshabern zu und befahl: „Die erste, zweite und dritte Kohorte wird in den Straßen die Ordnung wiederherstellen. Das Schwert darf nicht gezückt, das Volk nicht gereizt werden. Nötigenfalls kommen Faust und Schild in Verwendung. Die vierte, fünfte und sechste Kohorte werden die christlichen Gotteshäuser in der inneren Stadt umgeben und den Pöbel fernhalten. Die Reiterei mir nach!"

Ohne den gewohnten Abschiedsgruß wendete er seinen Hengst und ritt in der Richtung des Caelischen Hügels davon, um hier die Lateranische Basilika vor den Heiden zu beschützen.

Symmachus kehrte auf demselben Weg zurück, auf welchem er gekommen war. Die Straßen waren schon nahezu leer. Nur auf den Plätzen vor den heidnischen Tempeln standen noch Menschengruppen in eifrigen Gesprächen.

Eben ging die Sonne unter, als Symmachus, nachdem er zum Kapitol abgeschwenkt hatte, vor dem Heiligtum der römischen Hauptgötter hielt. Der untere Teil des riesigen quadratischen Baus lag schon im Schatten des Abends, nur das vergoldete Giebelfeld erglänzte noch in den Strahlen des erlöschenden Abendgestirnes.

Symmachus warf das Leitseil irgendeinem der hier herumlungernden Bettler zu und stieg die breite Marmortreppe hinauf zum Tempel des Jupiter, der Juno und der Minerva. Das Innere desselben, einen Wald von mächtigen Säulen aufweisend, war so geräumig und hoch, dass sich darin der Blick verlor. Zahlreiche große Lampen, an den Säulen angebracht, machten, vom Eingang aus gesehen, den Eindruck kleiner, von Nebel umsponnener Lichter.

Der Senator ging mitten durch den Tempel zur Kapelle des Jupiter, welche im Hintergrund einem mächtigen Stern ähnlich strahlte. So stark war der Glanz, dass er die Flammen aller Lampen und Wachskerzen verdunkelte.

Symmachus schritt langsam und vorsichtig einher, denn überall stieß sein Fuß auf menschliche Körper. Weiße Frauenkleider und weiße Männertogen mit dem breiten Purpursaum des Senatorenstands lagen im Staub. Das ganze römische Patriziat legte sich und seine Wehmut dem Vater der nationalen Götter zu Füßen. Hier und da erhoben sich ein paar Hände und eine Stimme, welche tränenerfüllt flehte:

„O Jupiter, o Jupiter, bleibe eingedenk deines getreuen Volkes!"

Nach solchen oder ähnlichen Ausrufen gerieten die weißen Kleider und Togen in eine Bewegung, ähnlich dem von einem leichten Windstoß gekräuselten Spiegel eines Sees. Stilles Schluchzen glitt über die gebeugten Häupter.

Symmachus, vor der Kapelle des Jupiter angelangt, lehnte sich fest an eine Säule, faltete die Hände und schaute mit wehmütigem Blick in die Bildsäule des Beschirmers Roms. Der alte Göttervater saß auf seinem Thron aus Elfenbein. Ein goldener Kranz wand sich um sein goldenes Haupthaar. Der mit eingestickten Palmen geschmückte Purpurmantel eines römischen Triumphators floss ihm von den Schultern herab. In der einen Hand hielt er das Symbol des Sieges, in der anderen Blitz und Donnerkeil. Zu seinen Füßen hockte ein mächtiger goldener Adler.

Hundert Lampen warfen ihre zitternden Strahlen auf goldene und silberne Weihegeschenke: mit Edelsteinen besetzte Schilde, Schwerter und Harnische, herrlich leuchtende murrinische Vasen und kostbare Armspangen. Die Frömmigkeit vieler Jahrhunderte hatte in dieser Weise das Heiligtum des Jupiters ausgeschmückt, welcher hier in Gesellschaft der Juno und der Minerva thronte.

Für Symmachus und viele andere unter den letzten Heiden war dieser goldumstrahlte Jupiter nur das Symbol der römischen Überlieferungen, das sichtbare Band zwischen der Gegenwart und der Vergangenheit. Nicht Jupiter war es, welchen Symmachus anbetete, als er flüsterte:

„O du, Lenker der Welt, welchem es gefallen hat, soviel Namen zu haben, als die Menschen sich Sprachen gebildet haben, erbarme dich Roms! Haben wir deinen wahren Namen nicht erraten, strafe nicht die Unwissenheit des schwachen Menschengeschlechts. Denn du hast uns nicht offenbart, wie du willst, dass wir dich nennen. Vergib meinem Vaterland die Augenblicke der Selbstvergessenheit, des Stolzes und des Frevels. Lange Jahrhunderte hindurch hat die große römische Nation dir mit der Folgsamkeit eines Kindes gedient, welches nicht grübelt und nicht zweifelt. Für den demütigen Glauben der Vorfahren erbarme dich der unglücklichen Nachkommen, welche dein Zorn über Gebühr züchtigt. Lasse dich erbitten, o unbekannter Beherrscher der Welt, nimm uns wieder in deine Gnade auf und beschütze uns vor jenen, welche die Größe, den Ruhm und die Herrschaft deines Roms bedrohen."

Er schaute in das strahlende Angesicht Jupiters, als ob er eine Antwort erwartete. Hinter sich hörte er unausgesetzt leises Schluchzen und Seufzen. Er wurde von so gewaltigem Schmerz überfallen, dass er gebrochen in die Knie sank.

Seinen Kopf mit beiden Händen umklammernd, lag er regungslos auf dem Estrich. Sein römisches Herz wollte schier ersticken in den zurückgestauten Tränen, welche sein Manneswille nicht hervorbrechen liest. Vor verhaltenem Schluchzen wollte ihm die Brust bersten. So rang er eine Zeit lang mit sich selbst, um nicht in die Klage eines Weibes auszubrechen. Schließlich konnte er sich nicht mehr halten, stoßweise entrangen sich seiner Brust unmännliche Seufzer, welche seinen ganzen Körper erschütterten.

Als er so dalag, niedergeschmettert, elender wie ein gezüchtigter Sklave, näherte sich ihm eine weiße Gestalt. Der Präfekt des Prätoriums, Nikomachus Flavianus, neigte sich über den Freund, berührte dessen Schulter und sprach mit leiser Stimme:

„Sei ein Mann und erhebe dich. Wir haben Nachrichten von Julius."

Symmachus raffte sich schnell auf und trat mit dem Präfekten hinter eine Säule.

„Von Julius?" fragte er leise, obwohl überrascht, und sein bekümmertes Gesicht erstrahlte vor Freude. „Julius war bei Arbogast, hat ihn gesehen und mit ihm gesprochen? O, wenn Arbogast . . ."

„Julius war bei Arbogast in Totonis, von da ist er nach Vienna gegangen, um das begonnene Werk fortzusetzen. Vom Weg aus fordert er von uns Geduld und sendet Worte der Hoffnung. Er meldet, Arbogasts Seele werde schon von der Flamme beleidigten Stolzes verzehrt. Aus dieser Flamme erblüht uns Heil."

„O, wenn Arbogast. . ." wiederholte Symmachus, Flavians Hand ergreifend.

„Ist es Julius gelungen, Arbogast auf unsere Seite zu bringen, dann kehren sich Theodosius' Drohungen gegen Arbogast selbst und im Bündnis mit Arbogast könnten wir ohne sonderlich viel Mühe die bewaffnete Macht der östlichen Präfekturen brechen."

„Aber . . . ohne 'Arbogast?" fragte Symmachus.

„Ohne Arbogast erflehen wir die Hilfe unserer Götter."

„Von den Göttern Roms sind wir längst verlassen." erwiderte Symmachus, traurig lächelnd.

„Uns bleibt nichts mehr, als Sieg oder ehrenhafter Tod. Nach Theodosius' letztem Bescheid gibt es keinen anderen Ausweg."

„So ist denn jetzt deine Zeit gekommen, Flavian."

„Was in meiner Macht lag, habe ich getan. Die Legionen Italiens sind auf unserer Seite. Der Präfekt von Afrika hat versprochen, soviel Korn aus Ägypten zu schicken, wie wir nötig haben. Geld und Waffen haben wir genug. Die Anhänger alter Ordnung, über das ganze Reich zerstreut, erwarten von der Hauptstadt das Losungswort."

Flavianus hob eine Falte seiner Toga, ließ sie langsam wieder herab und fuhr fort:

„Noch werden wir weitere Meldungen von Julius abwarten. Sollten diese ungünstig sein, dann legen wir die Schicksale Roms in die Hände des Kriegsgottes. Möge Mars seine Wahl treffen zwischen uns und Theodosius."

3. Kapitel

Der Morgen dämmerte erst, als sich am anderen Tag früh die Gartenpforte am Atrium der Vesta öffnete und Fausta Ausonia auf die Straße trat. Sie trug ihr gewöhnliches Priesterkleid, nur hatte sie anstatt des scharlachroten Seidenmantels eine lange Hülle aus grober weißer Wolle über die Schultern geworfen.

Sie warf einen Blick zum Himmel. Leichte neblige Wolken zogen langsam über die Stadt. Von Osten kam ein kühler Luftzug, welcher bis ins Mark drang.

Vor der Pforte wartete ein Stehwagen auf die Priesterin, mit vier weißen Rossen bespannt.

In dem Augenblick, da Fausta den Wagen bestieg, kamen von links drei Tauben hergeflogen, welche das Atrium der Vesta umkreisten und hinter den Mauern des Jupitertempels verschwanden.

Faustas Begleitung streckte die Daumen hervor, um das böse Vorzeichen abzuwenden. Die Priesterin selbst senkte das Haupt und flüsterte ein kurzes Gebet. Dann befahl sie:

„Nach Tibur!"

Sie selbst löste das purpurne Leitseil vom Haken in der Mauer und trieb ihre Rosse an.

Ihrem Wagen voran ritt ein Liktor; zwei Sklaven, ebenfalls zu Pferde, folgten.

In der Stadt regte sich schon das Geschäftsleben, Kaufleute, Kleinhändler und Handwerker beseitigten die eisernen Stangen, welche die Nacht über den Zutritt zu ihren Gewölben und Werkstätten wehrten. Arbeiter zogen den Orten ihrer Beschäftigung entgegen.

Überall, wo der Vestalinwagen sich zeigte, hörte der beginnende Tageslärm auf. Alles legte die Hand an die Brust und senkte bescheiden den Kopf. Weiber knieten nieder, die Stadtmilizianten reckten sich wie vor ihrem Präfekten.

Unnötig rief der Liktor mit eintöniger Stimme:

„Platz da für die heilige Jungfrau der Vesta!"

Die Leute in den Straßen wichen von selbst zurück. Sogar die Christen von Rom erwiesen der Priesterin ihre Ehrenbezeigung.

Fausta dankte mit wohlwollendem Lächeln und dem freundlichen Blick einer an Huldigungen gewöhnten Königin.

Plötzlich zuckte sie zusammen. Auf dem kleinen Platz der Suburra, wo vier Straßen einmündeten, hielt hoch zu Ross ein in einen gallischen Mantel gehüllter Mann. Unter der Mantelhaube war blondes, langes Haar nicht so ganz versteckt, dass man es nicht hätte sehen können. In dem bräunlichen Gesicht funkelte ein Paar feuriger schwarzer Augen.

Auch er senkte sein Haupt.

Das Leitseil in Faustas Händen erzitterte, heiße Röte überströmte ihr Gesicht.

Jetzt streckte auch sie den Daumen ihrer Rechten aus, als wolle sie ein Gespenst verscheuchen.

Schon war der Wagen der Priesterin hinter einer Straßenecke verschwunden, und jener Mann verharrte noch immer auf seinem Platz. Erst nachdem das hohle Gepolter der Wagenräder verhallt war, entfernte er sich schnell, warf die Mantelhaube zurück und setzte den Helm auf, welchen er am Riemen auf dem Arm unter dem Mantel hängen hatte.

Es war Winfried Fabricius.

Die ganze Nacht hindurch hatte er kein Auge geschlossen. Unruhe hatte ihn von seinem Lager und aus dem Haus getrieben. Die auf dem Palatin an verschiedenen Orten aufgestellten Wachen waren verwundert über den Eifer des Oberfeldherrn. Einige mal kehrte er zu denselben zurück, fragte sie um die Nachtlosung, schalt ohne Ursache, äußerte sich so, als hätte er keine Antworten erhalten und entfernte sich schnell wieder.

Vom Palatin begab er sich zum Atrium der Vesta, schlich an der Gartenmauer herum und lauschte, ohne auf seine persönliche Sicherheit Bedacht zu nehmen. Und da er nichts erlauschen konnte, wandte er sich ungeduldig wieder gegen den Palatin. So vertrieb er sich die langen Stunden bis zur ersten Dämmerung. Mit Eintritt derselben erschien er im Hauptquartier, jedoch nur zu dem Zweck, um sich das Ross satteln zu lassen. Dann ritt er zu derjenigen Stelle, wo er ohne viele Zeugen Fausta begegnen zu müssen glaubte, sollte sie wirklich die Reise nach Tibur unternehmen.

Denn es quälte Ihn die Ungewissheit über Faustas Abreise. Er hatte schon lange erfahren, dass es Fausta war, welche im Monat Februar den priesterlichen Akt in Tibur zu vollziehen hatte; auch über den Tag war er unterrichtet. Aber der Zweifel quälte ihn, ob die Unruhen des Vortages nicht vielleicht ein Hindernis für die Abreise bildeten. Sollte der Tag des tiburtinischen Aktes nicht eingehalten werden, dann wäre der mühsam vorbereitete Entführungsplan vernichtet.

Fabricius atmete erleichtert auf, als er die Vestalin auf der Reise wusste. Aber nun beschlich ihn ein anderer Zweifel: was würde aus der Unternehmung, wenn Theodorich bei dem regen Verkehr auf der Landstraße durch irgendwelche Umstände verhindert würde, den Überfall auszuführen?

Bei dem Gedanken, die Unternehmung könnte irgendwie misslingen, erschauerte er am ganzen Leib. Er wurde zornig, dass er Pflichten hatte, welche ihn der Freiheit seines Handelns und seiner Bewegungen beraubten. Er war in Fausta so leidenschaftlich verliebt, dass er am liebsten persönlich den Raub ausgeführt und sich zugleich mit ihr auf seiner entlegenen Besitzung in den Bergen vergraben hätte. Und stände die Frage so: entweder Fausta oder italische Statthalterei — er wäre keinen Augenblick im Zweifel.

Da er fühlte, dass die Wände seines Hauses ihn wie die Mauern eines Kerkers bedrücken würden, ritt er nach der Begegnung mit Fausta sofort in das Lager außerhalb der Stadt, ließ die Soldaten unter die Waffen treten und quälte sie viele Stunden hindurch mit anstrengenden Übungen.

Fausta näherte sich dein Tiburtinischen Tor, in jeder Straße Huldigungen des Volkes von Rom empfangend. Kurz vor dem Tor hörte sie hinter sich das Getrappel schnell laufender Pferde. Da fielen ihr die drei Tauben von schlimmer Vorbedeutung ein. Sie hatte das Gefühl, dass sie verfolgt wurde. Doch sie täuschte sich. Bald rollte neben ihrem Wagen ein anderer einher, in welchem eine jugendliche weibliche Person mit fliegendem blauem Seidenmantel stand, welche der Priesterin freundlich zuwinkte, ihr Gespann zum Stehen zu bringen.

Fausta hielt und gleich darauf stand in ihrem Wagen die Lenkerin des anderen, ihr die Hände küssend.

„Ich muss Versäumtes nachholen." sprach das plötzlich an der Seite der Priesterin erschienene Mädchen beinahe atemlos. „Verzeihe mir, Fausta, dass ich mich gestern vor deiner Reise nicht verabschiedet habe. Meines Bruders Verwalter hatte mir eine sehr verwickelte Rechenschaft abgelegt und bei meiner geringen Erfahrung musste ich derselben viel Zeit widmen, so dass ich darüber die Pflicht, dir meinen Besuch zu machen, vergessen habe."

„Du bist es, Porcia?" Fausta erkannte die Schwester des Gaius Julius Strobo. „Nicht weich dürfte dein Bett sein, wenn du es zu so früher Stunde verlässt. Ich danke dir für deine freundliche Erinnerung. Aber streng genommen ist es ein Leichtsinn von dir, aus so geringfügigem Anlass mir zu dieser Zeit nachzujagen. Was du jetzt sagst, hättest du mir ebenso gut morgen nach meiner Rückkunft im Atrium sagen können."

„Verzeihe, heiligmäßige Frau." antwortete Porcia. „Aber mein gestriges Versäumnis haben vielleicht die Götter gewollt, um durch mich ein schweres Verhängnis von dir abzuwenden."

Fausta strich scheinbar ruhig Porcias Haar und küsste sie auf die Stirn, innerlich aber fühlte sie sich sehr beunruhigt.

„Kind, was redest du da? Ich stehe immer im Schutz der Götter."

„Gegen das Verhängnis vermögen auch Götter nur warnend einzugreifen. Vielleicht bin ich ihr Sendbote. Ich wenigstens glaube es zu sein, und darum bin ich jetzt an deiner Seite."

Porcia Julia flüsterte Fausta Ins Ohr:

„Ich träumte von dir. Ich sah dich auf einer großen Wiese Blumen pflücken, um damit den Altar der Vesta zu schmücken. Da stürzte sich ein mächtiger Habicht auf dich herab, versenkte seine Krallen in deine Schultern und entschwebte mit dir so hoch, dass ich dich aus den Augen verlor. Nur deine Blumen und Teile deines zerrissenen

Priesterkleides sah Ich noch herabfallen….Ich bitte dich, kehre um, heiligmäßige Frau. Fahre heute nicht nach Tibur!"

Faustas Gesicht verdüsterte sich. Die abergläubische Römerin verknüpfte sofort die drei von links hergeflogenen Tauben mit Porcias Traum; auch die Begegnung mit Fabricius war ihr jetzt von schlimmer Vorbedeutung. Gern hätte sie Porcias Rat befolgt, aber womit sollte sie dem Hohenpriester gegenüber die Nichtbefolgung seines Befehles rechtfertigen? Die Furcht vor einer Gewalttat des Herzogs war kein geeigneter Entschuldigungsgrund, denn von seiner Liebe zu ihr durfte gar niemand wissen. Auch römischer Patrizierstolz sprach gegen ihre Geneigtheit, vor einer doch nur vermuteten Gefahr die Flucht zu ergreifen.

„Offenbar hat der gestrige Straßenauflauf dein junges Herz so sehr erschreckt, dass die Bosheit der Galiläer dich sogar im Traum verfolgt." antwortete Fausta. „Fürchte nicht um mich. Noch herrschen in Rom unsere Götter und nicht über mir, sondern über den Galiläern schwebt ein böses Verhängnis, in dessen Diensten auch dein Bruder steht."

Sie küsste Porcia auf die Stirn zum Zeichen, dass sie entlassen sei.

„Lass mich dich begleiten, heiligmäßige Frau." bat das junge Mädchen.

„Du willst mich gegen jenen Habicht verteidigen? Wenn er so mächtig ist, wie du ihn geträumt hast, dann nimmt er es mit uns beiden auf. Das würde mir Konstantius Galerius nie verzeihen. Halte mich nicht mehr auf, denn schon kündigt sich Helios durch die rosig befingerte Eos an, und die Hügel verlängern den Weg nach Tibur."

Sie befahl dem Liktor, Porcia Julia in deren eigenen Wagen zurückzutragen, und fuhr in das Tor. Die Wache senkte vor ihr die Schwerter, der Zenturio begrüßte sie mit Zuruf wie einen Feldherrn.

Der Weg nach Tibur lief an einem Bach, dessen Krümmungen und Biegungen mitmachend. Anfangs führte er zwischen zahlreichen Häusern von Gärtnern, welche die Hauptstadt mit Gemüse versorgten. Nach dem zweiten Meilenstein wurden die Baulichkeiten immer seltener. Aus Zypressen- und Kastanienanlagen schauten nur noch weiße Villen hervor, Sommersitze reicher römischer Kaufleute. Auch die Wagen, welche anfangs reihenweise vorbeizogen, wurden jetzt seltener.

Die nach Rom fahrenden Reisenden erkannten an dem Voranreiten des Liktors und dem Stirnband, sowie den daran befestigten Hängebändern der Wagenlenkerin eine vestalische Jungfrau. Sie ließen ihre Wagen halten und warteten gesenkten Hauptes so lange, bis die Priesterin vorbeigefahren war. Frömmere sprangen herab und fielen auf die Knie.

Für alle hatte Fausta denselben freundlichen Blick, dasselbe wohlwollende Lächeln einer von Kindheit an Huldigungen gewöhnten hohen Frau.

Auf der vierten Meile überholte Fausta einen offenen Wagen, welcher trotz des schönen Gespanns und obgleich nur drei Männer auf demselben saßen, sich schläfrig fortschleppte. Von den Insassen desselben erwies keiner der Priesterin eine Ehre. Sie sah sich von drei stumpfen Gesichtern angeglotzt. Kaum aber hatte sie diesen Wagen hinter sich, hörte sie den Lenker desselben seine Pferde antreiben und diese so schnell traben, als wenn die drei

Reisenden ihr Viergespann wieder überholen wollten. Sie ermunterte ihre Schimmel zu schnellerem Lauf, aber den Wagen blieb dicht hinter ihr.

Der Morgen wurde heller. Ein langer kupferfarbiger, nach oben ins Violette übergehender Lichtstreifen lagerte über dem östlichen Gesichtskreis. Der kühle Luftzug von Norden hatte sich gelegt; aber beinahe noch empfindlicher wurde der feuchtkühle Nebel, welcher jetzt talabwärts zog, um in der Niederung als 'Reif niederzufallen. Feierliche Stille herrschte In der Natur. Am Weg gab es keine Häuser mehr, nur in der Ferne wurden an den Berghängen graue Dörfer oder einzelne Gehöfte sichtbar.

Immer mehr ermunterte Fausta Ausonia ihr Viergespann, in stets der gleichen Entfernung trabten hinter ihr die Rappen der drei verschlafenen Männer.

Da tauchte am Gesichtskreis im Osten der obere Rand einer großen roten Scheibe auf. Fausta streckte dem aufgehenden Tagesgestirn ihre Arme entgegen und betete:

„Sei gegrüßt, Helios, Gott des Lichts, urewiger Ursprung der ewigen Flamme Roms! Deine Glut trockne die Tränen des betrübten römischen Volkes! Dein flammendes Auge sehe heute nur das Lächeln einer glückseligen Nation, welche in dir den Vater des Tages der Ewigkeit, den allzeit siegreich herrschenden Diespiter[3] verehrt. Sei begrüßt, Helios!"

Absichtlich betete Fausta laut. Aber sei es, dass der während des Gebetes gemäßigte Lauf ihres Gespanns und auch der des nachfolgenden Wagens ihre Stimme übertönte, sei es, dass die Insassen des letzteren allzu gemütsroh waren, um in sich Andacht zu erwecken — nichts deutete darauf, dass das laute Gebet irgendwelchen Eindruck auf diese gemacht hätte. Einer von ihnen nieste heftig, und die zwei anderen lachten dazu.

Fausta trieb ihre Pferde wieder an und hüllte sich fester in ihren Wollmantel. Sie fühlte sich beunruhigt. Was für Leute können das sein? fragte sie sich. Kein Bekenner der nationalen Götter würde es wagen, auf so nahe Entfernung einer vestalischen Jungfrau nachzufahren. Vielleicht sind es Galiläer? Doch auch die italischen Christen ehrten die Priesterinnen Vestas wegen ihrer Keuschheit und der Aufopferung der Familienfreuden.

Da zauberte ihre erregte Einbildungskraft ihr den Habicht Porcias vor Augen. Er schwebte über ihrem Haupt und streckte seine Krallen nach ihr aus. Schwarze wunderbar glänzende Augen funkelten über dem gekrümmten Schnabel. Porcias Habicht hatte die Augen des Herzogs Fabricius. Sollte denn zwischen der offenbaren Verfolgung seitens dieser Leute und den Absichten des Herzogs irgendein Zusammenhang bestehen? In jener denkwürdigen Nacht hatte Fabricius das Sanktuarium der Vesta mit der Drohung verlassen, Fausta an anderer Stelle wieder zu begegnen. Könnte dieser Galiläer es wagen, seine Hand nach einer von der ganzen Nation behüteten Priesterin auszustrecken? fragte sich Fausta. Wer es gewagt hat, in das Heiligtum der Vesta einzudringen, wird der vor keiner Gewalttat zurückschrecken?

---

[3] Bezeichnung des Jupiters als Beherrscher des Tages.

Merkwürdig? Faustas Unruhe legte sich, ihre Lippen umspielte ein holdseliges Lächeln und warme Röte bedeckte ihr Gesicht. Die Priesterin war immerhin ein Weib. Dem Weib aber schmeichelte das Bewusstsein, geliebt zu sein mit einer Liebe, welche stärker war, als das Vertrauen des Imperators, als Schmach und Tod.

Ein gut Stück Weges fuhr Fausta in ihren Liebestraum versunken. Sie erwachte wieder, als vor ihr der Ruf des Liktors erscholl:

„Platz da! Schaffe Raum für die heilige Jungfrau der Vesta!"

Vor Faustas Stehwagen rollte ein breiter sehr geräumiger geschlossener Reisewagen, dessen Lenker den wiederholten Zuruf des Liktors unbeachtet ließ. Fausta wollte vorfahren. Als der Lenker des Ungetüms dies bemerkte, hieb er auf sein Viergespann ein und blieb voran. Gleichzeitig beschleunigte der hintere Fuhrwagen seinen Lauf so, dass dessen Pferde mit den Rossen von Faustas Sklaven in Berührung kamen.

Vergeblich schrie der Liktor, fluchten die Sklaven, peitschte Fausta ihre Schimmel. Die Reisenden von vorn und von hinten kümmerten sich nicht darum. Es entstand ein Wettrasen, wobei jedoch Fausta stets in der Mitte bleiben musste.

Das hartnäckige Schweigen und die sonderbare Rücksichtslosigkeit der ungebetenen Reisegefährten ließen Fausta die Gefahr erkennen, in der sie sich offenbar befand. Ihr Gesicht erbleichte, Schweiß durchnetzte ihr Stirnband. Sie schaute um sich. Öde war die umgebende Gegend; aus den fernen Ansiedelungen des Hügellandes war keine Hilfe zu erwarten.

Doch bemächtigten sich Zorn und Ungeduld der Vestalin. Sie mäßigte den Lauf des Wagens, was sofort auch der Lenker des Fuhrwagens und im nächsten Augenblick der des voraneilenden taten, befahl der Liktor an Ihre Seite und trug Ihm auf, die lästige Gesellschaft im Namen des Präfekten Flavianus zum Aufgeben ihres hässlichen Treibens aufzufordern.

Der Liktor tat, was ihm befohlen worden. Doch auch Flavianus Name übte keinerlei Wirkung. Der Mann mit dem Rutenbündel und dem Beil wurde kaum eines Blickes gewürdigt.

Da kam Faustas Zorn zu vollem Ausbruch. Sie trieb ihre Pferde, soweit es der ansteigende Weg erlaubte, zu größter Eile an, um den Reisewagen zu überholen, jedoch nur mit dem Erfolg, dass das Wettrasen umso toller fortgesetzt wurde und dichte Staubwolken emporwirbelte.

Aus eigenem Antrieb ritt nun der höchst empörte Liktor vor, um den Pferden des Reisewagens in die Zügel zu fallen und der Priesterin zur Überholung desselben zu verhelfen. Doch hatte er sein Vorhaben noch nicht ausführen können, als der Reisewagen plötzlich eine Schwenkung machte und quer über der Straße stehen blieb.

Seit diesen, Augenblick sah Fausta den Liktor nicht mehr.

Sie wollte ausweichen, und es gelang ihr auch, ihre Rosse abzulenken. Eines aber streifte mit dem Fuß das Hinterrad des großen Wagens und stürzte; die anderen sprangen zur Seite und blieben dann im Geschirr verfangen stehen. Fausta hing mehr über der Brüstung ihres Wagens, als sie in demselben stand.

Bevor sie sich über die Lage klar werden konnte, ertönten Stimmen in ihrem Rücken. Sie sah sich um: einer ihrer Sklaven wälzte sich in seinem Blut, der andere, ebenfalls schon vom Pferd gezerrt, kämpfte noch gegen zwei Angreifer. Sie zog rasch ihren Dolch unter der Tunika hervor. Aber in demselben Augenblick sprang ein alter stark gebauter Mann in ihren Wagen und mit den Worten: „Fürchte dich nicht, mein Täubchen!" warf er ihr ein großes seidenes Tuch über den Kopf. Sie fühlte sich von einem Paar starker Arme erfasst, erhoben und davongetragen.

„Fürchte dich nicht, mein Täubchen, nichts wird dir geschehen."

Diese Worte hörte sie noch, dann verlor sie das Bewusstsein.

Einige Minuten darauf rollten der Reisewagen und der Fahrwagen auf einem unweit von der Stelle des Überfalles nach Norden abzweigenden Weg.

Auf einem den Weg nach Tibur weithin beherrschenden Hügel saß im Gestrüpp ein alter Mann, welcher mit entsetzten Augen den Hergang des Raubes der Vestalin verfolgt hatte. Nachdem die beiden Wagen in den Windungen des abzweigenden Weges verschwunden waren, schlich er aus seinem Versteck hervor, erstattete bei der Behörde in dem nicht mehr weit entfernten nächsten Dorf Anzeige über das zufällig Gesehene und fuhr dann mit einem Vertreter derselben und den drei Leichen nach Rom.

Während dies auf halbem Weg nach Tibur vor sich ging, stellte Winfried Fabricius im Lager außerhalb der Mauern Roms die Geduld seiner Soldaten auf eine harte Probe. Nach den gewöhnlichen Übungen ließ er sie einen Sturmanlauf gegen eine markierte Festung unternehmen. Er lief selbst an der Spitze des angreifenden Teiles und stürzte sich über die Gegenpartei mit solcher Wut, als wenn es wirkliche Feinde gewesen wären. Mit Hilfe von Leitern erkletterte er Mauern, er eroberte Wurfmaschinen, er tadelte und strafte Saumselige und Ungeschickte.

Verwundert sahen die Tribunen und Zenturionen einander an. Noch nie hatte der Herzog solchen Eifer entwickelt. Die Unterkommandanten wussten nicht, dass Fabricius' unruhige Gedanken hier nur Beschäftigung suchten, um nicht unablässig auf der Landstraße nach Tibur verweilen zu müssen. Hoffnung, Befürchtung, Ungewissheit ergriffen nacheinander Besitz von des Herzogs Seele. Diese innere Unruhe bedurfte der Ableitung nach außen; ihr hatten die Soldaten die ununterbrochenen Anstrengung von der Morgendämmerung bis zum Mittag hin zu verdanken. Viele waren schon vor Hunger und Übermüdung niedergestürzt, andere fingen an zu murren.

Endlich machte er der Übung ein Ende, nach der schlaflosen Nacht, von der Seelenpein und von den körperlichen Anstrengungen selbst stark angegriffen. Er bestieg sein Ross entließ die Unterbefehlshaber mit Worten des Tadels, und ohne Begleitung, wie er gekommen war, ritt er zur Stadt.

Als er beim Tor ankam, glaubte er, von den Wachen anders als sonst angesehen zu werden.

In der Stadt selbst fiel ihm die Stille auf, welche auf etwas ganz Außergewöhnliches hinzudeuten schien. Kaufläden und Werkstätten waren schon oder wurden soeben in aller Eile geschlossen. Kleine Menschengruppen begleiteten ihre wenigen, kaum geflüsterten Worte mit umso lebhafteren Handbewegungen und mit Mienenspiel. Auf den Freitreppen der heidnischen Tempel, vor den Standsäulen der vergötterten Imperatoren lagen Weiber mit aufgelösten Haaren mit den Gesichtern zu Boden.

Fabricius fühlte unwillkürlich, dass diese scheue Stille mit Fausta Ausonia in Zusammenhang stand. Seine innere Unruhe steigerte sich. Vielleicht ist sie tot? Oder vielleicht ist sie verwundet nach Rom zurückgekommen?

Er winkte einem Stadtmilizianten zu.

„Ich bemerke, dass die Stadt Trauergewand anlegt." sprach er, als der Polizist vor ihm stand. „Ist ein Großer gestorben?"

„Die Götter haben schweres Unglück auf Rom herabgelassen. Die heiligmäßige Fausta Ausonia ist auf ihrem Weg nach Tibur von Räubern überfallen und entführt worden. Die Räuber haben die Richtung gegen Norden eingeschlagen."

„Fausta Ausonia ... die Vestalin?" fragte der Herzog erstaunt tuend.

„Deine Exzellenz kennt die heiligmäßige Frau." antwortete der Polizist und erhob die Hände. „Verflucht seien sie! Die Erde speie sie aus nach ihrem Tod, damit sie keine Ruhe finden im Reiche der Schatten. Der Vater der Götter verhänge über sie Tantalusqualen für den Schmerz, für die Schmach, welche sie Rom angetan haben."

Tränen standen in den Augen des Heiden.

Fabricius atmete erleichtert auf.

„Wenn man gesehen hat, dass die Räuber sich gegen Norden gewendet haben, warum hat man sie nicht verhindert oder wenigstens verfolgt?"

„Ein einziger Mann, ein alter Mann, hat es rein zufällig gesehen, und dieser konnte sich in den Kampf, in welchem ein Liktor und zwei Sklaven gefallen sind, nicht einmengen."

Der Herzog schlug seinen Hengst mit den Fersen in die Seiten und setzte sich in schnelle Bewegung gegen den Palatin.

Überall, wo er vorbeiritt, sah er stumme Zeichen tiefer Trauer: geschlossene Hauseingänge und schweigsame Menschen. Männer in schwarzen Togen eilten in die Tempel, Weiber erhoben händeringend ihren starren Blick zum Himmel, oder bestreuten ihre Kleider mit dem Straßenstaub.

Er versuchte sich einzureden, dass die den Heiden zugefügte Schmach kein Unrecht sei, dass im Gegenteil die künftige Bekehrung einer Vestalin zum wahren Glauben sein Verdienst sein werde. Der Fluch des Polizisten aber lang in seinen Ohren, wie die Klage eines unschuldig Verurteilten und wühlte in seinem Hirn. Auch sein soldatisches Gewissen regte sich: Der Raub war eine unehrliche, eine meuchlerische Tat, begangen im Bund mit gemeinen Verbrechern.

Dazu kam noch der quälende Gedanke, dass jemand Zeuge des Raubes gewesen war, und dass man wusste, in welcher Richtung Fausta zu suchen wäre.

Wirr gingen ihm die Gedanken durch den Kopf. Den Palatin hinaufreitend, sah er eine Abteilung berittener Polizisten wohlbewehrt an sich vorbeiziehen.

Schamröte überflutete Fabricius' Gesicht. Wem sollte denn die berittene Polizei die Priesterin abjagen? Wer war der von derselben aufzusuchende Räuber? Doch kein anderer, als er selbst. Und wer schickte die Polizei? Der Präfekt Flavianus, derselbe, welchem der Herzog List und Lüge vorgeworfen hatte. Fehl war auch er selbst der listige heimtückische Lügner, und zwar ein hundertfach mehr verachtungswürdiger Lügner. Denn der Präfekt des Prätoriums hatte ihn nur aus öffentlichen Rücksichten, aus römischen Patriotismus überlisten wollen, er aber bediente sich der Meuchelei zu eigensüchtigem Zweck.

Mit abgewandtem Gesicht übergab er seinen Hengst einem Soldaten seiner Leibwache. Er glaubte, dass jedermanns verwunderte Augen aus seinen verstörten Zügen etwas herauslesen müsse. Schnell durcheilte er die Vorhalle und ließ sich statt des nicht eingenommenen Frühmahles einen Krug Wein bringen. Entgegen seiner sonstigen Mäßigkeit trank er davon mehrere Schalen nacheinander.

Der Vorsteher seiner Schreiber ließ sich melden, Fabricius aber schallt, dass er sogar in seinem Speisezimmer behelligt würde. Er vermutete, der eifrige Beamte würde die große Neuigkeit melden und ihn mit seinen Mutmaßungen quälen, vielleicht sogar über die Abwesenheit Theodorichs und der gestern Abend fortgeschickten zehn Alemannen befragen. Er fühlte sich nicht ruhig genug, um die vermutete Wissbegierde des Beamten in den gehörigen Schranken zu erhalten.

Er ging in den Garten, um ungestört zu sein und ins Gleichgewicht zu kommen. Germanische Sklaven schnitten hier die Bäume und brachten die Wege in Ordnung. Erst an der Gartenmauer machte er halt, schaute hinüber und horchte. Dumpfe peinliche Stille herrschte in der Stadt, das lärmende Tagesleben derselben war erstorben. So äußerte sich die tiefe Nationaltrauer.

Immer mehr wurde sich Fabricius der Tragweite seiner Gewalttat bewusst. Wohl wissend, dass die vestalischen Jungfrauen bei den Heiden abergläubische Verehrung genossen, hätte er doch nie gedacht, dass diese letzteren die den vielhundertjährigen Traditionen angetane Schmach so tief empfinden könnten. Nun stand er aber selbst vor einer vollbrachten Tatsache, welche sich nicht rückgängig machen ließ. Es blieb ihm nichts weiter übrig, als darauf bedacht zu sein, dass die Heiden den Anstifter des Raubes nicht entdeckten. Denn anders würde ihm der schmachvolle Tod nicht erspart und selbst ohne seinen Tod stünde er am Ende seines Wirkens in Rom, weil auch der allerchristlichste Imperator ihn unmöglich auf seinem Posten belassen könnte.

Während er über die Sicherung des Geheimnisses nachdachte, erschien neben ihm der Namenrufer und meldete, Simonides bitte um Gehör und wolle sich nicht abweisen lassen, da er Wichtiges mitzuteilen habe.

Simonides, welcher Faustas Fahrt nach Tibur ausgekundschaftet hatte, durfte In der Tat nicht abgewiesen werden. Vielleicht konnte dieser vielwissende Mann mit seinen wichtigen Mitteilungen einen lichten Ausblick eröffnen. Der Herzog ließ daher Simonides in den Garten kommen.

„Sei gegrüßt, Exzellenz, von deinem untertänigsten Diener." meldete sich der Grieche, tief gebückt heranschleichend.

„Was hast du mir mitzuteilen." fragte Fabricius barsch.

„Es wird für Deine Exzellenz sicher von Wichtigkeit sein, zu erfahren, dass Fausta Ausonia in Räuberhände gefallen ist."

„Du sagst mir Stadtbekanntes." gab der Herzog erregt zurück. „Übrigens, was geht Fausta Ausonia mich und dich an?"

„Deine Erzellenz wolle gnädigst verzeihen," antwortete Simonides mit einem spöttischen Lächeln um die Lippen und unter bedeutsamem Augenzwinkern, „einen so elenden Wurm und alten Mann, wie es Deiner Exzellenz bisher getreuester Diener ist, kann eine Königin unter den Weibern nichts angehen."

Fabricius merkte, dass der schlaue Grieche zwischen seinen früheren, auf die Haus- und Tagesordnung des Atriums der Vesta sich beziehenden Aufträgen und dem heutigen Ereignisse einen Zusammenhang gefunden hat oder vielleicht erst suchte, dass aber dessen Findigkeit auf der richtigen Spur war.

„Was willst du eigentlich von mir?" fragte er zornig, aber etwas verlegen.

„Ich habe geglaubt, auch weiterhin Deiner Exzellenz untertänigste, Sklave bleiben zu dürfen, und meinte, einen Beweis meiner Dienstfertigkeit zu erbringen, wenn ich jetzt meinem großmütigen Herrn erscheine, um etwaige neue Aufträge entgegenzunehmen."

Fabricius suchte seine wachsende Verlegenheit durch scharfen Ton zu verdecken.

„Deine Rede ist mir ganz unverständlich!" heuchelte er. „Ich habe keine Aufträge für dich, du kannst gehen."

„Dann bitte ich um meine Entlassung." sprach der Grieche, selbstbewusster sein Haupt erhebend.

„Ich habe dir gesagt: du kannst gehen."

„Mein großmütiger Herr weiß, dass, wenn ein bisher treuer Diener um seine Entlassung bittet, er seinen Lohn verlangt."

Obwohl herausfühlend, dass in dem zum zweiten mal unterstrichenen Ausdruck „bisher getreu" eine Drohung lag, konnte doch Fabricius seine Entrüstung über die Unverschämtheit seines Spions nicht unterdrücken.

„Welchen Lohn?!" fuhr er ihn an. „Habe ich deine Dienste nicht schon reichlich bezahlt?!"

Aber in weniger erregtem Ton fügte er hinzu:

„Ich will dir übrigens noch zehntausend Sesterzen anweisen. Morgen kannst du sie abholen."

Der Grieche dachte sich aber: man muss das Eisen schmieden, solange es heiß ist. Er sah des Herzogs Verlegenheit, und dessen Nachgiebigkeit war ihm eine Aufmunterung.

„Ich danke," sprach er, sich leicht verneigend, „aber es ist viel zu wenig. Ich habe selbst mehr ausgegeben, als ich von Deiner Exzellenz bekommen habe. Derlei Dienstleistungen kosten sehr viel. Ich habe Schulden machen müssen, um meine Leute zu bezahlen. Dafür haben sie auch das Ihrige geleistet."

Des Herzogs Gesicht erbleichte. Scheinbar jedoch ganz ruhig, fragte er:

„Du, Schulden? . . . Für welche Leute? Für welche Dienstleistungen?"

„Hunderttausend Sesterzen habe ich teils aus eigenem, teils aus Wucheranleihen, welche ich bei meinen Freunden habe machen müssen, gezahlt, um die Haus- und Tages- und Nachtordnung des Atriums der Vesta kennen zu lernen und um für Theodorich die Helden ausfindig zu machen. Unbezahlt ist auch noch der Bettler, welcher Zeuge des Raubes war."

„Du kennst sogar den Bettler?" fragte Fabricius leise, scheinbar noch ruhiger als einige Augenblicke vorher.

„Wie mich selbst." antwortete der Grieche mit triumphierendem Lächeln, weil er den Herzog jetzt ganz in seinen Händen zu haben glaubte.

Doch plötzlich verzerrten sich seine Züge, sein Blick erstarrte, er knickte zusammen und seine Knie schlotterten. Zu spät wurde er inne, dass seine Schlauheit seiner Habgier unterlegen war. Er hatte sich selbst verraten. Unheil drohte ihm aus dem aschfahlen Gesicht des Herzogs, aus dessen weit geöffneten Augen und zusammengepressten Lippen.

So starrten sie eine Weile einander an mit verhaltenem Atem.

Endlich zischte ihn Fabricius an: „Als schlauer Fuchs hättest du wissen sollen, dass das Geheimnis Mächtiger tödlich ist für Elende wie du. Mein Spion hättest du sein sollen, hast aber meine eigenen und Theodorichs Schritte verfolgt und bedrohst meine Zukunft. So sprich nun: Was ist dein Lohn?"

Der Grieche sank in die Knie und stöhnte.

„Nichts weiß ich . . . nichts habe ich gesehen ... ich will mein Gedächtnis verlieren! . . . Gesündigt habe ich. . . gelogen! . . . Fausta Ausonia ist von Sklavenhändlern entführt worden . . . das habe ich gesehen . . . das will ich überall verkünden . . . Exzellenz habe Erbarmen mit einem elenden Wurm! . . . Erbarme dich deines allerletzten Sklaven, du göttlicher, du ewiger Herr und Imperator der Zukunft."

Während er diese Worte hervorstieß, tat er nach rechts und links verstohlene Seitenblicke, ob und wie er entwischen könnte.

„Gärtner!" rief Fabriclus, sich umwendend, in den Garten hinein. „Schicke mir sofort zwei Sklaven her!"

„Du hast befohlen, Herr!" rief der nächste der Gärtner zurück.

Diesen Augenblick benutzte Simonides, um sich aufzuraffen, seinen Dolch zu zücken und über den Herzog herzufallen.

Doch dieser hatte sich bereits wieder umgewandt. Die Gefahr sofort erkennend, fuhr er dem Griechen, der mit dem Doch nach ihm stieß, mit festem Griff an die Kehle. Der Dolch ritzte seinen ausgestreckten Arm und stieß mit bedeutend geschwächter Kraft auf den Ringelpanzer, welchen der Herzog unter seiner Tunika trug.

Zwei germanische Sklaven eilten herbei, während der Angreifer sich vergeblich zu befreien suchte.

Jetzt sprach der Herzog zu Simonides, die Hand an der Kehle lockernd und ihm mehr Luft vergönnend:

„Ich habe dich durch Aufbewahrung unschädlich machen wollen. Nun aber seien diese Sklaven deine Richter."

Zu den Sklaven gewendet, sagte er:

„Ihr seht, auf euren Herrn ist er mit dem Dolch eingedrungen. Er gehört euch!"

Damit ließ er den Hals des Griechen los und wendete seine Schritte gegen den Palast.

Kaum hatte er sich entfernt, als er hinter sich einen Schrei und gleich darauf einen dumpfen Anprall an die Gartenmauer hörte. Scheu tat er einen Blick hinterwärts und sah Simonides mit zerschmettertem Kopf an der Mauer liegen. Dessen letzter Schrei war: „Christus!"

„Verscharrt ihn!" rief er den Sklaven zu. „Und bei Folter und Pfahl, lasst nichts von seinem Ende jenseits dieser Mauern dringen!"

In den Palast zurückgekehrt, wusch er sich das Blut ab, legte frische Kleider an und begab sich in sein Arbeitszimmer. Hier hatte er das Gefühl, als ob das Bild des gekreuzigten Erlösers an der Wand ihn vorwurfsvoll anschaue. Er wandte seine Augen weg, setzte sich an den Tisch und stützte den Kopf in die Hand.

An der Schwelle erschien der Namenrufer und meldete, der Kanzleivorsteher bitte abermals um Gehör. Unwirsch antwortete der Herzog:

„Ich habe schon gesagt: Heute wirst du mir niemanden melden!"

Er überließ sich ganz seinen Gedanken.

Gestern noch war sein Gewissen rein, heute fühlte es sich mit allerlei Untat belastet, sogar mit dem Blut eines Christen, welchen er ohne Vorbereitung auf den Tod vor dem guten Hirten erscheinen ließ. Und seine Ehre? . . . Der Raub war an sich schon eine unwürdige Tat, und zum Zweck der Ausführung hatte er sich mit dem abscheulichsten Auswurf der Menschheit verbrüdert. Außerdem nagte an seinem Herzen die stumme Trauer einer unglücklichen Nation.

„Teuer, o Fausta, sehr teuer erkaufe ich deine Liebe." murmelte er vor sich hin und erhob die Augen.

Sein Blick fiel wieder auf den Gekreuzigten. Schnell wandte er sich ab und verbarg sein Gesicht in beiden Händen.

4. Kapitel

Die warme Sonne eines wolkenlosen Märztages überflutete mit ihren Strahlen das ‚schöne Vienna', welches sich an beiden Ufern der Rhone breit entfaltete. Mit Recht war die alte römische Kolonie schon von Dichtern als die ‚schöne' benannt. Die Imperatoren und die Statthalter in Gallien schmückten ihre Lieblingsresidenz mit einer solchen Menge von Kirchen, Tempeln und Denkmalen, dass keine andere Provinzstadt Vienna in dieser Beziehung gleichkam. Es wurde von Julian dem Abtrünnigen und von Gratian geschmückt; und Maximus und Valentinian schmückten es wieder. Dem Beispiel der Herrscher folgten die Vertrauten derselben und errichteten großartige Paläste, Bäder und Theater. Sie erweiterten und regulierten die Straßen und erhielten die Plätze und Basiliken in schönster Ordnung.

Hart am Ufer des Flusses dehnte sich ein großer Garten aus, umgeben mit einer Mauer, deren Zinnen mit dichtgepflanzten Eisenspießen bewehrt waren. Inmitten dieses Gartens erhob sich ein großes Gebäude.

Dem Tor in der Gartenmauer nahten in den Morgenstunden Gaius Julius und Konstantius Galerius. Sie gingen zu Fuß, ohne Dienerschaft, bekleidet mit gewöhnlichen Senatorentogen und mit weißen Schnürschuhen aus feinem Leder.

Zwei Veteranen, welche Torhüterdienste versahen, vertraten ihnen den Weg.

„Nicht gestattet!" meldete der eine. „Oder habt ihr einen Erlaubnisschein vom Comes des heiligen Palastes?"

„Wir haben einen Erlaubnisschein vom Imperator selbst." antwortete Julius mit spöttischem Lächeln, wobei er den Torhütern je eine Goldmünze in die Hand gleiten ließ. „Lest diese Scheine bei einem Krug guten Weines. Ihr findet darauf nicht nur den Namen, sondern auch das Antlitz unseres göttlichen Herrn."

Die Veteranen taten scheue Seitenblicke, schoben die Münzen schnell unter ihre Tuniken und gewährten den Senatoren freien Durchgang.

Alle zwanzig Schritte standen längs der breiten Kastanienallee ausgediente Legionäre mit erhobenen Schwertern, und jeder fragte um den Erlaubnisschein vom Comes des heiligen Palastes. Julius gab sich keine Mühe mehr, mündlich zu antworten, sondern streckte nach rechts, dann wieder nach links Münzen in die harten Hände der alten Krieger mit solcher Geschicklichkeit, als wenn er darin eine besondere Übung gehabt hätte.

„Dieses Kunststück des geheimen Zusteckens von Geld brächte ich nicht fertig." bemerkte Konstantius.

„Verweiltest du längere Zeit in Vienna oder in Konstantinopel, würdest du es bald erlernen. Auch ich war anfangs erstaunt über die Unverschämtheit dieses Gesindels. Jetzt finde ich daran mein Vergnügen, wie du siehst."

Je weiter sie vordrangen, desto mehr erweiterte sich die Allee, bis sie vor dem Palast in einen geräumigen Vorhof mündete, welcher von Leuten verschiedenen Standes wimmelte.

Sklaven in scharlachfarbenen mit Goldstreifen besäumten Tuniken, schöne syrische Knaben, bartlose Eunuchen mit falschen Stimmen, schwarze Nubier mit großen Goldringen an den Ohren, braunhaarige gallische Bogenschützen kamen und gingen beschleunigten Schrittes in geschäftigem Durcheinander. Militärs höherer Rangstufen mit silbernen Helmen und Brustharnischen, mit blauen, gelben und roten Bändern umgürtet, Beamte in langen mit Edelsteinen besetzten Seidenkleidern gingen vor dem Palast hin und her, in der Sonne schimmernd wie glänzende Käfer.

In dieser Flut greller Farben und blendender Pracht verschwanden die zwei bescheidenen weißen Senatorentogen spurlos trotz ihrer breiten Purpursäume. Niemand beachtete die römischen Patrizier, welche weder mit Medaillen, noch mit Armspangen, ja nicht einmal mit dem Bildnis des Imperators ausgezeichnet waren. Der geringste von den Dienern des Imperators stellte Julius und Galerius bezüglich der Kleidung in den Schatten.

Zum Palast führte eine breite Marmortreppe hinauf, zu deren breiten Seiten Protektoren und Domestiken[4] Wache hielten. Söhne fränkischer, alemannischer und gallischer Herren, alle jung und wohlgestaltet, eigens dem Portikus des kaiserlichen Palastes zur Zierde ausgesucht, beobachteten sie genau jeden, der an ihnen vorbeiging. Auf ihren vergoldeten Helmen und Schilden funkelten die aus Rubinen zusammengesetzten christlichen Monogramme; ihre gelben Seidenmäntel rauschten bei jeder Bewegung.

An einen derselben, welcher vor anderen sich durch einen purpurnen Gürtel auszeichnete, trat Julius heran und sprach:

„Gaius Julius bringt sich dem ausgezeichneten Ricomer in freundliche Erinnerung."

Der Hauptmann der Domestiken veränderte bei dieser Begrüßung nicht einmal seine Stellung. Mit dem Rücken an eine Säule gelehnt, antwortete er nachlässig:

„Man hat mir gesagt, du seiest längst schon wieder nach Rom übersiedelt."

„Von Rom nach Vienna ist es ja nicht allzu weit." erwiderte der Senator. „Ich bin gekommen, um mir eine Audienz bei unserem göttlichen Herrn zu erwirken."

„Das wird schwer gehen. Sr. Ewigkeit bereitet sich eben vor auf den Empfang der heiligen Taufe. Der Bischof von Mailand selbst soll das Sakrament spenden."

„Ich habe mich unterrichten lassen, dass fromme Vorbereitungen unseren ewigen Herrn nicht abhalten, sich mit Staatsgeschäften zu befassen."

---

[4] Protectores et domestici, die Leibwache der christlichen Kaiser, früher praetoriani.

„Laufende Angelegenheiten werden von den Komitees erledigt."

Während er mit dem römischen Senator sprach, lehnte Ricomer noch immer an der Säule und sah auf ihn mit halbgeschlossenen Augen von oben herab. Ein spöttisches Lächeln umspielte seinen Mund.

Julius sah und fühlte alles das sehr wohl, ließ sich jedoch von seiner inneren Entrüstung nicht beirren. Im Gegenteil, er trat ganz knapp neben Ricomer und sprach mit gedämpfter Stimme:

„Deiner Exzellenz haben einmal meine spanischen Stuten gefallen. Wenn dein Geschmack noch immer derselbe ist, wird es mich freuen, dieselben vor deinem Wagen zu sehen."

Ricomers Augen erglänzten einen Augenblick vor Freude. Trotzdem antwortete er so, als ob ihm das großartige Geschenk kein Vergnügen mache:

„Ich danke dir, hochberühmter Senator, im Namen meines Wagenlenkers, welcher für spanische Stuten voreingenommen ist. Mir selbst sind britannische lieber, weil sie größer und kräftiger sind."

„Wolltest du mir eine Begegnung mit dem Kammerherrn der heiligen Lagerstätte[5] ermöglichen, so fänden sich in meinem Stall vielleicht auch britannische Traber." sprach Julius. „Bei meinem Freund Konstantius Galerius sind solche sicher vorhanden."

Jetzt erst löste sich Ricomer von der Säule los und vor Konstantins sich verneigend, antwortete er:

„Der Oberstkammerherr wird bald die heiligen Gemächer Sr. Ewigkeit verlassen. Ich werde euch in der Vorhalle einen Platz anweisen, dass er sich durchaus an euch anreiben muss."

Er nahm Julius unter den Arm, winkte Galerius zu und führte die zwei Senatoren durch den Portikus in die Vorhalle.

Hier herrschte fortwährend große Bewegung. Seide, Edelsteine, silberne und vergoldete Rüstungen vereinigten sich zu einem sinnberauschenden lebenden Bild. Von Zeit zu Zeit hoben schwarze Eunuchen die Purpurvorhänge an Türen, aus denen einzeln oder in kleinen Gruppen verschiedene Würdenträger hervortraten. Stolz erhobenen Hauptes schritten sie mitten durch ein glänzendes Spalier von Protektoren und Domestiken.

Ricomer flüsterte dem Hauptmann der inneren Palastwache einige Worte ins Ohr und winkte den beiden Senatoren zu, sich neben diesen zu stellen.

„Hier muss der Oberstkammerherr vorbeikommen." belehrte er Julius.

Von Zeit zu Zeit erschien im Hintergrund der Vorhalle der Namenrufer und rief aus vollem Hals einen Namen. Der glückliche Untertan Sr. Ewigkeit, welchem es gelungen war, am Ziel seiner

---

[5] Kammerherr der heiligen Lagerstätte = Oberstkämmerer, der höchste Hausbeamte.

langwierigen und mit riesigen Unkosten verbundenen Bemühungen anzulangen, zwängte sich hocherfreut durch das Gedränge hindurch und folgte dem Sklaven. Ihn verfolgten die neidischen Blicke derjenigen, welchen zuvorzukommen ihm geglückt war.

Von allen Seiten in dem Gedränge gestoßen und auf die Füße getreten, standen die römischen Senatoren da, gespannt auf diejenige Tür blickend, aus welcher der erwartete Würdenträger hervortreten sollte.

Sie warteten lange und wurden immer missmutiger. Julius' Augen und Lippen zuckten. Galerius fing an, in brummigem Ton zu hüsteln, und schaute um sich mit dem Blick eines bedrängten Auerstiers. Weder der eine noch der andere hatte je in einer Vorhalle eine Minute warten müssen. Um nicht sich selbst dazu zu verurteilen, hielten sie sich fern von den Höfen der Imperatoren, ihre altrömische Unabhängigkeit höher schätzend als die Gnade der Kaiser Theodosius und Valentinians.

„Gehen wir!" knurrte endlich Galerius.

Julius aber hielt ihn an der Toga zurück.

„Um Roms willen erdulden wir diese Erniedrigung." flüsterte er.

„Ich ersticke!" brummte Galerius zurück.

Schon begann auch Julius ungeduldig zu werden, als die zwei Flügel eines Türvorhanges aufgingen und die Häupter aller Wartenden sich vor einem jungen braunhaarigen Mann verneigten, welcher seinen Blick hochmütig über die Versammelten schweifen ließ und denselben dann verkündete:

„Sr. Ewigkeit, unser göttlicher Herr, erteilt heute niemand mehr Audienz."

Er wollte sich durch das glänzende Spalier der Palastwache entfernen. Da wurde er Julius gewahr, stutzte, machte halt, klopfte ihm wohlwollend die Achsel und redete ihn an:

„Gaius Julius? ... Sei gegrüßt in Vienna. Brauchst du mich, so stehe ich dir zur Verfügung."

„Sei gegrüßt." antwortete der Senator. „Meine Augen möchten das göttliche Antlitz unseres ewigen Herrn sehen."

„Schon gut, schon gut. Aber nicht heute und nicht morgen. Vielleicht übermorgen. Lasse dich in die Liste der Audienzwerber einschreiben und warte geduldig ab, bis die Reihe an dich kommt."

Dann nickte er mit dem Kopf und entfernte sich unter Vorantritt von zwei Liktoren.

Als die Senatoren sich wieder vor dem Gartentor befanden, hob Julius an:

„Lassen wir uns in die Liste einschreiben, dann können wir monatelang auf die Audienz warten. Wer gut schmiert, der gut fährt. Auch dieser Junker will geschmiert sein. Ich kenne ihn schon. Er hat die Augen einer Katze und den Rachen eines Wolfs . . . dieser elende Hofscherge!"

„Wozu denn die Bücklinge vor diesem Gesindel!" brach Galerius empört heraus. „Wozu pochen wir an ein Tor, welches sich uns niemals erschließen wird? Von Anfang an sagte ich: Loshauen! Loshauen! Ihr aber vergeudet unnütz die Zeit mit eurem falschen Spiel. Unsere Vorfahren haben ganz anders mit den Feinden Roms gesprochen."

„Auf Befehl unserer Vorfahren rüstete die ganze zivilisierte Welt." entgegnete Julius mit einem wehmütigen Lächeln. „Uns aber werden die Legionen des Reiches nicht folgen."

„Italien wird uns folgen!"

„Italien wird von Arbogast in einer einzigen Schlacht niedergetreten, wenn er Theodosius treu bleibt. Ohne seine Hilfe können wir uns in einen Krieg mit Theodosius nicht einlassen. Wir bringen ihn auf unsere Seite nur durch eine tiefe Beleidigung, die er von Valentinian erfährt. Diese Beleidigung müssen wir herbeiführen."

„Mir gefällt das falsche Spiel nicht."

„Auch mein Stolz empört sich dagegen. Aber leider müssen sich Schwache auch der Lüge als Waffe bedienen."

Verstimmt durchschritten die zwei Senatoren die Straßen von Vienna, welches dermaßen von Leben überquoll, dass man es für die wirkliche Hauptstadt des Reiches hätte ansehen können. Eine vielfarbige und vielsprachige Menge wogte unablässig auf den Seitengängen der Straßen. Die Mitte entlang zogen Lektiken, Tragsessel, Stehwagen, Prachtkarossen. Dazwischen eilten Läufer in bunten Kleidern; Namenrufer erhoben ihre Stimme und Liktoren walteten fluchend ihres Amtes, den Weg bahnend für Hofwürdenträger.

Auf dem Platz vor dem Tempel des vergötterten Augustus und Livias fiel den Senatoren eine ganz eigenartige Lektika auf. Sie war in Schwanenform gebaut und ganz mit Straußenfedern bedeckt. Getragen wurde sie von sechs Sklavinnen in der verschlissenen schmutzigen Tracht römischer Klageweiber. Vorübergehende blieben stehen, gafften, flüsterten und wiesen mit den Fingern auf die absonderliche Lektika.

Die Inhaberin derselben, ein junges Weib, schien das wenig zu bekümmern. Sie ruhte nachlässig ausgestreckt auf gelben gestickten Polstern und betrachtete die Gaffer mit verächtlichen Blicken.

„Aemilia!" flüsterte Julius verwundert seinem Freund zu. „Was kann wohl die Histrionin in Vienna machen?"

Aemilia hatte die zwei Senatoren schon bemerkt.

„Seid gegrüßt! Seid gegrüßt, hochberühmte Väter!" rief sie ihnen zu, Kusshändchen werfend.

Gleichzeitig ließ sie ihre Trägerinnen halten.

Als die Senatoren sich näherten, sagte sie erfreut:

„Wie gut, dass ihr nach Vienna gekommen seid! Ich hoffe, euch noch heute bei mir zu sehen. Das galiläische Gesudel ist mir so zuwider geworden, dass ich bereit wäre, euch im Angesicht der ganzen Stadt zu umarmen und abzuküssen."

Schnell traten die zwei Senatoren, welche in Rom nicht zu Aemilias Verehrern gehört hatten, einen Schritt zurück.

„Fürchtet ihr euch vor mir?" lachte die Schauspielerin. „Flieht nicht vor mir, wenn ihr Rom liebt. Und ihr liebt es, ich weiß es. Auch ich habe jetzt unsere heilige ewige Hauptstadt lieben gelernt, obwohl ich sie schmähte, als ich sie verliest . . . Schaut mich nicht so ernst, so streng an. Ich will euch nicht verführen, reizen, ausbeuten. Ich schwöre beim Schatten des Sophokles, dass ich eure Gefühle und eure Betrübnis achten will. Ich bin Römerin, meine Seele verlangt nach römischen Erinnerungen. Versprecht mir, dass ihr zu mir kommt."

Sie sprach es warm, herzlich, mit bittenden Blicken.

„Ihr habt keine Vorstellung davon, wie erfreut ich bin, hier unter Fremden meinen Landsleuten begegnet zu sein. Auch Histrionen hegen warme Gefühle für ihre Vaterstadt."

Die Senatoren, welche Aemilia anfangs misstrauisch angesehen hatten, lächelten ihr jetzt freundlich zu.

„Ich glaube nicht, dass du in Vienna so viel goldene Kränze sammelst wie in Rom." sprach Julius, näher zur Lektika tretend. „Die Galiläer verachten unsere Kunst."

„Nicht um Beifall und Kränze zu empfangen, hat man mich nach Vienna berufen." antwortete Aemilia aufseufzend. „Auf Befehl Sr. Ewigkeit soll ich hier die Sünden meiner Jugend abbüßen, mittels reichlicher Tränen die befleckte Seele reinwaschen und den galiläischen Gott bitten, dass er mich in seine Gnade aufnehme. Also büße ich und weine sogar auf der Straße, wie ihr seht."

Sie deutete mit der Hand auf ihre als Klageweiber verkleideten Sklavinnen. Der Schalk lachte dabei aus ihren schwarzen Augen.

„Von einer solchen Rolle hast du dir sicherlich nie etwas träumen lassen." sagte Konstantins Galerius spottend.

„Und du empfindest daran Schadenfreude, du Unausstehlicher, du Hässlicher!" plapperte Aemilia, dem Senator mit dem Finger drohend. „Als Strafe dafür gebührte dir täglich dreimal eine Schüssel von solchem Gehackten, mit welchem mich galiläische Priester füttern. Denn denkt euch nur, diese Hungerleider, diese Klageweiber in Männerkleidern, suchen mich einer nach dem andern auf Befehl Sr. Ewigkeit fortwährend heim und langweilen mich mit ihrem abgeschmackten Gerede von einem Gott der Barmherzigkeit, welcher selbst eines ausgelassenen Frauenzimmers sich angenommen habe. Hört ihr! Ein ausgelassenes Frauenzimmer nennen sie mich, die ungeschliffenen Menschen!"

„Nun, und du?" fragte Julius, von dessen Lippen ein feines Lächeln nicht weichen wollte.

„Ich? Eine Zeitlang höre ich geduldig zu. Denn was soll ich in diesem fürchterlichen Nest anfangen? Bin ich aber des faden Geschwätzes überdrüssig, dann greife ich zu meinen weiblichen Waffen. Ich lege meinen Arm dem heiligen Mann um den Hals und schaue ihm verliebt in die Augen."

„Und den heiligen Mann lässt dann die Heiligkeit im Stich?" ergänzte fragend Galerius, welcher vor unterdrücktem Lachen zu ersticken schien.

„Weit gefehlt! Der heilige Mann erschrickt, macht mit der Hand ein abergläubisches Zeichen, ergreift seine Bücher und geht unter heiliger Entrüstung davon. Acht haben schon für immer Reißaus genommen. Aber morgen soll mich ein gar gewaltiger Bekämpfer jeglicher Sünde heimsuchen. Von Wurzeln und Erdwürmern, sagt man, friste dieser unerschrockene Held sein Leben, er trinke Luft, atme himmlische Düfte und spreche mit den Göttern so vertraut, wie ich mit euch. Ich freue mich schon auf den Kampf mit diesem hunger-, durst- und tugendgefüllten Ledersack. In meiner Vereinsamung wird mir das eine köstliche Zerstreuung sein."

„Wenn ihr meine Gesellschaft nicht verschmäht," schwatzte sie weiter, ihre Augen bittend zu den Senatoren erhebend, „so möchte ich euch, hochberühmte Väter, zu Fuß begleiten. Ich weiß, dass eure ernsten Gedanken zu dem Geplauder einer Histrionin nicht passen. Aber wir sind ja hier in der Fremde. So nehmt als Römer Rücksicht auf eine Römerin."

In ihrer Stimme und ihrem Blick lag so viel Rührendes, dass die Senatoren ihr die erbetene Ehre nicht abschlugen. Aemilia verließ ihre Lektika und sandte sie heim. Dann schritten die beiden Senatoren neben ihr einher, ohne auf das Geflüster der Menge zu achten.

„Sagt mir den Zweck eurer Reise. Denn Römer kommen nicht zum Vergnügen nach Vienna. Vielleicht kann ich euch irgendwie nützlich sein. Verschiedene Leute drängen sich an mich heran, wie an jedes Weib, welchem die Kunde von ihrem Talent und heiterem Leben vorangegangen ist. Ich bin so froh, jemand aus Rom neben mir zu sehen, dass ich alles tun will, was ihr von mir verlangt. Ich vermute, dass es wichtige Angelegenheiten unserer heiligen Hauptstadt sind, die euch in die Residenz des Imperators gebracht haben."

Julius und Galerius tauschten fragende Blicke aus. Sie kannten Aemilia vom Theater, sie waren hier und da bei Verwandten oder Freunden mit ihr zusammengekommen, hatten ihr aber niemals den Hof gemacht. Als eifrige Patrioten gingen sie lärmenden Vergnügungen und verdorbenen Weibern aus dem Weg. Der schlechte Ruf der Histrionin erweckte in ihnen Bedenken gegen allzu große Vertraulichkeit.

Aemilia erriet den Grund ihrer Zurückhaltung: „Wenn ich euch vorredete, dass der Aufenthalt in Vienna in mir eine Römerin alter Sitte erweckt hätte, ihr würdet mir nicht glauben. Ich bin noch immer dieselbe Aemilia, welche Venus zur Mutter und Bacchus zum Bruder hat. Ich begreife nicht, wie ihr, jung und reich, im Besitz aller Mittel, dasjenige verachten könnt, was des Menschen Glückseligkeit ausmacht. Ich kann Betrübtheit, Ernst, Pflichten und dergleichen nicht leiden. Aber mehr noch als eure römische Tugend hasse ich den galiläischen Glauben, welcher die blühende Erde in ein dumpfes Gefängnis verwandelt. Unsere Götter nehmen Anteil an den Freuden des Menschen und bedrohen ihn nicht mit Strafe nach dem Tod für geringfügige Sünden. Unsere Götter verlangen nicht vom Sterblichen, dass er wegen einer in den Wolken hängenden Himmelskrone seine Natur verleugnet, zu einer Mumie, zu einem welken Blatt, zu einem Stein, zu Asche werde. Ist es überhaupt notwendig, dass irgendwelche Götter sich in menschliche Dinge einmischen; dann schon lieber die Bewohner des Olymps. Sie sind leichter auszusöhnen, ihr Zorn leichter zu besiegen. Man kann sie sogar hintergehen. Für einige weiße Kalbinnen, auf dem Kapitol abgeschlachtet, heitert sich sogar des donnernden Jupiters umwölkte Stirn auf. Der galiläische Gott aber fordert gleich das ganze Leben, alle Gedanken und Gefühle, und verspricht dafür Lohn im Reich der Schatten."

„Und du bist wohl lieber eine Histrionin auf der Erde, als die Trägerin einer Krone jenseits des Styx." meinte Julius. „Eine folgsame Schülerin haben die galiläischen Priester an dir nicht."

„Ich sollte ihre Lehre annehmen und befolgen? Wie düster sie in der Anwendung ist, fühle ich an mir selbst. Wer in diesem Nest bewirbt sich um meine Gunst? Diejenigen, welche wahrhafte Galiläer sind, welche ihren Gott in der Tat verehren, meiden mich wie eine Verpestete. Auch alle reichen und unabhängigen Barbaren gehen mir aus dem Weg. Denkt euch nur, die fränkischen und alemannischen Bären bewahren ihren Frauen Treue und nennen die freie Liebe ein Verbrechen! Was das für ein Land ist, welche Sitten, welche Begriffe! Ich hatte keine Ahnung, dass es auf Erden solche Wildnis geben könnte. Schwer strafen mich die Götter für die Schmähung, welche ich Rom ins Antlitz geschleudert habe, als ich es verließ. Damals sah ich einen großartigen Triumph vor mir. Ich sah schon in Gedanken den jungen Imperator Valentinian verliebt in mich, wollte ihn eine Zeitlang schmachten lassen, um ihn dann ganz zu beherrschen. Und was sehe ich? Jung, kräftig reizend, wie er ist, schließt er sich wie ein alter Krüppel tagelang mit galiläischen Priestern ein. Die Herren Barbaren schreiten ernst und düster einer, als wären sie die eingefleischte Pflicht. Die Frauen verhüllen sich die Augen, wenn sie mir begegnen. Der Pöbel steckt die Köpfe zusammen und weist mit den Fingern auf mich. Kurz, man betrachtet mich hier so, als wäre ich eine Verbrecherin oder ein altes hässliches Weib, oder auch eine mit bösen Dämonen verbündete Zauberin. Nur das heuchlerische habgierige Gesindel der Hofschergen belästigt mich mit seiner Zudringlichkeit und zwar abends, schleichend, verstohlen, vermummt."

„So gehört vielleicht auch der Oberstkammerherr zu deinen Verehrern?" fragte Julius einer plötzlichen Eingebung folgend.

„Selbstverständlich! Das ganze Hofgesinde, umschwärmt mich. Zusammengekommen ist dieses Gewürm aus den verschiedensten Gegenden des Reiches, hervorgekrochen aus Hohlen, in welchen Elend zusammen mit Nichtswürdigkeit wohnte. Durch Schmeichelei, Lüge, Spioniererei und hündische Geduld eroberte es sich einen Winkel in der Nähe des Throns, verdrängte heimtückisch Bessere und Verdientere und entschädigt sich nun für seine verlorene Zeit."

„Du sprichst wahr." unterbrach Julius die Histrionin. „Ich kenne das Gesindel."

„Diese goldstrotzende seidenrauschende Schar," fuhr Aemilia in ihrem Eifer fort, „ist jeden Augenblick bereit, jeden und alles zu verraten, um die eigene Schatulle zu stillen. Aber kaufen will sie gar nichts, nicht einmal Liebe. Die Kammerherren, die oberen wie unteren, die Jägermeister, welche nicht nur dem Wild nachjagen, die Stallmeister von alten Mähren, die Mundschenke vom Wasser, weil Valentinian vor Wein zurückschrickt, alle bilden sich ein, Aemilia müsse sie lieben, weil sie vom Imperator mit Ketten und Medaillen behängt sind. Würdenträger! Heute glänzen sie, wie der gestirnte Himmel, und morgen sind sie durch eine Laune Sr. Ewigkeit all ihres Blendwerkes beraubt und in den Straßenkot geworfen! Mit einem schönen Namen umgeben sich diese neuen Imperatoren.

„Die braune Katze, welche früher in Konstantinopel Steuereinnehmer, Zöllner, Spion, Wahrsager alter Weiber, Rhetor bereicherter Fleischer war, bevor er scheinbar eifriger Galiläer geworden war und sich in Valentinians Gnade eingeschmuggelt hat, dieser Winkelwisch, dessen Obhut die jugendliche Unerfahrenheit des Imperators die heilige Lagerstätte anvertraut hat, möchte von mir nicht nur die Liebe umsonst haben, sondern mich auch meiner ganzen Habe berauben, verstände ich nicht mein Eigentum zu verteidigen. Der Elende! Mit Drohungen will er mich zwingen. Nein, nein! Ich kann das abscheuliche Gesindel nicht leiden, und könnte ich ihnen etwas antun, gern schickte ich der Venus in Lugdunum (Lyon) zehn Kalbinnen."

Plötzlich, unvermittelt, veränderte sich ihr Gesicht, das zornige, rachsüchtige wurde sanft und gut.

„Ich erwarte euch heute, hochberühmte Väter." sprach sie mit weicher Stimme, die Hände erhebend und faltend. „Nicht zum Mahl lade ich euch ein, weil ich bei Tisch keine Freude an euch hätte. Ich weiß, dass ihr bescheidener speiset, als meine Sklaven. Ich will nur römische Gesichter sehen und etwas über Rom hören . . . Da sind wir schon vor meinem Kerker angelangt."

Sie machte das Gesicht eines bittenden Kindes. Dann pochte sie mit dem Holzklöppel an ein Gartentor, hinter welchem, als es sich öffnete, eine niedliche Villa zu sehen war.

Noch ein Kusshändchen warf sie den Senatoren zu und verschwand.

Konstantins Galerius gab zuerst seinen Gedanken Worte:

„Vielleicht ließen sich die Verhältnisse dieser Buhlerin und ihr Hass gegen die Hofbeamten zu unserem Zweck ausnützen?"

„Ich denke darüber nach." antwortete ihm Julius. „Gelänge es uns, die braune Katze, wie Aemilia den Oberstkammerherrn nennt, gegen Arbogast aufzubringen, die Hälfte unseres

Werks wäre vollbracht. Dem Ohr Valentinians am nächsten, in des Imperators Absichten eingeweiht, fände der Oberstkammerherr leichter als ich den Weg zu dessen Ehrgeiz und Verdacht... Wir müssen Aemilia besuchen."

Im Einkehrhaus „Zum roten Hirsch", wo Julius und Galerius in Vienna wohnten, wurden sie von einem Eilboten aus Rom erwartet, welcher Julius gleich am Eingang ein Schreiben Flavians, eine von einer goldenen Schnur zusammengehaltene Pergamentrolle übergab.

Julius öffnete dieselbe sofort. Nachdem er das Schreiben erst nur schnell überflogen hatte, las er es zum zweiten Mal aufmerksamer, als wollte er sich überzeugen, dass ihn die Augen nicht trügen. Sein Gesicht blieb dabei ruhig, nur die Augenbrauen runzelten sich unbedeutend.

Flavianus berichtete über den Raub Fausta Ausonias.

„Hat der Präfekt eine Verfolgung der Verbrecher eingeleitet?" fragte Julius den Eilboten.

„Die Kundschafter des Präfekten sind den Räubern auf der Aurelischen Straße auf die Spur gekommen, haben dieselbe aber hinter Genua verloren." antwortete der Bote.

„Hinter Genua?" murmelte er für sich, nachdenkend. Dann fragte er wieder laut: „Befindet sich Winfridus Fabricius in Rom?"

„Kurz vor meiner Abreise habe ich den Herzog auf dem Marsfeld gesehen."

„Vielleicht aber hat jemand von seiner Dienerschaft Rom verlassen?"

„Die Kundschafter haben gemeldet, der Herzog habe zwei Tage vor dem Raub einige Wagen mit Sklavinnen und Hauseinrichtung auf der Aurelischen Straße fortgeschickt und außerdem am Abend vor demselben zehn Alemannen von seiner Leibwache. Auch sein vertrauter Diener, der alte Theodorich ist in Rom schon lange nicht gesehen worden."

„Gut!" sagte Julius. „Heute wirst du rasten, morgen nach Rom zurückkehren. Du bekommst von mir ein Schreiben an den Präfekten."

Als er mit Galerius allein war, gab er ihm Flavians Schreiben zu lesen. Galerius las es und warf die Rolle zu Boden.

„Ein Beweis, dass ich gut rate," rief er, „wenn ich fortwährend wiederhole, abzulassen von der Maulwurfsarbeit und lieber gleich dreinzuschlagen! Wir wühlen unter den Galiläern, indes beleidigen sie ungestraft unsere heiligsten Gefühle! Beraten wir noch länger, anstatt zu handeln, so werden sie bald anfangen, unsere Altäre zu zerstören. Fausta Ausonia müssen wir durchaus ihren Krallen entreißen."

„Wir müssen, das ist wahr. Aber wie?" Julius schaute Galerius mit nachsichtigem Lächeln ins Gesicht. „Dein Zorn wird uns Faustas Versteck nicht zeigen, ihre Räuber nicht in die Hände liefern."

„Sie ist doch sicher von Galiläern entführt."

„Zweifellos. Aber Galiläer gibt es im Reich viel tausend mal tausend."

Galerius schwieg ratlos.

„Du schimpfst nur immer," fuhr Julius fort, „ich denke lieber. Willst du wissen, wer Fausta entführt hat?"

Galerius glotzte ihn fragend an.

„Kannst du dich jenes Besuches erinnern, den Fabricius im Atrium der Vesta in unserer Gegenwart machte? Denke nur daran, wie der Herzog sich damals betrug."

„Richtig! Er wollte Fausta mit seinen Blicken verschlingen. Es fiel ihm schwer zu gehen, obwohl er von uns unfreundlich behandelt wurde."

„Wenn ich dir nun noch sage, dass Fabricius schon bei der Vermählungsfeier in Flavianus' Haus aus dem ganzen großen Gedränge nur Fausta allein auserwählte, um seine Augen an ihr zu weiden, und bei mir selbst Erkundigungen über sie einzog? Dass er auch während des Hochzeitszuges in auffälliger Weise sich an Fausta herandrängte, was meinst du dann?"

„Fabricius hat Fausta geraubt!" schrie Galerius.

„Da siehst du, dass es mitunter doch besser ist, ruhig zu überlegen, als zu poltern. In einigen Stunden glaube ich, dir sagen zu können, was zu tun ist, damit Fausta zu ihrem heiligen Amt zurückkehrt. . . . Nun aber stärken wir uns ein wenig."

Schon versilberte der Mond die Dächer Viennas, als die zwei Senatoren an Aemilias Tor pochten. Dasselbe wurde ihnen von demselben Sklaven geöffnet, welcher auch in Rom den Eingang in das Haus der Histrionin behütet hatte.

In der Vorhalle flüsterte Julius seinem Freund zu:

„Sollten wir irgendeinen Hofbeamten bei Aemilia vorfinden, so beherrsche dein Gesicht und deine Bewegungen, vor allem aber deine Zunge, damit du nicht vielleicht durch ein unüberlegtes Wort den Verdacht eines solchen Fuchses erregst."

Die Dienerschaft der Histrionin war offenbar schon auf die Ankunft der Senatoren vorbereitet. Denn der Namenrufer führte dieselben, ohne zu fragen, wen er anzumelden habe, sofort durch einige Gemächer, mit einer bunten Laterne voranleuchtend.

„Hat deine Herrin Gäste?" fragte Julius.

„Der Oberstkammerherr ist gleich nach Sonnenuntergang gekommen."

In dem letzten der unbeleuchteten Zimmer wies der Namenrufer, mit der Hand einladend, auf einen lichtdurchschienenen Türvorhang und entfernte sich.

"Julius schlug den Türvorhang zurück und blieb überrascht auf der Türschwelle stehen.

An der rückwärtigen Wand eines nicht großen Zimmers ruhte Aemilia auf einem Sofa. Vor ihr kniete der Oberstkammerherr.

„Ich lasse mich nicht länger hinhalten, holde Aemilia." sprach dieser mit bebender Stimme. „Du weißt, dass ich auf dein Schicksal Einfluss nehmen kann."

Er wollte die Histrionin mit seinen Armen umschlingen. Sie aber entwand sich aalglatt seinen Händen.

„Würde der göttliche Valentinian etwas von deinem sündhaften Ungestüm erfahren," wehrte sie sich, „sicherlich würde er dir die heilige Lagerstätte deiner Obhut entziehen. Eure Priester lehren, dass göttliches Gesetz verletzt, wer ein Weib begehrlichen Blickes ansieht."

„Über deine Kenntnis der Satzungen unseres Glaubens wirst du dem Bischof Rechenschaft ablegen. Mit mir aber sprich in der Sprache des Anakreon, Catull und Tibullus."

„Meine Meister werden von euren Priestern öffentliche Sittenverderber genannt."

Jetzt packte der Oberstkammerherr den Kopf der Histrionin, um sie zu küssen. Sie bedeckte ihre Lippen mit der einen Hand und versuchte mit der anderen, ihn sich vom Leib zu halten. Ihr Blick fiel auf die Tür, als wenn sie von dorther Hilfe erwartete.

Schnell ließ Julius den Vorhang fallen, aber schon hatte Aemilia ihn bemerkt.

„Seid gegrüßt, hochberühmte Väter!" rief sie rasch.

Der Oberstkammerherr sprang auf und warf den nun eintretenden Senatoren einen grimmigen Blick zu. Beschämt wusste er nicht, was er anfangen sollte. Er biss sich in die Lippen und verbesserte etwas an seiner Tunika.

Mit freudestrahlendem Blick lief Aemilia ihren Landsleuten entgegen, ergriff ihre Hände und sagte herzlich:

„Ich danke euch, ich danke, ich danke! Ich habe die Empfindung, als wenn mit eurem Eintritt liebe Familienmitglieder bei mir eingekehrt wären. In eurer Gegenwart fühle ich mich so sicher, wie wenn ihr meine Brüder wärt. Verzeiht mir die vertrauliche Sprache und sagt mir, womit euch gedient sein kann. Ich habe aus Rom Amphern mitgebracht, welche zu Diokletians Zeit gefüllt wurden."

Der Oberstkammerherr beantwortete die tiefe Verbeugung der Senatoren mit einem nachlässigen Kopfnicken und streckte sich dann ungebeten auf dem Sofa aus, welches Aemilia eben verlassen hatte, dem einzigen, das im Zimmer vorhanden war.

Aemilia klatschte mit den Händen und ließ den Wein bringen.

Den Gästen zugewendet, sprach sie, spöttisch lächelnd:

„Wenn ich noch länger in Vienna verweile, wird mich der Gott der Galiläer bei lebendigem Leibe in sein Himmelreich aufnehmen. Ich beweine meine Sünden auf offener Straße, ich wohne schlechter als ein Vorstadtschuster in Rom" — bei diesen Worten wies sie auf die bescheidene Zimmereinrichtung - „und lebe von den heiligen Lehren frommer Männer. Ich fühle schon, wie die galiläische Tugend sich in mir häuslich einrichtet. Ihr habt gesehen, hochberühmte Väter, wie sündige Sterbliche mich schon kniefällig anzubeten beginnen."

Diese Worte erläuterte sie mit einem dem Oberstkammerherrn zugeworfenen boshaften Blick und schob dann den zwei Senatoren Sessel zu.

„Ist es lange her, dass ihr Rom verlassen habt?" fragte sie. „Sagt mir, was spielt man jetzt auf den römischen Bühnen? Wie seid ihr mit meiner Nachfolgerin zufrieden? Ich glaube nicht, dass eine so schwerfällige Kuh die herrlichen Gestalten der griechischen Tragödie wiedergeben kann. Livia kann nicht einmal auf Kothurnen einhergehen."

„In dieser Hinsicht können wir deine Wissbegierde nicht befriedigen." berichtete Julius. „Wir haben Rom schon im November verlassen und haben eine weite und beschwerliche Reise hinter uns. Wir kommen von der nördlichen Grenze Alemanniens, wo wir in Totonis den König Arbogast besucht haben."

Während er sprach, beobachtete er genau die Gesichtszüge des Oberstkammerherrn, welcher seinen Worten in der Tat volle Aufmerksamkeit schenkte.

„Es ist nämlich nach Rom ein junger Kriegsmann gekommen, ein gewisser Winfridus Fabricius . . ."

„Ich habe ihn kennen gelernt, diesen Galiläer." unterbrach Aemilia. Ein sehr stattlicher Mann."

„Sehr stattlich," nahm Julius fortfahrend auf, „aber noch mehr gewalttätig. Ich weiß nicht, ob er Alemanne oder Franke ist, denn die neuen Römer aus allen Weltgegenden werden so zahlreich, dass man gar nicht mehr weiß, welcher Nation dieser oder jener angehört. Aber, wie gesagt, er ist sehr gewalttätig und hat angefangen, bei uns sich wie in Feindesland zu benehmen. Darum haben wir uns bei Arbogast als obersten Feldherrn über ihn beschwert."

„Das ist recht, das ist recht." bemerkte wieder Aemilia. „Der Barbar hat mich tödlich beleidigt."

„Und was hat euch Arbogast geantwortet?" fragte der Oberstkammerherr, der Histrionin ins Wort fallend.

„Er hat uns versprochen, Fabricius von Rom abzuberufen, auch hat er, was uns unverständlich geblieben ist, hinzugefügt, dass er bald nach Vienna zurückkommen wird, um hier wieder Ordnung zu schaffen. Ich habe keine Ahnung, was er damit hat sagen wollen. Denn als getreue Untertanen Sr. Ewigkeit müssen wir doch voraussetzen, dass in Vienna der göttliche Valentinian gebietet. Möchte dieser hochmütige Barbar vielleicht seinen Willen unserem ewigen Herrn aufzwingen wollen?"

Argwöhnisch, misstrauisch forschte des Oberstkammerherrn Auge in des Senators Gesicht. Dieses aber war so ruhig, dass aus demselben nichts als die lauterste Wahrheit der gesprochenen Worte herauszulesen war. Auch Galerius zuckte mit keiner Wimper.

„Wir erleben gar sonderbare Dinge." fuhr Julius in so gleichgültigem Ton fort, als ob er gar nichts Besonderes vorbrächte. „In der östlichen Reichshälfte regieren eigentlich die Goten, in der westlichen die Franken. Arbogast sprach mit uns wie ein Imperator. Als er von der Ernennung Fabricius' zum Herzog in Italien hörte, von welcher wir voraussetzten, dass sie aus seinen Vorschlag hin geschehen sei, raste er vor Wut. Er überhäufte alle treuen Diener unseres ewigen Herrn mit Drohungen, ganz besonders aber die aus der allernächsten Hingebung Sr. Ewigkeit. Diese schurkischen galiläischen Füchse, so schrie der übermütige Barbar, dieses abscheuliche Hofgesindel werde ich den Hunden zum Fraß vorwerfen! Ich werde Vienna säubern von den verdienstlosen Eindringlingen! Nach allen Windrichtungen werde ich die Schar der Schmeichler, der bestechlichen Lügner, der nimmersatten Ausbeuter auseinanderjagen. An allen Kastanien der Allee vor dem Palast des Imperators sollen die Comites, die Herzöge, die Kammerherren, die Jägermeister, die Stallmeister baumeln."

Der Oberstkammerherr hatte sich auf dem Sofa erhoben, er lag nicht mehr, sondern er saß. Ein hässliches Lächeln schlich um seine Lippen.

„Dreist sprichst du, Senator." unterbrach er Julius.

Dieser zuckte mit den Achseln. „Ich wiederhole nur, was ich gehört habe, und bin selber sehr verwundert darüber, dass ihr Arbogasts Kamm so stark habt anschwellen lassen."

Die geriebene Schauspielerin erriet, dass Julius in verborgener Absicht einen giftigen Stachel in die Seele des Oberstkammerherrn senkte und mischte sich in das Gespräch nicht mehr ein. Sie schenkte selbst den Wein ein und hörte aufmerksam zu.

„Möchtest du das, was du mir sagst, auch vor Sr. Ewigkeit wiederholen?" fragte der Oberstkammerherr.

Ohne Bedenken antwortete Julius: „In dieser Absicht eben bin ich nach Vienna gekommen. Ich bin empört über den Hochmut, über die Anmaßung Arbogasts!"

Dabei waren seine Gesichtszüge unausgesetzt ruhig, die Stimme gleichmäßig. Er nippte am Wein, während der Oberstkammerherr und Galerius ihre Schalen auf einen Zug leerten.

„Hat Arbogast vielleicht mich besonders erwähnt?" fragte da der Hofwürdenträger.

„Ich wollte es lieber verschweigen. Da du aber eigens danach fragst, so wisse, dass Arbogasts Hass sich hauptsächlich gegen dich richtet. Er verspricht dir einen Tanz mit Bären auf der Arena des Amphitheaters."

Der Oberstkammerherr sprang auf.

„Mit ihm wird der König Frawitta einen Tanz aufführen." rief er, höhnisch lachend. „Dafür ist gesorgt, dass Arbogast nimmermehr nach Vienna zurückkehrt. Bevor um Totonis der Schnee schmilzt, bleibt von seinen Franken kein einziger übrig. Hilfstruppen bekommt er von uns nicht."

„Frawitta wird mit Arbogast tanzen," erwiderte Julius, „aber bei einem Freundschaftsmahl. Arbogast hat mit ihm Frieden geschlossen."

Die Schale des Oberstkammerherrn Hand erbebte; der Wein floss über den Rand. Er setzte sie hin, trat vor Julius und bohrte seinen Blick in dessen Augen.

„Kannst du diese Kunde verantworten? Eine leichtsinnige Lüge würde vom göttlichen Imperator schwer gestraft werden."

„Ich war selbst zugegen, wie er drei hervorragende Persönlichkeiten mit Geschenken und Friedensworten zu Frawitta absandte. In einigen Wochen erscheint Arbogast in Vienna. Errichtet ihm beizeiten einen Triumphbogen, damit er einen Galgen für seine besonderen Lieblinge fertig vorfindet."

Der Oberstkammerherr leerte hastig seine Schale, schleuderte dem Senator einen Blick des Hasses zu, verabschiedete sich von Aemilia und verließ die Gesellschaft.

Die Histrionin brach mit ihrer hellen, Galerius mit seiner rauhen Stimme in lautes Lachen aus.

„Ein behagliches Lager für die heutige Nacht hast du ihm mit deinen Nachrichten nicht bereitet." spottete Aemilia, und Julius Hand ergreifend, sprach sie: „Daraus, was ich gehört habe, entnehme ich, dass ihr nach Vienna in der Absicht gekommen seid, Valentinians Zorn zu erwecken. Ich frage nicht, zu welchem Zweck ihr diesen Zorn nötig habt. Ich verlange nicht, dass ihr mich in euer Geheimnis einweiht. Ich bitte euch nur inständigst: Sagt mir, was ich zu tun habe, damit dieses Gesindel mit Bären und Löwen auf der Arena tanzen kann. Ich will aus Leibeskräften klatschen, wenn ich diese Hofschergen von den Bestien zerfleischt sehe. Man will mich zwingen, mich zu ergeben, mich, zu deren Füßen römische Patrizier sich die Adern öffneten. Infames Gesindel!"

„Willst du dir Roms Dank verdienen," antwortete Julius, „so sage jedem der Höflinge, Arbogast habe allen Schmeichlern Valentinians Schmach und grausamen Tod geschworen. Wiederhole ihnen das immer, schrecke sie bei jeder Begegnung mit Arbogasts Rache, reize ihre Feigheit, ihre Habgier, ihre Gemeinheit. Und bist du nach Rom zurückgekehrt, dann wollen wir dich mit goldenen Kränzen überhäufen."

„Seid überzeugt, dass ich die Schergen nicht schonen werde. Reden, von welchen die Eingeweide zerfressen werden, habe ich von meinen Meistern genug gelernt. Und wenn die Götter mir wieder gestatten, von der Bühne des Pompeius zu euch zu sprechen, so will ich euch eure Freundlichkeit entgelten. Mit tyrtaioscher Begeisterung will ich die Herzen des römischen Volkes entflammen!"

Sie stellte sich in die Mitte des Zimmers in Pose, warf den Kopf zurück, streckte die Rechte vor und deklamierte. Ihre schwarzen Augenbrauen verbanden sich zu einer Linie, düstere Blitze zuckten in ihren Augen, hart wurden ihre Gesichtszüge. Mit voller kräftiger Stimme, welche wie ein rauschender Bach ihrer Brust entquoll, rezitierte sie den Kriegsaufruf des Tyrtaios, und sie schien größer zu sein als gewöhnlich.

Begeistert lauschten die zwei Senatoren. Ihre Gesichter röteten, ihre Nüstern erweiterten sich und zitterten, ihre Augen sprühten Feuer.

Der von ihr hervorgerufene Eindruck entging nicht Aemilias Aufmerksamkeit. Sie fühlte sich geschmeichelt und sprach: „Da seht ihr, dass auch die schlechteste von Roms Töchtern immerhin noch zu etwas gut genug ist."

Die Senatoren verweilten noch eine halbe Stunde bei Aemilia. Julius machte ihr Mitteilung von der Entführung Fausta Ausomas und fügte bei, dass er den Herzog Fabricius im Verdacht habe.

Aemilia schien nicht das richtige Verständnis für die in Faustas Person Rom angetane Schmach zu besitzen.

„Der Tor!" sagte sie. „Warum hat er nicht lieber mich von hier entführt? Er hat mich beleidigt, aber leicht hätte ich mich aussöhnen lassen. Nun weiß ich aber, wen er gemeint hat, als er, im trunkenen Zustand von mir verleitet, mich zu küssen, mich plötzlich zurückstieß und ausrief, dass er nicht mich geküsst habe. Man sagt ja, dass ich Fausta Ausonia ähnlich bin."

„Siehst du, Konstantius," meinte Gaius Julius, „da haben wir eine kleine Bestätigung meines Verdachtes."

„Du bist ein feiner Kopf." antwortete Konstantins Galerius. „Aber verschaffe meinen groben Händen Arbeit. Du hast versprochen, mir noch heute zu sagen, was zu tun ist, um Fausta Ausonia zu befreien."

„Ich glaube auch, mein Versprechen halten zu können. Gedulde dich nur noch ein wenig."

Als sie bald darauf in ihrem Einkehrhaus anlangten, lag für Julius ein kleines Schreiben des Präfekten von Vienna vor. Dieser, die Verhältnisse des Herzogs Fabricius genau kennend, beantwortete darin eine von Julius im Laufe des Nachmittags in des Präfekten Abwesenheit bei ihm zurückgelassene Anfrage dahin, dass Fabricius in Alemannien, im südliche Gallien und in der Nähe von Nicäa, in der Umgebung von Camenelum[6], Landgüter besitzt. Über den letztgenannten Besitz berichtete der Präfekt, dass der Vater des Herzogs denselben dann aufsuchte, wenn er ganz abgeschlossen von der Welt der Ruhe pflegen wollte.

Julius las das Schreiben seinem Freund vor und erläuterte es:

---

[6] Camenelum = heutiges Cimiez als Stadtteil von Nizza.

„In Alemannien herrscht gegenwärtig Kriegszustand. Im südlichen Gallien, welches von unseren Anhängern dicht bevölkert ist, fände Fabricius kein sicheres Nestlein für seinen kostbaren Vogel. Bleibt also nur jene Villa im Gebirge bei Cemenelum. Diese wirst du aufsuchen."

„Wann denn, heute oder morgen?"

„Nur nicht zu hitzig. Morgen wirst du dich nach Lyon begeben, dort in der Gladiatorenschule fünfzig der tüchtigsten Kerle dingen und mit diesen nächtlicherweise Faustas Versteck überfallen."

„Warum denn bei Nacht?"

„Weil du mit Fabricius' Alemannen und Dienerschaft bei Nacht leichter fertig wirst. In offenem Kampf bei Tag nimmt es ein einziger guter Soldat mit fünf Gladiatoren auf. Sei schlau und vorsichtig, so gut du kannst. Halte deine Heftigkeit stark im Zaun."

„Immer diese Vorsicht!" brummte Galerius. „Aber ich will in diesem Fall deinen Rat befolgen und mich bis aufs äußerste in Geduld und Schlauheit erproben."

5. Kapitel

Ich bestreite es nicht, dass euer Gott ein Gott der Güte und Erbarmung ist. Ich sehe aber bisher keine Betätigung seiner erbarmungsvollen Gebote." sprach Fausta. „Darum bemühe dich nicht unnütz. Deine Worte fließen an mir herab wie der Regen an einem steilen Dach."

Sie sah auf dem Gipfel eines ragenden Felsen, des Ausläufers einer Gebirgskette, welche das Land der Vedianter von Ligurien schied. Vor ihr breitete sich das Mittelländische Meer aus, hinter ihr erhoben sich die Alpen, über ihr wölbte sich der blaue Himmel, an welchem hier und da leichte Wölkchen schwebten.

„So lange werde ich an dein Herz pochen," antwortete der Diakon Procopius, „bis es sich unserer Wahrheit erschließt."

„Du vergisst, dass du vor einer Priesterin der Vesta stehst, welche man nur mit ihrer Erlaubnis anspricht."

„Wolltest du. . ." begann der Diakon wieder.

Fausta unterbrach ihn mit einer ungeduldigen Handbewegung.

Soeben hatte sich die Sonne hinter den Bergen versteckt. Die dem Westen zugekehrte Seite der Felsen und der Einbuchtungen des Meeres erschienen in goldenem Licht. Auf der leicht bewegten Oberfläche der See, so blau, dass das Blau des Himmels dagegen blass erschien, schimmerten unzählige weiße Flecken, aus der Ferne den Möwen ähnlich, die in Scharen über der gekräuselten Flut schwebten.

Die Vestalin vertiefte sich in das herrliche Naturbild in stummer Betrachtung.

Nach einer geraumen Weile nahm sie eine der zu ihren Füßen liegenden Pergamentrollen zur Hand, entfaltete dieselbe, las darin und sprach dann:

„Würden die in diesen Büchern enthaltenen Grundsätze einst zu einem lebendigen, tief in der Seele empfundenen und zwanglos befolgten Gesetz, dann würde ein Götterfrieden auf Erden herrschen. Aber der Sterbliche ist ein Gefäß selbstsüchtiger Leidenschaften, welche nur durch die Furcht vor Strafe diesseits oder jenseits des Grabes im Zaum gehalten werden."

„Die Bekenner des wahren Glaubens trachten nach Vollkommenheit, indem sie unseren Herrn Jesus Christus sich zum Muster nehmen und dem erhabenen Beispiel möglichst nahezukommen suchen." sprach Procopius.

„Die Geschichte belehrt mich eines anderen." entgegnete Fausta. „Sie erzählt, wie nach Erlöschen der ersten Begeisterung und des durch Verfolgungen angespornten Glaubenseifers, welchem ihr eure Helden und tugendhaften Männer verdankt, alle menschlichen Begierden in euch mit ursprünglicher Kraft wiedererwacht sind. Geht doch schon das vierte Jahrhundert seinem Ende zu, seit euer Gott die Menschen von dem Fluch des Hasses befreit hat, und wo ist sie denn, jene Nächstenliebe, deren ihr euch als eures Hauptgebots so rühmt?... Wo ist Güte, wo ist Barmherzigkeit? Der Starke trachtet nach dem Leben und der Habe des Schwachen; der Reiche bedrückt und peinigt den Armen; der Herr tritt auf dem Sklaven herum; Nichtswürdigkeit beutet die Tugend aus... Hat der Imperator Konstantins Nächstenliebe gezeigt, da er seine Familie fast gänzlich ausmordete aus Furcht, dass einer seiner Verwandten ihm die Krone entleihen könnte? War der ältere Valentinian barmherzig, da er nach reichlichem Mahl sich an scheußlichem Schauspiel ergötzte?[7]

Auch euer Meister ist eines grausamen Todes gestorben."

Der Diakon wollte antworten, Fausta aber gebot ihm mit einem herrischen Blick und einer unwilligen Handbewegung Schweigen.

„Wer Argumente selber vorbringt und andere nicht hören will. . ." warf Procopius ein.

„Ich will dich nicht hören." unterbrach ihn Fausta barsch. „Wenn ich dich frage, dann wirst du antworten. Jetzt habe ich dich nicht gefragt."

„Wolltest du von deinem römischen Stolz ablassen..."

„Verharre du in deiner galiläischen Demut und schweige!"

Sie stützte ihren Kopf auf die Hand, sah in die Ferne und lauschte dem schwachen Geräusch des Meeres.

Die an den Felsen und Meereseinbuchtungen irrenden Lichter der letzten Sonnenstrahlen verschwanden und mit ihnen die Deutlichkeit der Farbenunterschiede. Die Felsen wurden dunkelgrau, die blaue Flut nahm eine Stahlfarbe an, das Grün der Bäume und Sträucher ging in Schwarz über. Langsam, aber stetig lagerte sich die Abenddämmerung mit ihrem feinen Nebel zuerst über die Meeresfläche, dann über die Strandhügel, die mit Tannen und Eichen bestanden waren.

Der Nebel war jedoch so durchsichtig, dass alle Linien der reizenden Landschaft sich viel deutlicher und reiner abzeichneten als bei hellem Tag.

Es war nicht das erste Mal, dass Fausta Ausonia von dieser Stelle aus mit nach Süden, auf das Meer gerichtetem Blick, in heißer Sehnsucht nach Rom hinüberträumte. Oft aber kam sie hierher mit der stillen Hoffnung, doch endlich einmal von jemanden bemerkt und befreit zu werden.

Schlängelte sich doch da unten an der Meeresküste die Julia Augusta, die Heerstraße, welche Italien mit den westlichen Provinzen des Reiches verband. Auf dieser Straße ritten Flavians Eilboten nach Vienna. Auf ihr zogen die römischen Kaufleute, von denen ein jeder, wenn er wüsste, dass er beinahe das Gefängnis der in der Hauptstadt beweinten Vestalin streifte,

---

[7] Valentinian I. hatte neben seinem Schlafzimmer in einem Käfig zwei Bären, welchen man in seiner Gegenwart zum Tod Verurteilte als Fraß vorwarf.

sofort behördliche Hilfe in Anspruch nähme, um die Priesterin den Händen ihrer Wärter zu entreißen. Nur wenige römische Meilen trennten Faustas Versteck von Porta Herculis Monoeci[8] und von Trophea Augusti[9], wo man den kapitolinischen Göttern reichliche Opfer darbrachte. Der Vikarius von Vediantien, ein eifriger Verehrer der nationalen Götter, würde aus Cemenelum persönlich herbeieilen, um die Frevler zu bestrafen.

Aber jeder Schritt Faustas wurde von so vielen argwöhnischen Augen überwacht, dass ihr niemand nahen konnte, wer nicht zu ihrer unmittelbaren Umgebung gehörte. Im Haus wurden ihre Bewegungen unausgesetzt von der weiblichen Dienerschaft verfolgt, in den Wäldern und Bergen ging ihr Theodorich mit der Beständigkeit des Schattens nach. Äußerst ergeben, jedes Steinchen vor ihren Füßen aus dem Weg räumend, wurde er rücksichtslos und aufbrausend, wenn sie die von ihm vorgezeichneten Grenzen überschreiten wollte.

Auch heute befand er sich an ihrer Seite. Zwar hielt er sich aus ungeheuchelter Hochachtung für die Priesterin und Patrizierin in einiger Entfernung, doch ruhte stets sein Auge auf ihr.

Während Fausta Ausonia in ihre Gedanken versunken, wie eine sinnende Juno dasaß trat er leise heran und unterbrach ihre schwermütige Träumerei mit den Worten:

„Schon lässt die Nacht ihren kühlen Hauch sich über Berg und Tal legen und sie verwischt die Pfade des Waldes."

Fausta, welche bei seinem ersten Wort zusammengezuckt war, aber sofort ihre Ruhe wiedergewonnen hatte, antwortete:

„Nicht so besorgt um mich warst du wegen der nächtlichen Kühle, als du mich auf Abwegen meinem Gefängnis zuführtest, wie ein Verbrecher seine geraubte Beute."

„Ich bin der Diener meines Herrn." wehrte sich Theodorich demütig.

„Auch der Gehorsam des Dieners gegenüber frevlerischen Befehlen seines Herrn beleidigt die Götter." erwiderte Fausta, wie eine halbe Christin. Sie beschrieb mit der Hand einen weiten Kreis.

„Friede herrscht im Himmel und auf der Erde. Stets rein ist die Natur. Nur unter den Menschen gibt es keinen Frieden und keine reinen Gefühle."

Sie ergriff eine Pergamentrolle, übergab dieselbe dem Diakon Procopius und mit dem Finger auf eine mit roter Farbe unterstrichene Stelle weisend, sagte sie in befehlendem Ton:

„Lies laut!"

Der Diakon las: „Ihr habt gehört, dass zu den Alten gesagt worden ist: Du sollst nicht ehebrechen. Ich aber sage euch, dass ein jeder, der ein Weib mit Begierde nach ihr ansieht,

---

[8] Das heutige Monaco.
[9] Das heutige La Turbie.

schon die Ehe mit ihr gebrochen hat in seinem Herzen. Wenn dich dein rechtes Auge ärgert, so reiße es aus und wirf es von dir; denn es ist für dich besser, dass eines deiner Glieder verloren geht, als wenn dein ganzer Leib in die Hölle geworfen wird."

Nun fragte Fausta:

„Was sagst du angesichts dieses Gebotes zu Fabricius' Gewalttat? Warum hat er nicht sein Auge ausgerissen und von sich geworfen? ... Du schweigst jetzt, da ich dich ausdrücklich befrage? So antworte ich denn für dich: Weil Fabricius ein ganz gewöhnlicher, oder besser gesagt, ein ungewöhnlich eigensüchtiger Mensch ist, welcher sogar die Weisungen von Göttern seinen schändlichen Zwecken gemäß auslegt."

„Der Herzog hat geglaubt," antwortete der Diakon, „dass Deiner Heiligkeit Herz..."

„Sprich einfach, du Heuchler." unterbrach ihn Fausta. „Sprich mich nicht mit ‚Heiligkeit' an, weil du damit gegen deinen eigenen Gott frevelst. Für dich bin ich keine Heiligkeit! Also sage mir einfach, was du zu antworten hast."

„Der Herzog hat geglaubt, dass dein Herz die göttliche Lehre unseres Herrn Jesus Christus liebgewinnen wird. Unser Herr... "

„Du lügst schon wieder." fiel ihm Fausta von neuem ins Wort. „Warum gehst du der Wahrheit so ängstlich aus dem Weg? Weil auch dich den scheinbar selbstlosen Diener deines Gottes, der Dämon der Selbstsucht beherrscht. . . . Wieder werde ich für dich antworten: Fabricius hat geglaubt, dass ich von der Flamme seiner frevlerischen Liebe ergriffen werde und dass davon alle Bande verzehrt würden, welche mich als Römerin an Roms Vergangenheit fesseln."

Dann sprach sie mit sanfter Stimme:

„Ich kann die Güte eures Gottes nicht anerkennen. Ich verehre ihn, denn seiner erbarmungsvollen Lehre gebührt der stille Dank der empfänglichen, weichen weiblichen Seele. Aber lieben kann ich ihn nicht, weil in meinem Herzen die Vaterlandsliebe obenan steht. Weltentsagung haben wir Vestalinnen sattsam gelernt, jedoch nur zu dem Zweck, damit Rom umso weniger der Welt entsagt. Besteht zwischen göttlicher und römischer Weltordnung ein Unterschied, ein Widerspruch, so wird durch das Opfer, welches die vestalischen Jungfrauen darbringen, das Gleichgewicht hergestellt. . . . Packe also morgen deine heiligen Bücher zusammen. Ich will dich nicht mehr hören."

Sie wandte sich Theodorich zu und befahl: „Führe mich jetzt zurück in mein Gefängnis, du Kerkermeister."

Der alte Alemanne entzündete eine Fackel und ging voran, sorgfältig hinleuchtend, wo auf dem schmalen Pfad Regengewässer Rinnen ausgehöhlt oder Steinhäuflein angesammelt hatten und die Schritte der Priesterin lenkend, damit ihr nicht der geringste Unfall zustößt.

Der Pfad führte über eine sanft abfallende Bergböschung in ein weites dreieckiges Tal, welches von der Natur befestigt war, indem zwei Seiten des Dreiecks von tannenbewachsenen steilen

Hügelketten gebildet wurden, welche in einem spitzen Winkel zusammenstießen, während an der dritten Seite nackte gezackte Felsen den Zutritt zum Tal verwehrten.

Schon näherte sich Fausta ihrem Gefängnis — der in diesem Tal gelegenen Fabriciusschen Villa — als durch die Stille des Abends eine männliche Stimme ertönte, eine griechische Ode singend, welche mit den Worten begann:

Vielfachen Waltens Gott des heiteren Tages,

Wie soll ich würdig preisen dich, Apollon.

Es war eine junge kräftige Stimme; sie kam vom Gipfel eines der Hügel welche Richtung Meer lagen.

Fausta, ihr Wächter und der Diakon blieben stehen, verwundert über die Nähe des nächtlichen Wanderers, welcher so frohen Mutes sich bis zu der weltentlegenen Einsiedlerei verstiegen hatte, von welcher nur Hirten etwas wussten.

Christ war der Sänger nicht, denn er pries Apollo; auch gehörte er nicht dem gemeinen Volk an, denn er kannte die griechische Sprache. Ein Heide höheren Standes befand sich In Faustas Nähe.

Das Lied klang in die Strophe aus, dass auf die dunkle Nacht mit ihren Gefahren wieder heiterer Tag folgt.

„Sei gegrüßt, Freund, wer immer du seist!" rief plötzlich Fausta mit voller Stimme in das Dunkel zum Hügel zu. „Es grüßt dich aus ihrem Gefängnis die Vestalin Fausta Ausonia."

Schnell warf Theodorich die Fackel zu Boden, trat sie aus und stürzte sich wie ein wildes Tier über Fausta. Mit ihrem Mantel schloss er ihr den Mund, erhob sie am Kopf und unter den Knien mit beiden Armen und rannte mit seiner Bürde auf den Felsen zu.

Hinter dieser steinernen Mauer stand in einem Orangenhain Fabricius' Villa. Vor deren Portikus brannte ein Feuer, um welches herum die Alemannen von der Leibwache des Herzogs saßen.

„Löscht das Feuer aus!" befahl ihnen Theodorich im Vorbeieilen. „Die Hunde in den Stall! Gebt acht auf verdächtiges Geräusch!"

Mit Fausta auf den Armen betrat er die Villa, wo er die Priesterin im gedeckten Säulenhof behutsam auf ein Ruhebett niederlegte und dann mit dem Ärmel seiner Tunika sich den Schweiß von der Stirn abwischte.

Vier große Kristalllampen, mit indischem Gewebe verhängt, erfüllten den Saal mit rosigem Licht. Ein weicher orientalischer Teppich bedeckte den ganzen Estrich des großen Raumes. Schlingpflanzen rankten an den meisten Marmorsäulen empor.

Fausta glättete die Falten ihres Kleides und richtete ihre zornerfüllten Augen auf Theodorich.

„Wie lange noch wirst du meine priesterliche Würde beleidigen?" sprach sie entrüstet.

Theodorich zuckte mit den Achseln.

„Es geziemt sich nicht einem Soldaten und Diener, die Absichten seines Feldherrn und Gebieters erraten zu wollen. Ich tue nur, was mir befohlen wurde."

„Man hat dir einen unwürdigen Dienst anbefohlen, Alter."

Theodorich schwieg.

„Du weißt," fuhr Fausta fort, „dass ich den Göttern geweiht bin. Jegliches Eigentum von Göttern ist heilig. Auch dein Gott kann die Gewalttat des Herzogs nicht billigen; denn die Gebote deines Gottes sind Gebote des Friedens. Schrickst du nicht zurück vor dem Gericht deines Gottes? Nur die Friedsamen werden Söhne Gottes genannt werden, wie es in euren Büchern geschrieben steht."

Theodorich schwieg.

„Deine vielen Jahrzehnte haben dir das Haar versilbert, bald wird der Todesengel deine Lebensflamme löschen. Du aber, dem die Geister der Väter aus dem Reich der Schatten schon ihre Arme entgegenstrecken, befleckst deine Seele mit so großem Frevel und ziehst dir den Fluch einer Priesterin zu? Mein Fluch wird dich verfolgen bis unter die Erde, bis in dein einsames Grab! Er wird deinen Gebeinen die Ruhe nehmen."

Theodorich bekreuzte sich. Bleicher Schrecken befiel sein Gesicht. Er erhob seine Hände zu Fausta und sprach flehentlich:

„Fluche nicht einem alten Diener. Den Herzog habe ich gewiegt und auf meinen Armen herumgetragen. Er war ein herziges Kind, da er noch meines schützenden Armes bedurfte. Er ist mir ein guter Herr, seit er mit den Jahren Kraft und Mut erlangt hat. Sein Glück ist mein Glück, seine Betrübnis betrübt auch mich."

Er näherte sich Fausta, fiel in die Knie und sprach in herzbewegendem Ton:

„Ist es denn seine Schuld, dass böse Dämonen dich, heiligmäßige Frau, auf den Weg seiner jugendlichen Sehnsucht gestellt haben? Er liebt dich mit der ganzen Macht seines ungestümen Herzens, wie du es wert bist. Dein herrliches Bild verdeckt vor seinen Augen nicht nur die Pflichten des kaiserlichen Statthalters, sondern auch das Himmelreich selbst. Er will ohne dich nicht leben, er kann nicht. Ich kenne ihn. Was er einmal sich vorgesetzt hat, davon weicht er nicht ab, sollte er auch darüber zugrunde gehen. Deinen Göttern zürnst du selbst, ich habe es kurz vorher gehört. So verlasse sie und beglücke meinen Herrn."

Er küsste den Saum von Faustas Kleid und flehte:

„So erbarme dich doch des Herzogs und meiner, heiligmäßige Frau! Gib seinem Herzen den Frieden, mich aber erlöse von der Bürde deiner Drohung. Fluche mir nicht! Ich mag nicht fluchbeladen ins Grab hinabsteigen, kann aber auch meinen geliebten Herrn nicht verlassen. In den alemannischen Wäldern verfolgt die Verachtung der Männer denjenigen, welcher in gewichtigen Stunden seinen Feldherrn im Stich lässt. Ich weiß, dass ich fehle, indem ich dich deiner Freiheit beraube. Ich weiß, dass ich einen unwürdigen Dienst verrichte, indem ich dabei der Helfer des Herzogs bin. Ich selber habe ihn gewarnt. Aber das Glück meines Falken ist mir teurer als ein heiterer Tod. Der gute Hirte wird mir ob meines Gehorsams meine Sünde verzeihen. Denn seine Erbarmung ist grenzenlos, wie die Nordsee. Das ist mein Trost."

Der Zorn war aus Faustas Augen gewichen. Im ernstem aber doch mildem Ton fragte sie:

„In den alemannischen Wäldern verfolgt die Verachtung der Männer denjenigen, welcher in schwerer Stunde seinen Feldherrn im Stich lässt. Welche Strafe aber trifft dort eine Priesterin, welche ihr heiliges Gelübde bricht?"

Theodorich schwieg.

„Wäre denn die Sitte deines Volkes etwa nachsichtig gegenüber eidbrüchigen Priesterinnen?" fragte Fausta von neuem.

„Eine ruchlose Priesterin wird bei uns lebendig begraben." Theodorich erhob sich von den Knien.

„Und du, der du das grausame Urteil alemannischer Richter gewiss billigst, dem das Glück des geliebten Herrn teurer ist als ein heiterer Tod, du, der in den Kämpfen ergraute Soldat, der seinem Herrn so getreue Diener, du solltest es wollen, dass ich, die Priesterin eines verfolgten Volkes, meinen Eid breche? Das willst du nicht, Alter!"

„Der Herzog hofft, dass deine starre römische Tugend sich vor dem guten Hirten beugen wird. Wollte dein Herz unseren Gott liebgewinnen, dann wäre deine Seele der heidnischen Gelübde enthoben."

„Du weißt aber, dass sogar eine Strafe deines Gottes im Reiche der Schatten mich meinem Volk nicht abwendig machen kann, mich deinem Gott nicht zuführen wird. . . So erschließe mir denn mein Gefängnis, damit ich dir nicht fluche."

Nun wusste Theodorich, wohin Fausta mit ihrem Gespräch zielte. Wieder schauderte er vor der Androhung des Fluches, aber noch mehr vor der Zumutung des Treubruches seinem Herrn gegenüber.

„Ich habe schon gesagt: ich tue nur, was mir befohlen wurde."

„Kein rechter Mann darf unwürdige Befehle ausführen!"

„Kein Soldat darf die Befehle seines Feldherrn prüfen!"

„Dein Dienst um meine Person ist kein Soldatendienst?"

„Schwer straft dein Zorn meine Treue."

„Deine Treue ist ein Verbrechen!"

„Vergib mir, heiligmäßige Frau."

„Die Trauer meines Volkes falle auf dein graues Haupt! Mein Fluch nage im Grab an deinen Gebeinen!"

Das Gesicht des alten Kriegers bedeckte sich mit dunkler Röte.

Fausta wies ihm die Tür. „Entferne dich, Elender!" rief sie.

Wankenden Schrittes verließ Theodorich den Säulenhof.

Fausta streckte sich auf dem Sofa aus und schloss die Augen.

Schon war es mehr als ein Monat her, seit sie von Theodorich auf der Tiburtinischen Landstraße geraubt worden. Städte und Ansiedelungen meidend, eilte er mit ihr bei Tag und Nacht über Stock und Stein. Begegnete er jemand auf seinem Weg, so verschloss er ihr den Mund mit ihrem Mantel. Hier in ihrem prachtvollen Gefängnis umgab er sie mit einem Netz wachsamer Blicke und mit unfreundlichem Schweigen. Ohne sein Wissen durfte sie nicht einen Schritt über die Schwelle der Villa hinaustreten. Sogar im Innern des Hauses wurde sie hinter Säulen und Türvorhängen von versteckten Augen verfolgt. Außer dem Diakon Procopius und Theodorich sprach niemand mit ihr. Die weibliche Bedienung antwortete nur auf ihre Fragen; die alemannische Wache heuchelte Unkenntnis der lateinischen Sprache.

In ihrer Weltabgeschiedenheit hatte Fausta keinerlei Nachrichten aus Italien. Ihre Gedanken aber waren immer in Rom, welches sie in schwerer Stunde verlassen hatte.

Vielleicht, fürchtete sie, fließt Römerblut schon in Strömen. Vielleicht liegen die Tempel der nationalen Götter in Trümmern. Vielleicht ist die von ihr mit Mühe und Not wieder angefachte Flamme der Vesta für immer erloschen!

Über der ‚ewigen Stadt' schwebt die Wehklage der gedrosselten Nation, und sie, die Patrizierin und Vestalin, disputiert mit einem Galiläer, dem Feind ihres Vaterlandes, wie ein gedungener griechischer Rhetor. Dieser Mensch spricht ihr vom frühen Morgen bis zum späten Abend von einer allgemeinen Menschenliebe, welche die menschlichen Leidenschaften im Zaum halten soll.

Ein ungläubiges Lächeln legte sich um Faustas Lippen.

Ihr erschien jene allgemeine Menschenliebe hohl und fad. Sie wusste und ahnte nicht, dass nach des Schöpfers unerforschlicher Vorsehung neue Wahrheiten Jahrhunderte, ja Jahrtausende brauchen, um langsam fortwirkend, die Menschheit stufenweise veredelnd, endlich zu unbestrittener Geltung und voller Herrschaft zu gelangen. Von dem Zusammenwirken und Entgegenwirken zwischen göttlicher Gnade und menschlichem Willen hatte sie keine Vorstellung. Und da sie um sich herum eine nur höchst unvollkommene

Anwendung der Gebote des christlichen Glaubens sah, so glaubte sie nicht an dessen welterlösende Aufgabe.

Was war ihr die welterlösende allgemeine Menschenliebe um Gottes willen? Dieselbe widerstrebte ihrer römischen Seele, denn sie stellte die Fremdlinge und Eindringlinge der verschiedensten Nationen auf die gleiche Stufe mit den Schöpfern des römischen Reiches, die besiegten Barbaren mit den siegreichen Quinten, die Verachteten mit den Hocherhabenen. Dem selbstsüchtigen Genius Roms, welcher sich berechtigt fühlte, die ganze Welt seinen Zwecken untertänig zu machen, widerstrebte eine Lehre, welche die Gleichberechtigung aller Völker und Menschen forderte. Um Gottes, um eines unbekannten Gottes willen? Fausta anerkannte die eigenen nationalen Götter nur so lange, als sie Rom nützlich waren. Wie sollte sie einen Gott anerkennen, welcher Rom schädigte?

Die allgemeine Menschenliebe war eine Feindin Roms. Langsam, aber stetig zerriss das Christentum das Gespinst von Begriffen, Vorstellungen und Sitten der griechisch-römischen Zivilisation. Es nagte an dem Bau der italischen Eroberer, weckte das Selbstbewusstsein der Enterbten und kräftigte das Gleichheitsgefühl der Barbaren. Was schon Markus Aurelius ahnte, ward für die letzten römischen Patrioten zu einer durch Tatsachen erhärteten Wahrheit. Das vierte Jahrhundert sah viele germanische Könige und Feldherren, welche erhobenen Hauptes vor den Imperatoren standen. Auch durch das unübersehbare Volk der Sklaven ging bereits ein Murren der Unzufriedenheit. Und die Imperatoren selbst demütigten absichtlich die alte Hauptstadt des Reiches; neue Leute, überwiegend christlichen Bekenntnisses, verdrängten die Nachkommen italischer Geschlechter aus Ämtern und Würden, aus den bürgerlichen und aus den militärischen.

Daher verschloss Fausta Ihr Herz vor der neuen Lehre, welche die Ursache solcher Umwälzung war. Ihr römischer Patriotismus raubte ihr weiteren Ausblick und machte sie taub gegen die Stimme der neuen Zeit. Ihr römischer Stolz brachte sie gegen die eigenen Götter auf. . .

Ein Geräusch verscheuchte Faustas peinigende Gedanken. Eine junge Sklavin erschien, welche nahe vor Faustas Sofa stehen blieb, die Arme über der Brust kreuzte und in demütiger Haltung eine Frage erwartete.

„Was befiehlt mir Theodorich durch deinen Mund, Lycaris?"

„Du weißt es, Herrin, dass das Mahl für Deine Heiligkeit bereitet ist." antwortete die Griechin.

„Ich bin heute mit Galle gesättigt." entgegnete Fausta mit bitterem Lächeln. „Ich werde dich rufen, wenn ich ruhebedürftig bin."

Leise, wie sie gekommen war, entfernte sich die Sklavin.

Fausta schloss wieder die Augen, doch nahmen jetzt ihre Gedanken eine andere Richtung an. Sie war wieder in Rom. Würdenträger und sonstige angesehene Männer huldigten ihr auf offener Straße und nachher in geräumigem Empfangssaal. Aber nur ein einziger harrte aus, bis er mit ihr allein war, und dann fühlte sie sich, halb unbewusst, von seinem Arm umfangen und an seine Brust gepresst, in welcher sie sein Herz pochen horte. Nur dieser einzige huldigte ihr als dem schönen, liebreizenden Weib .... nur er ...

Es war einer jener süßen Träume, welche ihr, wenn sie einschlummerte, so oft wiederkehrten.

Fausta riss die Augen auf, erhob sich schnell vom Sofa, durchschritt unruhig den Säulenhof nach allen Richtungen, fiel dann wieder matt auf die Polster, presste ihre Stirn an die kühle Seide und betete inbrünstig: „Behütet mich vor Schande, ihr Schutzgeister! Verleiht mir männliche Kraft, ihr Helden Roms, auf das ich den Versuchungen meines weiblichen Herzens widerstehe. Wacht über meiner Ehre, welche die Ehre eures Namens ist."

Währenddessen kletterte Theodorich mit einem Soldaten der alemannischen Wache beim Mondschein auf den die Villa umlagernden Hügeln herum. Von dem Sänger war keine Spur zu entdecken, was jedoch den Wächter Faustas keineswegs beunruhigte. Als er das Haus verließ, wusste er im Voraus, dass er zu dieser Stunde nichts entdecken konnte; nur um seine Pflicht voll zu erfüllen, glaubte er, die nächste Umgebung der Villa absuchen zu sollen. Außer den silbernen Streifen des Mondlichtes, welches sich zwischen den riesigen Tannen hindurchzwängte, war nichts zu sehen; außer dem leisen Rauschen in den Wipfeln derselben war nichts zu hören. Die einzige Beruhigung, welche Theodorich aus der Durchstreifung der Wälder und Durchsuchung der Felsen schöpfte, bestand darin, dass für den Rest der schon vorgerückten Nacht nichts zu befürchten war. Im Übrigen aber war er fest überzeugt, dass aus dem griechischen Gesang und dem Anrufen des Sängers von Seiten Faustas sich irgendetwas entwickeln musste, sei es ein Überfall, sei es ein behördliches Einschreiten.

Hoch stand der Mond am Himmel, als Theodorich sich entschloss, den Rückweg zur Villa anzutreten. Doch fühlte er sich, auf einer kleinen Alpenmatte angelangt, gefesselt von dem Zauber der schauerlich feierlichen Nacht. Er blieb stehen und gebot seinem Gefährten Schweigen.

Mit dem empfindsamen Ohr des auf dem Schoß der Natur aufgewachsenen Barbaren lauschte er, den feinen Mondnebel einatmend, dem leisen Rauschen der Tannenwipfel, welches mit dem Gemurmel des leichtbewegten ferneren Meeres zu lieblichem Einklang sich vereinigte ... In ihm erwachte die Erinnerung an längst vergangene Jahre der Jugend. In solchen Mondnächten hatte er einst an heidnisch religiösen Akten teilgenommen, mit verehrungsvoller Scheu die Priesterin betrachtet, welche auf einer Waldwiese den Göttern seiner Knabenjahre Opfer darbrachte. Die Lehre Christi hatte den germanischen Glauben aus seiner Seele verdrängt, aber es war ihm im Herzen die Verehrung für die Dienerinnen des Altars geblieben, welche Immer es auch waren.

Freudlos hielt Theodorich Fausta gefangen. Seit dem Augenblick, da er sie geraubt hatte, fühlte er sein Gewissen mit einem Frevel belastet. Er hatte getan, was Winfried Fabricius ihm befohlen hatte. Doch sehnte er sich danach, dass er auf irgendeine Weise seiner sündhaften Treue entbunden würde. Auch schreckte ihn Faustas Fluch. Seine Bekehrung zum Christentum war zu neu, seine christlichen Begriffe noch zu wenig klar und vertieft, als dass er die ererbten abergläubischen Vorstellungen gänzlich aufgegeben haben sollte. Alle heidnischen Götter waren ihm böse Dämonen, an deren Rache er glaubte, deren Rache ihn sein beflecktes Gewissen fürchten ließ. Den Fluch Faustas wollte er nicht mit ins Grab nehmen.

Da krächzte ein Nachtrabe.

Theodorich erschauderte. Er sprach zu seinem Gefährten:

„Gehen wir! Zu Hause ruhe einige Stunden. Dann aber wirst du dein Pferd satteln, ein zweites dazu nehmen und dich in aller Eile nach Rom zum Herzog begeben. Du wirst ihm berichten, was wir, der Diakon und ich, heute wahrgenommen haben, und ihm mitteilen, dass der alte Theodorich für die Sicherheit seines Schatzes keine Verantwortung mehr übernimmt. Sage ihm auch, dass ich mich schon nach Alemannien sehne, um meine Enkel zu sehen und die müden Glieder in heimischer Erde zur Ruhe auszustrecken. Der Herzog möge unverweilt seine Verfügungen treffen. Sage ihm deutlich das größte Beschleunigung nötig ist. Reisegeld werde ich dir sofort geben, wenn wir zu Hause sind. Um Flavianus Spionen auszuweichen, wirst du deinen Weg über Mediolanum (Mailand) nehmen."

6. Kapitel

In der Lateranischen Basilika zu Rom, auf der Stufe der marmornen Schranke zwischen dem Hauptschiff und dem Presbyterium, kniete Winfried Fabricius, vertieft in das Antlitz des gekreuzigten Erlösers. So tat er es seit einiger Zeit jeden Abend, um für sein stark beunruhigtes Gewissen Trost zu suchen, ohne jedoch ihn zu finden.

Als er Simonides dem Tod überlieferte, ahnte er nicht, dass die Ermordung dieses Elenden einen so dunklen Schatten auf seine Seele werfen könnte. War es doch nur ein gemeiner Spion und Verräter, welcher mit seinem ganzen Leben schließlich nur auf einen unverhofften Tod hinarbeitete. Dieses selbstbereitete Schicksal hätte ihn auf jeden Fall erreicht, wenn nicht damals, doch später.

Vergossenes Blut hatte Winfrieds Gewissen bisher nie beunruhigt. Der Sohn eines Barbaren, der Nachkomme alemannischer Heerführer, ließ ohne Bedenken sein Schwert auf den Schädel eines ungehorsamen Soldaten niedersausen. Er verurteilte Nachlässige zu schmerzlicher Züchtigung oder zu grausamer Folter, hatte für trotzige Sklaven Pfahl und Galgen stets in Bereitschaft. Tränen, Seufzer, Todeszuckungen machten auf ihn keinen Eindruck.

Warum verfolgte ihn denn jetzt in seinen einsamen Stunden das Bild des Simonides mit seinem zerschmetterten Schädel? Warum fühlte er sich vorwurfsvoll angeschaut von dessen hervorquellenden blutunterlaufenen Augen? ... Weil der Grieche als seinen letzten Schrei den Namen Christi ausgestoßen hatte, Christus aber der Ausgangs- und Endpunkt von Winfrieds Gedanken war.

Christus dem Herrn hatte der Sohn des Barbaren nicht nur den wahren Glauben, nicht nur die Verheißung des Himmelsreiches, sondern auch die hohe Stellung zu verdanken, welche er im Reich einnahm. Ohne Christus, dessen Lehre die Mauer der ausschließlichen Vorrechte der römischen Bürger durchbrach, wäre der Alemanne niemals Herzog in Italien geworden. Christus hatte ihn der Aristokratie der berühmtesten Nation gleichgemacht, hatte ihn sogar über die ‚Herren der Welt' erhoben, ihn zu deren Gebieter gemacht. Diesen praktischen Erfolg der christlichen Lehre wusste der neue Römling, welcher dem Barbarentum kaum entwachsen war, sehr wohl zu würdigen, weil er die Früchte derselben genoss. Auch besaß er das richtige Gefühl dafür, dass die Bekenner des neuen Glaubens, von den Heiden noch immer bedroht, eine durch die Gemeinsamkeit der Ziele enggeschlossene Sodalität zu bilden hatten. Als Soldat kannte er sehr gut den Wert geschlossener Reihen ... und doch hatte er, der getreue Sohn Christi, einen Christen durch heidnische Sklaven hinmorden lassen.

Hatte er wirklich gegen seinen Gott gesündigt, da er jenen elenden Wurm niedertrat?

Mit der Beharrlichkeit des Holzwurmes bohrte diese Frage in seinem Gewissen. Vergeblich suchte er Selbstentschuldigungsgründe.

Da vertiefte sich Winfried Fabricius zum ersten Mal in seinem Leben in die heiligen Bücher seines Glaubens. Zwar hatte er einst, in seinen Knabenjahren, Religionsunterricht genossen;

aber sein unruhiges Soldatenleben war bezüglich der Gebote Christi weder der tätigen Ausübung noch dem Gedächtnis förderlich.

Sonderbar erschien ihm die Sprache, mit welcher ihn die Schriften der Apostel und der Kirchenväter anredeten. Auf jeder Seite begegnete er Grundsätzen, welche seinem Ungestüm direkt entgegenliefen und dasselbe verdammten. Die Pergamentrollen trieften von milden Worten der Liebe, der Vergebung und ergebener Duldung — so unvereinbar mit dem, was er für seine Pflicht erachtete, dass seine Gedanken an dem Scheideweg des Zweifels anlangten.

Wäre es denn möglich, dass er, der er sich für einen eifrigen Bekenner der christlichen Lehre hielt, mit deren Geboten in fortwährendem Widerstreit steht? Wie könnte das gekommen sein? Er wollte das ja nicht! Er war je redlich bestrebt, während des irdischen Lebens sich das himmlische Reich zu verdienen; er war überzeugt, dass er sich streng an die Vorschriften seines Glaubens hielt; er liebte den Gott der neuen Völker von ganzem Herzen. Also wäre sein Hass gegen die Heiden, seine soldatische Heftigkeit und Geneigtheit zu Gewalttaten, seine Verachtung des Pöbels, sogar seine Liebe zu Fausta Sünde und Verbrechen? Sollte er etwa sein Schwert wegwerfen, die reichen und glänzenden Kleider ablegen, den Sklaven als seinen Bruder anerkennen, die Schmähungen seitens der Heiden geduldig ertragen, das Bild des geliebten Weibes aus seinem Herzen bannen?

In Fabricius' Seele erhob sich eine Windsbraut, in welcher Begriffe des Soldaten, die ererbten Instinkte des Barbaren, die Sehnsucht der Jugend, die Lehren der heiligen Bücher des Christentums durcheinander wirbelten. Sein Gewissen glich einem den wilderregten Meereswogen preisgegebenen steuerlosen Schiff.

Die Pein der Zweifel, welche er weder zu lösen, noch zu beschwichtigen wusste, trieb ihn jeden Abend in die Lateranische Basilika, wo er, in Christi Bild verschaut, von dem Erlöser selbst tröstliche Belehrung erhoffte. Vom Kreuz herab, meinte er, würde Wahrheit in seine von Widerstreit und Ungewissheit durchtobte Seele herabströmen und dieselbe zum Gleichgewicht bringen.

Der an dem Holz der Schmach aufgespannte Heiland beantwortete gar deutlich Winfrieds stumme Fragen. Der duldende Erlöser bestätigte die Lehren der heiligen Bücher, die Gebote der Liebe, der Duldsamkeit, der Vergebung. Aber für das vom Lebensschmerz noch nicht angehauchte Gemüt des kraftstrotzenden jungen Kriegers und tatendurstigen christlichen Eiferers, für seine zur Reue und Buße aus sich selbst nicht veranlagte, von außen durch niemand in solchem Sinn beeinflusste Seele blieb die milde Sprache des Kreuzes unverständlich. Und zwar zumeist darum, weil sie auch Ihm selbst gegenüber eine zu milde war. Hätte Christus ihn angeherrscht und mit donnernden Worten niedergeschmettert, gewiss hätte er geantwortet: Herr, befiehl! Dein Sklave will sein Leben lang vor dir in Staub sich wälzen! Christus aber sprach: Die heiligen Bücher enthalten meine Lehre, und du hast deine Vernunft und deinen freien Willen. Also entscheide dich.

Das aber war für den Soldaten, auch für den miles Christi, wie Winfried Fabricius selbst sich nannte, nur ein neuer Widerspruch. Nichts zeitigte eine größere Einseitigkeit und Beschränktheit des geistigen Gesichtskreises, als eine ausschließlich militärische Erziehung. Für diesen einseitig militärisch herangebildeten Geist beruhte die Weltordnung, auch die moralische, auf strengem Befehl und unbedingten Gehorsam. Wo letzterer fehlte, da musste von Anwendung von Gewalt die Ordnung wiederhergestellt werden. Diesen Grundsatz wendete Winfried auch auf das Verhältnis zwischen ihm und seinem himmlischen König an. Er war zum Gehorsam bereit, aber es fehlte von Seiten Christi der strenge Befehl unter Ausschließung des freien Willens. Der freie Wille war in ihm, dem mächtigen Befehlshaber, nur zu stark entwickelt.

So verirrte sich der Herzog immer mehr im Labyrinth seiner Zweifel.

In dem geräumigen Gotteshaus war es fast vollständig leer. Hier und dort knieten oder lehnten an den mächtigen Säulen Gläubige, deren Gebete Winfried nicht gehört hätte, auch wenn sie nicht leise geflüstert worden wären. Die Schatten des Abends hatten das Weiß der schmucklosen Wände und Säulen schon gemildert; der Raum atmete den kühlen Hauch der Katakomben.

Erschöpft stützte der Herzog seine heiße Stirn auf den kalten Marmor der Schranke. Er hatte das Gefühl, als wenn eine ungeheure Last von oben herab sich auf ihn herabließ und ihn in den Boden zu drücken drohte. Es war der Zwiespalt seiner Seele, welcher seine leiblichen Kräfte lahmte.

Endlich erhob er sich und verließ wankenden Schrittes das Gotteshaus.

Die veränderte Umgebung brachte ihn zur Besinnung. Er beschloss in seiner Ratlosigkeit sich an einen Gottesmann zu wenden. Vielleicht an den römischen Siricius? Nein! Von diesem wusste er schon, dass er von ihm kein verständnisinnig nachsichtiges Urteil zu erwarten hatte. Da war der große Baumeister der Kirche, der ebenso heiligmäßige wie energische Ambrosius, welcher sogar den Imperator Theodosius seine unerschrockene Entschiedenheit hatte fühlen lassen, ein ganz anderer Mann. In diesem glaubte der Herzog einen geistesverwandten Berater und ermutigenden Tröster finden zu können.

Sein Entschluss stand fest, schon früh morgens am anderen Tag sich nach Mailand zu begeben.

Vor seinem Haus auf dem Palatin angelangt, fand der Herzog eine fremde Lektika vor und erfuhr, dass er von dem Präfekten Flavianus erwartet werde.

Flavianus? . . . Des Herzogs Gesicht verdüsterte sich. Nie hatte der Präfekt des Prätoriums seine Gesellschaft gesucht. War er gezwungen, sich in Regierungsgeschäften mit Fabricius ins Einvernehmen zu setzen, so tat er es durch seine Schreiber, nie anders. Was wollte Flavianus?... Sollte der oberste Richter einer der westlichen Präfekturen gekommen sein, um den Herzog in Bezug auf Simonides Verschollen sein zu vernehmen?

Und wieder hörte Fabricius den Schrei Christus! und sah den zerschmetterten Kopf des Griechen.

„Wartet der Präfekt schon lange?" fragte er den Torwächter.

„Er ist vor einer Stunde gekommen."

Vor einer Stunde? ... Es musste etwas Wichtigeres sein als das Schicksal des Dolmetschers. Nur des Herzogs unruhiges Gewissen hatte ihm den Griechen in Erinnerung gebracht.

Absichtlich sprach Fabricius mit seiner Dienerschaft länger, als es seine Gewohnheit war. Er wollte sich des peinlichen Eindruckes, welchen der angekündigte Besuch auf ihn gemacht hatte, entledigen, um auch nicht durch ein Zucken der Wimper seine innere Unruhe zu verraten.

Als er meinte, durch sein Äußeres keinen Verdacht mehr erregen zu können, betrat er den Empfangssaal.

Flavianus, weicher mit spöttischem Lächeln die Wandmalereien betrachtete, die Davids Kampf mit Goliath darstellten, wandte sich sofort Winfried zu und ohne irgendwelche Begrüßung fing er an:

„Du weißt, Herzog, dass mich nur eine große Sorge veranlassen konnte, die Schwelle deiner Behausung zu überschreiten."

„Befiehl Präfekt." antwortete Fabricius, dem Gast ein Sofa anbietend.

Flavianus machte davon keinen Gebrauch. Er heftete seinen Blick forschend auf das Gesicht des Herzogs und sprach weiter:

„Dir wird Roms Trauer nicht entgangen sein, da du mit feindseliger Aufmerksamkeit unsere Bewegungen verfolgst. Du weißt, dass das Unglück, von welchem Fausta Ausonia betroffen worden ist, alle Bekenner der nationalen Götter in tiefste Betrübnis versetzt hat."

Diese Worte fielen auf Fabricius so unvermutet und so wuchtig herab, dass dadurch seine erkünstelte Ruhe zerstört wurde. Da er seine Stirn plötzlich von heißem Blut überflutet fühlte, wandte er sich rasch vom Präfekten ab, ging zur Tür und rief den Kleiderverwahrer herbei. Langsam legte er das Schwert und die goldene Kette ab, betrachtete letztere, als wenn ihm daran etwas aufgefallen wäre, und übergab dem Sklaven die Waffe und das Ehrenzeichen nicht eher, als bis er sich gefasst hatte.

Nun kehrte er sich wieder dem Präfekten zu und sprach in möglichst gleichgültigem Ton:

„Die Beschützung der Vestalinnen gehört nicht zu meinen Pflichten."

Ein leichtes Beben seiner Stimme vermochte er dabei nicht zu unterdrücken.

„Gaius Julius schreibt mir aus Vienna, dass kein anderer als einzig und allein du die schurkischen Räuber der Priesterin angeben könntest. Ich weiß allerdings nicht, worauf der Prätor seine Vermutungen stützt, aber seine Schlüsse pflegen sich als zutreffend herauszustellen."

Der Herzog musste sich sehr zusammennehmen, um dem forschenden Blick des Präfekten standzuhalten. Er zuckte mit den Achseln und antwortete:

„Ich begreife nicht, wieso es dem Prätor gefällt, seine Vermutungen mit meiner Person in Verbindung zu bringen. Es ist in Rom allgemein bekannt, dass ich zum Atrium der Vesta in keinerlei näheren Beziehungen stehe. Eure Trauer findet bei mir. .

Er wollte sagen: Mitgefühl, doch brachte er die Lüge nicht über seine Lippen. Scham verschlug ihm die Rede. Der Soldat tötete ohne Bedenken, verabscheute aber die Lüge.

„Auch meldet mir Gaius Julius," nahm Flavianus seine Inquisition wieder auf, „dass es in den Bergen von Vediantium eine Villa gibt, welche verdächtigen Leuten als Versteck dienen soll."

Und knapp vor Fabricius hintretend, fragte er ihn in kühnem Ton, in welchem ein auf den Gipfel getriebener Hohn lag:

„Weißt du etwas von dieser Villa? Sie soll ein weltabgeschiedener Ruhesitz sein. Ich habe mir sagen lassen, dass dein Vater längere Zeit am Ufer des Mittelländischen Meeres zugebracht hat, um ungestört die Liebe der geraubten Tochter eines iberischen Priesters zu genießen."

Fabricius schwieg. Er sah sich überrumpelt und suchte nach einem Ausweg aus dem Netz, welches Flavianus ihm über den Kopf geworfen hatte. Aus den Worten des Präfekten ging hervor, dass er den Anstifter des Raubes entweder richtig vermutete oder vielleicht schon genau kannte. Irgendjemand hatte das Geheimnis verraten. Hatte es vielleicht Theodorich nicht geschafft den Helden Calpurnius und dessen Gesellen zu beseitigen?

Der Präfekt fuhr, das Netz schließend, fort:

„Schwöre mir auf das Kreuz deines Gottes, dass dir nichts von den Frevlern bekannt ist, welche die römische Nation so schwer gekränkt haben. Ich will dem Eid des Christen und den Alemannen Glauben schenken."

In Fabricius' Seele entstand ein Kampf zwischen der Furcht vor der entsetzlichen Rache der Römer einerseits und der Rechtschaffenheit des Barbaren, sowie dem Gewissen des Christen anderseits. Schwur er, überlegte er rasch, so gewann er Zeit und konnte Fausta an einen anderen Ort verstecken.

„Schwöre!" drängte Flavianus.

Der Meineid hätte dem Christen das Tor zum Himmelreich verschlossen. Stolz erhob Fabricius sein Haupt.

Seinen Gott vor einem Heiden als falschen Zeugen anrufen, das vermochte der Christ nicht, sollte er auch eines schändlichen Todes sterben.

„Nur der Imperator oder der König Arbogast haben das Recht mir einen Eid abzuverlangen! Nicht du bist mein Richter! Glaubt Gaius Julius Fausta Ausonias Versteck ausfindig gemacht zu haben, so schicke deine Spione hin. Dann hast du es gleich erfahren, ob des Prätors Vermutung falsch oder richtig ist."

„Unschuldige fürchten keinen Eid." drängte der Präfekt.

„So suche dir den Schuldigen!" rief der Herzog.

„Ich habe ihn schon gefunden." entgegnete Flavianus.

„So tue, was deine Pflicht ist." sprach ruhig Fabricius.

Er schaute dem Präfekten gerade und fest ins Gesicht. Die große Gefahr bringt dem mutigen Soldaten die ganze Geistesgegenwart zurück.

Flavianus sagte langsam:

„Ich könnte den Namen des Anstifters des Frevels auf dem Forum Romanum dem ganzen Volk anzeigen. Das römische Volk würde ihn mit Prügeln und Steinen hinrichten, wie einen wütenden Hund, und seinen Schädel über das Straßenpflaster zum Feld der Schande schleifen. Ich könnte auch die bewaffnete Macht anrufen. Die Unterbefehlshaber derselben würden den Schuldigen ohne jegliches Bedenken in meine Hände liefern, auch wenn es der Herzog in Italien wäre. Hast du mich verstanden, Herzog in Italien?"

Der Präfekt betonte den Titel bedeutsam.

„Ich glaube die Sprache der Römer gut zu verstehen." erwiderte Fabricius gleichgültig.

„Ich werde aber den Namen des Frevlers nicht unter den Pöbel schleudern, weil ich nicht will, dass Theodosius am römischen Volk für dessen gerechten Zorn Rache nimmt. Sollte jedoch Fausta Ausonia nicht binnen zwanzig Tagen heimkehren in das Atrium der Vesta, dann lasse ich dich, Herzog in Italien, von deinen Tribunen in Ketten schlagen und in Arbogasts Lager bringen!"

Ohne ein weiteres Wort wandte sich der Präfekt um und ging hinaus.

Lange blieb der Herzog an derselben Stelle wie festgebannt stehen, an welcher Flavianus ihn ohne Abschiedsgruß verlassen hatte.

Arbogast! . . . Winfrieds jugendlicher Mut fürchtete nur einen einzigen von allen Männern: Um nichts in der Welt möchte er sich vor Arbogast gestellt sehen. Obwohl er als Anhänger Valentinians die angemaßten Rechte des Frankenkönigs nicht anerkannte, war er doch voller Verehrung für den in siegreichen Kämpfen ergrauten Feldherrn und voller Scheu vor dessen rücksichtsloser Tatkraft. Für einen Winfried war Arbogast der richtige Mann. Wäre doch Christus ein Arbogast! . . .

Aus der Hand des Imperators das Herzogtum in Italien annehmend, hatte Winfried Fabricius sich gegen eine Gepflogenheit vergangen, welche mit der Zeit rechtsgültig geworden war. Seit hundert Jahren schon bekleidete der oberste Feldherr des Reiches zugleich das Amt des obersten Richters der Legionen. Unnachsichtig würde Arbogast vor der Front ihm die Abzeichen seiner Würde herabreißen, von Sklaven durchpeitschen und wie einen Spion auf einem Baumast hängen lassen. Fabricius war einst Zeuge einer so schlimmen Strafe gewesen. Schon bei dem Gedanken, was mit ihm geschehen würde, wenn er in Arbogasts Hände geriet, erbleichte er vor Schrecken.

Nicht ohne Grund drohte ihm Flavianus mit den Tribunen. Erführen diese verbissenen Götzendiener, dass er ihre Priesterin geraubt hatte, ohne Zögern würden sie, obwohl es seine Untergebenen sind, ihn mit Gewalt vor Arbogasts Richterstuhl zwingen. Seine alemannische Wache und die wenigen Legionäre christlichen Bekenntnisses würden ihn vor der Übermacht der Heiden unter seinen Truppen nicht schützen können.

Fabricius begriff, dass er sich am Rande eines Abgrundes befand.

In seinem Inneren tobte ein Sturm. Sein Gewissen sagte ihm, dass er seinen aufrichtig geliebten Gott beleidigt und sich der Anwartschaft auf das Himmelreich beraubt hatte. Von außen drohte ihm die Rache der tief gekränkten Römer. Und doch wollte ihn auch mitten in diesem Kummer Faustas verführerisches Bild nicht verlassen.

Plötzlich schauderte er am ganzen Leib. Gleich darauf wurde ihm leichter ums Herz, als wenn er die ganze Sorge abgeschüttelt hätte. Ein rettender Entschluss war ihm gekommen.

Er klatschte in die Hände und befahl dem hereintretenden Sklaven, Theobald zu rufen.

Theobald, ein Legionär aus seiner alemannischen Leibwache, stand ihm in Theodorichs Abwesenheit am nächsten. Diesem trug er auf:

„Du wirst sogleich je zwei der besten Pferde für mich und für dich satteln und dem Stallmeister sagen, dass er dich für einen weiten Marsch zu versorgen hat, jedoch nur mit Hafer. Wir reiten nach Ostia ins Lager."

Dann ging er in sein Arbeitszimmer, schrieb einige Worte auf ein Wachstäfelchen und versah dasselbe mit dem Siegel des italischen Herzogtums. Mittels dieser Urkunde betraute er den Befehlshaber der palatinischen Garnison mit seiner Stellvertretung für die Zeit seiner Abwesenheit. Er sandte dieselbe sofort hinaus. Dann befahl er dem Kleiderbewahrer, einige warme Tuniken als Sattelgepäck zusammenzulegen. Er nahm sein Schwert, steckte einen langen Dolch in den Gürtel, ließ sich einen Reisemantel mit Haube anlegen, vergaß auch den Goldbeutel nicht und erwartete ungeduldig die Meldung, dass die Pferde marschbereit vor dem Haus stehen.

Er konnte dieselbe nicht abwarten. Er eilte in den Stall, beschimpfte alle, mit denen er zusammentraf, und schnallte selbst, mit eigener Hand seinem Lieblingshengst den Sattel auf.

Kein Augenblick ist zu verlieren, dachte er sich. Flavianus könnte anderen Sinnes werden und ihn in Wirklichkeit ebenso überrumpeln, wie er ihn moralisch soeben überrumpelt hatte. Diesen heidnischen Römern war nicht zu trauen.

Eine Viertelstunde später trabte Fabricius mit Theobald auf der Flaminischen Heerstraße einher. Heimlich, nächtlicherweise floh er aus der Stadt, in welche er vor wenigen Monaten stolz gekommen war, um dieselbe zu demütigen. Er fühlte den Fluch des Gesetzes und des Volkes in seinem Rücken.

Auf seinem Pferd vorgebeugt, durchfurchte er das nächtliche Dunkel, froh, dass sich es hinter ihm wieder schloss und ihn den Vorbeiziehenden unkenntlich machte.

Und düster wie die Nacht waren seine Gedanken: die Heiden hatte er nicht gedemütigt, ihre Tempel nicht zerstört, dagegen des Vertrauens des Imperators sich unwürdig und eines Christenmordes sich schuldig gemacht. Er glaubte sich von einem höhnischen Gelächter des römischen Pöbels verfolgt.

Je weiter er sich von Rom entfernte, desto mehr fühlte er sich beruhigt. Nicht zum Hafen Ostia ritt er, wie er angegeben hatte, sondern nach Mailand, wo der große und starkmütige Ambrosius ihn mit Christus aussöhnen, vor dem Imperator Valentinian rechtfertigen und Fausta Ausonia ihm als sein Eigentum zuerkennen sollte.

Jede Minute brachte ihn ihr näher, und schließlich befasste er sich in seinen Gedanken nur mehr mit der Geliebten. Die wochenlang unterdrückte Sehnsucht nach ihr beherrschte jetzt sein ganzes Fühlen und Denken. Dachte er nach Rom zurück, so geschah es mit dem triumphierenden Gefühl: Du Flavianus, du Julius, du Symmachus und all ihr Römer, ihr sollt mich wiedersehen, aber mit Fausta Ausonia als rechtmäßiger Gemahlin und überzeugungstreuer Gehilfin an meiner Seite! Und ihr werdet nicht mehr der vestalischen Jungfrau huldigen, sondern vor einer Personifikation des durch das Christentum niedergerungenen Heidentums im Staub liegen!

Seit Faustas Entführung hatte Fabricius keinerlei Nachrichten über sie erhalten. Um nicht den Verdacht Flavianischer Spione zu erregen, hatte er die ganze Zeit hindurch keine Eilboten nach Vediantium geschickt. Dass Theodorich mit Fausta die Villa glücklich erreicht hatte, dafür sprach sein Schweigen. Wäre die Unternehmung misslungen, so hätte der treue Diener seinen Herrn benachrichtigt. Wiewohl von Sehnsucht nach Fausta verzehrt, hatte er doch geduldig ein Schreiben von Procopius erwartet. Der Diakon sollte ihm von dem Erfolg seiner Beredsamkeit Mitteilung machen. Wäre Fausta, woran der Herzog nicht zweifelte, zum Christentum bekehrt, dann erst hatte er vor ihr erscheinen und sich dem Schutz der Imperatoren anvertrauen wollen.

Nun aber war er durch den unerwarteten Auftritt mit Flavianus gezwungen, Fausta früher aufzusuchen, als er beabsichtigt hatte. Und im Grunde genommen war er dessen froh. Gewiss war Fausta von dem Diakon schon genügend vorbereitet; sein persönliches Erscheinen würde sicherlich ihre Entschlüsse bekräftigen und den heiligen Akt der Taufe beschleunigen. Wie glücklich wäre er, wenn bei Gelegenheit der bevorstehenden Taufe des Imperators Valentinian auch Fausta durch Ambrosius selbst in die christliche Gemeinschaft aufgenommen würde!

Winfrieds spanischer Hengst ging so flott, als wenn er die Ungeduld seines Herrn mitempfunden hätte. Weithin hallte durch die nächtliche Stille das Getrampel der hurtigen Rosse auf der harten Heerstraße. Von selbst wichen Reisende zur Seite. Die Bewohner Italiens waren es gewohnt, amtliche Eilboten mit großer Schnelligkeit vorbeisausen zu sehen.

Auf der ersten Haltstation, wo der Herzog sich selbst, seinem Begleiter und den Pferden einige Stunden Rast vergönnte, kehrte bei ihm auch ruhige Überlegung ein. Flavians Worte erwägend, sah er ein, dass Gaius Julius allerdings auf der richtigen Fährte war, dass er jedoch noch nicht volle Gewissheit haben konnte. Denn hätte er diese, so würden die Römer Fausta Ausonia befreit und abgeholt haben, ohne Fabricius auch nur ein Wort davon zu sagen. Offenbar hatte der Präfekt ihn überlisten wollen. Immerhin aber war Eile nötig, um Fausta rechtzeitig in andere Verwahrung zu bringen, womöglich, nach Vienna. Gelang es dem Herzog, vom Bischof Ambrosius ein Empfehlungsschreiben an den Imperator zu erhalten, so konnte er vor diesen frei hintreten und seines Schutzes sicher sein. Als eigentlicher Grund seines unerwarteten Erscheinens in Vienna musste die Angelegenheit der Verlegung der italischen Legionen nach anderen Provinzen gelten.

Der Bischof von Mailand wollte eben seine Lektika besteigen, um den Kranken im städtischen Krankenhaus einen Besuch abzustatten, als vor dem Eingang seines Palastes ein bildschöner junger Krieger erschien und demütig sich verneigend die Worte sprach:

„Ehrerbietigst begrüßt dich, heiliger Vater, Winfried Fabricius, Herzog in Italien, Bevollmächtigter des Imperators Valentinian. Meine unruhevolle Seele heischt Rat und Hilfe von deiner Weisheit und Güte."

Mit lebhaft aufleuchtendem Blick maß der Bischof die einnehmende Gestalt des Herzogs vom Scheitel bis zur Sohle. Dieselbe machte auf ihn offenbar einen günstigen Eindruck, denn sie entlockte seinem strengen römischen Gesicht ein wohlwollendes Lächeln.

„Du kommst von Rom?" fragte der Bischof.

„Ich komme aus dem Hauptsitz des heidnischen Aberglaubens und der Brutstätte frevelhafter Anschläge gegen die Herrschaft des Kreuzes. Ich erscheine, ohne gewartet zu haben, vor dir, damit du eine Gewissensbürde von mir nimmst, welche ich nicht ertragen kann."

„Nach Mailand kommst du von Rom, um dein Gewissen zu erleichtern?" fragte Ambrosius in etwas strengem Ton. „Hättest du es nicht näher zu deinem Bischof Siricius, welcher zugleich der Bischof der Bischöfe ist?"

„Ich hatte keine Zeit mehr, zu dem römischen Bischof zu gehen, weil ich stehenden Fußes Rom verlassen musste. Als Soldat von unstetem Leben, habe ich keinen bestimmten Bischof. Gestern oder vorgestern war noch Siricius mein Bischof, heute bist du es. Auch liegt mir viel daran, eben vor dir mein Herz auszuschütten. Verweigere es mir nicht, ehrwürdiger Vater."

Ambrosius überlegte einen Augenblick.

„Mein Sohn," sagte er dann, noch unschlüssig, ob er den Herzog überhaupt anhören sollte. „du hast eine weite Reise zurückgelegt und bist ruhebedürftig. Komme morgen zu mir."

„Nur deine weisen Worte können mir Ruhe verschaffen." erwiderte Fabricius. „Leider ist mein Aufenthalt nur nach Stunden bemessen. Höre mich, ehrwürdiger Vater. Erlöse mich von meinen Zweifeln."

Ambrosius hieß seine Lektika warten.

„So tritt denn ein." sprach er in mildem Ton zum Herzog.

In seinem Arbeitszimmer nahm er hinter einem mit Schriften bedeckten Tisch Platz und wies dem Herzog einen großen eichenen Sessel an.

Fabricius aber warf sich ihm direkt zu Füßen: „Hebe Nachsicht mit meiner Jugend, heiliger Vater!" flehte er.

„Sprich ohne Furcht." ermutigte ihn Ambrosius. „Unser Herr Jesus ist auf diese Welt gekommen, um die Sünden des menschlichen Geschlechtes zu tilgen. Er weist niemanden von sich. Auf Golgatha vergab er dem Schächer, welcher voller Zuversicht seine göttliche Barmherzigkeit anrief."

Der Bischof stützte den Arm auf die Sessellehne, legte den Kopf in die flache Hand und hörte.

Hastig, in abgerissenen Sätzen, als wenn er fürchtete, dass anders ihn der Mut verlassen könnte, erzählte Fabricius die Geschichte seiner Liebe zu Fausta mit allen Umständen, jedoch so, als wenn nur der Tod des Simonides sein Gewissen belastete.

Nachdem er geendet hatte, erhob er seinen unsicheren Blick zu dem Bischof.

Ambrosius saß unbeweglich vor ihm mit halbgeschlossenen Augen. Seinem blassen ruhigen Gesicht war nichts abzulesen.

„Sage es mir, heiliger Vater," flehte der Herzog inständig, „dass ich den guten Hirten nicht schwer beleidigt habe, da ich den Spion töten ließ. War er doch nur ein elender giftiger Wurm, nur dazu da, um von dem Fuß eines mutigen Mannes zertreten zu werden."

Der Bischof rieb sich die Stirn und sprach:

„Es steht geschrieben: Ihr habt gehört, dass zu den Alten gesagt worden ist, du sollst nicht töten. Wer aber tötet, der soll des Gerichts schuldig sein. Hättest du auch nur mit dem Blut des

Simonides dein Gewissen befleckt, schon wärst du des Gerichtes schuldig. Du hast aber den guten Hirten umso tiefer gekränkt, weil du durch deine Werkzeuge gegen vieler Menschen Leben in entsetzlicher Weise gewütet hast. Denn wisse: nicht allein der Christ Simonides, sondern auch alle jene Heiden, der Liktor sowohl die Sklaven und die Mordgesellen, waren deine Nächsten, welche du nach dem Gebot des guten Hirten gleich dir hättest lieben sollen, während du deren grausames Abschlachten dir gar nicht einmal als Sünde anzurechnen scheinst. Milder noch könnte die Ermordung des Spions, welcher gegen dich seinen Dolch zückte, beurteilt werden als dein Verfahren gegen so viele Menschen, welche gar nichts verbrochen haben, und welche du nach einem dämonischen, in kühler Erwägung gefassten Plan meuchlings hast Hinmorden lassen, teilweise zum Dank dafür, dass sie dir verdammenswerten Dienst geleistet hatten.

„In deinem Schuldbewusstsein suchst du einen Trost darin, dass Simonides nur ein elender Wurm war. Und du verlangst von mir, dass ich deine Untat beschönige. Ich aber frage dich: Wer bist du denn? Ich darf nicht zulassen, dass du dich einer Täuschung hingibst, und muss dir gewissenhaft sagen: Du bist ein bei weitem ärgerer Missetäter, als es deine gedungenen heidnischen Mörder waren. Diese wandelten in Finsternis und verhöhnten nur die irdische Gerechtigkeit. Dein Lebenspfad aber ist hell beleuchtet, und du hast dich über deinen allwissenden ewigen Richter hinweggesetzt. Jene sündigten für dich, ohne andere hineinzuziehen. Du hast nicht nur selbst gesündigt, sondern auch andere, Heiden wie Christen, für dich sündigen lassen, du hast deine Seele mit eigenen und mit himmelschreienden fremden Sünden beladen.

„Wahrlich furchtbar ist deine Versündigung gegen göttliches Recht. Aber auch gegen die Kirche und gegen menschliches Recht hast du gefrevelt. Träte die lange Reihe deiner Missetaten ans Tageslicht, das Ansehen des Christentums bei den Heiden wäre schwer geschädigt, und ein unsäglich ärgerliches Beispiel wäre selbst den Christen gegeben. Umso mehr als du deine Gewalt missbrauchst und an dem Vertrauen des Imperators Verrat geübt hast. Unberechenbar ist die Gefahr, welche du durch den Raub der Vestalin der Christenheit und dem im christlichen Sinne sich entwickelnden Staat bereitet hast. Anstatt unser getreuer Helfer zu sein, bist du zu einem pflichtvergessenen Verderber unseres Werkes geworden. Und mit jenem Raub, mit der Ursache deiner vielfach verketteten Versündigungen, willst du diese rechtfertigen, indem du vorgibst, unserem guten Hirten eine erhabene Seele zuführen und durch das Beispiel der bekehrten Priesterin recht viele angesehene Heiden dem Christentum gewinnen zu wollen! Das ist eine ebenso auf Selbsttäuschung und Beschönigung deines Unrechtes berechnete Ausrede wie die von dem elenden Wurm Simonides.

„Du siehst deine eigenen Ausflüchte als echten Trost an. Mich wirst du damit nicht täuschen, und noch viel weniger den guten Hirten, welcher des Menschen Herz und Nieren prüft. Gestehe es nur vor dir selbst ein, dass es höchste Selbstsucht ist, welche dich in den Sündenpfuhl getrieben hat. Gestehe es nur vor dir selbst ein, dass du an Fausta Ausonia das Verbrechen der Freiheitsberaubung lediglich zu dem Zweck begangen hast, um dich in den Besitz ihrer Person zu setzen, und dass du durch ihre erhoffte Bekehrung dir den Besitz nur sichern willst. Einen schmählichen Schacher möchtest du mit dem guten Hirten treiben: Du willst ihm die Seele der heidnischen Priesterin zuführen um den Preis ihres jungfräulichen Leibes und zugleich der Vergebung aller Sünden, welche du behelfs Besitzergreifung dieses Leibes begangen hast."

So kernig auch die Worte des Bischofs waren, Ambrosius hatte sie doch in ruhigem und sanftem Ton gesprochen.

Niedergeschmettert kniete Fabricius zu seinen Füssen. Nicht alles, was er gehört hatte, entsprach dem hochfahrenden Sinn des Herzogs und dem rohen Gemüt des Barbaren. Doch wagte er nicht zu widersprechen.

Er küsste die Hände des Bischofs und sprach :

„Ich habe schwerer gesündigt, als ich glaubte. Sag' an, heiliger Vater: was soll ich tun, um mich mit dem guten Hirten auszusöhnen?"

„Dein Schuld ist groß," antwortete Ambrosius, „doch groß ist auch die Erbarmung unseres Herrn, welcher der Ehebrecherin und dem Schächer verziehen hat. Er wird dich wieder in Gnaden aufnehmen, wenn du deine Schuld durch neue Buße und möglichste Genugtuung getilgt hast."

„Wie süß und wohltuend ist deine Weisheit!" rief Fabricius freudig.

„Also höre." fuhr der Bischof fort. „Für das Leben, das du so vielen Menschen genommen hast, wirst du andere Menschen zu einem neuen Leben berufen, indem du deinen sämtlichen Sklaven die Freiheit schenkst. Vor allem aber wirst du ein Büßerkleid anlegen, dein Haupt mit Asche bestreuen und zehn Tage hindurch in der Vorhalle meiner Kathedralkirche die Gläubigen um ihr Gebet anflehen. Die nächstfolgenden zehn Tage hindurch wirst du in meinem Krankenhaus als Wärtergehilfe zubringen, ohne deinem Vorgesetzten irgendwelche Dienstleistung, wäre es auch die niedrigste, zu verweigern. Darauf wirst du dich für einen Monat in die Einsiedelei des frommen Thomas am Komet See begeben und in Weltabgeschiedenheit unter leiblichen Entbehrungen dich von dem Einsiedler über den Geist der christlichen Religion belehren lassen, seine Weisungen treu und willig befolgend, wie es einem Jünger seinem Lehrer gegenüber sich geziemt. Sanftmut, Demut, leibliche Pein, Gebet und fromme Betrachtung werden dein Ungestüm bändigen und deine verwilderte Seele dem guten Hirten näherbringen. Selbst leidend, wirst du ein Verständnis für die Leiden deines Nächsten erlangen und deine Heftigkeit beherrschen lernen."

Während er Fabricius die Buße zudiktierte, beobachtete Ambrosius des Herzogs Gesicht, um sich den Eindruck seiner Worte nicht entgehen zu lassen. Er sah, wie das freudige Leuchten der Augen des Herzogs nach und nach erlosch und Schatten der Enttäuschung sich um dessen Stirn legten. So harte Buße hatte der hochmütige Soldat, welcher den Pöbel hasste, nicht erwartet. Vor Plebejern als Büßer stehen, alle Vorübergehenden um ein Gebet anzuflehen, im Krankenhause Sklavendienste verrichten. . . .

„Habe Erbarmen mit mir, heiliger Vater!" bat der Feldherr, des Bischofs Knie umfassend. „Alle meine Sklaven will ich freilassen. Befiehlst du mir, auf die Hälfte meines Vermögens zu Gunsten der Armen zu verzichten, so tu' ich es ohne Zaudern. Auferlege mir Fasten, Kasteiungen, Gebete, ein ganzes Jahr hindurch, ich unterwerfe mich ohne Murren. Aber meinen Stolz tritt nicht so grausam nieder."

Ambrosius legte beide Hände auf Fabricius' Haupt und antwortete mit viel Milde:

„Gewalttätigkeit und Hochmut werden nur durch Sanftmut und Demut gebessert. Widerstrebe nicht, mein Sohn. Nicht um dir eine Schmach anzutun, lege ich deinem soldatischen Stolz eine so peinliche Buße auf. Ich will dich von den Pfaden abbringen, auf welchen Satan dich zur Hölle führt. Ich will dich zu Gott zurückbringen. Hast du in dir die Bosheit dieser Welt überwunden, dann wirst du erst die unerschöpfliche Güte unseres Herrn Jesus Christus begreifen. Hat doch der Heiland selbst den bitteren Kelch bis auf den letzten Tropfen geleert. Schimpf, Schmerzen, Erniedrigung und den Tod am Holz der Schande hat er gelitten, weil es so der Wille seines himmlischen Vaters war. Sei ein folgsamer Sohn Christi des Herrn. Ich weist es, du liebst den Gott der Güte und Barmherzigkeit. Der Bischof Siricius hat mir berichtet, du seist ein unerschrockener Bekenner unseres Herrn."

„Mein Leben möchte ich für ihn hingeben!" rief Fabricius aufrichtig.

„Aus Liebe zu ihm bringe ihm deinen Stolz zum Opfer," bat der Bischof, „damit du in das Geheimnis unseres Glaubens eindringst und ein nützlicher Diener des wahren Gottes wirst. Die Kirche bedarf so flammender Herzen, wie das deinige es ist. Vertreibe aus diesem Herzen den heidnischen Hochmut und den Hass gegen Mitmenschen, welche dir minderwertig erscheinen. Erhebe dich zu der allgemeinen Menschenliebe Christi, ziehe die Schwachen, die Armen, all' die Enterbten an deine Brust, und der Gott der Kleinen wird dir seine Gnade und Barmherzigkeit nicht entziehen. Demut schändet niemand. Auch Theodosius, der mächtigste Herrscher der Welt, hat sich ohne Beschämung vor Gott gedemütigt."

Wie ein vernichtender Donnerkeil fiel auf Fabricius' Stolz die Erwähnung der öffentlichen Buße des Imperators Theodosius herab. Der mächtige Herrscher hatte in dem Bischof den Apostel Christi anerkannt — und er, der Herzog, sollte den Weisungen desselben Bischofs widerstehen? Was war denn er im Vergleich mit Theodosius? Aus Liebe zu Gott und wegen der eigenen Gewissensruhe musste er sich demütigen. Hatte doch der Bischof ihm gesagt, dass er ihm dem Heiland näher und ihm die Gnade des Erlösers wiederbringen wollte.

Die Mittel und Wege musste Ambrosius besser kennen als er.

Fabricius seufzte auf, erhob sich von den Knien und sprach:

,,Ich glaube, dass dein Wille der Wille Gottes ist. Ich will tun du befiehlst. Vorher aber werde ich nach Vediantium gehen, um Fausta Ausonia in Sicherheit zu bringen."

„Unglückseliger" erwiderte der Bischof erstaunt, „Du wirst nicht nach Vediantium gehen, Fausta Ausonia wirst du nicht sehen."

Fabricius sah verwundert den Bischof an.

Nach Vediatium wirst du den Befehl schicken, dass man die Priesterin der Vesta unverzüglich freizulassen hat." sprach der Bischof schnell, aber sanft.

„Das kann nicht sein!" rief nun Fabricius heftig.

„Ihretwegen habe ich so viel gesündigt, mehr, als ich glaubte. Ihretwegen habe ich die Stadt verlassen, welche die Gnade des Imperators meinem Schutz anvertraut hat.

Durch deine Vermittlung glaubte ich, mich nicht nur mit dem guten Hirten, sondern auch mit dem Imperator auszusöhnen, um endlich, alle Bitternis durch Faustas Liebe versüßt zu sehen. Und du zwingst mich auf den Preis zu verzichten? Habe doch Mitleid mit meinem Herzen, heiliger Vater!"

„Ich habe dir schon gesagt: du möchtest mit dem guten Hirten einen schändlichen Schacher treiben. Du aber scheinst mich nicht verstanden zu haben." erwiderte Ambrosius in noch mit immer mildem Ton. „Willst du ein gehorsamer Sohn Christi sein, so wirst du das Bild Fausta Ausonias dir aus dem Kopf schlagen. Dann will ich auch zwischen dem Imperator und dir vermitteln."

„Niemals werde ich auf Faustas Liebe verzichten... niemals! Christus hat Liebe nicht für sündhaft befunden."

„Aber sündhaft hat er jedwede Ungerechtigkeit befunden. Und eine solche ist deine unerhörte Gewalttat, welche allein schon ein mehrfaches Verbrechen bedeutet. Sogar abgesehen von Fausta Ausonias Person, beurteile was du begangen hast. Der Vertrauensmann des Imperators, der Vertreter der Regierungsgewalt, welcher dem Recht und dem Gesetz Achtung zu verschaffen hat, hat selber das heiligste Gesetz Italiens gebrochen."

„Ein Gesetz der Götzendiener!" wehrte sich Fabricius.

„Es geziemt dir nicht, dem Lauf der Ereignisse vorzugreifen." erwiderte Ambrosius mit gehobener Stimme. „Solange der Imperator Flavianus auf dem Posten des Präfekten des Prätoriums belässt, wünscht er offenbar keine Änderung der bestehenden Ordnung. Das heiligste, uralte Verbot Roms vergewaltigend, hast du somit der christlichen Regierung in einem schweren Augenblick unabsehbare Verlegenheiten, Sorgen, Gefahren bereitet. Deine Gewalttat kann einen Aufruhr der Heiden nach sich ziehen und dieser das weise Werk Theodosius' aufhalten. Valentinian hat dich nach Rom geschickt, auf dass du als eifriger Bekenner Christi den Götzendienern ein Beispiel von Wahrheit, Güte, Barmherzigkeit und Rechtschaffenheit bist. Und was hast du getan? Du hast den ärgsten Diebstahl, den es geben kann, Menschenraub, begangen, hast eine Jungfrau entehrt, hast dich mit Mördern verbrüdert, bist an denselben selber zum Mörder geworden, hast einen Christen ermorden lassen, hast vielleicht auch dessen gefallener Seele die Tore des Himmelreiches verschlossen. Anstatt dir die Freundschaft der alten Hauptstadt des Reiches zu erwerben, hast du alle rechtschaffenen Herzen dortselbst gegen dich aufgebracht. Hat denn unser Herr Jesus Christus dazu den Tod für die menschliche Bosheit erlitten, dass diese Bosheit fortwuchere auf Erden? Hat er denn dazu Tugenden gepredigt, welche früheren Jahrhunderten unbekannt waren, dass diese Tugenden in den heiligen Büchern vermodern? Du nennst dich Christ, einen Sohn des göttlichen Heilandes?

Ein Heide bist du, besessen von den Dämonen der Finsternis"

Fabricius machte eine ungeduldige Bewegung.

„Ein Heide bist du," wiederholte Ambrosius mit Nachdruck, „denn du willst deine Begierden Christus dem Herrn nicht zum Opfer bringen. Wie in dem Herzen eines Heiden herrscht auch in dem deinigen gemeine Selbstsucht."

Dann erhob sich Ambrosius vom Stuhl und sprach streng, in befehlendem Ton:

„Sofort wirst du einen deiner Reisebegleiter nach Vediantium schicken, damit er Fausta Ausonia unverweilt die Freiheit wiedergibt!"

„Benimm mir nicht mein Glück, heiliger Vater." bat Fabricius. „Ich will Buße üben wie ein Sklave, ich will Zöllner und Wucherer um ihr Gebet anflehen, ich will die Diener meiner Diener bedienen . . . aber lasse mir Fausta Ausonia!"

„Unverbesserlicher Schacherer!" rief Ambrosius. „Kommt Fausta Ausonia nicht unverzüglich nach Rom zurück, so schließe ich vor dir alle Kirchen der Christenheit!"

Der Herzog schnellte zurück, als wäre er von einem Pfeil mitten in die Brust getroffen.

Entsetzten Blickes starrte er den Bischof an, welcher emporgerichtet mit erhobener Hand vor ihm stand.

Ambrosius' kleine schmächtige Gestalt schien zu wachsen, die Züge seines vergeistigten Gesichtes schlossen sich und traten scharf hervor. Er war nicht mehr der sanfte Priester, welcher mit der Güte des Vaters den missratenen Sohn verwarnte. In diesem Augenblick war er der hoheitsvolle seiner Verantwortung sich bewusste Kirchenfürst, welcher dem großen Imperator Theodosius bezwungen hatte und dem Diener eines Imperators einfach gebot.

„Ich verlasse dich," sprach er weiter, „um meiner Pflicht nachzukommen, in deren Erfüllung du mich gestört hast. Ich überlasse es dir, zu gehen, oder meine Rückkunft zu erwarten, um mir nicht nur deine Bußfertigkeit, sondern auch deine Bereitwilligkeit zu möglichst großer Genugtuung kundzutun. Ich sage es dir zum dritten Mal: Buße ohne wahre Reue, Genugtuung und Besserung ist nur der Schacher eines Gewissenlosen, welcher aus seinem Zusammenbruch noch immer einen Gewinn herausschlagen will!"

Rauh war des Bischofs Stimme, als er diese Worte sprach, wie dazumal, als er den Zwist der Comer Gemeinde anlässlich der Bischofswahl beilegte.

Ambrosius ließ den Herzog allein.

Gebrochen sank dieser auf den ihm zu Anfang angetragenen Sessel und verhüllte sein Gesicht mit beiden Händen.

Die Verwehrung des Zutrittes zu den Kirchen kam der Ausschließung aus der christlichen Gemeinschaft gleich und gab den Ungehorsamen der Verachtung aller Glaubensgenossen preis.

Dunkel wurde es in Fabricius Gemüt. In seiner Hoffnung, die er auf Ambrosius gesetzt, hatte er sich getäuscht. Der große Baumeister der Kirche, von welchem er Trost, Ermutigung und Hilfe erwartete hatte, erwies sich als Anwalt der heidnischen Rechtsordnung, als Beschützer der heidnischen Vestalin, und verhängte über ihn eine fürchterliche Drohung.

Widersprechende Gedanken kreuzten sich in Fabricius' Gehirn. Es kämpfte in ihm der Christ mit dem Soldaten und Barbaren. Der Christ fürchtete die Drohung und war geneigt, sich der Autorität der Bischofs zu unterwerfen; der Barbar und Soldat trotzte und lehnte sich gegen die bischöfliche Anmaßung auf. Mit welchem Recht — so zürnte der Soldat — zerstört der stolze Priester das mühsame Gespinst seines Glücks? Deine Herzensangelegenheiten sind auch ausschließlich dein Eigentum. Dagegen wendete der Christ ein: Durch den Mund des Bischofs spricht Christus selbst.

Nach geraumer Weile schlug der Herzog die Augen auf und wurde jetzt erst gewahr, dass er sich in einem fremden Gemach befand. Es beschlich ihn das Gefühl, als wenn er ein Eindringling wäre, welcher nicht hierher gehörte. Doch erinnerte er sich, dass der Bischof ihm selbst freigestellt hatte, zu gehen oder zu bleiben. Bleiben? . . . Die Erlaubnis, zu bleiben, war eine bedingte. Was sollte er wählen?

Während Fabricius' darüber nachdachte, ließ er seinen Blick über den geräumigen Saal schweifen. Die würdevolle Einfachheit der Ausstattung desselben stach gegen die Prachtentfaltung in den Gemächern hoher Persönlichkeiten so ab, dass der Herzog unwillkürlich daran gemahnt wurde, dass der Gewaltige, welcher von diesem Saal aus seine Herrschaft ausübte, kein Fürst im gewöhnlichen Sinn des Wortes war. . . . Und wieder gedachte er der Buße des Imperators Theodosius. Er fühlte mehr, als er es verstand, dass die bischöfliche Gewalt unmittelbar göttlichen Ursprunges sein musste, denn nur Gott konnte den weltbeherrschenden Imperator so demütigen.

Hätte Ambrosius in diesem Augenblick sein Arbeitszimmer wieder betreten, gewiss hätte Fabricius sich ihm zu Füßen geworfen mit dem Versprechen, alles zu tun, was der Bischof befohlen hatte. Denn es war ein Augenblick der Zerknirschung. Aber der Bischof kam nicht.

Der Herzog nahm eines der Bücher zur Hand, mit welchen der Arbeitstisch des Bischofs beladen war. Es war das Evangelium nach Matthäus. Er las: „Selig sind die Armen im Geiste, denn ihrer ist das Himmelreich. Selig sind die Sanftmütigen, denn sie werden das Erdreich besitzen. Selig sind die Friedsamen, denn sie werden Kinder Gottes genannt werden."

Diese letzteren Worte hatte er schon zu Anfang seines Aufenthaltes in Rom aus dem Mund des milden römischen Bischofs Siricius gehört. Damals dachte er sich: Das ist gut für die Priester; einen Soldaten geht das nichts an. Beim Soldaten wäre das Schwäche; dem Soldaten genügt der Glaube an Christus. Gegen Siricius legte er Berufung ein bei dem energischen Ambrosius, von welchem er eine Bestätigung seiner Ansicht erwartete. Aber auch dieser wendete auf den Soldaten die Lehre der Schrift an; auch dieser predigte ihm Armut im Geiste, Sanftmut und Friedsamkeit und bedrohte ihn, den anerkannt glaubenseifrigen Soldaten, mit Ausschließung aus der Herde Christi, wenn er die Zuwiderhandlungen gegen jene Tugenden nicht durch Genugtuung und Besserung sühnte.

Was wollte er mit seinem starken Glauben, mit seinem großen Eifer für Christus, mit seiner kindlichen Liebe zum Erlöser, wenn er nicht mehr ein Sohn Christi, ein Schäflein in der Herde des guten Hirten war?

„Ambrosius, erscheine!" seufzte er für sich hin.

Aber der Bischof kam nicht. Statt seiner erschien auf der Schwelle des Arbeitszimmers der Namenrufer und meldete dem Besucher des Bischofs, dass in der Vorhalle ihm ein Soldat eine Mitteilung in dringender Angelegenheit zu machen wünschte.

Es war Theobald, der Reisebegleiter des Herzogs, welcher ihm meldete, er sei beim Pferdefüttern mit Hermanrich, dem von Theodorich entsendeten Eilboten, zusammengekommen in dem Augenblick, als dieser im Begriff war, weiterzureisen.

Winfried Fabricius vergaß sofort den Bischof und seine eigene Verzweiflung. Faustas Bild trat vor sein geistiges Auge, er entbrannte vor Begierde, die ersten Meldungen Theodorichs zu vernehmen. Fausta ist bekehrt, frohlockte er innerlich, der gute Hirt selbst sendet mir Trost. Lebe wohl, Ambrosius; in Vienna wirst du meinen Bund mit Fausta einsegnen! . . .

In freudiger Erregung verließ Winfried Fabricius eilig den Palast des Bischofs.

Umso grausamer war die Enttäuschung, welche ihm Hermanrichs Bericht im Einkehrhaus bereitete. Eine Weile lang war er wie vernichtet. Doch raffte er sich vermögend der Lebhaftigkeit seines Temperaments bald wieder auf, ließ sich den Bericht wiederholen, fragte den Eilboten, ob dieser selbst auch den griechischen Gesang gehört und Faustas Interesse dafür bemerkt habe, und erging sich in derben Schimpfworten über Theodorich, über den Diakon und über die ganze Umgebung der Gefangenen. Sogar Hermanrich selbst machte er den Vorwurf, dass er unnötigerweise den viel weiteren Weg über Mailand genommen hatte. Doch dann ertappte er sich selbst bei seinem unüberlegten und sehr ungerechten Gerede und verstummte.

Eine halbe Stunde darauf galoppierten drei Reiter auf der Heerstraße nach Genua. Voran Fabricius.

7. Kapitel

In Fausta Gefängnis herrschte eines Abends ein ungewöhnliches hin und her.

Die Sklavinnen packten Teppiche, Tischtücher, Kleider in Truhen zusammen. Theodorich besah bei Fackelschein sorgfältig die Achsen und Räder einiger Reise- und Fuhrwagen. Die Alemannen sattelten ihre Pferde.

„Sind die Schwerter gut geschliffen?" fragte Theodorich den Ältesten unter den Soldaten.

„Die Arbeit kann anfangen." Antwortete dieser.

„Wir ziehen nicht vor Ablauf einer Stunde aus. Und merke dir gut: Im Fall eines Angriffs seitens der Heiden übernimmst du die Überwachung und Verteidigung der Priesterin. Denn ich stelle mich an die Spitze des Zuges, und da kann ich leicht vor dem himmlischen Thron des guten Hirten abberufen werden."

„Was geschieht mit dem Diakon?" fragte der Soldat. „Wer nicht Krieger ist, kann uns im Kampf mehr schaden als nützen."

„Procopius hat heute den heiligen Taufakt an mir vollzogen, weil ich eine Todesahnung habe. Dafür habe ich ihm freigestellt, mit uns zu ziehen oder hier beim Gutsverwalter zurückzubleiben. Er hat letzteres gewählt."

Theodorich erteilte noch einige auf die Reisebereitschaft sich beziehende Aufträge, begab sich dann zu der dem Hochtal vorgelagerten Felsenkette und lauschte in die Ferne hinaus.

Seit einigen Tagen mehrten sich die Anzeichen, dass Fausta Ausonias Gefängnis umspäht wurde. Jener griechische Gesang hatte sich noch einmal vernehmen lassen. Gestern hatte der Diakon auf einem Heckenrosenstrauche rote Seidenfäden gefunden. Heute sah einer der Alemannen eine Gruppe bewaffneter Männer am Meeresstrand. Vom frühen Morgen bis spät in den Nachmittag hinein, zeigten die Hofhunde eine auffällige Unruhe, welche besonders den Gutsverwalter, da er seine Hunde kannte, eine unmittelbar bevorstehende Gefahr vermuten ließ. Theodorich ahnte eine solche nicht minder, und zwar schon früher. Doch kam ihm eine ausdrückliche Warnung seitens des Gutsverwalters insofern sehr gelegen, als dadurch seine Verantwortung gegenüber dem Herzog für eine auf bloßer Vermutung fußende Handlungsweise bedeutend verringert wurde.

Theodorich, der Diakon und der Gutsverwalter hatten kurz vor Abend beratschlagt und waren einig in der Überzeugung, dass die geraubte Vestalin, ein ungemein kostbares Eigentum des heidnischen Rom, eifrigst gesucht und wirklich gefunden worden, sowie dass sie nunmehr zurückerobert werden sollte. Ließe sich etwas über die Stärke und den Plan des Feindes erfahren, so könnte man denselben im Vertrauen auf die Zahl und Tapferkeit der alemannischen Legionäre und geschützt hinter der natürlichen Befestigung, ruhig erwarten. Aber die Möglichkeit einer Auskundschaftung war unbedingt ausgeschlossen.

Den versteckten, geheimnisvoll heranschleichenden Feind fürchtete der alte Krieger und beschloss deshalb, seines Herrn Teuerstes heute noch in Sicherheit zu bringen. Er beabsichtigte, an einem vom Gutsverwalter angeratenen Ort im Gebirge Zelte aufzuschlagen und einen zweiten Eilboten an den Herzog zu entsenden.

Der Fluchtplan wurde von der mondlosen Nacht begünstigt. Bleierne Wolken, welche gegen Abend von Korsika herübergezogen waren, bedeckten den Himmel. Ansonsten war die Nacht warm und ruhig.

In die nächtliche Stille lauschend, horchte Theodorich mit dem feinen Gehör des Naturkindes auf etwaiges verdächtiges Geräusch. Doch mischte sich kein fremder Laut unter das eintönige leise Rauschen des Waldes, welches Träume im wachen Zustand förderte. Der greise alemannische Krieger hörte darin die Stimme seiner Väter, welche ihn ins Jenseits rief. Er erschauderte. Nicht den Tod fürchtete er, zumal, da er die sündentilgende Taufe, welche er mit unbewusst sträflicher Absichtlichkeit so lange verschoben, heute endlich empfangen hatte; er fürchtete vielmehr trotz der Taufe den angedrohten Fluch der Priesterin im Augenblick seines Todes.

Er sank in die Knie. Dann fiel er mit ausgebreiteten Armen aufs Angesicht, als wollte er sich fest an die Erde schmiegen und sprach:

„O gute Nährmutter! Wenn du aufgehört hast, mich zu nähren, sei dein Schoß mir ein sanftes Bett. Verschmähe nicht meine Asche. Habe ich doch kein unschuldiges Blut vergossen, mein Gewissen nicht mit dem Schaden eines Armen, mein Herz nicht mit Verrat an meinem Herrn und Befehlshaber befleckt."

Wie er so dalag, die Stirn fest an den Boden gepresst, überbrachte ihm die Mutter Erde von weither ein dem Soldaten wohlbekanntes Geräusch: er hörte deutlich das Getrappel von Pferdehufen in der Stille der Nacht. Ein Reitertrupp nahte.

Schnell sprang Theodorich auf und stieß einen schrillen Pfiff aus. Daraufhin kamen bald seine Alemannen bewaffnet herbei. Er stellte dieselben an dem Hohlweg auf, welcher die Verbindung zwischen dem Hochtal und der übrigen Welt bildete. Er selbst aber ging bis an das andere Ende desselben vor und horchte.

Nach kurzer Zeit vernahm er, auch ohne das Ohr auf den Boden legend, schon deutlich das gemessene Getrappel weniger Pferde und das Schnauben derselben.

„Das ist kein Feind." murmelte Theodorich unwillkürlich vor sich hin. „Es sind zu wenige Reiter und die Pferde schnauben, als kehrten sie zu ihrem Stall heim."

Nachdem die Reiter sich noch mehr genähert hatten, zog er vorsichtshalber das Schwert und rief ins Dunkel hinein: „Wer da?!"

„Sei gegrüßt, Alterl" antwortete jemand.

Theodorich erschrak und fühlte sich doch zugleich höchst erfreut. Denn es war die Stimme des Herzogs.

„Seid Ihr es, Herr?"

„Was machst du da?" fragte der Herzog zurück.

Aus dem Dunkel der Nacht tauchten drei noch dunklere Reitergestalten hervor, als Theodorich einige Schritte vorwärts trat.

„Was bringt dich zu dieser Stunde hierher?" wiederholte der Herzog seine Frage.

„Seid willkommen, Herr, zu guter Stunde." antwortete Theodorich, an Winfrieds linke Seite tretend und dessen Knie mit beiden Händen drückend. „Wärt Ihr nur eine Stunde später gekommen, so hättet Ihr niemanden mehr von uns in Eurem Haus angetroffen, mit Ausnahme des Gutsverwalters. Die Wagen sind bespannt, alles ist reisefertig und marschbereit, auch kampfbereit. Denn es wäre gefährlich, hier noch länger zu verweilen. Ich habe schon vor einigen Tagen Hermanrich zu Euch entsendet, jedoch über Mailand. . ."

„Er ist da, hinter mir."

„Umso besser. So wisst Ihr, Herr, wohl schon alles. Seither haben die verdächtigen Anzeichen sich derart vermehrt, dass auch der Gutsverwalter um unsere Sicherheit besorgt wurde."

„Kurz, du bist im Begriff, zu fliehen?" fragte der Herzog.

„Herr," entschuldigte sich der alte Krieger, welcher die Frage des Herzogs für einen Vorwurf hielt, „ich kenne nicht die Stärke des Feindes, dessen Spuren mich seit mehreren Tagen beunruhigen. Ich weiß auch nicht, wer er ist. Haben die Heiden die Hilfe des Vikars von Vediantium in Anspruch genommen, so würde ich durch die Verweigerung Faustas Auslieferung und durch offenen Kampf das Urteil des Königs Arbogast auf Euer Haupt herabbeschwören, weil das ein Widerstand gegen die bewaffnete Macht wäre."

Theodorich sprach mit gedämpfter Stimme, so dass ihn nur der Herzog verstehen konnte.

Dieser stieg vom Pferd, übergab es einem der Soldaten und ging zu Fuß neben Theodorich einher.

„Du hast vernünftig gehandelt." tröstete er den Alten. „Lass nur deine Vorbereitungen so, wie sie sind. Wir werden sofort nach Vienna abziehen, wo wir sicherer sind und es bequemer haben, als im Gebirge. Nun aber sage mir: hat Fausta Ausonia schon das Katechumenenkleid begehrt?"

„Sie hat es nicht begehrt und wird es nie begehren."

„Nie begehren?" wiederholte Fabricius, unangenehm berührt.

Theodorich erzählte nun, so gut er konnte, die einzelnen Vorfälle der letzten Wochen, vom Herzog stets zur Kürze gemahnt. Als er endlich bei dem ihm von Fausta angedrohten Fluch anlangte, wurde seine Stimme weich und zitternd und er sprach:

„Herr, ich habe Euch treuer gedient als der redlichste Sklave. Ich habe Euch ebenso innig geliebt, wie Euer Vater. Für diese Treue und Liebe gebührt mir ein Lohn: lasst mich ruhig sterben, Herr! Ich will nicht vor dem stillen Hirten erscheinen, beladen mit dem Fluch der Priesterin."

„Jetzt ist nicht die Zeit, darüber zu sprechen." antwortete der Herzog unwillig.

In ihrem Schlafgemach saß Fausta Ausonia auf einem niedrigen Polstersessel, den Kopf auf beide Hände gestützt.

Leisen Trittes, aber doch sehr geschäftig trippelten die Sklavinnen um sie herum. Mit dem stumpfen Blicke völliger Gleichgültigkeit betrachtete die gefangene Vestalin das Treiben derselben. Man hatte ihr angekündigt, dass sie sich zur Abreise bereithalten müsste; sie aber fragte nicht einmal, wohin die Reise gehen sollte. Wusste sie das nur weitere Gefangenschaft ihrer harrte. Das sagte ihr die verdoppelte Wachsamkeit Theodorichs und die peinliche Vorsicht der Dienerschaft, mit welcher sie seit jenem Abend behandelt wurde, da sie des unbekannten Sängers Aufmerksamkeit auf sich zu lenken versuchte. Auf Schritt und Tritt wurde sie so scharf bewacht, dass sie jegliche Hoffnung aufgeben musste, unter Zuhilfenahme weiblicher Listen, wie sie sich vorgenommen hatte, aus ihrem Käfig zu entkommen. Es war ihr nicht mehr gestattet, aus dem Orangenhain hinauszutreten, die Höhen aufzusuchen, auf das Meer und auf die an der Küste sich hinziehende Straße hinabzuschauen.

Infolge solcher Verschärfung ihrer Gefangenschaft wurde Fausta Ausonia von einer unbestimmbaren Furcht vor dem Geheimnis eines jeden kommenden Tages beschlichen. Sie hatte das Gefühl, als wenn sie von einer großen Gefahr belauert wäre. In ihrer Aufregung wurde sie von der eigenen Einbildungskraft fürchterlich gepeinigt. Besonders zur Nachtzeit wurde sie von schrecklichen Wahnbildern verfolgt; in krausem Durcheinander stürmten die verschiedensten Ungeheuer auf sie ein, von denen jedoch eines, nämlich Porcia Julias Habicht, mit den Augen des Herzogs Fabricius, sonderbarerweise stets als Retter in der Not erschien, so dass sie nach Abwehr der ersteren die Schmeicheleien und Zärtlichkeiten des letzteren schließlich geduldig hinnahm. Erwachte sie dann, so betete sie zu Vesta, sie vor Versuchungen zu schützen.

Doch vergeblich empfahl sie ihr Herz dem Schutz der keuschen Göttin; die Einsamkeit, die Stille des weltentlegenen Winkels und der allbelebende Lenz wirkten erregend ein auf das noch nicht verglommene jungfräuliche Sehnen.

Fausta Ausonia wollte sich durchaus einen Hass gegen ihren Entführer einreden. Dabei eroberte sich dieser aber immer mehr Raum in ihren Gedanken.

In diesem Augenblick dachte sie nicht an ihn. Das geschäftige Treiben der Sklavinnen in ihrer Gegenwart war für sie beleidigend. Da sie aber hier nichts zu gebieten, noch auch etwas zu verbieten hatte, obwohl, wie sie schon wusste, alles doch nur ihretwegen geschah, so verwandelte sich ihre anfängliche Verstimmung in eine an Stumpfsinn streifende Geistesohnmacht.

Da widerhallte plötzlich der die seitlichen Gemächer von den Mittelräumen des Hauses trennende Gang von schnellen kräftig auftretenden Schritten.

Die Sklavinnen blieben mitten in ihrer Beschäftigung wie festgebannt stehen.

Fausta erhob ihre Augen, das Blut schoss ihr ins Gesicht, so dass sie bis über die Stirn errötete. Die Hände fielen ihr in den Schoss. Winfried stand vor ihr.

Die Dienerinnen entfernten sich sofort, die Priesterin blieb allein mit dem Feind ihrer Götter.

Lange schauten sie einander unverwandt in die Augen, sie erstarrt, ihrem Blick misstrauend, er traurig.

„Vor dir steht ein Elender," fing Fabricius endlich mit erstickender Stimme an, „verlassen von Gott und den Menschen. Nächtlicherweile, wie ein Geächteter, bin ich aus Rom geflohen, verfolgt von dem Fluch deiner Nation. Von Gewissensbissen gefoltert, habe ich in Mailand bei dem weisen Bischof Ambrosius Trost gesucht. Er hat mich verdammt und wie ein Wurm zertreten. Dir zuliebe habe ich Amt und Würde abgestreift, bin ich zum Verbrecher geworden, habe mir den Zorn meiner Kirche verdient. Dir zuliebe habe ich auf irdischen Glanz Verzicht geleistet und vielleicht das Himmelreich verscherzt. Meine Liebe zu dir hat mir Pflichttreue und Ruhmbegierde überwunden. Sie hat mich blind, stumm, sinnlos gemacht. Von der Liebe zu dir bin ich so ganz gefangen, dass für den Imperator nichts mehr übrig bleibt."

Fausta saß regungslos da. Die hohe Röte wich allmählich aus ihrem Gesicht, einer fahlen Blässe Platz machend.

Fabricius holte tief Atem:

„Ich habe gesündigt, ich bin wahnsinnig geworden, aber diese Sünde, dieser Wahnsinn ist die höchste Freude meines Lebens. Ich schätze sie höher als den Beifall der Volksmassen, als die Anerkennung des Imperators, als. .“

Er unterbrach sich, erschrocken über ein von seiner Leidenschaft ihm auf die Zunge gelegtes Wort.

„Elend bin ich.. elend, ja elend!" klagte er händeringend. „Nur du kannst mich erheben."

Er streckte Fausta beide Hände entgegen.

Der Priesterin strenge Züge wurden milder. Dieser Mann hatte für sie alles geopfert. Kummer hatte seine stolze Gestalt gebrochen und die Farbe der Gesundheit von seinem Antlitz verscheucht. Nicht einen ungestümen Barbaren sah Fausta vor sich, sondern einen unglücklichen erbarmungswürdigen Menschen, welcher um ihretwillen litt.

„Du allein bist mir Zweck meines Daseins auf Erden geblieben. Auf dir beruht meine letzte Hoffnung. Deine Liebe soll mir den Zorn meiner Glaubensgenossen entlohnen und meine Seele der dunklen Hülle der Verzweiflung entkleiden. . . Habe Mitleid mit mir!" flehte Fabricius, der Priesterin sich nähernd. „Verschmähe nicht meine Liebe, denn durch dieselbe soll deine Jugend in goldenen Strahlenkranz erglänzen. Streife die schweren rostigen Ketten aufgezwungener Pflicht ab, wie ich die goldene Kette der Ehren, der Würden, des Ruhmes abgeschüttelt habe. Pflicht ist lästig, eitel der Ruhm, trügerisch die Würden. Nur die Liebe gewährt dem Sterblichen wahre Beglückung. Schaue nur auf den Grund deines Herzens . . . und sei ein Weib!"

Fausta Ausonia war in diesem Augenblick mehr Weib, als sie es zu sein verlangte. Sie schaute auf den Grund ihres Herzens, und was sie da fühlte, erfüllte sie mit Furcht: sie fand — keinen Hass gegen Fabricius.

Sie erschrak vor sich selbst. Irren Blickes schaute sie um sich. Hilfe suchend. Über ihrem Schlafgemach lagerte schwüle Stille, gestört nur durch den beschleunigten Atem des Herzogs.

Sollte sie fliehen . . . Wohin . . . Sollte sie um Hilfe rufen? . . . Wer würde ihr beispringen? . . . Sie war ganz auf die Gnade und Ungnade ihres Eroberers angewiesen.

Und dieser Eroberer legte ihr so leichte, so sanfte, so angenehme Fesseln an. Mit süßen Worten der Liebe, jedem weiblichen Herzen so teuer, lähmte er ihren Willen, wiegte er ihre Wachsamkeit ein.

„Sei ein Weib, höre auf die Stimme deines Herzens, welches nach Liebe sich sehnt, wie es sein angeborenes Recht ist. Tue ihm keinen so grausamen Zwang an nur deshalb, weil man dich selbst bisher dazu gezwungen hat. Dein Herz ruft laut nach seinem Recht, es begrüßt mich, — ich weiß es, als seinen Befreier. So erbarme dich deines geängstigten Herzens, welches aufjubeln und frohlocken möchte. Lass mich der Befreier sein, dafür will ich mich dir selbst gefangen geben. Es ist eine höhere Fügung, dass unsere Herzen sich gefunden haben. Trenne sie nicht gewaltsam. Verstoße mich nicht!"

Er fiel vor Fausta auf die Knie, ergriff ihre Hand und presste dieselbe an seine glühenden Lippen.

Fausta war von seiner bestrickenden Rede wie berauscht. Fabricius erschien ihr in diesem Augenblick als Anwalt ihres Herzens gegen sie selbst. Die fußfällige Bitte unter Handküssen war nur der Schutz so überzeugender Worte, dass sie ihm die Hand nicht zu entziehen vermochte. Sie ließ ihn gewähren und neigte sich sogar für einen Augenblick zu ihm. Er erhob seine Augen zu ihr und beider Blicke begegneten einander, des Herzogs Blick feurig, der ihrige mild strahlend.

Ermutigt legte Fabricius seinen Arm um sie. Fausta wollte sich erheben und seiner Umarmung sanft sich entwinden. Doch schon war sie einer halben Ohnmacht verfallen. Sie schloss die Augen, senkte das Haupt und schien vom Sessel gleiten zu wollen.

Da umschlang sie der Herzog fester, küsste sie auf Stirn und Augen und rief mit von Leidenschaft bewegter Stimme:

„Mein bist du, mein bist du! ... Ich will unsere Liebe verteidigen gegen alle: gegen deine Nation, gegen den Imperator, gegen Ambrosius!"

Und seine Lippen suchten die ihrigen, doch konnte er sie nicht berühren. Denn des großen Bischofs Name brachte die heidnische Priesterin zur Besinnung. Sie riss die Augen auf, schnellte empor, holte tief Atem und hinter dem Sessel zurücktretend flüsterte sie:

„O Götter Roms!... O Vesta! ... O ihr Geister meiner Ahnen!"

Entsetzten Blickes betrachtete sie einmal den Herzog, einmal ihr in Unordnung geratenes Gewand.

Geschehen war jenes Unglück, welches sie so oft in ihren nächtlichen Träumen geschreckt hatte. Ein Galiläer hatte eine Priesterin, der Vesta umarmt, sie aber seinen Zärtlichkeiten sich widerstandslos ergeben!

Fausta bedeckte ihr Gesicht mit den Händen. Ein stoßweise hervorbrechendes Schluchzen erschütterte ihren Körper.

„O Vesta. . . o Vesta!" klagte sie leise.

Fabricius vermochte die Ursache ihrer Verzweiflung nicht zu erraten, und indem er sie zu trösten suchte, beleidigte er sie umso tiefer.

„Fürchte nicht die Strafe deiner Götter. Bist du einmal im Zeichen des heiligen Kreuzes wiedergeboren, dann stehst du unter dem Schutz eines Gottes, welcher mächtiger ist als Jupiter, Mars und Vesta.

Er wollte sich ihr wieder nähern. Sie aber trat noch weiter zurück, erhob stolz ihr Haupt und sprach in heftigem Ton:

„Warum verfolgst du mich?"

Die jungfräuliche Schamhaftigkeit und der patrizische Stolz waren wieder zwischen sie und den Mann getreten, welcher sie wie eine gekaufte Sklavin misshandelt hatte.

Fabricius, welcher von dem in ihrer Seele eingetretenen Wandel noch immer keine Ahnung hatte, reizte unabsichtlich ihren beleidigten Stolz noch mehr.

„Erhöre mich!" bat er. „Um unseres Glückes willen, des deinigen, wie des meinigen, beuge dich vor dem Gott der neuen Völler. Eine Christin liefert der Imperator nicht in heidnische Hände aus. Die Taufe eröffnet dir die Pforten zum irdischen Glück und zur ewigen Glückseligkeit. Bist du aber getauft, so habe auch ich meine Seelenruhe und die Gnade meines Glaubens wiedergewonnen. Durch die Bekehrung der Vestalin wird der Ungehorsam des Christen und Herzogs gutgemacht. Deinetwegen wurde ich zu einem verirrten Schäflein der Herde Christi, lasse den guten Hirten anstatt eines zwei Schäflein zur Herde zurückbringen."

Faustas Brauen kräuselten sich, ihre Augen erglänzten in Zorn, stolz warf sie den Kopf zurück. Fabricius sprach so, als wäre sie die Ursache seines Unglückes: er betrachtete sie als sein Eigentum. Er forderte von ihr Hilfe.

„Nur beiderseitiges Verschulden verleiht berechtigte Ansprache an das Herz des Weibes." sprach sie mit harter Stimme. „Nichts habe ich dazu beigetragen, dich vom Pfad der Pflicht abzubringen. Gegen meinen Willen hast du mich geraubt, gegen meinen Willen hältst du mich gefangen und willst mir ein Gefühl aufnötigen, welches der höchsten menschlichen Macht spottet. Ich habe auch nicht den geringsten Anteil an deinem Verschulden. Du hast auch nicht den geringsten Anspruch weder auf mich noch an mein Herz. Ich fordere meine Freiheit von dir zurück!"

„Fausta, Geliebte, beginne doch nicht von neuem das grausame Spiel!" wendete Fabricius in flehentlichem Ton ein. „Das Geheimnis deines Herzens hat sich durch dich selbst mir verraten."

Feurige Nöte überflutete Faustas Gesicht.

„Niemals," rief sie, „verrät sich ein Geheimnis des Herzens einer Gefangenen, welche unter der Wucht der Gewalt ihres Räubers einer Ohnmacht nahe ist. Mit deinen Zärtlichkeiten, welche abzuwehren ich nicht die Kraft besaß, hast du mich geschändet! Wisse: Wenn tückische Dämonen in meinem Herzen sündhafte Liebe zu einem Feind Roms entfachen würden, ich risse dieses ungehorsame Herz aus meiner Brust und gleichgültig würde ich im Augenblick des Sterbens dessen Zuckungen betrachten! Sollten meine Gedanken mit dem Begehren eines Barbaren sich zusammenfinden, ich zertrümmerte mir ohne Zaudern die Hirnschale, damit die niederträchtige Versuchung für immer unterdrückt würde.

...Ich hasse dich du Räuber...ich verachte dich, du Verführer, du Barbar, du Sklave deiner Leidenschaften!"

Verblüfft hörte Fabricius die schmähenden Worte. Sie fielen scharf aus dem Mund von Fausta, heftig, wie die Drohung eines Mannes.

War das dasselbe Weib, welches in seiner Umarmung in liebevoller Ergebung errötete und erzitterte?

Endlich begriff er die Ursache des Wandels und der Verzweiflung Fausta Ausonias: Die Priesterin der Vesta hatte in ihr das Weib überwunden.

Noch versuchte er sie umzustimmen:

„Der Schöpfer hat den Sterblichen die Liebe gegeben als Lohn für die Mühen des Lebens. Warum willst du den eingebildeten Schemen der Vergangenheit zuliebe dich selbst und mich der höchsten irdischen Wonne berauben?"

Mit ausgestreckten Armen näherte er sich ihr. Sie aber zog rasch einen Dolch aus dem Gürtel hervor und setzte die Spitze des bläulichen Stahles auf ihre Brust.

„Nähere dich mir nicht," rief sie, „wenn du nicht willst, dass das Blut der Priesterin auf dein Gewissen fällt!"

Entsetzt wich Fabricius zurück.

Also vergeblich und umsonst waren die Sehnsucht vieler Monate, die Furcht der letzten Wochen, die Seelenunruhe, die Missachtung von Ambrosius' Drohung?! Also wegen einer unerwiderten Liebe, wegen der Trugbilder schlafloser Nächte war Simonides ermordet, war das Blut so vieler anderer geflossen, war er den Pflichten eines kaiserlichen Statthalters untreu geworden? . . .

Fabricius griff sich an den Hals. Es würgte ihn der Jähzorn des barbarischen Gewalthabers, in welchem durch Widerstand die Wildheit des Naturmenschen geweckt wurde.

Er warf Fausta einen wilden Blick zu. Dieses schwache Weib sollte sich stärker als er erweisen? . . . Nein! Zwingen wird er sie zur Fügsamkeit und zur Liebe, wie sein Vater einst seine Mutter bezwungen hatte!

Mit einem Sprung stand er dicht bei Fausta, entwand ihr den Dolch, hob sie auf seine Arme wie ein Kind und drückte sie fest an sich.

„Mein bist du . . ., mein bleibst du!" keuchte er. „Ich habe dich mir erobert! Niemals will ich von dir lassen!"

So trat er aus dem Gemach, rief die Sklavinnen und übergab ihnen seine teure Bürde, die ohnmächtig gewordene Fausta ihrer Sorge empfehlend.

Dann berief er Theodorich zu sich und befahl ihm:

„Du wirst die Römerin behüten. Abfahren!"

Der alte Alemanne umfasste Fabricius' Knie. „Herr, ich habe euch gebeten" . . . murmelte er.

„Von Vienna aus sende ich dich heim in unsere Wälder." unterbrach ihn Fabricius schroff.

„Verzeiht, Herr. Euer junger Arm vermag die Römerin besser vor Gefahr zu schützen, als der meinige. Der Fluch der Priesterin würde mich außer Fassung bringen. Ich möchte nicht zum zweiten Mal die schreckliche Drohung hören."

„Reize nicht meine Ungeduld!"

„Furchtbar ist mir Eure Ungeduld, Herr, aber mehr noch fürchte ich ein verfluchtes Grab. Auch des guten Hirten Barmherzigkeit wird der menschlichen Bosheit müde."

Fabricius' Rechte, welche schon den Schwertgriff umspannt hielt, senkte sich.

„Erhört mich, Herr!" bat Theodorich nochmals.

„So will ich dir denn deinem Wunsch entsprechen" . . . „Nimm fünf Mann und führe den Zug."

In dem Orangenhain vor der Villa herrschte so undurchdringliche Finsternis, dass, um vorwärts zu kommen, Fackeln angezündet werden mussten.

Bei dem unbestimmten und unsteten Schein der rauchigen, vom Luftzug bewegten Flammen boten die vier Wagen des Zuges mit ihren unklaren Umrissen und die dunklen Gestalten der Alemannen ein gespensterhaftes Bild.

Die Krieger, wie angewachsen an ihre Rosse, in Mäntel gehüllt, deren Kappen sie über den Kopf gezogen hatten, machten den Eindruck von Wesen aus einer anderen Welt. Fünf derselben ritten unter Theodorichs Führung an der Spitze des Zugs, die Übrigen umgaben Faustas Wagen, in welchem sie von zwei Sklavinnen behütet wurde.

Theodorich schlug mit dem Schwert an seinen Schild. Die Alemannen setzten sich in Bewegung. Langsam, vorsichtig rückten die Wagen nach.

Unter tiefem Schweigen bewegte sich der Zug talabwärts. Die Soldaten plauderten nicht, etwas Unheimliches lastete auf ihren Gemütern. Die Pferde zeigten eine gewisse Unruhe, welches sie durch kurz abgebrochenes, aber oft wiederholtes Schnauben verrieten.

Theodorich vergaß seine Beunruhigung, seine Ahnungen, überhaupt alles, was sich auf ihn bezog. Er war wieder ganz der treue Diener, welcher nur auf die Sicherheit seines geliebten Herrn bedacht zu sein hatte. Er strengte seinen Gesichts- und Gehörsinn an, um mögliche Gefahr zu erspähen oder zu erlauschen.

Schon war die Hälfte der Tallänge zurückgelegt, als er plötzlich seinen Leuten ein halblautes „Habt Acht!" zurief. In demselben Augenblick schnaubte sein Pferd zweimal nacheinander kurz auf und blieb von selbst stehen.

Er stieg ab und legte sein Ohr an den Erdboden.

„Melde dem Herzog," sprach er zu dem nächsten Soldaten, „dass ein Trupp Fußvolk mit nur einem Reiter im Anzug ist."

Fabricius ließ sofort die Fackeln löschen und begab sich an Theodorichs Seite.

Bald darauf erstrahlten vor ihnen, augenscheinlich hinter einer sanften Biegung hervorkommend, in der Richtung der Talmündung zahlreiche bewegliche Lichter, welche immer größer wurden, somit dem Zug sich näherten.

Wo das Tal sich zu erweitern und ebener zu werden begann, ließ Fabricius Halt machen. Noch eine kurze Weile, und Theodorich erblickte eine dunkle Masse, welche von einer ebenso dunklen Gestalt überragt wurde.

„Du hast recht," bestätigte Fabricius, „es ist Fußvolk mit einem Reiter an der Spitze."

Er stieß in sein Jägerhorn. Die gedehnten Klänge brachen sich an Felsen, Wäldern und Bergen, und als vielfacher Widerhall ins Tal zurückzukommen.

Die dunkle Masse machte nun auch ihrerseits Halt.

„Wer wagt es, den Frieden des Erbes des Herzogs in Italien zu stören?!" rief Fabricius.

„Ich schwöre," sprach Theodrich halblaut im Ton großer Überraschung, „es ist die Stimme desjenigen, welcher das griechische Lied gesungen hat."

„Seine Beute überlässt ein Soldat nur dem Sieger." rief Fabricius zurück. „Komm herüber und hole dir Fausta Ausonia, wenn dir das Leben nicht lieb ist."

In der dunklen Masse entstand eine Bewegung: die Fackellichter umringten den Reiter.

„Es ist wehrhaftes Gesindel." flüsterte Fabricius Theodorich zu. „Die haben nie einen nächtlichen Ausfall unternommen. Anstatt die Fackeln zu verlöschen und sich zu zerstreuen, beratschlagen sie in voller Beleuchtung, sich selbst und die Lage unserer Augen bloßstellend."

„Herr," antwortete Theodorich, „es ist unmöglich, dass sie irgendetwas von unserem völligen Auszug wissen. Denn ich habe mich erst am Abend dazu entschlossen. Es ist ihnen nicht bekannt, dass wir Wagen mit uns führen, und dass sich die Priesterin im Zug befindet. Wir siegen, wenn wir mit der ganzen Wucht unserer Wagen in den Haufen hineinfahren und gleichzeitig dreinhauen. Der Boden ist günstig, das Tal ist für die freie Bewegung unserer Reiter weit genug und nicht mehr abschüssig."

Die dunkle Masse begann sich langsam aufzulösen, indem kleine Gruppen nach rechts und links abschwenkten. Offenbar handelte es sich um eine Kettenbildung behelfs Absperrung des Tales.

Fabricius sah es und lächelte geringschätzig.

„Der Halbkreis muss durchbrochen werden, bevor er noch geschlossen ist." sprach er leise zu Theodorich. „Alle Mann um den Reisewagen. So stürmen wir in gestrecktem Galopp auf den Feind an. Ich selbst führe. Sofort nach dem Zusammenstoß übernimmst du den Befehl und beschäftigst die Narren dort, während ich mit den Wagen das Weite suche. Ich kehre aber bald zu euch zurück."

Da meldete sich wieder Konstantius Galerius:

„Lieferst du Fausta Ausonia freiwillig aus, so wollen wir dein Haupt schonen. Die Gerechtigkeit des Königs Arbogast wird die uns zugefügte Ungerechtigkeit genügsam an dir ahnden."

Anstatt zu antworten, wandte sich Fabricius an seine Alemannen mit der Frage: „Seid ihr fertig?"

„Befehlt, Herzog!" bekam ihm zur Antwort.

„Wo ist Theodorich?"

„Er und Hermanrich bilden die Nachhut des Reisewagens."

„Gut! . . . Habt Acht!"

Er erhob sein Schwert.

„Mir nach!"

Der Erdboden dröhnte unter den Hufen der Pferde und unter den Rädern der Wagen. Zerstört war die nächtliche Stille durch das Kriegsgeschrei der Alemannen und durch das Anschlagen ihrer Schwerter an die Schilde.

Bald darauf erhoben auch die Gladiatoren des Galerius ein wütendes Geschrei. Die Kette war mit einem Schlag durchbrochen, die Wagen rollten über gar manchen Menschenleib hinweg. Rechts und links vom Wagenzug entspann sich ein erbitterter Kampf, in welchem die an derlei Überfälle nicht gewöhnten Gladiatoren unterliegen mussten. Die Sklavinnen auf dem Fuhrwagen erhoben ein alles übertönendes Geschrei, welches jedoch bald verstummte, weil sie in wenigen Augenblicken das Kampfgewühl weit in ihrem Rücken hatten.

Gleich zu Beginn des Kampfes verloren die Gladiatoren ihren Anführer. Der Angriff und besonders auch die Art desselben war Konstantius Galerius so überraschend gekommen, dass er eine Weile lang nicht wusste, was er zu tun hatte. Als er aber endlich die Gladiatoren anfeuerte und selbst tapfer auf die Alemannen eindrang, da hatte er Theodorich vor sich, welcher mit seinem langen spanischen Säbel Galerius Hieb nicht nur geschickt parierte, sondern auch dessen Pferd am Hals verwundete, wobei er die Zügel desselben durchschnitt. Ungelenkt trug das blutende Ross seinen Reiter talaufwärts.

Sobald er sich wieder von vollem Dunkel umgeben sah, befahl Fabricius den Wagenlenkern, bis zur Ausmündung des Tales in die Julia Augusta genannte Heerstraße zu fahren, dort zu halten, den Reisewagen mit den Fuhrwagen zu umgeben und auch sonst die Römerin gut zu überwachen. Dann kehrte er zum Kampfplatz zurück.

Bei dem düsteren Schein von Fackeln, welche auf dem Erdboden herumlagen oder in Felsspalten steckten, sah Fabricius den Kampf schon beendet, und zwar so gründlich beendet, als wenn die Feinde sich gegenseitig vollständig aufgerieben hätten. Sein Pferd stolperte über stumme Leichen, oder sprang über ächzende, röchelnde, auf dem Boden sich krümmende, zum letzten Mal aufzuckende Menschen. Eine aufrechte Gestalt eines Mannes zu Fuß oder eines Reiters war nicht zu erblicken.

Er hielt an, und Schwermut beschlich ihn bei dem Gedanken, dass nun auch seine Alemannen und darunter sein bester, sein väterlich-kindlicher Freund, der geliebte Diener Theodorich seiner frevlerischen Selbstsucht zum Opfer gefallen sein mussten.

Er wollte absteigen, um Theodorichs Leiche aufzusuchen. Da spitzte sein Pferd die Ohren und wieherte. Ein bisher unbekannter Freudenschauer durchrieselte seine Glieder und teilte sich sogar dem Ross mit. In Sprüngen setzte es vorwärts.

„Theodorich!" entrang es sich Fabricius' Brust.

Aber der Alte meldete sich nicht.

Fabricius zerrte sein Pferd zurück, dass es sich aufbäumte, weil er glaubte, die Antwort nur nicht vernommen zu haben.

„Theodorich!" rief er zum zweiten Mal.

„Wir kommen schon!" rief jemand zurück, aber es war nicht Theodorichs Stimme.

Eine trübe Ahnung durchzuckte Fabricius' Gehirn und wirkte nach der fast unmittelbar vorhergegangenen hochfreudigen Erregung umso niederschmetternder auf sein Gemüt ein.

Gleich darauf hielt ein Reiter vor ihm.

„Wer bist du?"

„Hermanrich erwartet Befehle." antwortete der Reiter.

„Wo ist Theodorich?"

„Man bringt ihn schwer verwundet."

„Wie ist das gekommen?"

„Als wir mit dem Gesindel schon nahezu fertig waren, sagte er mir, er wolle den entkommenen Anführer der Gladiatoren, den Mann zu Pferd, aufsuchen, und ritt allein das Tal hinauf. Ich wollte mit ihm, er aber befahl mir, den Rest der Arbeit zu leiten und nach getanem Werk ihn zu erwarten. Auf dem Kampfplatz war kaum Ruhe eingetreten, als wir Theodorichs Hilferufe vernahmen. Schnell ließ ich einige Fackeln vom Erdboden aufnehmen und wir alle ritten talaufwärts. Wir fanden zuerst Theodorichs Pferd in einer Blutlache mitten auf dem Weg liegen, dann hörten wir einige Männer seitwärts sich zerstreuen, zuletzt erblickten wir Theodorich, wie er, auf seinen langen Säbel sich stützend, an einem Baum lehnte. Drei Männer wälzten sich zu seinen Füßen in ihrem Blut. Aber auch er selbst blutete aus der Stirn, aus dem Hals und aus der Hüfte. Als ich ihn in meine Arme nehmen wollte, sah er mich mit großen Augen an und fragte: ‚Wo ist der Herr?' Dann sank er zusammen. Offenbar war er in einen Haufen Gladiatoren geraten, welche ohne Schwertstreich gleich zu Beginn des Kampfes flüchtig wurden."

„Was ist mit Theodorich?" fragte Fabricius ungeduldig.

„Ich habe zwei Mäntel ausbreiten und Theodorich darauf legen lassen. Man bringt ihn herab."

Fabricius ließ Theodorich zu dem am Talrand sich hinschlängelnden Bach bringen und vom Kampfplatz einige noch brennende Fackelreste herbeiholen. Mit eigener Hand wusch er seinem Diener die Stirnwunde mit dem kühlen Gebirgswasser.

„Theodorich, Alter, verlasse mich nicht!" rief er ihm ins Ohr.

Der treue Diener hörte die Stimme seines Herrn; er schlug die Augen auf, heftete seinen Blick auf Fabricius' Gesicht und sprach mit schwacher, gebrochener Stimme:

„Ich danke Euch, Herr. Der gute Hirte ruft mich. Betet für mich. Ich werde den guten Hirten um Segen für Euch bitten."

Fabricius küsste seinen Diener auf die Stirn und auf die Wangen.

„Theodorich, verlasse mich nicht!" rief er wieder.

Doch der Alte schlug nur noch einmal die Augen auf, machte eine Mundbewegung, als wollte er etwas sagen, röchelte und entschlief sanft in seines Herrn Umarmung.

Stumm betrachteten die Alemannen die rührende Szene. Und als Diener und Herr miteinander verflochten, der eine tot, der andere vom Schmerz überwältigt, auf dem Erdboden ruhten, da rieselten Tränen über die Wangen der rauhen Krieger . . .

Nach geraumer Weile trennte sich Fabricius von der Leiche und befahl, ein Grab zu machen, so gut es mit Hilfe der Schwerter, Schilde und Hände eben ging. Er selbst half mit, wie der geringste unter seinen Leuten, legte dann den entseelten Körper eigenhändig in die Grube und drückte ihm den langen spanischen Säbel in die Rechte. Über dem Erdhügel ließ er einen Haufen Steine aufschichten und sprach dann feierlich:

„Ruhe einstweilen hier, Theodorich. Doch ich gelobe dir, deine Gebeine einst in geheiligter vaterländischer Erde zu betten, du mein treuer Freund und rechtschaffener Mensch, ruhe in Frieden! Der gute Hirte erbarme sich deiner Seele!"

8. Kapitel

Im Thronsaal des kaiserlichen Palastes zu Vienna sollte der Imperator Valentinian in feierlicher Audienz den König Arbogast empfangen, welcher nach glücklich beendetem Krieg mit den freien Franken nach Gallien zurückgekehrt war.

Von der Schwelle des Haupteinganges bis über die Mitte des Saales hinaus bildeten zwei Reihen Domestiken ein glänzendes Spalier. Von der quadratischen Öffnung in der Decke fiel durch ein darunter gespanntes Purpurgewebe eine Flut roten Lichts auf die vergoldeten Helme und Brustharnische, auf die seidenen Mäntel und auf die aus Rubinen zusammengesetzten christlichen Monogramme der Garde. Die auserlesenen Gestalten standen mit gezücktem Schwert unbeweglich da, Bildsäulen ähnlich. Die goldenen Medaillen, Ringe und Armspangen derjenigen, welche von der schräg einfallenden Lichtsäule nur gestreift wurden, erschimmerten abwechselnd in aufblitzendem und erlöschendem Glanz.

Auf der Erhöhung im Hintergrund des Saales saßen zu beiden Seiten des Thrones die Mitglieder des kaiserlichen Konsistoriums[10]. In einem der kurulischen Sessel lehnte der Quästor des heiligen Palastes, in den anderen erwarteten den „ewigen und göttlichen Herrn" der Oberhofmeister, die Präfekten der Prätorien von Gallien und Spanien, der Comes des Staatsschatzes und der Comes des Hofärars[11]. Unter den höchsten Würdenträgern fehlten nur der Präfekt Flavianus und der eben erwartete oberste Befehlshaber der bewaffneten Macht in den westlichen Präfekturen, Arbogast, der König der mit dem Imperator verbündeten Franken.

An der Schwelle eines Seiteneingangs erschien der Oberstkammerherr und rief in den Saal hinein:

„Seine Ewigkeit, unser göttlicher Herr Valentinian!"

Über das Spalier der Domestiken zog ein leises Rauschen, wie der Widerhall eines tiefen Seufzers. Die Mitglieder des Kronrates erhoben sich von ihren Sesseln.

Aus den Gemächern des Imperators zog ein buntes Gemisch von Menschen in den Thronsaal ein. In zwei Reihen kamen zuerst syrische Pagen in perlfarbenen Tuniken, gebräunt von der Sonne ihrer heißen Heimat. Diesen folgten Eunuchen mit bartlosen Weibergesichtern in blauen silberbesternten Seidenmänteln. Weiter kamen goldstrotzende Kammerherren und Comites verschiedener Grade, behangen mit Ketten und Valentinians Bildnissen.

Vor dem Thronsessel angelangt, machten die einzelnen Glieder des grellfarbigen Zuges eine tiefe Verbeugung vor den Symbolen der kaiserlichen Gewalt, teilten sich nach rechts und links und nahmen teils an den Wänden, teils zu beiden Seiten neben der Erhöhung Aufstellung.

---

[10] Consistorium princis, der Kronrat der christlichen Kaiser, der heutige Ministerrat.

[11] Quästor des heiligen Palastes, der Staatsminister; Obersthofmeister, der Minister des kaiserlichen Hauses; Comes des Staatsschatzes und Comes des Hofärars, die beiden Finanzminister

Den Schluss des Zuges bildeten zehn Protektoren, welche unmittelbar vor dem Imperator einherschritten. Auch diese teilten sich vor dem Thron nach zwei Seiten, blieben jedoch vor der Erhöhung stehen.

Die schlanke Gestalt eines wenig mehr als zwanzigjährigen Jünglings betrat elastischen Schrittes die mit einem persischen Teppich bedeckten Stufen. Es war Valentinian. Der Imperator des weströmischen Reiches trug das lange weiße Kleid der Katechumenen, darüber einen Purpurmantel mit den eingestickten Symbolen der seinem Zepter unterstehenden Provinzen. Über seiner Stirn prangte ein von Edelsteinen strotzender goldener Kranz.

Er ließ sich auf den Thron nieder und erhob die Rechte zum Zeichen, dass die Audienz beginnen solle.

Aller Augen wendeten sich dem Haupteingang zu. Um die Lippen der Mitglieder des Kronrates und der sonstigen Würdenträger spielte ein bedeutsames feines Lächeln. Denn derjenige, welcher vor dem Antlitz des ‚ewigen und göttlichen Herrn' zu erscheinen hatte, sollte einen Lohn erhalten, wie ihn kein siegreicher oberster Feldherr erwarten konnte.

Von seinen Schmeichlern gegen Arbogast aufgebracht, hatte Valentinian sich entschlossen, den Frankenkönig der obersten Gewalt über die weströmische bewaffnete Macht zu entkleiden und ihn heute von dem Gipfel der Berühmtheit in den Staub der Vergessenheit hinabzustürzen. So war es im jüngsten Rat des Konsistoriums beschlossen.

Im nächsten Augenblick findet die Herrschaft des stolzen Franken ein jähes Ende, zertrümmert ist die Macht des in der Umgebung des jungen Imperators viel gehassten Mannes. Damit sind dann auch die Drohungen vereitelt, mit welchen die Höflinge seit mehreren Wochen geängstigt wurden. Du sollst sehen, wer hier der Mächtigere ist! drückten die stillvergnügten Gesichter der Würdenträger aus.

Am äußersten Ende des Spaliers der Domestiken erschien der Namenrufer und warf mit kräftiger Stimme den im ganzen Reich wohlbekannten Namen in den Saal hinein.

„König Arbogast!" meldete er.

Freudig flammten die Blicke derer um den Thron Versammelten auf. Es ist ein eigenartiges Vergnügen, den Feind ahnungslos seinem jähen Verderben entgegengehen zu sehen.

Doch machte die Schadenfreude dem Gefühl des Erstaunens und der Entrüstung Platz, als der Angemeldete den Saal betrat. Arbogast näherte sich dem Thron in voller Kriegsrüstung und mit einem Gefolge, welches zwar nicht an Glanz, wohl aber an Zahl mit dem Hofstaat des Imperators wetteiferte und an männlicher Tüchtigkeit dem selben weit überlegen war.

Der Frankenkönig schritt durch das glänzende Spalier an der Spitze all seiner militärischen Comites und Herzoge, welche ebenso wie er Kriegskleider und an der Seite Schwerter trugen, obgleich es der Sitte gemäß, niemand gestattet war, so vor dem Imperator zu erscheinen.

„Vermessenheit, Frechheit!" raunten die Würdenträger einander zu. Valentinian dachte augenscheinlich ebenso, denn sein Gesicht verfinsterte sich und er biss sich in die Unterlippe.

Die hochragende Gestalt des Frankenkönigs nahm sich, als er hocherhobenen Hauptes in den Bereich der roten Lichtsäule trat und sich der Erhöhung näherte, ungemein wirkungsvoll aus. Der Saal hallte von den schweren soldatischen Schritten seines Gefolges wider. Die Domestiken senkten vor dem obersten Feldherrn ihre Schwerter.

Vor dem Thron angelangt, beugte er vor dem Imperator nicht das Knie, berührte er nicht mit der Stirn die Stufen, wie es die Hofsitte vorschrieb.

„Sei gegrüßt, göttlicher Imperator!" meldete er sich kühl und nachlässig.

„Willkommen, König!" antwortete Valentinian ebenso.

Eine gute Weile betrachtete Arbogast den jungen Imperator wie von oben herab. Endlich sprach er:

„Ich komme nicht um Lohn für den über die Feinde des Reiches erfochtenen Sieg, denn ich habe nur getan, was meine Sache war. Ich erscheine vor dir, göttlicher Imperator, mit der Bitte, den Comes von Gallien, welcher in schwerer Not mir Hilfstruppen versagte, in meine Hände auszuliefern, damit ich ihn nach den Satzungen der römischen Legionen bestrafe."

„Den Comes von Gallien habe ich gestern an die Grenze Rätiens geschickt mit dem Befehl, die Barbaren zu züchtigen." erwiderte Valentinian.

Arbogast runzelte die Stirn. Er ließ seinen Blick wie fragend über die Umgebung des Imperators schweifen. Auf jedem Gesicht bemerkte er spöttisches Lächeln, in jedem Augenpaar die Lichter des Hasses und des Neides.

Also ohne sein Wissen hatte der Imperator die Verteidigung der bedrohten Grenze dem ungehorsamen Comes übertragen! Eine absichtliche Beleidigung, eine Demütigung ! ... So waren denn Gaius Julius' Warnungen nicht eine List des römischen Patrioten, nicht eitel Lug und Trug, darauf berechnet, den obersten Feldherrn mit der christlichen Regierung zu entzweien? . . . Sollte Valentinian wirklich beabsichtigen, ihn vom militärischen Oberkommando und damit vom Staatsruder zu entfernen?

„Von Totonis aus hatte ich Eilboten nach Vienna geschickt mit der Botschaft von der Verschuldung des Comes von Gallien. Sollten dieselben vor deiner Göttlichkeit Antlitz nicht vorgelassen worden sein?" fragte Arbogast.

Valentinians Rechte begann an den Goldfransen der Sessellehne zu zupfen. Arbogast wagte es, den Imperator auszuforschen, er verlangte eine Rechtfertigung der kaiserlichen Verfügung; er stellte an den Imperator verfängliche Fragen. Und dieser Imperator hatte von seinem Vater den Hochmut des Tyrannen geerbt, gezügelt nur durch die christlichen Satzungen, deren aufrichtiger Bekenner er war.

„Es ist nicht deine Sache, die Verschuldigungen meiner Comites zu untersuchen." antwortete er schroff.

„Die Verschuldigungen der militärischen Comites gehören vor den Gerichtsstand des obersten Feldherrn." entgegnete Arbogast.

„Oberster Feldherr war stets der Imperator." erwiderte erregt Valentinian, dessen Stirnadern angeschwollen waren.

Das heftige Blut des Vaters überflutete schon das Gehirn des Sohnes, und neben dem Thron befand sich niemand, der es mit einem klugen Wort abgekühlt hätte.

Das herausfordernde Lächeln seiner ganzen Umgebung ermunterte den jungen Imperator zur Ausführung eines Streiches, welchen er sich in seiner Ehrsucht lange schon vorgenommen hatte.

War er denn wirklich der Imperator? Er nahm den Thron ein, er setzte mit Purpurtinte seinen Namen auf amtliche Pergamente, er sah sein Bildnis auf den Standarten. Aber nicht er siegte auf den Schlachtfeldern, nicht er befehligte in den Lagern, nicht er schloss Friedensverträge, nicht er besetzte offene militärische Stellen, nicht er belohnte Verdienste. In Arbogasts Händen, welcher ihm von Theodosius zur Seite gestellt war, ruhte tatsächlich die Regierungsgewalt. Der alte Feldherr hielt das Staatsruder von Italien, Spanien, Gallien und Britannien mit eiserner Faust umklammert, ohne den 'ewigen und göttlichen Herrn' zur Teilnahme an der Regierung zuzulassen. In dem jungen Monarchen aber war Tatendrang und Ruhmbegierde erwacht; des Purpurs ohne Macht, der Krone ohne Elan; war er überdrüssig geworden. Er war nicht mehr der unreife Jüngling, für welchen er von Theodosius gehalten wurde. Der Hass der Höflinge gegen Arbogast, künstlich genährt von Gaius Julius und dessen Gehilfin Aemilia, hatte einen gut vorbereiteten Boden gefunden. Valentinians Gemüt erwies sich empfänglich für die Einflüsterungen der Mitglieder des Konsistoriums und der Kammerherren, welche Arbogast abhold waren. Dieselben beschleunigten nur den Ausbruch des lange unterdrückten Zornes des Imperators.

Arbogast las gut in dem Gesicht Valentinians, aber er reizte ihn absichtlich noch mehr, indem er dessen letzte Äußerung mit den Worten zurückwies:

„Oberster Feldherr war stets derjenige, welcher die Legionen in den Krieg führte."

„Recht hast du!" antwortete ihm Valentinian mit gepresster Stimme. „Willst du mir den Weg weisen, welchen der römische Imperator wandeln sollte? Du bist ein guter Wegweiser. Fortan will ich selber die Legionen der westlichen Präfekturen anführen, wie es einst mein großer Vater tat. Ich habe dich nicht mehr nötig. Bei deinem vorgerückten Alter ist für dich die Zeit gekommen, dein Verdienst und ruhmvolles Leben in Ruhe zu beschließen. Du kannst zu den häuslichen Herden deiner Nation zurückkehren."

Er erhob sich vom Thron und überreichte Arbogast eigenhändig eine mit dem großen roten Siegel versehene Pergamentrolle.

„Lies!" forderte er den Frankenkönig in befehlendem Ton auf.

Um die Lippen der Höflinge schlich ein gehässig triumphierendes Lächeln. Der Inhalt der Urkunde war ihnen bekannt: Arbogast wurde darin aller Ämter, die er im Reich innehatte, enthoben, aller Gewalt und aller Würden entkleidet.

Plötzlich schwand das Lächeln von den Gesichtern, denn es geschah etwas Unerhörtes.

Nachdem Arbogast die Urkunde mit den Augen durchflogen falte, zerriss er dieselbe und warf sie Valentinian vor die Füße.

„Nicht von dir habe ich die Machtbefugnisse in den westlichen Präfekturen erhalten, und nicht du wirst sie mir nehmen." sprach er dabei ruhig. Nur in seiner stolzen Haltung mit der Rechten am Schwertgriff lag etwas Bedrohliches.

Seine Comites und Herzoge rückten näher an ihn heran. Schwüle Stille trat ein — der Vorbote eines Unwetters.

Valentinian betrachtete Arbogast starren Blickes, seine Augen waren blutunterlaufen, seine Lippen blau.

„Vermessener!" schrie er. Gleichzeitig entwand er dem nächststehenden Protektor das Schwert und stürmte auf den alten Feldherrn ein.

In demselben Augenblick bildete sich vor Arbogast eine lebende eisengepanzerte Schutzwehr. Zwei Arme ergriffen den Imperator an den seinigen und stießen ihn mit solcher Kraft zurück, dass er rücklings hingestürzt wäre, wenn ihn die Protektoren nicht aufgefangen hätten.

Wieder trat im Saal Stille ein, doch es war jetzt die ängstlich kühle Stille der Gräber.

In dem Reich, wo seit mehreren Jahrhunderten die Legionen den Imperatorenkranz verliehen haben, war der Gebieter der Liebling der Soldaten. Die Vertreter der bewaffneten Macht standen aber nicht auf Valentinians Seite. Das wussten die Höflinge, denn ihre Gesichter bedeckte Todesblässe und Schreck lähmte ihre Glieder.

Auch der junge Imperator hatte das Gefühl, dass sein Thron ins Wanken geriet. Er ließ sich auf den mit den Symbolen der Herrschergewalt geschmückten Sessel nieder, senkte das Haupt und heftete den stumpfen Blick auf den Teppich, als schaute er in einen gähnenden Abgrund.

In der unheildrohenden Stille ertönte die erhobene Stimme Arbogasts.

„Imperator Valentinian benimmt mir mit dem heutigen Tag den Oberbefehl über die bewaffnete Macht der westlichen Präfekturen." sprach er laut, halb zu seinem Gefolge gewendet. „Ist das mit eurem Wissen und Willen geschehen, meine treuen Gefährten? Zieht ihr einen jungen Oberbefehlshaber dem alten vor, so will ich neidlos abtreten."

„Ehre dir, Vater des Heeres!" riefen die Comites und die Herzoge. „Nur du wirst uns zu Sieg und Ruhm führen!"

Valentinian ließ den Kopf noch tiefer sinken. Er hörte über sich das Rauschen der Todesfittiche. Die Antwort der Comites und Herzoge war für ihn das Todesurteil.

Arbogast wandte sich nun der Umgebung des Imperators zu und sprach weiter:

„Ihr aber, die ihr, um euren Neid und Hass zu befriedigen, unheilvolle Wirren über das Reich herbeigerufen habt, macht Abrechnung über eure Sünden. Denn bald soll meine strafende Hand auf eure nichtswürdigen Schädel herabfallen."

Sprach er, wandte sich um und schritt inmitten des Spaliers von Domestiken zum Ausgang.

Gebückt, an die Wände sich drückend, schlichen die Mitglieder des Konsistoriums und die Hofwürdenträger unmittelbar hinter Arbogasts Gefolge aus dem Thronsaal.

Bei dem verlassenen Kaiser verblieb nur die allernächste Dienerschaft, welche sich weinend um die Stufen des Thrones scharte.

Vor dem Palast bestieg Arbogast sein Ross.

„Ins Lager!" kommandierte er. „Franken und Alemannen halten sich in Bereitschaft! Verführer, welche Zucht und Gehorsam lockern möchten, ohne Umstände niedermachen! Galiläischen Zenturionen werden Nachtwachen nicht anvertraut!"

Mit Windesgeschwindigkeit verbreitete sich die Kunde von Arbogasts Aufruhr über die Stadt, herumgetragen von den Höflingen, welche aus dem kaiserlichen Palast wie aus einem brennenden Haus flohen. Sofort hörte in den Straßen jeglicher Verkehr auf; alle suchten ihr sicheres Heim auf. Die Kaufleute versperrten eilig ihre Gewölbe; in den Kasernen versammelten sich die Soldaten. Das schöne frohsinnige Vienna verwandelte sich im Verlauf einer Stunde in eine Totenstadt. Es schien, als wenn in der reifenden Residenzstadt der Imperatoren alles Leben erstorben wäre.

Denn nicht zum ersten Mal sollte die marmorblinkende Stadt an der Rhone einen Kampf um die Krone sehen. Hier verweilte Gratian, bevor der Hass der Anhänger alter Ordnung seinem jungen Leben ein jähes Ende bereitete; von hier hatte Maximus seinen Gang zu dem unheilvollen Gefilde angetreten. In beiden Fällen war Blut von Schuldigen wie von Schuldlosen geflossen. Der Bürgerkrieg, mehr blutdürstig als die hungrigen Bewohner der Wälder, verschone niemanden.

Die Stadt hüllte sich in zuwartendes Schweigen. Niemand traute sich, neugierigen Blickes herumzuspähen. Sogar der leichtsinnige, gewöhnlich der Gefahren spottende Pöbel hielt sich in seinen Schlupfwinkeln versteckt, den Zorn Arbogasts fürchtend.

Der Zorn des beleidigten Königs meldete sich schon in den dumpfen Klängen der römischen Tuben und in den Hellen der fränkischen Hörner. Die Trompeter trabten durch die verödeten Straßen und Gassen, die Soldaten ins Lager rufend.

In den Häusern der Christen empfahlen die Familienoberhäupter ihre Sorge der Barmherzigkeit des gekreuzigten Gottes. Arbogast war dem neuen Glauben nicht gewogen.

Mit dem Augenblick, da er den Thron bestieg, würden die Monogramme Christi von den Standarten verschwinden.

In Vienna zweifelte aber niemand daran, dass Arbogast vom Heer zum Imperator ausgerufen würde.

Und still war es wieder in der Stadt, wie in den Katakomben der ersten Christen. In den Palästen der Mächtigen wie in den Hütten der Kleinen klagten enttäuschte Hoffnungen. Die Bekenner Christi hatten gehofft, Justinas Sohn würde das heidnische Gespenst endgültig bannen; nun aber drohte dem auf Valentinians Glaubenseifer gegründeten Bau der Einsturz.

In dem Einkehrhaus zum braunen Hirschen, wo Gaius Julius mit Konstantius Galerius noch immer wohnte, herrschte eine von der beängstigenden Öde der Straßen von Vienna grell abstechende Stimmung. Dem Sklaven, welcher mit der ersehnten Kunde von Arbogasts Empörung vor Julius erschien, warf dieser ein mit Goldstücken gefülltes Säcklein zu.

„Ruf die anderen zusammen," sprach er, „und lasst euch vom Wirt an Speise und Trank das Allerbeste geben, was er hat. Der heutige Tag wird in Roms Geschichte mit goldenen Lettern verzeichnet werden. Erfreut euch dessen."

Und an Galerius sich wendend, fügte er hinzu:

Unser ist der Sieg! Noch leben unsere Götter und beschirmen ihre heilige Hauptstadt."

Arbogasts Unbotmäßigkeit bedeutete in der Tat einen großen Gewinn für die Anhänger der alten Ordnung. Der oberste Feldherr, welcher im Angesicht des ganzen Hofstaates den Imperator geschmäht hatte, konnte auf der abschüssigen Bahn, die er betreten hatte, nicht mehr umkehren. Ob er nun wollte oder nicht, er musste in die Umarmung der Feinde der christlichen Regierung fallen. Es gab für ihn keinen anderen Ausweg, als die offene Rebellion. Sogar bei Theodosius würde sein rücksichtsloser Stolz kein geneigtes Ohr finden, keine Nachsicht finden, obwohl er des älteren Imperators Wohlwollen besaß. Gerissen war die Kette gegenseitiger Verpflichtungen, welche den Frankenkönig an Vienna und Konstantinopel fesselte. Das heidnische Rom war jetzt Arbogasts natürlicher Bundesgenosse, er aber war notgedrungen Roms Schild geworden.

„Hundert weiße Kalbinnen will ich den Priestern des Hermes schicken," rief Gaius Julius, „denn dieser Gott hat meinem Gedanken List, meiner Zunge Geschwindigkeit verliehen. Wärst du nicht so ungeschickt gewesen, so könnten wir jetzt nach Rom zurückkehren. In Vienna sind wir nicht mehr nötig. Hier besorgt für uns alles Arbogasts soldatische Tüchtigkeit."

„Wer konnte denn vermuten, dass Fabricius in eigener Person mir den Weg zu Faustas Versteck verstellen würde?" wehrte sich Galerius.

„Ein guter Anführer muss auf alles vorbereitet sein. Doch sprechen wir nicht mehr von dieser misslungenen Unternehmung. Künftig sei vorsichtiger. Bedenke stets: ein kräftiger Arm ist nur der Werkführer des Kopfes."

„Ein echt goldenes Votum wollte ich dem kapitolinischen Jupiter weihen, wenn ich Fabricius noch einmal begegnete! Die schmachvolle Niederlage verhöhnt mich in nächtlichen Träumen."

„Hebe dir deine Rache für später auf. Nun aber überlege Mittel und Wege, wie Fausta Ausonia aus Fabricius' Klauen zu befreien ist. Denn ohne die Priesterin dürfen wir nicht nach Rom zurückkehren."

„Ich habe nicht einmal eine Ahnung, wohin der Herzog sich mit Fausta Ausonia gewendet haben mag." antwortete Galerius. „Ich weiß nur, dass er in der Richtung gegen Cemenelum abgezogen ist. Aber die Julia Augusta nimmt so viele Nebenwege auf, dass er irgendwo seitwärts gegangen sein kann."

„Arbogasts Spione werden dem Räuber auf die Spur kommen. Wir müssen die Hilfe des Frankenkönigs in Anspruch nehmen, damit Fabricius nicht in den alemannischen Wäldern verschwindet."

Julius begab sich, da alle Sklaven bei frohem Zechgelage versammelt waren, selbst in den Stall und ließ sich von dem Stallknecht des Einkehrhauses seinen Stehwagen bespannen.

Als die beiden Senatoren denselben vor dem Haus bestiegen, ritt eben Rikomer, Hauptmann der Domestiken, vorbei. Die Römer bemerkend, hielt er sein Ross unwillkürlich an, als wollte er umwenden. Doch besann er sich schnell anders und näherte sich denselben mit freundlichem Gruß.

„Ich weiß mich zu erinnern," redete ihn Julius an, „dass du einst mit Fabricius in guter Freundschaft gelebt hast. Hast du vielleicht Nachrichten von dem Herzog?"

Der Hauptmann neigte sich über den Hals seines Rosses und machte sich an dem Zügel zu schaffen.

„Aus Rom habe ich schon lange keinen Eilboten gesehen." antwortete er mit unsicherer Stimme.

Julius warf ihm einen aufmerksamen Blick zu, doch Rikomer wendete sich ab, als wenn er das gegenüberliegende Haus zum ersten Mal in seinem Leben zu Gesicht bekommen hätte.

„So weißt du denn nicht, dass Fabricius Rom verlassen hat?" forschte Julius.

„Fabricius. . . Rom verlassen?" tat Rikomer verwundert. „Ich weiß nichts davon. Hat er sich etwas zuschulden kommen lassen?"

Ein verächtliches Lächeln flog über Julius' Gesicht.

„Erkundige dich nur nach dem Aufenthaltsort deines Freundes, und sage ihm, König Arbogast habe die besten Spürhunde von Eugenius' Meute nach allen Windrichtungen ausgeschickt, damit sie ihn ausfindig machen."

Rikomer zuckte gleichgültig mit den Achseln und entgegnete:

„Was geht mich Fabricius an?"

Er verabschiedete sich von den beiden Senatoren und ritt weiter.

„Er kennt Fabricius' Versteck." sagte Julius zu Galerius. „Ich muss Arbogast auf ihn aufmerksam machen."

Durch die Stadt ritt Rikomer in kurzem Trab, von Zeit zu Zeit sich umschauend. Draußen vor dem Stadttor spornte er sein Ross zu gestrecktem Galopp an.

Längs des Rhonestroms leuchteten aus den duftenden Gärten, deren Bäume und Sträucher in voller Blüte standen, weiße Villen hervor. Bis zu diesen stillen Behausungen war der Schall der Tuben und Hörner noch nicht gedrungen. Lustig spielten hier die Kinder auf den Rasenplätzen; die Sklaven saßen behaglich vor den Portiken in der warmen Maisonne.

Zwei römische Meilen von Vienna stand in einem Akazienhain, welcher aus der Entfernung den Eindruck eines großen rosigen Blumenstraußes machte, ein Haus, welches wie zum Überfluss noch eingefriedet war. Hier hielt Rikomer.

„Ist der Richter, welcher gestern zur Nachtzeit hergekommen ist, im Haus?" fragte er den Türhüter, einem Slaven das Pferd übergebend.

„Deiner Exzellenz Gast befindet sich am Springbrunnen."

Rikomer ging zu der bezeichneten Stelle.

Unter einer breitästigen Linde saß Fabricius auf einer Steinbank, das Gesicht in den Händen versteckt. Er war so in Gedanken versunken, dass er die nahenden eiligen Schritte des Freundes überhörte.

Rikomer packte ihn an der Achsel und sprach mit schier atemloser Stimme:

„Flieh'! . . . Fliehe sofort!"

Fabricius hob den Kopf. Tiefe Betrübnis schaute ihm aus den blaugeränderten matten Augen. Er rieb sich die Lider mit den Fingern und seufzte tief aus.

„Seit einigen Wochen bin ich auf der Flucht." meldete er sich mit müder Stimme. „Ich glaubte, unter deinem schützenden Dach ausruhen zu können."

„Mir, dir, uns allen droht große und nahe Gefahr!... Vor einer Stunde hat Arbogast den Imperator beschimpft . . . Die Comites und Herzoge haben sich offen im Angesicht des ganzen Hofstaates auf Arbogasts Seite gestellt... Die Soldaten versammeln sich im Lager . . .

Valentinian hat die Besinnung verloren . . . seine Räte und Schmeichler haben ihn verlassen . . . Fliehe! . . . Noch heute, spätestens morgen ist Arbogast zum Imperator proklamiert . . . Zögere nicht, denn du hast keine Nacht zu verlieren . . . Gaius Julius und Konstantius Galerius haben sich soeben ins Lager begeben."

Ordnungslos, verworren stieß Rikomer seine Worte hervor. Trotzdem begriff Fabricius das ganze Gewicht ihres Inhaltes und die Folgen des noch unbekannten Vorfalles.

Er sprang von der Bank auf und rief:

„Den Imperator müssen wir beschützen! Mit seiner Person sind die Hoffnungen unseres heiligen Glaubens verknüpft."

„Zu spät!" entgegnete Rikomer. „Arbogast steht vor den Stadttoren mit der ganzen bewaffneten Macht, mit den Franken und Alemannen. Auch ein großer Teil der gallischen Legionen befindet sich in seinem Lager. Die dem Imperator zugefügte Beleidigung ist so schwer, dass daran einer sterben muss, sei es nun der Beleidiger oder der Beleidigte. Du weißt aber ebenso wie ich, wer dieses gewagte Spiel gewinnen wird."

Nun erzählte er, was sich im kaiserlichen Palast zugetragen hatte, wobei er durch Flüche gegen Arbogast das Schauerliche des Vorfalles zu heben suchte.

Nur zu gut kannte Fabricius die Beliebtheit des alten Oberfeldherrn beim Heer, als dass er bezüglich des Ausgangs der Sache sich einer Täuschung hätte hingeben können. Der gewaltsame Tod Gratians und die Niederlage des Maximus traten ihm in Erinnerung. Die Männer seiner Zeit kannten keine Nachsicht für ihre mächtigen Feinde. Über den Leichen niedergerungener Wettbewerber erhob sich der Thron der Cäsaren; dessen Purpur troff reichlich vom Blut zertretener Usurpatoren. Seit hundert Jahren herrschten diejenigen, welchen Erbarmung, Mitleid, Sanftmut durchaus fremd waren. Den eigenen Sohn und die eigene Gemahlin hatte Konstantin zum Tod verurteilt! Nahezu die ganze kaiserliche Familie hatte Konstantius gemordet! Valentinian I. und Valens rasten wie wilde Bestien! sogar Theodosius wusste sich grausam zu rächen. Nur Julian der Abtrünnige schaute mit dem nachsichtigen Lächeln des Philosophen, welcher sich über gar nichts wundert, auf menschliche Bosheit und Torheit herab.

„Zu spät!" wiederholte nun auch Fabricius nach kurzem Überlegen mit erstickender Stimme. „Nur Gott allein kann Valentinian für unseren heiligen Glauben retten."

Fabricius konnte dem verlassenen Imperator nicht beistehen: er hatte nicht eine einzige Kohorte bei der Hand.

„Fliehe, fliehe sofort!" bat Rikomer abermals. „Fürchterlich würde Arbogasts Zorn gegen dich wüten. Verstecke dich einstweilen in den iberischen Bergen. Vielleicht geht das Unwetter ebenso schnell vorüber, wie es gekommen ist. Schon ist ein Eilbote Valentinians nach Konstantinopel abgegangen. Theodosius wird keinen Triumph der Götzendiener zulassen."

Plötzlich hielt er inne und lauschte gegen die Stadt.

„Hörst du?" fragte er.

Aus der Ferne drangen über den Akazienhain die Klänge von Signalhörnern. Arbogasts Trompeter alarmierten schon die Vorstädte.

„Es könnte dich jemand erkennen, dich dem König in die Hände liefern. Der blasse Schrecken von Feiglingen wird die Gunst des neuen Herrschers durch Niederträchtigkeit sich zu erwerben suchen. Zögere nicht." drängte Rikomer.

Fabricius aber erwiderte:

„Lass mich allein. Ich will mit Gott sprechen."

„Mit Gott kannst du unterwegs sprechen."

„Tue, um was ich dich gebeten habe."

Rikomer entfernte sich.

Fabricius fiel in die Knie, erhob die Hände gen Himmel und betete aus dem tiefsten Innern seiner verzweifelten Seele: „O Gott, der du die öden Wälder der Barbaren mit der Sonne deiner Güte durchstrahlt hast, erbarme dich unser!"

Der neue Römer war in diesem Augenblick nur Christ, welchen die dem Werk des guten Hirten drohende Gefahr seine eigenen Sorgen vergessen machte. Mit dem Fall des Kreuzes wäre der Bau der neuen Ordnung in sich zusammengestürzt, wäre der Stolz der römischen Götter und die ausschließliche Herrschaft ihrer Verehrer wieder hergestellt.

Der Zögling der christlichen Regierung war sich vollkommen klar über den Umsturz, welcher sich in Arbogasts Zelt vorbereitete. Der unvermutete Wechsel der Lage entzündete in seinem Heiden den Glaubenseifer des Neophyten, welchen die Selbstsucht seiner Liebe in ihm erstickt hatte. Nie hatte er bisher daran gedacht, dass die Kirche Christi ins Wanken geraten könnte, wie ein mürbes Gebilde menschlicher Hände; er hatte ja von seiner Wiege an deren Kraft geschaut. Nun aber war etwas geschehen, wodurch diese Kraft in Frage gestellt wurde. Ein stolzer und verwegener Soldat hatte den ‚göttlichen und ewigen Herrn' beleidigt, welcher dem neuen Römer die Verkörperung göttlicher Macht auf Erden war. Ein Heide hatte in der geheiligten Person des Imperators das Christentum geschmäht. Diejenige Ordnung, welche als Ergebnis jahrhundertelanger Entwicklung des Christentums endlich festzustehen schien, wies plötzlich klaffende Risse auf, als sollte sie im nächsten Augenblick infolge einer zweifellos eintretenden Erschütterung zusammenfallen.

„Wäre es möglich?" fragte er, ohne die Augen vom Himmel abzuwenden.

Um ihn herum duftete und sang der Lenz ganz so, wie gestern. Die Bäume und Sträucher standen in ihrem Festkleid da, in der Farbenpracht der Blüten auf frischgrünem Grund des

Laubes, belebt von tausend Vöglein, welche unter lebensfrohem Gezwitscher hin und her huschten. Über allem wölbte sich ein Himmel von reinstem Blau, so durchsichtig, dass der Blick bis in die halbe Unendlichkeit zu dringen wähnte. Erde, Luft und Himmel, alles darauf und dazwischen war so harmonisch gestimmt, als ob Gott die Schöpfung soeben erst vollendet und gesagt hätte: Es ist gut so.

Fabricius war verwundert, dass die Sonne so glänzte, so strahlte, so wärmte, wie gestern noch. Er fühlte sich gepeinigt von dem Glanz der Lenzesfarben; er wähnte sich gebeugt unter der Last des blauen Äthers; er verlangte, sich in undurchdringlich dunkle Nachtwolken gehüllt zu sehen, damit er allein wäre mit seinem Schmerz.

Sein Kummer war anfangs zwar ein wahrer Weltschmerz; er galt der christlichen Weltordnung. Nach und nach aber kam er in seinen Gedanken auf sich selbst zurück. In der befürchteten Wiederkehr der alten Ordnung fühlte er sich als Geächteter, welchem verwehrt wird, auch nicht eines einzigen Landes Luft zu atmen, welches von Rom beherrscht ist. Mit Valentinians Sturz würden ihm die entferntesten Winkel der westlichen Präfekturen verschlossen sein. Wohin immer er sich wenden wollte, überall würden ihn Eugenius' Spione ausfindig machen, wenn Arbogast es verlangen sollte.

Alle seine Hoffnungen hatte er auf die Freundschaft gesetzt, welche ihn mit dem jungen Imperator verband. Er war nach Vienna gekommen in der Absicht, von Valentinian Verzeihung zu erlangen und mit dessen Hilfe sich mit Ambrosius auszusöhnen. Der ‚göttliche und ewige Herr' hasste wie er die Römer alter Sitte und würde ihm die denselben zugefügte Ungerechtigkeiten nebst allem, was damit verknüpft war, unschwer verzeihen. Nun aber sollte Valentinians Gnade aufhören, ein Born der Beglückung für seine Untertanen zu sein. Jetzt war ihm nur Gott geblieben, die letzte Zuflucht der Schiffbrüchigen und Verstoßenen.

Gott? . . . Auch der gute Hirt hatte ihn schon von seiner Erbarmung ausgeschlossen. Gleich nach seiner Ankunft in Vienna gestern abend hatte Rikomer ihm mitgeteilt, dass von Mailand an den Bischof von Vienna eine Anzeige über Fabricius' Ungehorsam angelangt sei. Wollte er ein Gotteshaus betreten, die Torwächter würden ihn nicht einmal in die Vorhalle einlassen.

Fabricius fiel mit dem Gesicht auf den Erdboden. Er fühlte sich elend und ärmer als der Bettler, welcher vor dem Gotteshaus die Hand um ein Almosen ausstreckte. Seine Verzweiflung schaffte sich durch einen Strom heißer Tränen Luft.

Da glaubte er Ambrosius' Stimme über sich zu hören, welcher ermahnte: „Durch Hochmut und Heftigkeit hast du gesündigt, durch Demut und Sanftmut wirst du deine Sünden tilgen."

„Demut und Sanftmut gelobe ich dir, o Herr!" sprach Fabricius.

9. Kapitel

In Angst und Pein verbrachte Vienna zwei lange Tage. Der Handel stockte, die Gewerbetreibenden legten die Hände untätig in den Schoß, die Ämter erledigten nichts von laufenden Angelegenheiten. Niemand zeigte sich in den Straßen, denn jeden Augenblick befürchtete man einen Überfall Arbogasts.

Die Stadt war ringsum eingeschlossen von einem Wald fränkischer, alemannischer und gallischer Lanzen. Soweit das Auge reichte, überall schimmerten weiße Zelte, erglänzten in der Sonne Harnische, Schilde und Schwerter. Ein Signal hätte genügt, um die Residenz des Imperators in einen vom Blut Schuldiger und Unschuldiger durchtränkten Schutthaufen zu verwandeln.

Aus dem Palast Valentinians gingen Abgesandte in Arbogasts Lager, durch deren Vermittlung der geschreckte Imperator, vor dem Heer sich demütigend, mit den Häuptern der einzelnen Stämme wie Gleich mit Gleich unterhandelte und allerlei Versprechungen machte. Doch die abgesandten kehrten mit düsteren Sorgenwolken auf dem Antlitz zurück. Ihre Beredsamkeit stieß auf taube Ohren, vergeblich waren ihre Bitten und Beteuerungen.

Arbogasts Comites und Herzöge hingen mit keiner einzigen Herzfaser an Valentinian. Nicht der Imperator war es, welcher mit ihnen Hunger, Durst und jegliche Mühe des Kriegshandwerkes teilte. Nicht seine Stimme spornte im Kampf ihren Mut an; nicht von seinen Lippen kam ihnen der Dank nach errungenem Sieg. Was konnte sie hier im Westen der Sohn des Pannoniers kümmern, welchen die orientalischen Legionen auf den Thron erhoben hatten, und zwar in einem Augenblick, da Männer, die würdiger waren als er, die Krone verschmähten? Valentinian hatte für sich nicht einmal die Tradition eines alten römischen Geschlechtes. Er war im Reich ein ebensolcher Neuling, ein homo novus, wie sie selbst.

Die fränkischen, alemannischen und gallischen Herren hörten die glänzenden Versprechungen der Abgesandten. Sie wussten aber aus Erfahrung, dass jeder Imperator den Vertretern der bewaffneten Macht schmeichelte, solange er dieselben fürchtete, dann aber grausame Rache nahm für seinen Schrecken und für seine beleidigte Eigenliebe. Auch konnten sie von Valentinian nicht reichlicher bedacht werden, als sie vom obersten Feldherrn bedacht wurden. Sie dienten dem Kaiserreich um der Würden und um des Geldes wegen, und Arbogast geizte weder mit diesem, noch mit jenen. Die höchsten militärischen Posten verlieh er seinen treuergebenen Freunden, jedes Verdienst belohnte er nach Gebühr, so dass niemand zu murren oder einen anderen zu beneiden Ursache hatte. Von der Kriegsbeute nahm er gar nichts für sich. Da er in seinen Lebensbedürfnissen höchst bescheiden war, so verschmähte er Gold und Reichtum und begnügte sich mit dem Ruhm seiner Kriegstaten. Seine allgemein bekannte Ehrlichkeit verbürgte den Söldnern des römischen Reiches die Einhaltung eingegangener Verträge besser, als die Versprechungen Valentinians.

Dass der junge Imperator ein aufrichtiger Bekenner der Lehre Christi war, förderte seine Sache bei dem Heer der westlichen Präfekturen keineswegs. Die Herzen der noch tief in der

Götzendienerei steckenden weströmischen Legionen schlugen dem Christen auf dem Thron nicht entgegen. Nahezu alle Franken und Alemannen beteten noch ihre angestammten Götter an. Nur unter den Galliern zählte der neue Glaube zahlreiche Anhänger. Doch zogen die Christen die friedliche Arbeit dem Kriegshandwerk vor; und so befanden sich ihrer nur wenige unter den Standarten.

Von aufreibender Ungewissheit verzehrt, erwartete Vienna das Ergebnis der Unterhandlungen. Die christliche Bevölkerung betrachtete den jungen Imperator als eine aufgehende Sonne. Sollte dieses Helle Gestirn vorzeitig erlöschen, dann würde Gallien in die Finsternis des Heidentums zurücksinken.

Und der Stern Valentinians verlor mit jeder Stunde mehr an Glanz.

„Valentinian soll sich dem König auf Gnade und Ungnade ergeben!" So antworteten die Comites und Herzöge auf die Vorstellungen und Zusagen der Abgesandten. In der erbarmungslosen Sprache des vierten Jahrhunderts bedeutete das: Er soll dem neuen Herrscher aus dem Weg gehen oder wir werden ihn beseitigen.

Schon am Abend des ersten Tages gab sich die Stadt keiner Täuschung hin. Die Christen wussten, dass keine menschliche Kraft Valentinian zu retten vermochte. Alle Zwiste zwischen den römischen Imperatoren und den Feldherren wurden nicht anders als durch den Tod des Schwächeren entschieden.

Niemand wunderte sich daher, als am dritten Tag der Stadtpräfekt von Vienna dem auf dem Hauptplatz versammelten Volk von der Rednerbühne herab verkündete: „Se. Ewigkeit, der göttliche Valentinian, ist in der heutigen Nacht plötzlich aus dieser Welt geschieden."

Niemand fragte um die den jähen Tod begleitenden Umstände. Denn eines ‚jähen Todes' starben in den amtlichen Kundmachungen alle Imperatoren, welche von einem offenen ober meuchlerischen Feind ermordet wurden, und überflüssige Wissbegierde büßte man in der Nähe des kaiserlichen Hofstaates mit dem Leben[12].

Schweigsam zerstreuten sich die Christen und suchten wieder ihre Häuser auf.

Bald danach erschienen in den Straßen Domestiken und Protektoren, in Reih und Glied einher marschierend, angeführt von Rikomer, welcher den Imperatorenkranz und den

---

[12] Der eigentliche Anstifter des an Valentinian II. begangenen Mordes (15. Mai 392) ist von den Geschichtsforschern bisher nicht herausgefunden worden. Die einen behaupten, der Imperator wurde auf Arbogasts Befehl hin ermordet, andere meinen derselbe sei von Höflingen aus der Welt geschafft worden, die sich der Gunst des neuen Herrschers versichern wollten. Wieder andere sagen, Valentinian habe einen Selbstmord begangen. Auch die Todesart ist nicht festgestellt. Die einen meinen er wäre im Bett erdrosselt, die anderen er sei im Garten erhängt gefunden worden.

Purpurmantel vor sich trug. Die kaiserliche Leibwache begab sich in das Lager, um den neuen Herrscher alleruntertänigst zu begrüßen und sich ihm zur Verfügung zu stellen. Der Auserwählte des Heeres war nun ihr rechtmäßiger Herr.

Die Kunde von Valentinians Tod traf den König Arbogast in seinem Zelt. Er saß auf einem zusammenlegbaren Feldsessel, umgeben von seinen Räten und Herzögen. Auch Gaius Julius und Konstantius Galerius waren zugegen. Das Hinscheiden des Imperators machte auf die Versammelten den Eindruck eines seit zwei Tagen schon erwarteten Ereignisses. Man nahm die Kunde mit so stumpfer Gleichgültigkeit hin, als wenn etwas Gewöhnliches geschehen, etwas Selbstverständliches eingetreten wäre.

Rikomer wiederholte die vom Stadtpräfekten gesprochenen Worte. Dann beugte er sein Knie vor Arbogast und rief:

„Sei gegrüßt, göttlicher und ewiger Herr!"

Dasselbe taten die Comites, die Herzöge und die Räte.

Arbogast aber langte nicht nach dem Kranz und dem Purpurmantel.

„Erhebt euch!" sprach er. „Nicht für mich ist Valentinian gestorben."

Staunen erfasste die Anwesenden. Keiner wollte sich erheben. Stumm hefteten sie ihre Blicke auf Arbogasts leicht errötendes Gesicht.

Da wiederholte der älteste unter ihnen, der Franke Bauto, den Ausruf:

„Sei gegrüßt, göttlicher und ewiger Herr!" Und er fügte hinzu: „Nur deine Befehle wollen wir befolgen auf den Ruhmesgefilden."

Tiefernst antwortete der Frankenkönig:

„Mein Auge wird auch über euch wachen. Aber mit Treubruch will ich mein graues Haar nicht schänden. Ich habe Theodosius gelobt, die römische Krone nie auf mein Haupt zu legen, und dieses Gelöbnis werde ich halten.

Ich bleibe euer oberster Feldherr, Vater im Frieden, Herr im Krieg. Den römischen Purpur werden wir einem Römer um die Schultern legen."

Julius und Galerius tauschten fragende Blicke aus. Sollte es etwa Arbogasts Absicht sein, Flavian oder Symmachus zum Imperator zu machen? Nur einer von diesen beiden könnte würdig neben Theodosius gestellt werden...

Die Versammelten erhoben sich nun und flüsterten untereinander. Der Entschluss des Königs sagte ihnen offenbar nicht zu.

„Die letzten Generationen sahen auf dem Thron der Cäsaren viele Herrscher, welche nicht römischem Geblüt entstammten." meldete sich wieder der alte Franke Bauto. „Wer das Reich vor dessen Feinden beschirmt, ist Römer. Sei du, Feldherr, unser Imperator!"

„Sei du unser göttlicher Herr!" stimmten ihm Arbogasts Unterbefehlshaber in bittendem Ton zu. „Dein Ruhm und deine Rechtschaffenheit werden dem Heer und dem Reich der sicherste Schild sein."

Arbogast schüttelte das Haupt.

„Wollt ihr," sprach er mit gehobener Stimme, „dass euer altersgrauer Feldherr Theodosius' Verachtung verdient? Ich bitte euch: Haltet auch ihr den großen Imperator in Ehren, dessen Krone zahlreiche Siege schmücken. König Arbogast darf seinem Wort nicht untreu werden."

Die Comites und Herzöge schwiegen. Ihre unverdorbenen barbarischen Herzen waren voller Ehrfurcht für Verpflichtungen von Männern. Ein jeder von ihnen hätte ein Gleiches getan.

„Fürchtet nichts." fuhr Arbogast fort. „Der Imperator, welchen ich euch küren will, wird die bestehenden Verträge achten und wahren."

Er ließ seinen Blick über die Versammelten schweifen, als wenn er jemand suchte, bis er auf den Vorgesetzten seiner Schreiber und Kundschafter stieß, welcher sich bescheiden abseits hielt. Auf diesen wies er jetzt mit der Hand und sprach dann weiter:

„Eugenius sei unser Imperator! Legt den Kranz auf sein Haupt!"

Im ersten Augenblick meinten die Comites und Herzoge, der König treibe unzeitigen Scherz. Eugenius wäre der letzte gewesen, an den sie gedacht hätten, wenn sie selbst einen Imperator hätten wählen sollen. Zwar entstammt er einem hochberühmten römischen Geschlecht, aber Armut hatte ihn auf den Plebejerstand heruntergebracht. Von Beruf Rhetor, hatte er an den Höfen vermögender Barbaren als Lehrer ihrer Kinder gedient, bis Arbogast ihn an seine Seite berief. Dem Oberfeldherrn mit Leib und Seele ergeben, treu und mit Fähigkeiten ausgestattet, stieg er die beamtliche Stufenleiter schnell hinauf und bekleidete jetzt den wichtigen, wenn auch nicht sonderlich angesehenen Vertrauensposten[13].

„Eugenius Imperator?" fragte Bauto ungläubig.

Die Übrigen hatten nur ein verächtliches Lächeln.

Gaius Julius konnte seine Missstimmung nicht verbergen. Er begriff sofort, was der Frankenkönig beabsichtigte. Der herrschsüchtige, so selbstlos tuende Greis setzte auf den römischen Thron seinen Diener, um nach eigenem Gutdünken schalten und walten zu können.

---

[13] Manche Geschichtsforscher lassen Eugenius von Plebejern abstammen. Indes wurde ihm vor seiner Erhebung auf den Thron von dem Konsul Symmachus und von dem Bischof Ambrosius in deren Briefen stets der Senatorentitel clarissimus beigelegt. Symmachus redete ihn sogar mit mi frater (mein Bruder), an was Patrizier nur unter sich taten.

So hielt er dem Imperator Theodosius sein Wort, ohne im weströmischen Reich auch nur das Geringste von Imperatorengewalt aus den Händen zu lassen. Unmöglich konnten Flavianus und Symmachus gehorsame Werkzeuge des hochmütigen Kriegers werden . . .

Arbogasts Auserkorener selbst war durch die ungeahnte Wendung der Sache so erschreckt, dass Leichenblässe sein Gesicht überzog und er Richtung Ausgang zurückwich, als wollte er fliehen.

Arbogast aber bannte ihn mit seinem Blick fest.

„Wende dich weg von mir mit deinen Gedanken, o König." flehte Eugenius. „Die Bürde der Imperatorengewalt ist allzu groß für meine schwachen Schultern."

„Keine Gewalt ist eine Überbürdung, sobald sie von Arbogast gestützt wird." antwortete der König. „Du bist Imperator, Eugenius!"

„Belasse mich auf dem Posten, auf welchem ich dir und dem Reich nützlich bin. Mir ist die Kunst des Regierens und Herrschens fremd."

„Aber nicht fremd ist dir die Kunst, auf amtliche Pergamente deinen Namen zu setzen. Nur wirst du die schwarze gegen Purpurtinte umtauschen. Nicht fremd ist dir auch die Kunst, Gesandtschaften mit aalglatten Reden zu empfangen. Valentinian hat darüber hinaus auch nichts mehr getan. . . und doch war er unser göttlicher und ewiger Herr."

Seine letzten Worte unterstrich Arbogast mit einem spöttischen Lächeln.

Nun wurden sich auch seine Unterbefehlshaber dessen inne, warum er Eugenias zum Imperator haben wollte.

Der kluge König bezweckte, die bisher bestandene Herrschaft aufrecht zu erhalten, ohne sich und seine Getreuen dem Zorn Theodosius auszusetzen.

„Sei gegrüßt, göttlicher Imperator!" riefen nun die Comites und Herzöge dem zitternden Eugenius zu, aber keiner beugte seine Knie.

Bauto entnahm Rikomers Händen den Kaisermantel und näherte sich dem zum Träger desselben bestimmten Mann.

Der durch eine Laune der Vertreter der bewaffneten Macht auf den Thron erhobene Rhetor erschauderte beim Anblick des Scharlachgewandes, welches von dem Blut vieler Imperatoren getränkt war. Die kaum erkaltete Leiche Valentinians warnte ihn eindringlichst vor der Annahme der gefahrvollen Würde. Besser, als die Franken und Alemannen, kannte er die Geschichte Roms.

Abwehrend streckte er beide Arme vor sich aus und rief mit heller Verzweiflung in seiner Stimme:

„Ich kann nicht! ... Ich bin Christ!"

„Du ein Galiläer?" sprach Arbogast nur leicht verwundert. „Nie hast du mir ein Wort davon gejagt!"

„In Konstantinopel habe ich den christlichen Glauben angenommen."

„In Konstantinopel bekennt sich alles zum galiläischen Aberglauben aus Furcht vor Theodosius. Es wird dir nicht schwer fallen, zu dem Glauben deiner Väter zurückzukehren, wie es Imperator Julian getan hat. Widerstrebe nicht, Eugenius."

„Widerstrebe nicht!" wieherholten Arbogasts Unterbefehlshaber, an ihre Schwerter anschlagend.

Eugenius hörte das dumpfe Waffengerassel, er sah um sich herum die bedrohlichen Gesichter. Am Zeltausgang stand Bauto, den Rückzug ihm versperrend.

„Habt Erbarmen mit mir!" flehte er noch. „Es gibt ja so viele andere, welche furchtlos und mit mehr Verdienst den Purpurmantel anlegen würden. Warum besteht ihr durchaus auf meinem Verderben? Ich habe euch treu gedient. Lasst mich bleiben, was ich bin."

Doch schon hatte Bauto ihm den roten Mantel um die Schultern geworfen und den goldenen Kranz auf sein Haupt gedrückt: Eugenius war römischer Imperator.

Beschämt betrachtete Gaius Julius den ihn abstoßenden Auftritt. Über die Krone des ‚heiligen ewigen' Rom verfügten Barbaren, und sie gingen damit um, als wäre sie ein Theaterflitter, oder als hätte man dieselbe aus einer Trödlerbude hervorgeholt. Jeder tapfere Franke, Alemanne, Gote, Vandale konnte den Thron der Julier, Klaudier, Flavier und Antonine mit der nächstbesten Schachfigur besehen, welche ihm zweckdienlich erschien, und die Nachkommen der Weltbesieger hatten weder Kraft noch Mittel, seiner Willkür zu widerstehen. Ihre verweichlichten verweiblichten Hände hatten das Schwert längst schon Söldlingen überlassen.

Arbogast erhob sich, ließ Eugenius auf dem Feldsessel Platz nehmen und sprach:

„Befiehl, göttlicher Herr!"

Ratlos schlug der „göttliche Herr" seinen Blick zu dem König auf. Da er die weiteren Absichten seines Wohltäters noch nicht kannte, so wusste er auch nicht, was ihm zu ‚befehlen' gestattet war.

„Deine Erfahrung wird uns den Weg zur Sicherung der neuen Regierung weisen." brachte er nach kurzer Überlegung hervor.

„Vor allem muss man sich Theodosius' Wohlwollens vergewissern." sprach Arbogast. „Zu diesem Zweck werden wir als erstes Valentinians Leiche nach Mailand bringen lassen, damit sie von Ambrosius in der Grabkammer der Imperatoren nach galiläischer Sitte beigesetzt wird. Ferner wird sich eine Abordnung nach Konstantinopel begeben, um dem älteren Imperator die Überzeugung beizubringen, dass die Sachlage eine sofortige Besetzung des verwaisten Thrones erforderte. Die Rheinfranken sind nicht besiegt, sondern haben nur Waffenstillstand zugestanden: die Quaden drohen mit einem neuerlichen Einfall. In solchen Zeiten dürfen Streitigkeiten um die Krone die Einheitlichkeit der Regierung nicht gefährden. Theodosius wird das einsehen, zumal wenn wir seine Oberherrschaft über das ganze Reich ungeschmälert anerkennen."

Solche Wendung der Dinge hatten die zwei römischen Senatoren nicht erwartet. Theodosius' Oberherrschaft bedeutete die Aufrechterhaltung seiner Edikte, welche dem Heidentum den Todesstoß versetzen sollten.

„Du sprichst wie ein Galiläer." bemerkte Julius.

Unwilliges Murren und Stirnrunzeln der Comites und Herzöge beantwortete die Bemerkung des Römers. Arbogast aber erwiderte ohne Zorn:

„Ich spreche als Berater des Imperators, dessen Pflicht es ist, über dem Staatswohl zu wachen. Nur unbedachtsame Jugend oder blinder Hass mehrt unnötig seine Feinde. Solange Theodosius nicht mit dem Schwert in der Hand die Grenzen der westlichen Präfekturen überschreitet, haben wir keinen Grund, seine Empfindlichkeit und Heftigkeit zu reizen."

„Theodosius wird Eugenius nicht anerkennen." bemerkte wieder Julius.

„Theodosius wird die Tüchtigkeit meiner Legionen anerkennen. Ich glaube nicht, dass er sich zum zweiten Mal dem zweifelhaften Ausgang eines Krieges aussetzen möchte. Er hatte mit Maximus gerade genug der Verlegenheiten."

„Ich war auf meiner Reise nach Totonis von anderen Hoffnungen beseelt." entgegnete Gaius Julius im Ton entsagender Enttäuschung.

„Ein Teil dieser Hoffnungen ist bereits in Erfüllung gegangen," tröstete ihn Arbogast, „in dem Augenblick, da Valentinian seine ruhmlosen Tage beschloss. Der Imperator Eugenius wird Flavian von der italisch-illyrisch-afrikanischen Präfektur nicht absetzen, er wird keinen Fabricius nach Rom schicken, er wird euren Priestern die von Gratian eingezogenen Güter zurückerstatten, er wird eure Tempel nicht schließen. Alles übrige überlasst der Zeit. Für die Schonung eurer Götter verlangt der Imperator von euch Gleichmut und Ruhe. Ihr solltet einsehen, dass der Beherrscher eines Staates, in welchem die verschiedensten Völker und Religionen beisammen wohnen, nationale und religiöse Feindseligkeiten nicht fördern darf. Nicht ihr, Römer, bildet gegenwärtig die Mehrheit im Reich, und eure Götter besitzen nicht mehr die ungeteilte Herrschaft. Darum gebietet euch der Imperator Eugenius, mit allen übrigen Völkern und Religionen Frieden zu halten. An was immer jemand glauben will, er glaube was immer jemand verehren will, er verehre. Nur darf sein Glauben und sein Kultus den inneren Frieden des Staates nicht gefährden. Des Imperators Eugenius Regierung wird sich auf das Mailänder Edikt Konstantins stützen, welches allen Bekenntnissen Freiheit und gleiches Recht verbürgt. Lasst also ab von eurem Hass gegen die Galiläer, denn sie sind zu zahlreich, als dass man sie verfolgen könnte, Unvernünftige Bedrückung würde einen Bürgerkrieg nach sich ziehen, welcher dem Imperator Eugenius unerwünscht wäre."

Mit Aufmerksamkeit lauschte Gaius Julius den Worten Arbogasts, dessen Vorsicht und Umsicht bewundernd. Offenbar wollte der neue Herrscher erst einmal innere Unruhen vermieden sehen, um seine Herrschaft zu befestigen. Die religiöse Duldsamkeit des zivilisierten Franken wunderte den römischen Senator keineswegs, denn sie war eine nicht seltene Tugend auf dem Thron der Imperatoren und in den Zelten großer Feldherren. Gerade die tapfersten Krieger kümmerten sich am wenigsten um Gewissenssachen, die nicht die ihrigen waren. Theodosius, welcher in seiner Person soldatische Tüchtigkeit und fanatischen Religionseifer vereinte, gehörte zu den seltenen Ausnahmen in der Geschichte des Reiches.

Durch Arbogasts Zusagen fühlte sich Julius in seinem Patriotismus beruhigt. Dieselben bedeuteten: Beseitigung der Theodosianischen Edikte und Widerrufung des ganzen Gratianischen Werkes.

Julius verneigte sich nun vor Arbogast:

„In allen Tempeln Italiens werden heiße Gebete zu den Göttern emporsteigen, dass sie dem göttlichen Imperator, dem ewigen Eugenius, recht viele und ruhmreiche Lebensjahre verleihen."

„Überbringe Rom den Gruß des neuen Imperators und Worte aufrichtigen Wohlwollens." antwortete Arbogast.

„Unsere Dankbarkeit wäre grenzenlos, wenn der göttliche Imperator gestatten wollte, dass wir die von Gratian entfernte Viktoria Fortuna in die Kurie des Senates zurückbringen." fügte Julius bittend noch hinzu.

„Du begehrst viel, doch der Imperator gestattet es."

Dem ‚göttlichen und ewigen' Eugenius wurde es inzwischen immer schwüler zumute. Er fühlte das Lächerliche seiner Rolle, doch besaß er nicht den Mut, sich dagegen zu wehren. Arbogast gegenüber an blinden Gehorsam gewöhnt, getraute er sich nicht, ungefragt den Mund zu öffnen. Er rückte auf dem Feldsessel hin und her, wurde abwechselnd bleich und rot und schob den goldenen Kranz wie einen lästigen Gegenstand von der Stirn zurück. Er fühlte die Qual des spöttischen Lächelns und Geflüsters der Comites und Herzöge, welche an seiner Hilflosigkeit ihr Vergnügen fanden.

Ein Schaudern erfasste ihn, als Arbogast nach den letzten Worten, die er zu Gaius Julius gesprochen, plötzlich ausrief:

„Die Tuben und Hörner sollen erklingen! Das Heer soll dem neuen Imperator seine Huldigung darbringen!"

Die Legionen Roms haben ihre fürchterlichen Launen. Gefiel der neue Herrscher den Soldaten nicht, so kam er mitunter nicht lebend aus dem Lager.

Rings um das Zelt Arbogasts sauste und brauste es schon, als wenn die Rhone aus ihrem Bett gestiegen wäre. Die Kunde von Valentinians Tod lief auf Sturmesfittichen von Feuerherd zu

Feuerherd, von Zelt zu Zelt und erweckte überall freudige Ausrufe. Die Franken und Alemannen ergriffen hastig ihre Lanzen und Schilde und versammelten sich um ihre Standarten.

Als Arbogast vor sein Zelt hinaustrat, meldeten sich dröhnend die Tuben und klingend die Hörner. Die kaiserlichen Adler senkten sich vor ihm.

„Sei gegrüßt, göttlicher Imperator!" schrien die Domestiken, Protektoren und Legionäre.

Bevor der König es verhindern konnte, wurde er von der Palastwache auf den Schild erhoben. Unter allseitigem Jubel trugen die Protektoren den vermeintlichen Imperator im Lager herum.

„Sei gegrüßt!" schrie auch Eugenius, welcher Kranz und Mantel abgelegt hatte, um die Aufmerksamkeit der Soldaten von sich abzulenken.

Rikomer benutzte den im Lager entstandenen Wirrwarr, um unbemerkt zu verschwinden. Er bestieg sein Pferd und schlug die Richtung gegen die Rhone ein.

Die Vorstädte waren schon von Arbogasts Soldaten besetzt; die letzten Zeltreihen stießen beinahe an Rikomers Akazienhain an.

Seiner Villa sich nähernd, bemerkte er vor dem Tor der Einfriedung eine hohe männliche Gestalt.

„Wahnsinniger!" brummte er in seinen Bart hinein, einen unruhigen Blick hinter sich werfend.

Er fürchtete umsonst; denn der Lärm, welcher um die Stadt toste und weithin drang, hatte jegliches lebende Geschöpf von der Straße vertrieben. Nicht einmal Hunde getrauten sich hervor.

„Geh wieder hinein!" rief Rikomer. „Es könnte dich doch jemand bemerken."

Fabricius schien die Mahnung gar nicht zu hören. Er rührte sich nicht.

„Was hat der Lärm zu bedeuten?" fragte er, mit der Hand gegen die Zelte weisend.

„Der Lärm ist das Grablied für den Beschirmer unseres Glaubens. Valentinian ist ermordet. Arbogast hat seinen Diener, den Patrizier Eugenius, zum Imperator gemacht."

„Ermordet?" fragte Fabricius. Herzliches Leid lag in seiner erbebenden Stimme.

Für einen Augenblick war er ganz gebrochen. Gesenkten Hauptes, willenlos folgte er Rikomer ins Haus.

Aber nicht lange dauerte die Abspannung. Der Triumph der Heiden brachte ihn schnell zur Besinnung. Die zwei Tage banger Erwartung hatten in Fabricius' Herz die letzten Spuren eigensüchtiger Gelüste verzehrt. Erstorben war in ihm der gemeine Mensch, wiederstanden der christliche Ritter, der miles Christi. Wer sollte denn für das Kreuz, für den wahren Glauben mit Leib und Seele sich einsetzen, wenn so eifrige Bekenner, wie er einer war, um irdischer

Freuden willen Gott verließen? Aber wollte er seinen soldatischen Mut und seinen wuchtigen Arm dem wahren Glauben erhalten, so musste er jetzt fliehen.

Mit einer Ruhe, welche Rikomer in Verwunderung versetzte, sprach er zu diesem:

„Verschaffe mir Kleider, in denen ich unerkannt von hier fortkomme."

„Und was soll mit der römischen Priesterin geschehen?" fragte Rikomer.

„Du wirst sie in die Stadt zu Gaius Julius bringen lassen, jedoch so, dass sie nicht weiß, von wo sie kommt. Meinen Sklavinnen, welche Fausta Ausonia bisher begleiteten, schenke ich die Freiheit."

Fabricius begab sich darauf in ein verdunkeltes, nur durch Öllampen erhelltes Gemach, an dessen Eingang je zwei Sklavinnen abwechselnd Wache hielten. Es war Fausta Ausonias Gefängnis.

Er schickte die Wächterinnen fort, betrat den Raum und fand die Vestalin in einen Halbschlummer versunken. Ihre Lider waren geschlossen, doch zuckten sie beständig. Ihr Gesicht war abgemagert und bleich; ihr Haar war an den Schläfen ergraut. Auf einem Tischlein neben ihrem Sofa standen kaum berührte Speisen.

Fabricius erschrak beim Anblick des Jammerbildes, welches gegen die geraubte Schönheit so scharf abstach. Als er dicht an ihr Lager herantrat und sich auf ein Knie niederließ, schlug sie ihre Augen auf. Glasig war ihr Blick.

„Verzeihe mir." sprach Winfried Fabricius reuigen Tones. „Vergib mir alles Unrecht, welches ich dir angetan habe, damit ich dein Angedenken segnen kann."

Faustas Augen erhielten ein wenig Glanz.

„Erlöse mein Gewissen von deinem gerechten Zorn," bat Fabricius, „denn was ich dir zugefügt habe, bedrückt als Todsünde meine Seele. Satan, der Feind der Tugend, hatte sich in mein Herz geschlichen und darin unreine Begierden entfacht. Ich war wie ein Wahnsinniger, dessen Gedanken verwirrt wurden, wie ein Blinder, welcher den geraden Weg vor sich nicht sieht."

Leichte Röte kam auf Faustas Wangen zum Vorschein. Ihre Augen erglänzten lebhafter.

Fabricius aber sprach weiter:

„Tief beleidigt habe ich dich und arg misshandelt. Mein Verschulden gegen dich ist groß. Doch war es nicht Bosheit, was meine Missetaten lenkte. Ich habe dich geliebt. Ich habe dich mehr geliebt als die Tugend, mehr als die Pflicht, mehr als das Andenken meiner Eltern. Meine Liebe zu dir hat mir meinen Gott in den Schatten gestellt, weil ich glaubte, durch Beharrlichkeit dein Herz zu gewinnen und dann den guten Hirten für mich und für dich wiederzufinden. Vergib mir, denn viel wird demjenigen verziehen, welcher heiß geliebt hat."

Fausta schwieg. So unerwartet kam ihr Winfrieds Bitte, dass sie ihm nicht traute. Hatte er doch erst vor einigen Tagen noch eine furchtbare Drohung gegen sie ausgestoßen.

Der Herzog erriet den Grund ihres Schweigens und fuhr fort:

„Sei großmütig, römische Patrizierin, dem Sohn eines Volkes gegenüber, welches sich keiner Jahrhunderte alten bürgerlichen Zucht rühmen kann, welches nicht gelernt hat, Leidenschaften zu beherrschen, Übe Nachsicht mit dem Barbaren. Denn als Barbar habe ich dir gegenüber gehandelt."

Fausta staunte. Der Herzog prahlte nicht mit seinem Barbarentum, sondern erhob vor ihr eine aufrichtige Selbstanklage. Das bezeugte seine Stimme, in welcher tiefempfundene Reue bebte.

„Was euch, den Nachkommen einer großen Nation, das Beispiel einer ungezählten Reihe in Achtung vor dem Gesetz auferzogener Geschlechter beigebracht hat, das hat uns Christus durch seine göttliche Gnade eingepflanzt. Auch wir vermögen uns über irdische Genüsse zu erheben, wenn wir unseren Gott wahrhaft lieben. Ich aber habe Christus zu wenig geliebt. Indes ist infolge eines schweren Unglückes, welches über die Christenheit gekommen ist, die Hülle der Eigensucht von meinen Augen gefallen. Ich bin wieder ein treuer Diener meines gekreuzigten Herrn geworden. Vor dir demütigt sich der Christ, um Vergebung bittet dich der verlorene Sohn der Kirche. Bitte befreie mein Gewissen von der Last deines gerechten Zornes."

Fausta erging sich in Vermutungen. Dass der Herzog aufrichtig um Vergebung bat, daran zweifelte sie nicht mehr. Aber unerklärlich war ihr dessen plötzliche Sinnesänderung. Welches konnte wohl das Unglück sein, von dem Fabricius sprach? Sollte vielleicht Theodosius . . .

Der Gedanke allein, dass der ältere Imperator auf natürliche oder gewaltsame Weise dem Zeitlichen entrückt sein mochte, ließ das Herz der römischen Patriotin höher schlagen.

Seit zwei Monaten von aller Welt abgeschnitten, in ihrer Gefangenschaft streng bewacht, wusste Fausta von den letzten Ereignissen gar nichts.

„Verzeih, vergib mir!" flehte Fabricius abermals.

„Nur Freien kommt es zu, zu vergeben und zu verzeihen. Schuldlos Gefangener einziges Recht ist Verachtung." gab Fausta Ausonia endlich zur Antwort.

Tief beschämt, senkte der Herzog sein Haupt, als wenn er, ein Diener, von seiner Herrin einen verdienten Fußtritt erhalten hätte. Doch gleich wieder seinen Blick zu ihr erhebend, sprach er:

„Du bist frei! . . . Nur erfordern es die Umstände, dass du dich entschließt, einige Stunden noch, bis zum Abend, hier zu verbleiben. Du befindest dich in der Nähe von Vienna, wo im Einkehrhaus *Zum braunen Hirsch* Gaius Julius und Konstantins Galerius wohnen, unter deren Schutz du heute noch gestellt werden wirst."

Wiederum spiegelte sich Staunen in Faustas Augen. Wäre es möglich? In diesem verdunkelten Gemach sollte ihre Gefangenschaft plötzlich ein Ende haben? ... Es musste in der Tat im Reich irgendetwas vorgefallen sein, was den Herzog so von Grund aus verwandelte. Nur ein sehr großes Unglück konnte den Starrsinn des Barbaren gebrochen haben.

„Sollte Theodosius..." fragte sie, den Atem zurückhaltend.

„Gott hat Theodosius erhalten, damit er Valentinian rächt."

„Valentinian?"

„Ist ermordet. Herr über Italien, Gallien, Spanien und Britannien ist Arbogast."

Eine Weile lang betrachtete Fausta stumpfen Blickes den Herzog, als hätte sie seine Worte nicht verstanden. Dann erhob sie sich auf ihrem Lager und streckte die Hände empor. Das Licht der Öllampen beleuchtete ihr scharf geschnittenes Profil. In ihrem Auge lag Verzückung; auch nicht ein leises Lispeln bewegte ihre halbgeöffneten Lippen. In größter Sammlung des Geistes, wie der Erde entrückt, dankte sie in stummem Gebete den Göttern Roms für das den Galiläern widerfahrene Unheil. Dann begannen ihre Augenlider zu zucken, auf den langen Wimpern erglänzte eine Träne. Diese fiel auf die hochgerötete Wange, ihr folgte eine zweite, eine dritte, eine zehnte, und dann erschütterte heftiges Schluchzen Faustas Brust. Aber dieses Weinen entsprang keinem Schmerz; es kam darin der Patriotin ungeahnte Freude zum Ausdruck.

Wehmut erfüllte den Herzog. Der heidnischen Priesterin selige Tränen beleidigten seinen christlichen Eifer, denn sie brachten ihm erneut zum Bewusstsein, dass seine Liebe umsonst gesündigt hatte. Umsonst war Simonides ermordet, umsonst waren so viele andere aus der Welt geschafft, umsonst hatte er seinen verantwortungsvollen Posten verlassen, auf dem er bis zu Ende hätte ausharren sollen und verdienstvoll wirken können; umsonst hatte er sich mit dem Fluch der Kirche beladen. Das von ihm auserwählte Weib war eine unversöhnliche Feindin von all dem geblieben, was er glaubte und verehrte. Ihr heidnisch-römisches Herz war ebenso verstockt wie ehedem. Der Abgrund zwischen ihm und ihr war ebenso klaffend wie früher.

Vor einigen Tagen noch hätte Faustas Freudenausbruch den Barbaren in ihm gereizt. Heute betrachtete er denselben mit der Ruhe des Büßers, welchem jeder Schmerz eine verdiente Strafe ist. Christus hatte er verlassen um seiner Begierden willen, des Bekenners Pflichten hatte er vergessen; so musste er denn füglich sogar die seinem Glaubenseifer angetane Beleidigung ruhig erdulden.

Das anfangs heftige Schluchzen Faustas ließ allmählich nach und ging in stilles Weinen über. Endlich atmete sie einige Male schwer auf und wischte sich die Tränen aus den Augen.

Da meldete sich Fabricius wieder:

„Vergib mir; denn gezählt sind die Augenblicke meines Verweilens in den Grenzen des Reiches, welches von Arbogast beherrscht wird."

Fausta schwieg.

„Vergib mir!" beschwor er sie innig. „Eine weitere Genugtuung, als deine Freiheit und meine demütige Bitte um Verzeihung habe ich nicht für dich. Ohne Vergebung von dir wird mich der Gott der Güte zurückstoßen, und ich werde auf der ganzen Erde keine Ruhe finden. Sei Patrizierin, sei großmütig und verzeihe einem Unglücklichen!"

„Es sei dir vergeben." sagte Fausta endlich mit klangloser Stimme.

Fabricius wollte ihre Hand ergreifen, sie aber zog dieselbe schnell zurück.

„Ich bin wieder Priesterin der Vesta. Achte meine Würde."

Dabei wurde ihr Gesichtsausdruck wieder hart, jegliche Vertraulichkeit ablehnend, ja verbietend.

Der Herzog zuckte zusammen, in seinen schwarzen Augen blitzte es unheimlich. Doch dauerte dies nur einen Augenblick; der Christ in ihm hatte den Barbaren überwunden. Er erhob sich und sprach:

„Ich hätte dich in die Wälder meiner Heimat bringen und von freien Alemannen bewachen lassen können, welche den Sprossen ihrer Fürsten vor Verfolgung beschützt hätten. Ich hätte dich in den endlosen Waldwüsteneien der Franken verstecken können, welche gern jeden beherbergen, der aus dem Römerreich Zuflucht bei ihnen sucht. Seit drei Tagen ist mir der Regierungswechsel bekannt. Nicht Arbogast verdankst du die Freiheit; Ambrosius ist es, welcher dein Gefängnis geöffnet hat."

Er wartete eine Weile, ob Fausta, milder gestimmt, antworten würde. Da sie ihn aber nicht einmal eines Blickes würdigte, sprach er weiter:

„Ambrosius hat mir befohlen, dich deinem Rom wiederzugeben. Gleichzeitig hat der heiligmäßige Bischof mir eine schwere Buße auferlegt. Doch nicht verwischen wird diese dein Bild in meinem Herzen; nur verklärt wird aus derselben meine Liebe zu dir hervorgehen. Fausta, Fausta, gedenke meiner standhaften, meiner treuen Liebe, wenn der bevorstehende Krieg die Fesseln deiner priesterlichen Gelübde gelöst haben wird."

Fausta machte eine Bewegung der Ungeduld und des Unwillens, ohne den Herzog anzuschauen.

„Denn nach unbesonnener Kinder Art freuen sich die Feinde der Kirche über Valentinians Tod. Schon trägt die Luft den Lärm ihres sinnlosen Freudentaumels gen Osten, wo an des Reiches Marken in Konstantins Stadt der Mann mit Adlerblick und mächtigem Arm über die Zukunft seiner Staaten wacht. Bald wird dieser Lärm zu den Ohren des großen Theodosius dringen, und er wird sein Schwert erheben, dass von Maximus' Blut gerötet wurde. Der Tod des jüngeren Imperators beschleunigt nur das Herabsausen des letzten Schlages, welcher längst schon über die Trümmer des Heidentums verhängt ist. Nicht ohne Ziel und Zweck hat Gott Tausende von Märtyrern ans Kreuz heften, hungrigen Bestien zum Fraße vorwerfen, nicht umsonst die Besten der Sterblichen mit dem Schandmal brandmarken lassen. Stets entblüht den Leiden der

Edlen Glück und Freude der Nachfahren. Schon sehe ich im Geiste den Zusammensturz eurer Tempel, vergilbt eure Überlieferungen, inhaltlos eure Gelübde, kraftlos eure Gesetze, gleich wie Schatten, die auch dem Schwächsten nicht furchtbar erscheinen."

Innerlich schaudernd, obgleich äußerlich ruhig, hörte die Vestalin, die römische Patrizierin, die über ihren reumütigen Räuber stolz triumphierende Gefangene die Weissagung des Christen.

Dieser wendete sich jetzt dem Ausgang zu. In der Tür sandte er noch einen Blick zurück und sah nun Faustas Augen vorwurfsvoll auf sich gerichtet.

„Deine Rede trieft über von des Hasses Bitterkeit," rief sie ihm nach, „und du nennst dich einen gehorsamen Sohn des Gottes der Güte? An deine Liebe soll ich glauben und ihrer Gedenken, wenn das überhaupt mir geziemte, während du über dem vermeintlich offenen Grab meiner Nation in Freude ausbrichst?"

Fabricius schwieg verlegen. Wieder hatte er das Weib beleidigt, welches er liebte, ohne es durch seinen Lobspruch auf Theodosius beabsichtigt zu haben. Stets schob sich zwischen ihn und sie das Gespenst von Roms Vergangenheit. Was immer er berühren mochte, stets beleidigte er die Gefühle der Patriotin und Heidin.

Fausta sprach weiter:

„Der du mein Rom so hasst, dass dessen erhoffter Untergang, dass der ersehnte Sieg der Galiläer dich heute schon mit Wonne und Stolz erfüllt, warum bewirbst du dich um die Liebe von Nikomachus Flavianus' Nichte? Wisse, dass du dich und mich umsonst quälst."

Aus ihren vorwurfsvollen Worten glaubte der Herzog eine halbe Umkehr herauszuhören. Halb wehmütig, halb hoffend versenkte er seinen Blick in Faustas Augen. Er ließ diesen Blick allein sprechen, fürchtend, dass er durch Worte wieder eine falsche Saite berühren könnte.

Nach kurzem Schweigen fügte Fausta hinzu:

„Sei Mann! ... In diesem Augenblick schwanken eure Tempel. Unterdrücke in dir, was deiner Pflicht gegenübersteht, und diene deinem Gott, wie ich meinen Göttern nicht untreu werden will."

In ihrer Stimme lagen nicht mehr die rauhen Klänge der Verachtung und des Zornes. Auch sie fühlte sich von Wehmut ergriffen und konnte nur mit Mühe ihre Tränen zurückhalten.

„Mehr hast du mir im Augenblick des Scheidens nicht zu sagen?" fragte Fabricius. „Meine Pflicht werde ich erfüllen, doch verschont der grausame Krieg eher noch die Furchtsamen als die Mutigen. Vielleicht hörst du zum letzten Mal meiner Liebe Flehen. Gibt's in deinem Herzen für mich kein einziges Wort der Hoffnung?"

„Sei Mann!" wiederholte Fausta, „und lasse mir mein Herz, das nicht weiblich sein darf."

„Weil römischer Stolz das Weib in dir erstickt hat!"

Damit verließ Fabricius eilends das Gemach. Er sah nicht mehr, wie Fausta ihre Arme ihm segnend nachstreckte.

„O Götter!" entschwebte es ihren Lippen, „beruhigt sein ungestümes Herz. Mir aber verleiht die Geisteskraft der ersten Prätoren Roms."

Eine Stunde darauf verließ Rikomers Villa ein alter Mann im Plebejergewand mit einem Ränzel in der Linken und einem eisenbeschlagenen dicken Stock in der rechten. Zwischen den Villen der langgestreckten Vorstadt schritt er langsam und ein wenig vorgeneigt einher. Sobald er aber die letzten Häuser hinter sich hatte, richtete er sich auf und beschleunigte seine Schritte gegen die Rhone. Am Ufer des Stromes nahm er wieder seine frühere Gestalt an, da er sich einem Mann näherte, welcher im Schatten eines gestützten Brettes auf dem Sand ausgestreckt lag, ein Ruder neben sich.

„Ist das Euer Nachen?" fragte er, den Schlummernden sanft weckend und auf einen ausgehöhlten riesigen Baumstamm zeigend, welcher, mit Weidwerk an einen Pfahl gebunden, auf dem Strom schaukelte.

Der Fischer, ein starker grobschrötiger Mann, blickte auf, maß den Ruhestörer vom Scheitel bis zur Sohle und antwortete in nachlässigem, an Verächtlichkeit streifendem Ton:

„Wem sonst sollte er denn gehören?"

„Ich frage, weil ich Euch bitten wollte, mich ans andere Ufer hinüberzubringen."

„Gibt es denn in Vienna keine Brücke? Dazu habe ich meinen Nachen nicht, dass ich jeden Bettler hinüberbringe."

„Mich aber wirst du sofort hinüberbringen, wenn du nicht den Hechten zur Speise dienen willst!" antwortete der Bettler in befehlendem Ton.

Gleichzeitig fasste er den Fischer beim Kragen und richtete ihn auf.

Entsetzt glotzte dieser ihn an, denn er fühlte die Hand des vermeintlich alten Mannes einer Zange gleich sein Genick umspannen.

Ohne weiteren Widerstand löste der Fischer seinen Nachen. Am linken Rhoneufer erstaunte er, als ihm der Bettler eine Goldmünze zuschleuderte.

An diesem Ufer des Stroms lief eine Straße, welche von Vienna über Valentin, Aransio, Zarrasco nach Arelate und Massilia führte[14].

---

[14] Valentia, heute Valence; Aransto = Orange; Tarrasco — Tarrascon ; Arelate — Arles; Massilia — Marseille.

Fabricius begab sich eilends zur nächsten Ortschaft. Hier wies er an entsprechender Stelle eine vom Comes des kaiserlichen Schatzes eigenhändig ausgestellte Erlaubnis zur Benutzung der kaiserlichen Post vor. Da der neue Herrscher noch nicht die Zeit gehabt hatte, die Gültigkeit der Unterschriften von Valentinians Räten zu widerrufen, ließ der Beamte sofort einen leichten zweirädrigen Wagen bespannen, wie solche gewöhnlich von Eilboten der Regierung gebraucht wurden.

Niemand hätte in dem ‚Alten' den Herzog der italischen Legionen erkannt. Mit seiner grauen Perücke, mit dem falschen Bart, in dem bescheidenen Plebejerkleid war er so verändert, dass er eine Begegnung mit Personen, welche ihn oft gesehen hatten, nicht zu scheuen brauchte.

Fabricius reiste nach Mailand, um sich zuerst mit Ambrosius auszusöhnen, dann aber nach getaner Buße und nach erfolgter Wiederaufnahme in den Schoß der Kirche in Theodosius' oströmische Legionen einzutreten. Er reiste bei Tag und Nacht mit der Schnelligkeit eines Eilboten der Regierung. Nur beim Wagen- und Pferdewechsel auf den Poststationen betrat er den Erdboden. Von Arelate fuhr er über Aquae Sextiae nach Forum Julii, Massilia beiseite lassend.

Am fünften Tag gegen Morgen begrüßten ihn schon die Berge, hinter welchen seine Villa versteckt lag. Er seufzte tief auf und ließ die Pferde zu schnellerem Lauf antreiben.

Im Osten, wo das Mittelmeer mit dem Himmelsgewölbe zu verschmelzen schien, wurde ein rötlich-goldener, violett geränderter Streifen sichtbar, dessen Glanz sich in der leicht gekräuselten Wasserfläche spiegelte. Rings umher war der Tag im Erwachen begriffen. Fischer traten aus ihren Hütten, Möwen stiegen unter lautem Geschrei von ihren Nestern auf, die dem Hochgebirge vorgelagerten Höhenzüge begrüßten den Sonnenaufgang mit dem feierlichen Rauschen ihrer Tannen und Eichen. Langsam entstieg dem von Augenblick zu Augenblick seine Farben wechselnden Streifen die Sonne in Gestalt einer feuerroten Scheibe, deren Spiegelung die ganze nun zwischen Stahl und Silber schimmernde Meeresfläche als gradlinige Straße durchquerte, bis ans Albanergebirge reichend, welches im Licht des Tagesgestirns sich in nebelhaftem und doch deutlichem Umriss auf dem dunkelblauen Hintergrund des Himmels abhob.

Auf diesem magischen Wasserweg gelangten Fabricius' Gedanken nach Rom. Wird er sie noch einmal sehen, die Stadt, welche Tausende von pflichtbewussten Helden und sittenstrengen Matronen hervorgebracht und eine Reihe von Jahrhunderten hindurch die ganze Welt beherrscht hat, in bürgerlichen Tugenden erglänzend und zügellosen Barbaren Zucht, Ordnungsliebe und Achtung vor dem Gesetz beibringend? . . . Wird er sie noch einmal sehen, jene stolze Tochter Roms, welche ihn, den Herzog, wie einen Sklaven von sich gestoßen hat? Jene heidnische Priesterin, die hinsichtlich der Strenge gegen sich selbst nicht nur über ihn, den miles Christi, sondern sogar über ihr eigenes weibliches Herz den Sieg davon getragen hat?

Die Sonne hatte sich schon über den Rand des Höhenzuges erhoben. Während sie von ihrer feurigen Färbung immer mehr verlor, zeigte sich desto stärker ihre Lichtwirkung auf dem Land und auf dem Meeresspiegel. Der Schleier vor dem Albanergebirge verdichtete sich merklich, der schwanke Lichtsteg auf der nun ins Dunkelblau übergehenden Flut wurde schmäler, kürzer und gelber, dafür aber flimmerten auf der weiten und breiten Wasserfläche unzählige Lichter in allen Farbentönen, als hätte der heidnische Helios unermessliche Schätze von Edelsteinen verstreut.

„Fahr' zu, fahr' zu!" befahl Winfried dem Rosslenker und versank bald in tiefes Brüten.

Die Sonne stand schon hoch am Himmel, als der Postwagen Julia Augusta erreichte. Weder die heftigen Stöße des auf dem holperigen Straßenpflaster dahinrollenden zweirädrigen Gefährtes, noch das alltägliche Getümmel der Stadt vermochte den Herzog aufzurütteln. Erst vor Albigaunum fuhr er auf, gestört durch laute Rufe!

„Platz da, Platz da! ... Weicht dem heiligmäßigen Bischof aus!"

Von der Stadt her kamen drei Wagen, denen einige Dienerschaft voranritt. Von dieser erfuhr Winfried Fabricius, dass es Bischof Ambrosius von Mailand war, welcher im mittleren Wagen einherfuhr.

Sofort erinnerte sich der Herzog, dass für Ende Mai die Taufe Valentinians anberaumt war. Der Bischof fuhr offenbar nach Vienna, um die heilige Handlung vorzunehmen. Fabricius ließ den Postwagen Halt machen, sprang ab und trat geradeswegs auf den Wagen des Bischofs zu, so dass auch dieser halten ließ.

„Heiliger Vater," sprach er mit gebrochener Stimme, „kehre heim nach Mailand. Imperator Valentinian bedarf deiner Güte nicht mehr. An Stelle unseres ermordeten Herrn ist Eugenius getreten, von Arbogast auf den Thron gesetzt."

Verwundert und misstrauisch zugleich betrachtete Ambrosius den alten Plebejer.

„Wer bist denn du, dass du dich traust, ein Gerücht zu verbreiten, auf dessen Urheberschaft oder Beförderung im Reich Todesstrafe gesetzt ist?"

Fabricius warf die Mantelhaube zurück, entledigte sich seiner Perücke und des falschen Bartes und sagte leise:

„Der bin ich."

„Herzog Fabricius?" gab der Bischof zurück, und fahle Blässe überzog das Antlitz des Aszeten. Er fragte nicht weiter; er wusste, dass Valentinians treuer Diener einer Lüge unfähig war.

Er ließ sich auf die Knie nieder und sandte einen Davidischen Psalm als Gebet gen Himmel.

Während des Gebetes knieten auch die Priester und Diener des bischöflichen Gefolges.

„Erhebt Euch!" rief der Bischof, selbst sich erhebend.

„Imperator Valentinian ist heidnischer Tücke zum Opfer gefallen. Aber vertraut auf Gott. Schon naht der Tag der Entscheidung und des Triumphes."

„Zurück nach Mailand!" befahl er dann.

10. Kapitel

Wieder rauschte und brauste in Rom ein Leben und Treiben wie dazumal, als Flavianus und Symmachus ganz Italien eingeladen hatten, sich an dem Leichenbegängnis der im Strassenkampf mit den Christen gefallenen Heiden des römischen Pöbels zu beteiligen.

Wie damals, so zogen auch heute von Ost und West, von Nord und Süd durch alle Tore solche Scharen aus Italien in die Hauptstadt, dass sie in wenigen Stunden bis in die entlegensten und engsten Gässchen gefüllt war. In Sänften und in Wagen, staubbedeckt von der weiten Reise, zu Pferd und zu Fuß kamen da Senatoren, Ritter, Plebejer, Städter und Landleute, Männer und Weiber, altersgebeugte und jugendliche Gestalten, und vermehrten das Gedränge und Geschiebe innerhalb der Stadtmauern.

Wie damals, so lagerten auch heute die ärmeren Ankömmlinge unter freiem Himmel, auf den Plätzen und Märkten, auf dem Marsfeld und in den öffentlichen Gärten, überall, wo ein Wagen oder Karren stehen bleiben durfte, wo man sich niederlassen konnte, um sein Bündel aufzuschnüren. Aber auch ohne Bündel, nur um so freier in ihren Bewegungen und vordringlicher, waren viele, sehr viele da; die meisten allerdings nicht vom Land, sondern aus der Stadt selbst — stolze, hauptbekränzte Quinten, aber mit ausgehungerten Gesichtern, in schlecht geflickten und seit Jahr und Tag wieder einmal gewaschenen Togen, in deren Falten die dürren Glieder der Träger ihre Not kaum zu verbergen vermochten. Diese hofften auf einen guten Tag und sie kamen auch auf ihre Rechnung. Denn wer immer von den heidnischen Bewohnern der Hauptstadt etwas erübrigen konnte, begrüßte die Gäste aus der Fremde herzlich und bewirtete sie nach Kräften. Sklaven brachten Tische aus den Häusern, stellten Schüsseln mit Bohnen, Würsten, Brot und Früchten darauf; Frauen und Mädchen trugen Glühwein herum, Kinder reichten Pferden und Maultieren Heu. Zu solchem Verbrüderungsfest trugen die stolzen Hungerleider ihr Teil standesgemäß in hochtrabenden Redensarten bei, wofür sie sich mit den schönsten Bissen entschädigten. Man vergönnte sie ihnen neidlos ob der gehobenen Stimmung in dem allgemeinen Trubel und Jubel.

Morgen, sobald die Gipfel des Albanergebirges von den ersten Sonnenstrahlen vergoldet erscheinen, wird Flavianus das Standbild der Viktoria Fortuna, Roms Schutzgöttin, aus dem Kapitolinischen Tempel in die Curia Hostilia zurückbringen, wo sie viele Jahrhunderte hindurch die Beratungen der versammelten Väter beschirmte. Auf ihr Haupt wurden neue Senatoren beeidigt, zu ihren Füßen legten Feldherren die Siegestrophäen nieder, bevor sie sie dem Kapitolinischen Jupiter übergaben. Sie war das Symbol der Macht Roms, die Schutzgöttin der Legionen, die schließlich stets siegreiche Lenkerin der wechselnden Schicksale des Wolfsgeschlechts.

Gegen sie kehrte sich hauptsächlich der Hass feuereifriger Christen. Wer römischen Überlieferungen einen Stoß ins Herz versetzen wollte, beseitigte das Standbild der Viktoria Fortuna aus der Curia Hostilia. Seinem Mailänder Edikt treu, erhob Konstantin nicht seine Hand gegen diese Vorsehung der heidnischen Römer. Aber schon Konstanz erließ ein Verbot, auf ihrem Altar zu opfern. Maxentius setzte sie wieder ein in Amt und Würden, aber

Konstantius verbannte sie doch wieder aus dem Senat. Jovian und der erste Valentinian ließen beide die Verfügung Julians des Abtrünnigen in Kraft, welcher das Heidentum wieder zur Blüte bringen wollte, aber Gratian kannte keine Nachsicht. Und was Maximus wieder aufbaute, das zerstörte Theodosius. So wanderte, einerseits verfolgt, anderseits verehrt, das goldene Standbild aus der Curia aufs Kapitol, vom Kapitol in die Curia.

Viktoria Fortunas Heim, der Tempel des Jupiter auf dem Kapitol und das Atrium der Vesta, das waren die drei letzten Burgen des dahinsterbenden Heidentums. Groß war daher die allgemeine Freude, als die Kunde sich verbreitete, Arbogast habe gestattet, das Sinnbild römischer Macht in die Senatskapelle wieder zurückzubringen. Mit der Viktoria Fortuna wird der Quiriten altes Glück seine Heimkehr halten in die misshandelte Hauptstadt der Welt — so glaubten die Römer.

Die Anführer der nationalen Partei öffneten ihre Truhen, um das Fest, das eine ganze Woche dauern sollte, zu einem glänzenden zu gestalten. Symmachus allein spendete zweitausend Pfund Gold für Volksbelustigungen.

„Spiele werden wir haben, wie sie Rom seit unvordenklichen Zeiten nicht gesehen hat." erzählten die Bürger der Stadt den Gästen aus der Provinz. „Symmachus hat aus Britannien Hunde kommen lassen, welche auf Menschenjagd eingeübt sind. Arbogast hat dafür fünfzig fränkische Kriegsgefangene geschenkt. Julius, Galerius und Glaudianus veranstalten einen Kampf zur See zwischen christlichen Sklaven aus Afrika und Haifischen.

Das hauptstädtische Gesindel höherer und niederer Ordnung, die zerlumpten Quinten sowohl wie die gemeinen Plebejer, hilflos in Zeiten der Not, unbedächtig im Glück, alle vergaßen das Ungemach der letzten Jahre und freuten sich, auf Kosten der Senatoren einige lustige Tage zu verbringen. Das Gesindel sprach von Gladiatoren und Bestien wie von wichtigsten Lebensfragen, es wettete schon heute auf Sieg oder Tod der Menschen oder Tiere, es witzelte, es lachte über Leiden und Qualen, die es zu schauen erhoffte. Drei Jahrhunderte waren über die sieben Hügel der Weltstadt hinweggegangen und hatten äußerlich wie innerlich viele Veränderungen hervorgebracht; aber was im Heidentum stecken geblieben war, beklatschte im vierten Jahrhundert jegliche Grausamkeit ebenso wahnsinnig wie im ersten. Der römischen Pöbel dachte, mit dem Tod Valentinians sei für immer die drohende Gefahr einer neuen Ordnung erdrosselt, welche für die dunkle Masse der Müßiggänger nicht die Nachsichtigkeit und Freigebigkeit der Julier, der Klaudier und der Flavier hatte. Die Masse war dem Christentum stets abhold, und nun frohlockte sie, dass jene Festtage wiederkehren würden, welche mitunter einige Wochen hindurch andauerten, jene Freigelage, welche von Patriziern dem Volk gegeben wurden. Wieder werden ‚die Herren der Welt' in zerschlissenen Togen und zerrissenen Schuhen den Lohn für die Verdienste ihrer Vorfahren genießen. Es erhob sich Jubel auf allen Plätzen, in allen Straßen und Gassen, es hallten die Schenken von unbesonnenem Gelächter des patriotischen Gelichters wider. Bis in die Vorstädte hinaus schmückten sich ärmliche Häuschen mit Blumen und grünem Gewinde.

Auch die Paläste legten Festschmuck an. Aber aus ihren Prachträumen wollte die Sorge nicht weichen. Auf dem Viminal, in Flavians Haus, hatten sich die Führer der altrömischen Partei versammelt. Zugegen waren da Symmachus und Julius, Galerius und Rufius. Letzterer hatte als Ablegat des Imperators Eugenius unlängst beim Imperator Theodosius in Konstantinopel geweilt und war nach erledigter Gesandtschaft soeben von Vienna nach Rom zurückgekehrt.

„Theodosius wusste schon von dem Tod Valentinians." berichtete Rufius. „Bischof Ambrosius hatte ihn benachrichtigt. Als wir vor ihm erschienen, empfing er uns mit solcher Ruhe, als kümmerte ihn der Imperatorenwechsel in Vienna ganz und gar nicht. Eugenius' demutsvolles Schreiben las er mit vollster Gleichgültigkeit, Arbogasts Berichte befahl er dem Comes des heiligen Palastes einzuhändigen."

„Hat er euch nicht angefahren in seiner gewohnten heftigen Weise?" fragte Symmachus.

Rufius schüttelte verneinend den Kopf.

„Im Gegenteil, er war wie ausgewechselt, so dass ich ihn für einen anderen hätte halten können. Den Comes Bauto küsste er, den alemannischen Herzogen drückte er die Hände, mit den galiläischen Priestern, die Eugenius uns Senatoren beigegeben hatte, unterhielt er sich sehr gnädig."

„Nun, wie hat er sich dir und überhaupt den Senatoren gegenüber benommen?" fragte Julius dazwischen.

„Mich und die anderen ließ er ganz unbeachtet. Er tat, als sehe er uns nicht."

„Hat er der Gesandtschaft irgendeine ausdrückliche Antwort gegeben?"

„Er sagte, er werde Eugenius schriftlich antworten."

Die Versammelten schauten sich gegenseitig an.

„Theodosius' geheuchelte Ruhe ist stets der Vorbote eines Sturmes." bemerkte Flavianus, das Schweigen unterbrechend. „Solange dieser leidenschaftliche Spanier zürnt, und schilt, ist er einer anderen Überzeugung, einem Rat, einer Belehrung zugänglich. Schweigt er, so ist er von seinen Entschlüssen durch nichts und von niemandem abzubringen."

Die Senatoren widersprachen dem nicht. Sie kannten Theodosius' unversöhnlichen Hass gegen das Heidentum und deuteten seine scheinbare Ruhe nicht zu ihren Gunsten.

„Wir erwarten deine Befehle." sagte nun Symmachus zu Flavian.

Der Präfekt besann sich nicht lange.

„Würde ich glauben, hochberühmte Väter, dass ihr die gedankenlose Freude der unwissenden Menge teilt, so wäre das eine Beleidigung eurer hochweisen Einsicht. Valentinians Tod ist erst der Beginn neuer Ereignisse. Keineswegs ist durch ihn die Gefahr beseitigt, welche seit Diokletian über Rom schwebt. Nur die Entscheidung ist auf unbestimmte Zeit hinausgerückt.

Wie lange wir vom Krieg verschont bleiben sollen, das hängt lediglich von den Entschließungen der Goten ab. Lassen sich die Barbaren für einen neuen Feldzug gewinnen, so sehen wir Theodosius bald an den Toren der Julischen Alpen."

„Bisher murren die Söldlinge der östlichen Präfekturen noch unzufrieden mit dem Lohn für ihre Teilnahme am Krieg mit Maximus." bemerkte Rufius. „Sie werden von dem jungen Alarich, dem Liebling der Westgoten, aufgestachelt."

„Großen Verdienst um Rom hätte derjenige, der diesen Alarich auf unsere Seite brächte." meinte Symmachus.

Der Präfekt aber entgegnete:

„Imperator Theodosius ist zu klug, als dass er die Goten aus der Hand lassen sollte, welche den Stern seines Heeres bilden. War sein Ohr ihren unvernünftigen Forderungen bisher abgeneigt, so bedeutete dies nur so viel, dass er ihrer Arme vielleicht entbehren zu können glaubte. Nun aber, von unvorhergesehenen Ereignissen überrascht, wird er keinen Augenblick zögern, ihre Begehrlichkeit zu befriedigen. Er wird sich der letzten Armspange entledigen, und sie den Barbaren überreichen. Wir alle kennen ihn ja. Bevor etwa unsere Vertrauensmänner auf dem Weg zu Alarich bis nach Thrakien gekommen wären, werden die Goten bereits wieder ein gefügiges Werkzeug in Theodosius' Händen sein. Nicht den östlichen Präfekturen muss daher unser Augenmerk zugewendet sein. Als erstes muss Italien an die Tugenden seiner Söhne, unserer Vorfahren erinnert werden. Aus Bekennern unserer nationalen Götter müssen so viele Legionen gebildet werden, wie wir zu bewaffnen können. Römer sollen für ihre Altäre und häuslichen Herde kämpfen.

„So spricht ein wahrer Römer!" rief Galerius. „Väter, sollen wir denn alles Arbogast verdanken?"

„Die listige Furcht der letzten Imperatoren hat unseren Händen das Schwert entwunden." warf Julius ein. „Wir sind nicht mehr an den Gebrauch von Waffe und Schild gewöhnt. Wäre es nicht besser die gesunden Arme der freien Franken zu kaufen?"

„Du glaubst nicht an den Mut der Römer, der du selbst ein lebendes Zeugnis dieses Mutes bist?!" entgegnete ihm Galerius entrüstet.

Ein wehmütiges Lächeln umspielte Julius' Lippen: „Ich bin nur ein lebendes Zeugnis der Liebe Roms. Mut hat mein Vaterland von mir bisher nicht geheischt. Ich zweifle, ob mein missratener Leib Kriegsmühsalen gewachsen wäre. Aber befiehl, Präfekt, dein Wille soll mein Wille sein."

„Auch der unsrige." bestätigten die anderen Senatoren.

„Julius' Zweifel an sich selbst und an Italien ist nicht unbegründet." sprach der besonnene Flavianus. „Aber große Not ist mitunter Mutter ungewöhnlicher Tatkraft.

Begreift Italien, dass eigener Mut Roms Schicksale entscheiden kann, dann erwacht in ihm auch die alte Tatenkraft. Wir dürfen uns nicht immer von dem guten Willen gedungener Söldlinge abhängig machen, oder von fremder Gnade. Heute kann Arbogasts Ruhm uns ein Schirm gegen Theodosius' Hass werden; morgen jedoch tritt an Stelle des greisen Königs ein junger Feldherr, der mit unseren Feinden einen Vertrag abschließt, oder, was noch schlimmer wäre, nach dem Imperatorenkranz seine Hand ausstreckt. Stets dreistere Hoffnungen regen sich in den Herzen der Barbaren. Schon genügt ihnen unser Gold nicht. Jener junge Alarich soll von einer Teilung des Reiches träumen."

„Vermessener Frechling!" brummte Galerius dazwischen.

„Vermessenheit und Kühnheit wird nicht mittels Entrüstung oder Vorsicht niedergehalten. Nur mittels Gewalt werden ruchlose Hoffnungen in Schranken gehalten. Die Gewalt aber ist in jedem Staat das Heer. Dieses müssen wir uns schaffen, damit wir Veränderungen und Wechselfälle in den Lagern der gedungenen Barbaren nicht zu fürchten haben. Italiens eigene Legionen müssen wieder an der Spitze zahlreicher Völker Ruhm ernten, eine Schule der Zucht und Tapferkeit werden. Ohne eigenes Heer werden wir nie unserer Zukunft sicher sein."

Unter den Senatoren gab es keinen, welcher des Präfekten Ansicht nicht teilte. Aber nicht alle glaubten an die Möglichkeit, seine heilsamen Lehren in Taten umzusetzen. Kriegstüchtigkeit war in Italien schon längst nur mehr als geschichtliche Erinnerung bekannt.

Seit der Zeit, da Mark Aurel den Markomannen gestattete, sich auf römischem Gebiet anzusiedeln, begann die germanische Rasse die lateinische allmählich aus den Legionen zu verdrängen. Nach den Markomannen kamen die Quaden ins Reich, diesen folgten Goten, Alemannen und Franken. Und jeder Stamm stellte höhere Anforderungen. Markomannen und Quaden begnügten sich noch mit Abfällen römischer Gnade und drängten sich nicht vor bis in die Reihen der Vollberechtigten. Als Kolonisten mit der Halbberechtigung von ‚Leuten' zwischen die Freien und Sklaven gestellt, empfanden sie es als eine Ehre, wenn das Reich im Notfall sie unter die Standarten der Hilfsvölker berief und ihnen so die Gelegenheit gab, mit reichlich vergossenem Blut das Bürgerrecht zu erkaufen. Aber schon die Goten weigerten sich, an den Flügeln zu kämpfen. Unterstützt von den alleinherrschenden Imperatoren, welche es vorzogen, von dem Gehorsam bezahlter Söldlinge abhängig zu sein, als ewig den von Zeit zu Zeit zum Ausbruch gelangenden Stolz der Erben römischen Ruhmes zu fürchten, wurden die Barbaren im vierten Jahrhundert Schild und Wehr des Kaisertums. Die Trümmer des durch Tausende von Schlachten erschöpften Wolfsgeschlechts machten frischen Völkern ohne Widerstand Platz in den Legionen, zumal, da die innerhalb der Reichsgrenzen angestellten Fremden trachteten, ihre barbarische Herkunft so bald wie möglich zu vergessen und vergessen zu machen.

Solche Verschmelzung fremder Elemente mit dem römischen hatte erst in den letzten Zeiten nachgelassen. Als die Barbaren haufenweise in das Reich einzudringen begannen, ging die Entäußerung ihrer Eigenart nicht so schnell vonstatten. Nur einzelweise verleugneten sie ihre Abstammung, im Großen und Ganzen blieben sie von der Einwirkung neuer Lebensverhältnisse unberührt. Mit jedem Jahr verringerte sich der Zuwachs an neuen Römern. Dagegen wuchs in den Legionen die Zahl der Söldner, welche immer selbstbewusster und anspruchsvoller wurden.

Die Folge solchen bedrohlichen Wandels sah Flavians Patriotismus voraus.

„Ich lese in euren Gedanken," sprach er weiter, „und ich teile eure Befürchtung. Täuschen wir uns nicht, Väter. Heute handelt es sich nicht mehr um diesen oder jenen Imperator, nicht darum, ob in den westlichen Präfekturen Arbogast, Eugenius, Theodosius oder irgendein anderer Liebling des Heeres befiehlt. Wäre Theodosius nur der Gatte von Valentinians Schwester, er unternähme nicht zum zweiten Mal den Kampf mit so gefährlichem Nebenbuhler. Er kennt Arbogasts Adlerauge zu gut und die Zucht in dessen Legionen, um auf leichten Sieg zu rechnen. Der Imperator weiß, dass seine Goten nicht aufkommen gegen die vereinigte Macht der Gallier, Franken und Alemannen. Aber Theodosius hat sich eingebildet, jener erste Galiläer, welchen die Enterbten unserer Gesetzgebung ihren Gott nennen, habe ihn als Werkzeug zur Weltverbesserung auserwählt. Er wähnt sich berufen von einem Gott, der besser und mächtiger als Jupiter ist, eine neue Ordnung zu schaffen, eine neue Zeit zu begründen. Darum schrickt sein Hass gegen Rom weder vor Arbogasts Ruhm, noch vor der Tapferkeit der westlichen Legionen zurück. Dieser Galiläer wird nicht ruhen, bis er unsere Tempel zerstört hat oder selbst auf dem Blutgefilde gefallen ist."

„Raben sollen seine Leiche nach allen Windrichtungen verschleppen, dass er keine Ruhe finde im Schoß der Erde!" rief Galerius dazwischen.

„So sei es!" bestätigte Symmachus.

„Wenn unsere Verwünschungen Roms Feinde töteten, wäre Theodosius schon längst unschädlich." sprach Flavian weiter. „Keiner von uns wünscht ihm langes Leben. Doch gewinnt Schmerz im Herzen noch keine Schlachten im Feld. Gegen Theodosius Hass müssen alle Bekenner der nationalen Götter bewaffnet werden. Alle Römer müssen sich um die Standarten scharen. Lebt in Italien der Geist unserer Ahnen auf, so vermag die Bosheit des byzantinischen Imperators nichts gegen uns auszurichten. Mit Arbogasts Legionen vereint, werden wir eine so gewaltige Macht bilden, dass die Welt wiederum vor den Quiriten erzittert und sich uns zu Füßen legt."

Hier erhob sich Flavian von seinem Sitz und sprach mit von zuversichtsvoller Kraft geschwellter Stimme:

„Noch haben Roms Schutzgötter ihre getreuen Kinder nicht verlassen. Sie sind es, die Valentinian dahingerafft und uns den Weg freigemacht haben, unsere Schicksale an Arbogasts Macht und Tapferkeit zu knüpfen. Sie werden auch in Italiens Herzen die alten Tugenden zu heller Flamme wieder entzünden, damit wir eine Leuchte der Menschheit seien, wie es so viele Jahrhunderte hindurch unsere Vorfahren gewesen waren!"

Alle klatschten Beifall der Rede des obersten Führers, Julius allein lächelte ungläubig. Er wusste ja am besten, wer Valentinians Sturz beschleunigt und Arbogast an Roms ungewisse Zukunft gekettet hatte.

„Trotz alledem," sagte er ruhig, „rate ich, recht viele barbarische Schwerter zu kaufen, auf Italiens Tapferkeit dagegen recht wenig zu zählen."

Flavianus schleuderte ihm einen vorwurfsvollen Blick zu: „Übertriebene Vorsicht ist in Kriegssachen keine gute Beraterin. Wo schleuniges Handeln geboten erscheint, darf man sich nicht lange besinnen."

„Überlegung schadet nie." bemerkte Julius dagegen.

Flavian runzelte die Stirn.

„Ihr habt mich zu eurem Haupt im Falle eines Krieges mit Theodosius gewählt und somit die Sorge um die Verteidigung unserer Altäre in meine Hände gelegt." antwortete er in etwas gereiztem Ton. „Ohne das Vertrauen seiner Auftraggeber kann niemand ein nützlicher Anführer sein."

Julius senkte das Haupt.

„Sprichst du als gewählter Anführer, so ziehe ich meinen Rat zurück und füge mich unbedingt und willig deinen Weisungen. Was immer du befiehlst, ohne Zögern will ich es ausführen. Verfüge über meine Person und über meine Habe."

„Allerdings spreche ich schon als von euch erwählter Befehlshaber." fuhr Flavian fort. „Denn meiner Ansicht nach hat der Kriegszustand in den westlichen Präfekturen in dem Augenblick begonnen, da Theodosius von Arbogasts Aufruhr Kunde erhalten hat. Als Anführer befehle ich euch, an unseren Sieg zu glauben und zaghaften Gemütern Vertrauen einzuflößen. Mit dem Glauben ans Gelingen ist das Spiel zur Hälfte schon gewonnen. Vorderhand verlange ich von euch nicht mehr. Den Rest überlasst meiner Erfahrung in Kriegssachen und meiner Liebe zu Rom."

Julius und Galerius verabschiedeten sich von dem Präfekten und bestiegen die vor dem Palast sie erwartende Lektika.

In den von beweglichen Menschenmassen gefüllten Straßen begrüßte man die zwei Patrioten mit tosendem Beifall. Überall wendeten sich ihnen weinerhitzte frohlockende Gesichter zu, streckten sich ihnen klatschende Hände entgegen.

„Führt uns gegen die Galiläer!" rief man ihnen zu, wo größere Haufen sich gebildet hatten. „Nieder mit den Galiläern! Tod dem byzantinischen Imperator!"

„Und du setzt noch Zweifel in die unverwüstliche Kraft Italiens?" bemerkte Galerius, mit Hand und Kopf des Volkes Gruß erwidernd. „Nicht welkes Alter ist es, das so feurigen Tatendurst verspürt."

„Wein und aufreizendes Geschwätz erwecken mitunter den Mut auch feiger Seelen." erwiderte Julius. „Bedenke, dass in deinen Adern das frische Blut von Markomannen fließt, welches noch nicht Zeit hatte wässrig zu werden. Du hast gehört, dass ich widerstandslos mich Flavianus' Willen füge, denn so gebietet mir römische Bürgerpflicht. Aber meine Zweifel können nur durch den Sieg auf dem Schlachtfeld zerstreut werden."

„Im Verkehr mit dir könnte auch der feurigste Mut erkalten und die Hände sinken lassen."

Julius zuckte mit den Achseln: „Ich kann nicht anders. Ich glaube nur an das, was ich sehe. In Italien aber sehe ich nichts gut Soldatisches."

„Kriegerische Begeisterung stellt sich plötzlich ein, wie das Feuer des Vesuv." wehrte sich Galerius.

„Und erlischt ebenso, wie dieses Feuer, wenn sie nicht von wirklicher Kraft nachhaltig genährt wird. Theodosius ist ein viel zu erfahrener Feldherr, als dass er sofort gegen Italien aufbrechen wird. Er wird abwarten, bis die Begeisterung verblasst und ausgekühlt ist, dann aber..."

„Dann aber?" griff Galerius auf, da Julius, ohne den Satz zu beenden, in die Ferne schaute.

„Dann aber wird Arbogast ihm den Weg vertreten und ihm ein- für allemal die galiläische Mission verleiden.

Daran glaube ich, denn ich weiß, dass der Frankenkönig in der Kriegskunst ebenso bewandert ist, wie Theodosius. Und er steht an der Spitze eines Heeres, dessen Zucht dem wilden ungezügelten Mut der Goten standhalten wird."

Die aufgehende Sonne des anderen Tages beschien noch größere Volksmengen in den Mauern Roms, als die gestrige. Nicht nur aus der Provinz waren noch viele Nachzügler gekommen — und diese bildeten sogar den besseren Teil der Gäste der Hauptstadt — sondern es traten auch von den Bewohnern der sieben Hügel alle auf die Straße hinaus, welche sich nicht zum Christentum bekannten. Die Neue und die Heilige Straße waren ihrer ganzen Länge und Breite nach gefüllt. Kopf an Kopf standen hier in weißen Festkleidern und blumenbekränzt die vornehmeren Römer und Römerinnen mit ihren Verwandten und Bekannten aus der Provinz. Sie hielten die Mitte des Straßenzuges besetzt, ein schier unendlich langes weißes Band bildend, buntberandet von den zwei Streifen gemeinen Volkes, welches zu beiden Seiten an den Häuserzeilen zusammengedrängt stand. Auch die Dächer der Häuser waren hier dicht besetzt.

Feierlicher Ernst beherrschte das großartige lebende Bild.

Vom Kapitol her erklangen plötzlich scharfe Signale silberner Trompeten. Wie eine Wasserfläche, von sanftem Windstoß berührt, sich zu Wellen kräuselt, so gerieten die Köpfe der Menschenmenge in eine Bewegung, welche sich vom äußersten Ende der Neuen Straße bis zur Basilika der Julier fortpflanzte, und mit ihr zugleich ein gedämpftes Gemurmel, als wenn die Brust eines riesigen Körpers tief aufgeatmet hätte.

Den Kapitolinischen Hügel herab bewegte sich langsam und feierlich ein glänzender Festzug. Voran schritten die Priester sämtlicher heidnischer Tempel. Dann kamen die Prätoren und Präfekten, ihnen folgten die vestalischen Jungfrauen, geführt von Fausta Ausonia, deren Antlitz im Vergleich mit allen übrigen einen auffallenden Unterschied zeigte, indem es keine Spur von Feststimmung verriet. Ihr abgemagertes tiefblasses Gesicht trug Flecken ungesunder Röte, ihre Züge waren Zeugen seelischer Pein, ihr Blick starrte in die Ferne. Nur die gewohnte stolze Haltung war ihr geblieben. Im Rücken der Behüterinnen des heiligen Feuers erglänzte im Sonnenlicht das goldene Standbild der Viktoria Fortuna, getragen von vier Jünglingen des Senatorenstandes.

Mühelos bahnten die dem Zug voranschreitenden Liktoren eine Gasse mitten durch das Gedränge. Ehrerbietig wich alles zurück. Wo das Standbild der Schutzgöttin Roms vorbeikam, sanken Männer in die Knie und erhoben flehend Auge und Hand, Weiber berührten das Straßenpflaster mit ihrer Stirn.

Von den Dächern fiel dichter Blumenregen herab. Eine Rose streifte Fausta Ausonias Wange. So selbstvergessen war die Priesterin, dass sie, ihres Stolzes und ihrer Würde uneingedenk, hell aufschrie, so ganz anders, als an jenem ersten Novembertag, an welchem sie im Brautzug der Galla, durch einen Steinwurf an der Stirn verwundet wurde. Damals hatte sie für die von einem Galiläer ihr zugefügte Verletzung nur ein überlegenes Lächeln; heute entlockte ihr die harmlos verirrte duftende Zeugin altrömischer Gesinnung einen Schmerzensschrei.

„Absit omen! Absit omen!" riefen erschreckt die zunächst einherschreitenden Senatoren, die Priesterin umringend und um die Ursache ihres Aufschreis fragend.

Doch die Störung dauerte nur einen Augenblick; denn der Sachverhalt war sofort aufgeklärt. Galerius tat ein Übriges, indem er die unheilverkündende rote Rose mit einem kräftig wiederholten Absit omen zerstampfte.

„Thalassio! Thalassio!" schrie die hinter dem Zug sich schließende und mit ihm sich fortbewegende Menge. Und mächtig erbrausten die Jubelrufe nach Beendigung des feierlichen Aktes. Auf allen Plätzen, in allen Straßen und Gassen erschollen sie von neuem, besonders stark aber um den lateranischen Palast herum, wo Bischof Siricius inbrünstig für die ihm anvertraute Herde betete.

Kein schriller Pfiff, kein Steinwurf seitens der Christen störte die heidnische Feier, wie an dem verhängnisvollen ersten Novembertag des vorigen Jahres. Von Staunen und Schrecken waren sie erfasst. Denn nach nahezu hundertjähriger Herrschaft christlicher Imperatoren, welche nur durch die kurze Regierungszeit Julians des Abtrünnigen unterbrochen war, glaubte kein Christ mehr an einen Triumph des Heidentums.

Dieser Triumph erschien selbst denjenigen, die ihn vorbereitet hatten, so verwunderlich, dass sie anfangs alles vermieden, was die Gefühle ihrer Gegner beleidigen könnte. Flavian und Symmachus hielten sich genau an das Täuber Edikt Konstantins; Arbogast und Eugenius versuchten sich mit Theodosius auf guten Fuß zu stellen. Von Vienna gingen nach Konstantinopel viele Abordnungen, eine nach der anderen. Aber keine brachte ein gnädiges Schreiben zurück. Sogar als Eugenius den älteren Imperator zum Konsul für das Jahr 393 proklamierte, dankte ihm dieser nicht mit einem einzigen freundlichen Wort.

Theodosius schwieg und bereitete sich im stillen für den Krieg vor. Er eröffnete sich neue ausgiebige Steuerquellen, wo er nur konnte; Gemeinden, kaiserliche und private Fabriken, reiche Patrizier und Kaufleute mussten den Kriegsschatz füllen. Er befriedigte die unmäßigen Forderungen der Goten. Er nahm Alanen, Hunnen und Sarazenen unter Sold. Die über die östlichen Präfekturen zerstreuten Legionen zog er in Lagern zusammen, die er in Thrazien errichtete.

Als Arbogast merkte, dass er unnütz Zeit verliert mit seinen Bemühungen, den unversöhnlichen Imperator doch noch zu gewinnen, begann er, seine Feindseligkeit dem Christentum gegenüber weniger zu verhüllen. Zwar hob er die Toleranzedikte für dasselbe nicht auf, aber er ließ den Angehörigen der alten Ordnung sichtlich Schutz und Wohlwollen angedeihen. Den heidnischen Tempeln erstattete er sämtliche Güter und Privilegien zurück. Einflussreiche Stellen in Italien vertraute er Römern an. Seine Kreatur Eugenius bestimmte er, den christlichen Glauben abzuleugnen.

Mit jedem Monat wuchs die Furcht unter den Christen. Eifrigere flüchteten sich in Diözesen, welche in Theodosius' unmittelbarem Machtgebiet lagen. Gleichgültigere mieden die Kirchen. Heuchler, die nur aus Nebenrücksichten, zumeist aus Streberei, die Taufe angenommen hatten, wendeten sich haufenweise wieder den römischen Göttern zu.

Die Heiden, anfänglich bescheiden, nur dem Gefühl ihres Glückes hingegeben, begannen nun, ihre gedemütigten Häupter immer höher zu tragen. In den Strassen Roms erscholl wieder von Zeit zu Zeit das unheilvolle Gebrüll: „Vor die Löwen mit den Christen!" In den Städten und Flecken mit gemischter Einwohnerschaft kam es immer öfter zu blutigen Kämpfen. Der Pöbel vergriff sich an Bischöfen und Priestern.

Ein einziges Jahr genügte, das Werk dreier Menschenalter in Trümmer zu legen. Im ganzen Gebiet der westlichen Präfekturen stieg Opferweihrauch gen Himmel zu Ehren der heidnischen Gottheiten. Von den Standarten der Legionen und von öffentlichen Gebäuden verschwand das Monogramm Christi. Auf den kurulischen Sesseln der Präfekten, Vitare und Prätoren nahmen altgläubige Römer Platz. In den Amphitheatern starben Gladiatoren zum Vergnügen der ‚Herren der Welt'.

Dieses sonderbare Schauspiel betrachtete Theodosius aus der Ferne mit scheinbarer Gemütsruhe. Dabei aber zählte er die einfließenden Gelder und sammelte bewaffnete Männer.

11. Kapitel

Zwei Jahre waren seit Valentinians Tod verstrichen. Unendlich schwül wurde die politische Luft innerhalb der Grenzen des römischen Reiches. Mit verhaltenem Atem und pochendem Herzen erwartete der gesittete Teil der Menschheit die Lösung eines gewaltigen Geschichtsdramas.

Die Theater, Amphitheater und Zirkusse waren geschlossen. Schweigen herrschte auf den Rednerbühnen der griechischen Rhetoren und der christlichen Diakonen. Die Ämter hatten ihre Tätigkeit in Zivilangelegenheiten eingestellt. Der Handel hatte seinen Reigen ums goldene Kalb unterbrochen. Der Landmann erfreute sich nicht seiner Ernte. Die Kunst hungerte und konnte nicht einmal betteln.

Von drei Seiten her, von West, Süd und Ost, zogen riesige Heere gegen die Julischen Alpen. Über denselben schwebte, nur Gott allein bekannt, die Zukunft der Menschheit. Arbogast führte die ganze bewaffnete Macht von Spanien, Gallien und Britannien. Flavianus stand an der Spitze der Söhne Italiens, Theodosius näherte sich mit unübersehbaren Massen von Goten, Alanen, Hunnen, Imbrern, Griechen und Sarazenen. Ein ungewöhnlicher Kampf um den Thron verwandelte das Reich in ein großes Lager und entvölkerte die Wälder der nachbarlichen Barbaren.

Zwei Weltanschauungen sollten sich in tödlichem Ringen umfangen, um eine endgültige Entscheidung herbeizuführen. Auf Theodosius' Standarten glänzte das Monogramm Christi. Auf Arbogasts und Flavians Seite war das Mut einflößende Symbol ein junger Herkules, Dianas Hirsch am goldenen Geweih zurückhaltend.

Die alte und die neue Ordnung zogen gegeneinander. Dessen waren sich alle Bewohner des Reiches bewusst, die mächtigsten und vermögendsten, wie die ärmsten und bescheidensten. Darum war in sämtlichen römischen Landen die Stille banger gespanntester Erwartung eingetreten. Niemand verspürte Lust weder zu Vergnügungen noch zur Arbeit. Niemand verlangte es nach Gold oder Ehren und Würden. Man schloss keine Verträge, ja, man trat nicht ins Ehebündnis. Denn alle, jung und alt, waren von der Ungewissheit des morgigen Tages bedrückt und gequält.

Gewiss wird der Sieger, gereizt durch den Hass seiner Gegners, die Tempel der bezwungenen Macht unnachsichtig zerstören und die Welt seiner eigenen Gottheit zu Füßen werfen. Hatte ja doch Flavianus die Gipfel der Julischen Alpen mit Standbildern Jupiters bepflanzt, zum Zeichen, dass dem alten Olympier und durch ihn den alten Römern die Weltherrschaft zukomme. Theodosius dagegen hatte in seinen Diözesen die gegen die Heiden und Häretiker gerichteten Edikte im letzten Jahre verschärft.

Die gesittete Menschheit wusste, dass an Italiens Grenze die Schicksale künftiger Geschlechter entschieden werden. Nach einigen Monaten wird entweder das ganze Reich von den erbarmungsvollen Armen des Kreuzes umfangen sein, oder es werden die Donnerkeile des alten Jupiters mit der ganzen Macht seines Zornes erdonnern.

Lange hatte Theodosius gezögert und überlegt, bevor er sich entschloss eine Entscheidung herbeizuführen. Arbogasts Ruhm beängstigte ihn. Er kannte das Kriegsglück des Frankenkönigs aus eigener Erfahrung: er hatte dessen Legionen zu wiederholten Male auf Schlachtfeldern gesehen. Aber von Mailand kamen immer wieder Briefe, in denen Ambrosius ihm Lässigkeit zum Vorwurf machte und ihn zur Beschleunigung seiner Entschlüsse und Taten anspornte. Innige, hingebungsvolle Liebe Christi überwand schließlich die Bedenken und Befürchtungen des alten Soldaten.

Im Mai des Jahres 394 traf Theodosius Verfügungen über das Reich und verließ Konstantinopel. Fast gleichzeitig rückte Arbogast von Vienna aus. Die Heere der beiden Hauptgegner hatten bereits die Hälfte des Weges zurückgelegt, als Flavianus mit seinen Italern von Rom aufbrach. Die bedeutend kürzere Entfernung vom Sammelpunkt rechtfertigte hinlänglich seinen späteren Abmarsch. Mit Arbogast sollte er in Mailand zusammentreffen.

Am fünfzehnten Tag des Junis betete das ganze heidnische Rom in seinen Tempeln. Hunderte von weißen Kalbinnen erlagen den Opfermessern. Was immer an Weihrauch zusammengebracht werden konnte, verbrannten die Priester auf den Altären der zwölf Hauptgottheiten.

Sogar Venus wurde reichlich bedacht, damit sie ihren Mars gnädig stimme.

Nach altrömischer Sitte brachte Flavianus als Feldherr die Nacht unter freiem Himmel zu und betrachtete den Vogelflug, schaute die Wolkengebilde, belauschte das leise Geräusch in der Natur. Weder erspähte noch erlauschte er irgendetwas, woraus er günstige Schlüsse hätte ziehen können. Auch schwiegen ihm die Eingeweide einer vollständig makellosen Kalbin, welche er am frühen Morgen eigenhändig bloßgelegt hatte; und die berufsmäßigen Kenner vermochten ebenfalls nichts herauszulesen. Daraufhin wollte Flavianus den Marschbefehl widerrufen und das Ausrücken verschieben. Da er jedoch befürchtete, sein Zögern könnte das Heer ungünstig beeinflussen, verschloss er die Sorge in seinem Herzen und begab sich scheinbar frohen Mutes ins Lager vor dem Nomentanischen Tor, wo die italischen Legionen marschbereit ihren Feldherrn erwarteten.

Scharen von Greisen, Weibern und Kindern drängten sich um die Krieger, ihnen letzten Gruß bringend. Väter sprachen ihren Söhnen Mut zu; Frauen eiferten ihre Männer an, sich tapfer zu schlagen, damit sie umso gewisser und umso eher heimkehren; Bräute erkannten in ihren Geliebten schon die gefeierten Helden und Sieger.

„Viktoria Fortuna wird euch beschützen! Mars wird euch gewogen sein! Auf glückliches freudiges Wiedersehen!" rief man heiter den Soldaten zu.

Die Flamme der Begeisterung, seit zwei Jahren von den Patrioten genährt, hatte von allen römischen Herzen Besitz ergriffen. Die Heiden waren so voll Siegeszuversicht, dass sie die Mühen und Gefahren der zu Sieg und Ruhm führenden Pfade geringschätzten. Wohl dachten sie ans Töten, an mörderisches Töten der Feinde; aber die Möglichkeit des eigenen Todes lag ihren Gedanken in diesem Augenblick ganz fern.

Allerdings konnten drei Viertel der bewaffneten Macht Italiens keine Vorstellung haben von dem Ernst einer blutigen Auseinandersetzung, denn an männermordendem Kampf hatten sie niemals teilgenommen. Und Unkenntnis der Gefahr vermag auch den Feigling zu ermutigen. Diese drei Viertel bestanden aus Freiwilligen aller Stände, welche an ganz anderes, nur nicht an militärischen Dienst gewöhnt waren. Zu schwer war ihnen die eiserne Sturmhaube erschienen; so nahm man denn Rücksicht auf sie und gab ihnen lederne. Der eiserne Brustpanzer bedrückte sie, so wurde denn auch dieser gegen einen ledernen vertauscht. Auch die Schilde und Schwerter waren für sie kleiner und leichter gemacht worden.

An der Spitze einer solchen Freiwilligenabteilung, welche erst seit einem Monat in Soldatenkleidung steckte, stand Konstantius Galerius. Er selbst hatte sie formiert und ausgerüstet, nun führte er sie auch zum Kriegsschauplatz. Um ihn zu verabschieden, waren vor dem Nomentanischen Tor sein Freund Julius und dessen Schwester Porcia erschienen.

„Begleiten mich segensvoll deine Gedanken, so bin ich unbesorgt um glückliche Heimkehr." sprach Galerius zu Porcia Julia.

„Du weißt, dass ich niemals dein Unglück begehrte." antwortete das Mädchen gesenkten Blickes.

„Auch einen Sklaven würde dein gutes Herz bedauern, wenn Atropos plötzlich seinen Lebensfaden durchschneiden würde. Nicht solches verlange ich von dir. Gestatte mir, in ernsten Augenblicken mich mit der Hoffnung auf deine Liebe zu trösten. Vielleicht sehen dich meine Augen zum letzten Mal."

„Glückliche Heimkehr wünsche ich dir." unterbrach ihn Porcia schnell, während Blässe ihr Gesicht überflog. „Ich will zu Mars beten, dass er dich mit seinem Schild beschirmt."

Konstantius ergriff Porcias Hand: „Kämpfen will ich für deinen und meinen Herd, für unseren gemeinsamen Herd." rief er freudig.

Da erklangen die Signalhörner, mittels welcher der Lagerpräfekt die Truppen aufforderte, in Reih und Glied zu treten.

„Jupiters Blitze mögen deine Wege beleuchten und Phöbus' Strahlen alle Nebel um dein Haupt zerstreuen." wünschte Porcia Julia.

„Und wenn die Galiläer mir die Knochen zerbrechen?" fragte Konstantius heiter.

„Fürs Vaterland erlittene Wunden machen den Mann dem Herzen der Römerin umso teurer."

Zum zweiten Mal ließen sich die Signalhörner hören.

„Fertig! Fertig!" riefen die Soldaten.

„Vergiss mich nicht!" bat Konstantius, Porcias Hand zu seinen Lippen erhebend.

Dann umarmte er Julius herzlich und schwang sich in den Sattel.

Noch ein Signal und die ersten Abteilungen regulärer Reiterei zogen zum Haupttor des Lagers hinaus.

Jetzt erst befeuchteten sich weibliche Augen mit Tränen. Noch einmal umschlang die Frau den Hals ihres Gatten, das Kind heftete sich an das Knie des Vaters. „Mars und Jupiter!" . . . „Jupiter und Mars!" . . . „Alle Götter!" so weinten die Weiber durcheinander.

Als die Spitze des Heeres in den Straßen der Stadt erschien, erdröhnte die Luft von Beifallsgetöse. Arm an Arm drängte sich die Volksmenge auf den Bürgersteigen längs der mit Gewinden von Eichenlaub geschmückten Häuser.

Soldat und Ross von dem Freudengeschrei berauscht, trugen den Kopf hoch; Mut und Stolz sprühten aus den Augen.

„Nach Konstantinopel!" brüllte das römische Volk.

„Nach Konstantinopel!" antworteten die Truppen.

„Bringt uns Theodosius' Haupt!"

„Sein Haupt und seine Schätze!" versprachen die Soldaten.

Unter den Heiden gab es in diesem Augenblick keinen, der an dem Sieg der alten Götter gezweifelt hätte. Lange schon hatte Rom eine solche Truppenmenge nicht mehr gesehen.

Der Reiterei auf der Spur folgte ein Teil der regulären Fußtruppen: Schleuderer und Bogenschützen, Speerwerfer und Fechter. Nach diesen kamen die Legionen der Freiwilligen, denen ihre Provinzstandarten vorausgetragen wurden. Den Schluss bildeten Feld- und Belagerungsmaschinen: Schildkröten und Sturmböcke, Wölfe, Esel, Bären, große wie kleine Ballisten, kurz Kriegsgeräte verschiedenster Form und Benennung.

Und so vergnügt, so starkmütig, mit solchem Feuer in den Augen verließen die Kinder Italiens die ‚ewige, heilige' Hauptstadt, dass man an einen Triumphzug nach siegreichen, Feldzug hätte glauben können.

Keine Macht kann uns widerstehen, drückten ihre stolzen Gebärden und herausfordernden Blicke aus.

In Staub treten werdet ihr jeglichen Feind, bestätigten die wonneglänzenden Gesichter des römischen Volkes.

Fünfzig Legionen führte Flavianus in den Kampf. Es waren dies allerdings nicht die Legionen der republikanischen, auch nicht die der ersten Kaiserzeit, von welchen eine jede wenigstens zehntausend Mann zählte, lauter Riesen, einer grösser oder stärker als der andere, alle in Eisen gehüllt, scheinbar schwerfällig, in der Tat flink, leicht, allen Kriegsbedarf mit sich tragend. Dieselbe Furcht der autokratischen Imperatoren, welche die Trennung der militärischen von der Zivilgewalt verfügt und durchgeführt hatte, benahm später den Legionen ihre Reiterei, stutzte ihnen die Flügel, zerschlug sie in kleine Abteilungen, welche über viele größere und kleinere Städte zerstreut wurden, um berühmten Feldherren und ehrgeizigen Statthaltern die Möglichkeit schneller Truppensammlung zu erschweren.

Im vierten Jahrhundert zählte die Legion kaum mehr als tausend Schwerter und trotzdem bewegte sie sich auf dem Marsch viel langsamer als die alte; denn ihre Bewegungen wurden durch die Wagenkolonnen aufgehalten, welche von Schöpfern von Roms Große und Ruhm ganz unbekannt waren. Der geistig und körperlich verkrüppelte römische Soldat zu Ende des vierten Jahrhunderts trug keinen Mundvorrat, keine Kessel, keine Äxte, keine Spaten, keine Geschosse mit sich. Ranzen und Bündel, ja sogar schwerere Waffen, folgten den Kohorten auf schwerfälligen Wagen, gezogen von Pferden, auch von Mauleseln. Zelte wurden für die Mannschaft von Sklaven errichtet. Handwerker hatten das Lager einzurichten und zu befestigen. Hinter jeder Legion zog ein überlanger Schweif von Sklaven, Marketendern, Schänkinnen, Wäscherinnen und sonstigen kampfunfähigem, die Beweglichkeit der Kämpfer lähmendem Gefolge einher.

Also zogen aus Rom kaum fünfzigtausend Mann. Der Zug machte aber einen Eindruck, als ob halb Italien gegen Theodosius aufgebrochen wäre. Bei Tagesanbruch hatte der Durchmarsch durch die Stadt begonnen, und schon stand die Sonne jenseits der Mittagslinie, als die letzten regulären Legionen, welche die Nachhut bildeten, die Stadt verließen.

Es war ein heißer Tag. Kein Windhauch brachte den Soldaten Kühlung; reichlich floss der Schweiß von ihrer Stirn. So lange auf den Zug von beiden Seiten der Flaminischen Heerstraße die Villen der Vorstadt herabschauten, noch schmucker und lebhafter als die Häuser der Hauptstadt, zogen die Kinder Italiens ohne Kommando in Marschordnung einher. Besonders waren es die Freiwilligen, welche ihr unwiderstehliches Heldentum hervorkehrten. Als aber die Wohnhäuser und mit diesen die Augen der Gaffer beiderlei Geschlechtes seltener wurden, machte der Weitermarsch den Tribunen und Zenturionen viel zu schaffen. Die Soldaten, voran die Freiwilligen, fanden den Marsch in der Sonnenhitze unerträglich. Schweiß- und staubbedeckt, suchten sie Linderung durch Abnehmen der Kopfbedeckung, durch Abschnallen des Brustharnisches, welchen dann ein Sklave nachtragen sollte; ermattet blieben sie stehen, Kommandorufe ertönten jetzt immer öfter, in immer mehr abgerissenem zornigem Ton.

Der Legionär von ehedem achtete weder auf Hitze noch auf Kälte. Auch er litt unter den sengenden Sonnenstrahlen, in welchen das Laub der Bäume an der Straße verwelkte und das Wasser der Bäche träger zu fließen schien. Auch er spürte den eisigen Nordsturm in allen Gliedern; aber er betrachtete das Leiden als zu seinem Kriegshandwerk gehörig. Hatte er auch außer der ehernen Rüstung sechzig Pfund verschiedener Geräte zu tragen, durchlief er doch im Sommer wie zur Winterszeit ungefähr fünfundzwanzig römische Meilen in fünf Stunden, und nach der Rastzeit arbeitete er noch bis zur Nacht mit der Erdschaufel, um das Lager zu befestigen. Das Italien des vierten Jahrhunderts war nicht mehr ein Land kraft- und gesundheitstrotzender Männer. Unter denjenigen, welche der Hauptstadt das Versprechen gaben, Theodosius' Haupt heimzubringen, erfüllten nicht viele das vorgeschriebene

Körpermaß von 5 Fuß 10 Zoll römisch, bei auserlesenen Truppen volle 6 Fuß. Klein, schmächtig, mit flacher Brust ohne kräftige Armmuskeln, waren sie schon auf der fünften Meile zusammengebrochen und konnten kaum mehr atmen. Nach Konstantinopel hatten sie gehen wollen, ermatteten aber schon vor der ersten Poststation.

Die Kommandorufe, die zürnend oder wohlwollend ermunternden Worte der Zenturionen hatten keine nachhaltige Wirkung. Beschämt, bemühten sich die ‚Kinder Italiens', die Marschordnung zu wahren, doch die körperliche Schwäche war stärker als der gute Wille.

„Wasser!"... „Ich ersticke!"... „Die Sonne tötet uns!" begann dieser und jener zu rufen. Und nachdem damit der Anfang gemacht war, mehrten sich die Klagen oder Ausbrüche des Unmutes schier ins Unendliche.

Fast plötzlich blieben die Freiwilligenscharen stehen. An ihnen stauten sich die zunächst nachmarschierenden Abteilungen, in diese schoben sich die weiteren zum Teil ein, während die absichtlich an die Spitze des Zuges gestellten besten Truppen noch immer weitergingen. Die Kette war gebrochen, dahin war die ganze Ordnung.

Umsonst drohten die Tribunen mit Strafen, vergeblich fluchten die Zenturionen.

„Wir sind keine Söldlinge! . . . Uns darf man nicht mit dem Stock drohen!" antworteten die Freiwilligen.

Das Murren der Unzufriedenen, das Schreien der Zenturionen, das Getöse in den gestauten und ineinander gekeilten Massen drang zu den Ohren der vorderen Abteilungen und durch diese bis zur Vorhut, wo Flavianus, umgeben von Standartenträgern und Trompeten, in der vollen Rüstung eines Feldherrn des alten Rom auf einem Rappen einherritt. Seinen silbernen Helm hatte er nicht abgenommen, noch auch den vergoldeten Brustharnisch gelockert. Obgleich auch ihm reichlicher Schweiß über das staubbedeckte Gesicht rann, verriet er doch nicht die geringste Ermüdung. Zu seinen jungen Jahren unter den Standarten Julians des Apostaten dienend, hatte er gelernt, Kriegsstrapazen zu ertragen.

Er erriet, was hinter ihm vorging und sprengte im Galopp zurück bis zu den Freiwilligenscharen.

„Gefährten?" rief er, „Rom schaut euch nach! Ihr seid die Träger von Roms Erwartungen und seiner Zukunft!"

Zündend wirkte die Mahnung und der Anblick des greisen Feldherrn. Binnen kurzer Zeit war die Ordnung wieder hergestellt.

„Ehre dir, Vater des Vaterlandes!" riefen die jungen Krieger und der Zug setzte sich wieder in Bewegung.

Flavianus saß ab und ging zu Fuß neben den Freiwilligenreihen.

Doch nicht lange hielt der neubelebte ungeheuchelte Eifer vor. Italiens Sonne und Italiens Staub nahmen auf den Patriotismus der Kinder Italiens keine Rücksicht.

„Wasser, Wasser!" ertönte es mitten aus den Reihen immer öfter, immer lauter, immer heiserer.

Bald hier, bald da brach ein Mann zusammen, und hob man ihn, so sah man, wie er mit weitgeöffneten Mund nach Luft schnappte, und wie leb- und glanzlos seine Augen starrten. Die einer jeden Legion folgenden Wagen waren binnen kurzer Zeit mit Kranken gefüllt.

Flavianus sah und hörte alles, was um ihn herum vorging. Eine schwere Sorgenwolke verdüsterte sein Adlergesicht. Der Sprössling altrömischer Ritter begann einzusehen, dass mit solchen Truppen keine Schlachten zu gewinnen sind.

Er winkte einem Unterfeldherrn zu.

„Halt machen!" befahl er. „Ein Zeltlager aufschlagen! Nach Sonnenuntergang gehen wir weiter."

Mit großem allgemeinem Jubel begrüßten die Legionen die haltbietenden Hornsignale, vor allen wieder die Freiwilligen.

Alle, ja alle, mit Ausnahme der dem Hitzschlag erlegenen, stürzten sich über die Amphern mit Wasser her. Dann warfen sie alles vom Leib, was irgendwie lästig war. Nur Flavianus verblieb in voller Rüstung. In dem Purpurzelt des obersten Feldherrn setzte er sich auf einem Feldsessel nieder und stützte den Kopf auf die Hand, gebrochen von großem Schmerz.

Wohl kannte er, ebenso gut wie Julius, die Entartung der Nachkommen des Wolfsgeschlechtes. Aber hatte er doch geglaubt, dass Liebe zum Vaterland in dessen verzweifelten Lage verjüngende Kraft besitzt. Die Freiwilligen liebten Rom mit dem ganzen Feuer ihrer jugendlichen Herren. Das stand ihm fest. Und doch! . . .

„Mars, du hast dein Antlitz von uns abgewendet! Du siehst, dass wir dir treu bleiben wollen, wie es ehedem unsere Väter Jahrhunderte hindurch waren. Deine eigene Sache steht auf dem Spiel! Um Jupiters und deiner Herrschaft willen sind wir heute ausgezogen. Und doch!"...

Da betrat Galerius das Zelt.

Die zwei Patrioten schauten eine kurze Weile einander in die Augen. Die Lippen des jüngeren bebten wie die eines Kindes, wenn es sein Weinen verhalten will. Der greise Feldherr bedeckte sein Antlitz mit dem scharlachroten Mantel.

„Wir sterben für die Ehre Roms, Vater!" kam es mit zitternder Stimme über Galerius' Lippen.

„Ja, wir sterben!" antwortete dumpf Flavianus.

12. Kapitel

Am dritten Tag des September, in den Nachmittagsstunden, näherte sich von Aemona[15] aus den Julischen Alpen eine Reiterabteilung, geführt von einem Bergbewohner. Auf einem spanischen Hengst ritt ein junger Herzog des römischen Reiches voran. Schwarze Augen funkelten in seinem bräunlichen Gesicht, lockiges blondes Haupthaar hing ihm unter dem vergoldeten Helm herab.

Es war Winfried Fabricius.

Nachdem er die ihm von Ambrosius auferlegte harte Buße getan hatte, hatte er wieder Dienst in den Legionen des Imperators Theodosius aufgenommen. Der Kaiser stellte ihn an die Spitze der Vorhut seines Heeres mit dem Befehl mit diesem die Wege zu säubern. Der Vorhut fast auf dem Fuß zog die ganze bewaffnete Macht der östlichen Präfekturen unter dem persönlichen Kommando des Imperators.

Theodosius hatte die Erwartung gehegt, schon in Pannonien mit Arbogast zusammenzustoßen. Bisher jedoch durchzog er ruhige, mit Arbeiten des Friedens beschäftigte Länder. Nirgends blinkten Schwerter, kein Hornsignal schmetterte ihm entgegen. Ohne das geringste lebende Hindernis war Fabricius mit seiner Vorhut bis zu der Grenze Italiens gekommen. Hier aber sollte es plötzlich ganz anders werden.

„Du kennst ihre Zahl?" fragte der Herzog den Bergbewohner.

„Ihre Zahl kenne ich nicht, denn sie sind unzählbar, die Götzendiener da jenseits der Berge." antwortete der Befragte. „Ich weiß nur, dass sie so zahlreich sind, wie die Tannen in unseren Bergwäldern."

„Und einen ganzen Monat schon lagern sie am Frigidus?[16]"

„Schon seit den ersten Tagen des August lagert König Argobast in unserer Talebene. Die Pässe hält der römische Präfekt Flavianus besetzt."

„Diesseits aber befindet sich kein Feind?" fragte Fabricius misstrauisch. „Bedenke, dass im Kriege falsche Kunde den Kopf kostet."

„Ich bin Christ, Herr." antwortete der Kundschafter. „Der gute Hirt würde mich ja ins Höllenfeuer hinabstoßen, wollte ich mein Gewissen mit Betrug an meinem Bruder in Christo beflecken. Ihr könnt ohne Gefahr das Heer der Götzendiener von einem Gipfel aus überschauen, denn Wachtposten werden diesseits nur zur Nachtzeit aufgestellt."

---

[15] Heute Ljubljana (Laibach) ist die Hauptstadt von Slowenien und mit ca. 278.000 Einwohnern zugleich seine größte Stadt.
[16] Frigidus, heute Wippach. Ungefähr in der Mitte zwischen Ljubljana, Görz und Triest gelegen.

Fabricius ließ seine Reiter am Fuß eines Berges, der ein Bergplateau überragte, Halt machen, stieg vom Pferd und erklomm, dem Führer auf der Spur, den Gipfel. Oben angelangt, riss er erstaunt die Augen weit auf und stieß hörbar einen tiefen Atemzug aus. Meilenweit dehnte sich vor seinen Blicken eine Talebene aus, wie geschaffen für eine große Entscheidungsschlacht. Die größten Heeresmassen konnten sich auf ihr frei und unbeengt entwickeln. Sie war der Länge nach von einem Fluss durchschnitten und im Westen mit einem Höhenzug abgeschlossen, welcher wegen seiner Entfernung sich kaum merklich von dem blauen Himmel abhob.

Des Kriegers Auge schwelgte in dem Anblick, entzückt über die Wahl des Kriegsplatzes. Arbogasts ehemaliger Offizier erkannte darin seinen obersten Feldherrn. Unwillkürlich entblößte er sein Haupt, um dem Genie seines Meisters zu huldigen.

Die Sonne des heiteren Tages beleuchtete sein Gesicht voll. Es war dasselbe männlich schöne Gesicht, welches Fausta Ausonia in ihren einsamen Stunden verlockend beunruhigte. Nur war sein harter Ausdruck gemildert. Eine seelische Betrübnis hatte in seinen ehedem so herausfordernden Augen, sowie um seine verächtlich geblähten Lippen eine tiefe Spur hinterlassen. Der Zug unbesonnener Rücksichtslosigkeit junger Jahre war geschwunden.

„Schaut dorthin, Herr." sprach der Kundschafter mit der Hand gegen Westen weisend.

Fabricius hatte selbst schon in der Ferne Arbogasts Lager bemerkt. Da wimmelte es wie in einem riesigen Ameisenhaufen. Das scharfe Auge des Herzogs konnte die Schanzen, die Schutztürme und sogar die Feldgeräte unterscheiden.

„Morgen sei bei uns, o Gott der Wahrheit. Ohne deine hilfreiche Gnade verlässt diese Falle kein christlicher Krieger." betete er während des Abstiegs.

Bald darauf trug ihn an der Spitze einer Reiterabteilung der Rappen mit Windeseile wieder in der Richtung auf Aemona zurück.

Der ganze Horizont machte den Eindruck, als wäre er in eine gegen die Julischen Alpen sich ausdehnende Nebelmasse gehüllt. Hier und da öffnete sich der Schleier und dann erglänzten in der Ferne unzählige Lichter, welche auftauchten und bald wieder erloschen. Es war Theodosius' Heer, welches auf allen Wegen und Pfaden sich nach Südwesten bewegte.

Fabricius lenkte seinen Rappen querfeldein dorthin, wo der Nebel am dichtesten schien. Je näher er ihm kam, desto mehr lichtete sich die Wolke. Nach und nach machten sich auf dem Grund von Wiesen und Feldern dunkle Linien bemerkbar, welche bald in plastische Formen übergingen. Noch näher gekommen, unterschied Fabricius die menschlichen Gestalten von den Pferden. Er überzeugte sich, dass er seinen Weg gegen den richtigen Punkt eingeschlagen hatte.

Mit seiner Meldung über das, was er kurz vorher gesehen hatte, hatte er es sehr eilig. Zwar stellte Theodosius' Heer eine solche Macht vor, dass man hätte glauben können, schon wegen seiner Zahl müsste sie die Talebene jenseits der Wippach vollständig überfluten und Arbogasts

Streitmacht erdrücken. Doch dachte Fabricius offenbar anders, denn eine Sorgenwolke wich nicht von seiner Stirn. Als erfahrener Soldat vertraute er nicht viel auf die unregelmäßigen Horden der Hunnen, Alanen und Sarazenen. Von den regulären Legionen des Ostens aber war ihm bekannt, dass sie noch mehr verkommen waren als die des Westens. Auf Theodosius' Seite waren es nur die Goten, welche in offenem Kampf sich mit den Franken messen konnten, und zwar befehligt von einem dem König Arbogast ebenbürtigen Feldherrn.

Fabricius machte halt. In kurzer Entfernung vor sich hatte er Trompeter und Standartenträger wahrgenommen, denen ein kleiner Fußtrupp voranmarschierte. Dahinter fiel durch Wuchs und Kleidung schon von weitem eine Gestalt mitten unter anderen sofort ins Auge. Der hervorragende Mann war vom Hals bis zum Fuß in scharlachrote Kleider gehüllt; sogar die Füße steckten in purpurfarbigen Stiefeln. Einen Harnisch trug er nicht, der goldene Helm hing ihm am Riemen vom Unterarm herab. Mehr in der Nähe sah man ihm in Haltung und Gesichtsspiel den Großherrn an. Sein ruhiger Ernst und seine würdevollen Bewegungen, dabei aber äußerste Strenge in den Blicken, ließen erkennen, dass er gewohnt war, stets und überall erwartet zu werden.

Fabricius sprang vom Pferd und warf sich vor diesem Mann in den Staub der Straße.

„Sind die Nachrichten der Kundschafter bestätigt?" fragte eine harte Stimme.

„Du weißt es, göttlicher und ewiger Herr." antwortete Fabricius, sich von den Knien erhebend.

Ein weiteres Wort kam nicht über seine Lippen, denn er stand vor Theodosius. Es bestand eine strenge Vorschrift, dass ihm nur auf die gestellten Fragen geantwortet werden durfte.

„Allgemein halt!" befahl der Imperator.

Die Trompeter zerteilten sich nach rechts und links und verschwanden alsbald in dem Staub. Ihre Signale ertönten aus immer größerer Ferne herüber.

„Wird der Zutritt zum Gebirge von einer Vorhut Arbogasts überwacht?" fragte wieder Theodosius.

„Die jenseits der Berge lagernden Heiden haben sich in einem langen und breiten Tal verschanzt," berichtete Fabricius in seinem Eifer über die Frage hinaus, „und fühlen sich so sicher, dass sie diesseits nur bei Nacht Wachtposten aufstellen."

Der byzantinische Imperator runzelte schon die Stirn ob so langer Rede — derselbe Imperator, welcher vor dem Bischof Ambrosius in Mailand erzitterte, als dieser ihm den Eintritt in seine Kathedralkirche verwehrte. Doch war Fabricius' Eifer in diesem Augenblick stärker als sein Respekt vor dem Imperator. Deshalb ergänzte er noch:

„Gestatte, göttlicher und ewiger Herr, hinzuzufügen, dass man die Stellung des Feindes ohne große Mühe überblicken kann."

Einige Stunden später standen sieben Männer auf demselben Gipfel, den Fabricius erklommen hatte, und begrüßten den Ausblick mit demselben Entzücken, wie er. Denn es waren lauter erfahrene Krieger. Neben Theodosius befanden sich hier außer Fabricius die angesehneren Feldherren der östlichen Präfekturen: der alte Gainas und der tapfere Bakurius, der Vandale Stilicho, Gatte Serenens, der Schwestertochter des Theodosius, ferner Saulus und der junge Alarich. All diese Barbaren trugen römische Kleidung, mit einziger Ausnahme Alarichs. Der achtzehnjährige Gotenprinz hatte seinem Helm die Adlerfittiche des germanischen Herrn nicht benommen und auch die Tunika nicht angezogen.

Lange schwiegen die Feldherren, in Arbogasts befestigtes Lager blickend. Auch sie sahen die Türme und die auf den Schanzen aufgestellten Feldgeräte.

„Schwere Arbeit wartet auf uns." meldete sich zuerst Bakurius halblaut.

„Wie ein Dachs hat er sich eingegraben." bemerkte Stilicho.

„Und obendrein sind seine Truppen gut ausgeruht." fügte Gainas dazu.

Die Arme über der Brust verschränkt, entwarf der Imperator den Schlachtplan. Unbeweglich stand er da, nur seine Augen gingen hin und her, bald hier, bald dort längere Zeit verweilend. Starr waren die Züge seines glattrasierten trockenen Gesichts. So beschäftigt war er mit seinen Gedanken, dass er die Bemerkungen der Heerführer gar nicht hörte.

Plötzlich runzelte sich seine hohe Stirn, seine zusammengepressten Lippen erbebten.

„Jupiter?" fragte er, auf ein weißes Standbild weisend, welches den Gipfel des nächsten Berges schmückte.

„Fast alle Gipfel der Julischen Alpen hat Flavianus mit Standbildern dieses Dämons verunziert." berichtete Fabricius.

Theodosius räusperte sich, als wenn ihm etwas in den Hals gefahren wäre. Seinen Heerführern sich zuwendend, sprach er gemessen:

„Der morgige Tag soll Bet- und Rasttag sein. Übermorgen überschreitet Fabricius mit den Hunnen und Sarazenen das Gebirge und säubert die Zugänge zum Tal. Dem Herzog auf dem Fuß folgt Comes Gainas mit den Goten. Sollte Arbogast die Reihen der Goten lichten, wird Comes Bakurius sie mit Iberen ergänzen."

„Und die Römer?!"

Verwundert schauten die Heerführer nach dem Fragenden. Es war der junge Alarich, welcher, mit dem Rücken an einen Felsen gelehnt, abseits stand.

„Ich frage dich, römischer Imperator, welchen Teil des grausigen Tages du deinen oströmischen Legionen zuweist? Soll ja doch übermorgen über das Schicksal des römischen Reiches entschieden werden."

Dunkle Röte überströmte Theodosius' Gesicht. Alles darin zitterte und bebte: die Wimpern, die Nasenflügel, die Lippen, das Kinn.

Der Gotenjüngling aber veränderte nicht einmal seine nachlässige Stellung.

„Schweig!" schrie er Alarich an, nach dem Dolch greifend.

„Versuch mich nicht mit deinem Zorn zu erschrecken," antwortete er, „denn ich bin nicht dein Diener. Gegen deinen elenden römischen Dolch habe ich mein gutes gotisches Schwert. Meine Frage stelle ich als zukünftiger König eines Volkes, welches seit einigen Menschenaltern sein Blut für den Ruhm des verblassten römischen Namens vergießt. Warum sollen Männer meines Stammes stets in erster Reihe verbluten? Du weißt, dass ein Sieg über Arbogast Tausende getöteter Goten bedeuten wird. Schicke doch deine eigenen Legionen gegen die ersten Pfeile der Franken! Es gehört sich, dass der Kampf für den römischen Imperator von Römern eröffnet wird."

Theodosius zitterte am ganzen Leib. Seine bekannte Heftigkeit vertrug nicht den geringsten Widerspruch. Das Leben von Tausenden brachte er seinem Zorn zum Opfer, diesem Jüngling gegenüber fühlte er sich ohnmächtig.

„Du hast nicht das Recht, im Rat der Heerführer das Wort zu ergreifen. Du bist nicht der König." sprach er tonlos.

„Willst du, dass ich es heute noch werde?" erwiderte Alarich laut sein Haupt stolz erhebend.

Theodosius erbleichte.

Der Gotenprinz prahlte nicht grundlos. Schon einige Mal hatten ihm die Goten die Krone angetragen, er aber hatte sie aus Rücksicht auf den greisen König abgelehnt. Er konnte jeden Augenblick Zepter und Feldherrnstab ergreifen und den mit dem Imperator geschlossenen Vertrag lösen. Der Eid des Vorgängers band nicht den Nachfolger.

„Prinz!" mischte sich in diesem kritischen Augenblick Winfried Fabricius ein. „Christus schaut auf uns herab und stirbt zum zweiten Mal, gekreuzigt durch die Uneinigkeit seiner Herde. Vergesst nicht, dass das Schicksal unseres heiligen Glaubens in Eurer Hand liegt. Schaut hin auf die Berggipfel: Arbogast macht sich zum Werkzeug heidnischer Dämonen. Wir aber stehen im Dienst des wahren Gottes. Dessen seid eingedenk!"

Bei diesen Worten beugte der Herzog sein Knie vor dem Prinzen und fügte noch hinzu:

„Verzögert nicht den Triumph Christi!"

Alarich war einen Augenblick unschlüssig. Auch er war Christ, obwohl Bekenner der arianischen Irrlehre, welche durch Priester, die von den Anhängern des hl. Athanasius vertrieben worden waren, den Goten zugebracht war. Schließlich seufzte er und sprach:

„Das Blut meines Volkes wird übermorgen reichlich den Boden dieses unglückseligen Tales tränken. Aber Gottes Wille geschehe!"

Die Sonne ging eben hinter dem sich jetzt klar abzeichnenden westlichen Gebirgszug unter. Über demselben schwebte goldiges Gewölk, dessen Abglanz alle Kuppen und Spitzen der großartigen Gebirgslandschaft färbte und im Talboden die Wippach als goldenes Band erscheinen ließ.

„So willst du denn um Christi des Herrn Willen meine Anordnungen nicht stören?" fragte Theodosius gebieterisch.

„Um Christi des Herrn willen," antwortete Alarich mit Nachdruck, „soll Gainas die Goten in den sicheren Tod führen. Aber bei den Gebeinen der Gotenkönige schwöre ich, dass das Blut meines Volkes zum letzten Mal für den Ruhm des römischen Namens fließen wird!"

13. Kapitel

Von Arbogasts Zelt im befestigten Lager an der Wippach hing ein langes rotes Band herab – das Kriegszeichen.

Vor dem Lager hielt hoch zu Ross der König mit seiner Umgebung. Über seinem Haupt schwebte eine purpurfarbige Standarte — das Zeichen des Schlachttages.

Schweigend, ganz dem Gegenstand seiner Betrachtung gewidmet, musterte der alte Feldherr noch ein letztes Mal die Schlachtordnung, die er von der Bodenerhebung, auf welcher sein Ross stand, bequem übersehen konnte. Seine forschenden Blicke blieben ruhig, keine Runzel zeigte sich auf seiner Stirn. Er war zufrieden.

Im vordersten Haupttreffen, von dem entleerten Lager am meisten entfernt, standen, ostwärts schauend, die mit Rom verbündeten Franken. In zwölf schachbrettmäßig aufgestellten Abteilungen nahmen sie die ganze Breite der Talebene ein, vom linken Ufer des dem nördlichen Längszugs des Gebirges sich stark nähernden Frigidus bis zum Fuß der dem südlichen vorgelagerten Höhen. Diesen Teil seines Heeres hatte er vor Augen. In gleicher Linie mit der natürlichen Bodenerhöhung, auf welcher er stand, rechts und links von ihm, zogen sich hohe Erdwälle hin. Hier standen die riesigen Wurfmaschinen mit ihrer Bedienungsmannschaft und ungeheuren Vorräten an steinernen Geschossen. Hinter ihm war die gallische Reiterei aufgestellt, das Lager mit seinen Vorräten und den Wagenpark beschützend. Den rechten Flügel der Schlachtordnung bildeten die Alemannen, den linken die freien Franken.

Der römische Imperator befand sich nicht im Tal. Mit seinen Legionen, welche zum Unterschied von den Flavianischen ‚Kindern Italiens' die ‚alten' genannt wurden, hielt Eugenius einen nächsten südlichen Höhenzug besetzt. Diese Stellung hatte ihm Arbogast zugewiesen mit dem Auftrag, die Schlacht aus der Ferne zu beobachten und nur dann einzugreifen, wenn der Feind die Reihen der Franken durchbrochen haben sollte.

Arbogast war zufrieden und siegesgewiss. Aus hundert mehr oder minder bedeutenden blutigen Auseinandersetzungen war er mit seinen Franken als Sieger hervorgegangen. Niemals hatten diese die Flucht ergriffen. Warum sollte er heute zweifeln? Er hatte alles getan, was einem alten Feldherrn die Erfahrung gebietet. Der Kriegsschauplatz konnte nicht besser gewählt sein, seine Truppen hatten Kräfte gesammelt, Vorräte besaß er in Überfluss.

Zwar verfügte Theodosius über solche Völkermassen, wie man sie seit Trojans Zeit nicht gesehen hatte. Aber auch er, der Frankenkönig, hatte sich mit Söldnern verstärkt, und die Alemannen wie die freien Franken galten mehr als die Hunnen und Sarazenen. In der Schlachtordnung war die Gliederung des Fußvolks eine Nachbildung bewährter Muster, geliefert von Skipio, Aemilius und Julius Cäsar. Es war das Dreitreffensystem.

Der Frankenkönig erhob seine Rechte. Daraufhin zogen die Tribunen mit Wachs überzogene Täfelchen hervor.

„Befehle abwarten!" rief er, worauf die Täfelchen wieder hinter den Gürteln der Tribunen verschwanden.

Arbogast setzte sein Ross in Bewegung und galoppierte in Richtung östliches Ende der Talebene. Hier standen an den Toren der Julischen Alpen die ‚Kinder Italiens'.

Flavianus hatte kaum die Hälfte seiner Legionen bis hierher gebracht. Schon in Mailand hatte er auf Arbogasts Ratschlag die vom Hitzschlag und von ausgesprochenen Krankheiten Verschonten durchmustern lassen müssen, damit die auch sonstig Untauglichen seinen Weitermarsch nicht behinderten. Aber die Anzahl derer, welche auch später noch abfielen war groß.

In drei Abteilungen erwarteten die Römer in Kampfbereitschaft den Einbruch feindlicher Scharen in das Tal. Im Rücken der mittleren Abteilung erhob sich ein Feldaltar, welchem himmelwärts eine duftverbreitende blaue Rauchsäule entstieg. Mit eigener Hand streute Flavianus Räucherwerk ins Feuer.

Arbogast neigte sich, ohne den Sattel zu verlassen und sprach mit gedämpfter Stimme zu dem Römer der Römer:

„Noch ist es Zeit. Warum sollen deine Leute unnütz niedergemetzelt werden? Mir ist gar nichts daran gelegen, dass die Goten des Theodosius aufgehalten werden. Sie sollen nur ungehindert ins Tal kommen, damit sie je früher desto besser von meinen Schützen begrüßt werden. Meine Schlachtordnung ändere ich nicht. Keinen Schritt weit gehe ich dem Feind entgegen. Ich will ihn ruhig erwarten und werde mit ihm auch ohne deine Leute fertig. Warum willst du denn die Pässe verteidigen?"

„Befiehlst du mir den Abzug als oberster Feldherr?" fragte Flavianus ebenfalls halblaut.

„Oberster Feldherr von Italien bist du. Ich rate nur. Deine unerfahrenen Leute halten den ersten Anprall des Feindes nicht aus. Schade um die Armen! Ein Spinnrocken wäre für sie passender als das Schwert."

Um Flavians' Lippen zuckte es schmerzlich: „Wenn du nicht darauf dringst so gestatte mir, deinen Rat nicht zu befolgen. Denn es gehört sich, dass im Kampf für die alten Götter Roms Römer im Vordertreffen fallen."

„Wenn sie nur fielen," spottete Arbogast, „aber sie werden die Flucht ergreifen."

„O König!" kam es vorwurfsvoll über Flavians' Lippen. Seine Augen erglühten.

Arbogast zuckte nur die Achseln: „Ich habe dich nicht beleidigen wollen, sondern retten. Tue, was du als deine Pflicht erachtest, wie auch ich tun werde, was mir zukommt."

Damit wendete der Frankenkönig sein Ross und sprengte zurück zu seinem Heer, um diesem seine dem voraussichtlichen Verlauf des Schlachtbeginns angepassten Befehl zu erteilen.

Flavianus bedeckte sein Haupt mit dem Mantel und beugte sich über den Altar. Wäre ihm nicht durch die Anwesenheit seiner Umgebung Ruhe geboten gewesen, er hätte sich platt zu Boden geworfen und in lauter Klage alles Leid ausgeschüttet, das sein Herz erfüllte. Seit zwei Monaten hatte er Enttäuschungen und Demütigungen erfahren, welche ein Hohn auf seinen römischen Stolz waren. Seine ‚Kinder Italiens' brachen am Tag mitten auf dem Marsch zusammen, zur Nachtzeit nahmen sie Reißaus. In der Talebene am Frigidus angelangt, machten sie nur unwillig Waffenübungen, an den Lagerarbeiten wollten sie sich gar nicht beteiligen. Wurden sie gestraft, bedrohten sie die Zenturionen mit ihrer Rache. Schon in Mailand hatte Arbogast die Flavianische Streitmacht trotz der vorgenommenen Durchmusterung ziemlich unverhüllt von seinem Kriegsplan ausgeschlossen, jetzt im entscheidenden Augenblick es aber auch ganz unverhohlen ausgesprochen. Diese Ausschließung erhielt zudem eine grelle Beleuchtung durch die Absonderung der ‚alten' römischen Legionen mitsamt ihrem Imperator Eugenius, welche nur als Hilfstruppe bedingungsweise am Kampf sich beteiligen sollten. So wollte es, so gebot es — wer? Ein Barbarenkönig!

Dem stolzen Römer war es, als seien ihm plötzlich Schuppen von den Augen gefallen. Über den Altar gebeugt, flüsterte er:

„O Götter! Geht euer Ratschluss dahin, dass wir neuen Völkern die Weltherrschaft überlassen, so lasst uns wenigstens ohne Schande vom Schauplatz der Weltgeschichte abtreten. Seid uns nur noch einmal, zum allerletzten Mal gnädig und verleiht uns einen ehrenvollen Tod."

Er presste die Hände an seine Brust und mit verzweiflungsvoller Herzinnigkeit, mit hochaufgebäumter Ergebenheit flehte er: „Verschont euer Volk vor dem Hohn der Barbaren, Götter Roms!"

Arbogasts Absicht war, Theodosius' Heeresmacht mit einem Schlag zu vernichten. Solcher Absicht entsprach der Plan, dem Feind den Zutritt zu der von dem Frankenkönig auserkorenen Walstatt nicht zu verwehren. Daher durfte denn auch Flavianus die Bergpässe, welche von Osten her die Tore zu dem weiten Wippachtal bildeten, nicht besetzt halten. Nur vereinzelte Wachtposten standen da oben. Sie hatten Befehle, durch Pfeifensignale einer dem anderen bis in die Talebene hinab die unmittelbare Nähe der feindlichen Vorhut bekanntzugeben und sich dann sofort zurückzuziehen.

Die spätsommerliche Sonne stand schon über den Bergen, an deren Fuß Flavianus den Feind erwartete, und noch immer war kein Signal herabgekommen. Überhört konnte es zwischen den einzelnen Wachtposten nicht werden, denn kein Lüftchen bewegte die Wipfel der Tannen, zwischen welchen die letzten Spuren des Morgennebels als bläulicher durchsichtiger Dunst emporstiegen. Es war ein herrlicher Septembertag. So still war es ringsumher in der Natur, als wollte sie ungestört im Morgentraum den Glanz und die Wärme der Sonnenstrahlen genießen.

Neben dem in sonderbarer Andacht sein Gebet verrichtenden Oberfeldherrn Italiens stand Galerius. Er wurde, nachdem Flavianus beendet und den Mantel vom Kopf zurückgeworfen hatte, von diesem erst dann bemerkt, als er an ihn die Frage stellte:

„Womit hat der Barbar dich beunruhigt? Hat er unser selbstgesprochenes Todesurteil bestätigt?"

„Schändliche Flucht hat er uns prophezeit!"

„Davor werden uns Jupiter und Mars bewahren!"

„Ich habe eine Ahnung, dass Jupiter und Mars uns schmählich verraten werden."

„Feldherr, du frevelst!" sprach Galerius erschreckt.

„Ich frevle im Namen Roms, und ich frevle aus plötzlich gewonnener, mithin umso festerer Überzeugung dass, wenn auch Arbogast siegt, Rom doch den Barbaren zu Füßen liegen wird. Was aber ist mir Jupiter und Mars, was sind mir alle zwölf Götter mit all ihren Anhängseln ohne Rom, ohne unser Rom? ... Ich kämpfe und sterbe nicht mehr für die Zukunft, sondern nur noch für die Ehre meiner Roma!"

„Und ich mit dir!" stimmte Galerius bei.

In diesem Augenblick ertönte aus der Ferne ein schriller Pfiff, nahezu ein zweiter und ein dritter. Sie erklangen von drei Pässen des Gebirges, welches den östlichen Talabschluss bildete.

„Sie kommen!"

Wiederum ertönten Pfiffe, aber stärker als die ersten, weil näher. Und als sie zum vierten- oder fünften Mal sich wiederholten, da kamen auch schon die zu unterst aufgestellten Wachtposten herbeigeeilt, um mündlich die Kunde zu überbringen:

„Sie kommen! Sie kommen! . . . Sie kommen!"

Flavianus reichte seinem jungen Freund die Hand:

„Deine Freiwilligenlegion hat sich bisher noch als beste bewährt. Sie ist dir selbst ähnlich. Überbringe ihr meine Anerkennung als Scheidegruß von ihrem Oberfeldherrn. Stirb, wie du es versprochen hast und sie sterbe mit dir. Aber teuer werdet ihr, ich weiß es, euer Leben verkaufen."

Mit Tränen in den Augen erwiderte Galerius den Händedruck und sprengte zu seiner Legion zurück.

Den aus dem Gebirge sich ins Tal zurückziehenden Flavianischen Wachtposten beinahe auf dem Fuß folgten die ersten feindlichen Scharen.

Flavianus, schon hoch zu Ross, gab den Trompetern einen Wink. Diese gaben das Zeichen für die Büffelhörner[17], volle Bereitschaft anzubefehlen. Unter den bereits in Schlachtordnung aufgestellten Kindern Italiens entstand darauf eine unverhältnismäßig kleine und kurze Bewegung und die volle Bereitschaft war hergestellt.

Flavianus gab wieder ein Zeichen. Die Musiker spielten die italienische Hymne, die Standartenträger erhoben die Bildnisse Jupiters' und Herkules' und setzten sich in Bewegung. Ihnen nach ritt der Feldherr die ganze Front des Heeres ab. Sein Fußvolk war ebenso aufgestellt, wie die Franken Arbogasts. Im Rücken des letzten Treffens stand seine reguläre Reiterei.

Nach dieser mehr feierlichen als wirklichen Truppenschau nahm Flavianus in einiger Entfernung von der Mitte der Front Stellung und rief mit weit vernehmbarer Stimme:

„Römer! Quinten! Volle tausend siegreiche und ruhmreiche Jahre schauen auf euch herab! Vieltausend Tausende heldenmütiger Vorfahren sagen euch, was ihr dem heiligen und ewigen Rom schuldet! . . . Sieg oder Tod!"

„Süß ist der Tod fürs Vaterland!" erscholl es aus der Mitte der Kinder Italiens, aber bei weitem nicht so brausend, wie Flavianus es erwartet hatte. Es waren fast nur die Freiwilligen des Galerius, welche dem Oberfeldherrn in dieser Weise antworteten.

Flavianus nahm nun seine Stellung zwischen Fußvolk und Reiterei ein. Er hatte keine Zeit mehr, sich über den Erfolg seiner Ansprache Gedanken zu machen, denn schon stürzten unter fürchterlichem Geschrei drei Ströme feindlicher Massen zum Tal herab. An der Mündung der breitesten Schlucht, der mittleren hatten bereits einige Reiter auf kleinen Pferden mit struppigen Mähnen auf dem Talboden Fuß gefasst. Zu ihren gelben, von dichtem Haarwuchs umgebenen Gesichtern leuchteten schwarze, schräg geschlitzte Augen. Sie trugen Tierfelle als Mäntel über den Schultern und Schafpelzmützen über dem langen strähnigen Haupthaar.

Der Feldherr kommandierte: „Habt Acht!" Eine Signaltrompete trug das Kommando weiter, an der Frontlinie nahmen es die Tuben auf und wiederholten es mit voller Stimme die Tribunen, nach ihnen die Zenturionen.

Aus drei Mündungen ergossen sich Fluten wilder Horden ins Tal, wo sie sich nach rechts und links von ihrem Einfallstor verteilten. Unter beängstigendem Geheul schwangen sie lange Lanzen, kurze Speere, kleine Beile an langen Stielen und mächtige Keulen über ihren Köpfen. Mit bangem Herzklopfen betrachteten die Kinder Italiens die unheimlichen Gestalten, welche mit ameisenartiger Beweglichkeit den Ostrand der Talebene überschwemmten.

---

[17] Im römischen Heer dienten kleine Trompeten zur Verkündung der Befehle des Oberfeldherrn. Außer der Schlacht wurden diese mittels Büffelhörnern weitergegeben, welch letztere auch jeden Zug eröffneten und beschlossen. Während der Schlacht wurden die Trompetensignale von großen Tuben aufgenommen.

Wieder meldeten sich die Signaltrompeten des Oberbefehlshabers. Diesmal galt das Signal den Schützen und Schleuderern. Mit zitternden Händen spannten jene ihre Bogen, diese legten die Steine in ihre Schleudern.

Fast gleichzeitig erdröhnte der Boden, eine mächtige Staubwolke erhob sich über den Köpfen der Hunnen, welche geradewegs auf die Römer einstürmten. Entsetzt und kopflos ließen diese ihre Pfeile und Steine abschnellen, ohne auch nur im mindestens auf die Entfernung der Feinde Rücksicht zu nehmen. Der Kampf hatte begonnen.

Doch verwundert schauten die Kinder Italiens, nachdem sie sich vom ersten Schrecken einigermaßen erholt hatten, drein, als sich die wilden Reiterscharen fluchtartig zurückzogen. Es war nur ein Scheinangriff. Solcher wiederholte sich noch einige Mal und immer verschwendeten die unerfahrenen Römer in der Angst ihre Geschosse durch vorzeitiges Abschießen oder durch Mangel an Zielsicherheit.

Schließlich aber gingen die Hunnen zu ernstem Angriff über. Sie näherten sich auf Wurfweite, ihre Speere fielen in die ersten Reihen, das erste Blut färbte den Boden. Und wieder zogen sich die Kinder Asiens auf ihren hurtigen kleinen Rossen zurück, um nach jäher Umkehr noch näher vorzudringen. Die Speere fielen nun zahlreicher und sicherer. Mit jedem Rückzug und jedem erneuten Angriff der Hunnen lichteten sich die Reihen der römischen Bogenschützen und Schleuderer immer mehr, während die Lanzenträger und Schwertfechter untätig dastehen und auch mit leiden mussten.

Nun wurden neue Scharen in den Bergschluchten sichtbar. Vom Scheitel bis zur Ferse in Eisen gehüllt, glänzten sie in der Ferne wie Schwärme riesiger Käfer. Es waren die Sarazenen. Von den Hunnen gedeckt, konnten sie sich in der Talebene unbehelligt entwickeln und Aufstellung nehmen.

Im Rücken der Hunnen erklangen drei Hornsignale nacheinander. Mit außerordentlicher Schnelligkeit ließen sie jetzt vom Kampf ab, teilten sich nach rechts und links und bildeten zwei mächtige Knäuel. In dem so geöffneten Feld erschienen drei Reiterkolonnen in Keilform. An der Spitze der mittleren glänzte goldig die Rüstung des Befehlshabers. Die reguläre Reiterei Italiens erkannte in ihm ihren ehemaligen Herzog.

„Habt Acht!" „Lanzenträger voran!" „Schützen, schließt euch!" forderten Flavianus' Signaltrompeten, befahlen die Tuben, riefen die Unterbefehlshaber.

Gegenüber erhob Winfried Fabricius sein Schwert. Die Reiterkolonnen setzten sich in Bewegung, anfangs langsam und schwerfällig wie ein Riesenvogel, wenn er vom Boden auffliegen will, bald aber schneller und immer schneller.

Auf römischer Seite wiederholten sich dieselben Signale und Kommandorufe — doch vergebens! Bleicher Schrecken hatte den Kindern Italiens die Besinnung benommen.

Die Lanzenträger, anstatt vorzurücken, wurden von den Bogenschützen und Schleuderern zurückgedrängt gegen die Reihen der Schwertkämpfer. Diese gerieten unter dem starken Druck zwischen die Reserveabteilungen.

Die drei eisernen Sturmböcke auf Pferdefüßen näherten sich inzwischen mit voller Wucht. Der Boden dröhnte, die eisernen Rüstungen klirrten und schwirrten, die Pferde schnaubten.

Vergeblich waren die Bemühungen Flavians und seiner Unterbefehlshaber, die Schlachtordnung herzustellen. Die Freiwilligen suchten sich nach Möglichkeit zu decken, nur Galerius' Legion bildete zum großen Teil eine rühmliche Ausnahme. Aber selbst die regulären Truppen waren teils mutlos geworden, teils unmutig darüber, dass man ihnen nicht besondere Stellungen zugewiesen hatte. Nur durch kurze Bewegungen nach rückwärts gelang es, das Geschiebe zu entwirren und die einzelnen Treffen zu sondern.

Da aber kamen auch schon die Sarazenen herangesaust. An drei Punkten gleichzeitig durchbrachen sie die Reihen des ersten Treffens, so dass auch das zweite wankte; nur das dritte, welches die reguläre Reiterei in seinem Rücken hatte, blieb in Ordnung. Sofort begannen die sarazenischen Schwerter ihre blutige Arbeit. Mit einem einzigen Hieb öffneten sie die ledernen Helme und Brustpanzer der Legionäre, während diese den eisernen Rüstungen der Feinde nichts anhaben konnten und ihre Waffen hauptsächlich gegen die Rosse kehren mussten.

Flavianus entschloss sich alsbald, seine ganze Macht gegen die Sarazenen zu werfen. Er wollte mit seinem noch unbeschäftigten Fußvolk einen beiderseitigen Flankenangriff ausführen lassen, zu welchem Zweck das dritte Treffen mitsamt der Reserve sich nach rechts und links teilen musste. Dadurch gewann er auch freies Feld, um die hinter ihm stehende reguläre Reiterei geradeaus ins Gefecht zu bringen. Er selbst war mit seinem Entschluss sehr zufrieden: Reiter gegen Reiter, das war ja ohnehin das natürlichste. Das würde den Feind etwas einschüchtern, wie es den Mut des kämpfenden Fußvolkes stark heben müsste. So dachte der Feldherr, als er seine Befehle gab.

Kaum aber hatten die von den Sarazenen hart bedrängten zwei ersten Treffen die breite Straße mitten durch das dritte sich öffnen gesehen, benützten sie sie sofort als erwünschten Ausweg und ergriffen die Flucht. Sie flohen so blindlings, dass sie mit der bereits schnell vorwärts sich bewegenden eigenen Reiterei zusammenstießen. Die Pferde dieser letzteren scheuten und machten die Verwirrung zu einer allgemeinen. Die Signaltrompeten, die Tuben und die mündlichen Befehle verstummten. Die Sarazenen erhoben ein luft- und himmelerschütterndes Triumphgeschrei, ein grauenvolles Gemetzel unter den Flüchtenden anrichtend.

Flavians Ross an dessen Brust und Seiten sich die Flüchtigen zu allererst stießen, war ebenfalls scheu geworden. Es trug den entsetzten Oberbefehlshaber mitten in das Gewühl und durch dieses hindurch noch weiter, wo das erste Treffen gestanden hatte. Mit Staunen hatte er schon aus einiger Entfernung von dieser Linie ein Häuflein Legionäre in verzweifeltem Kampf mit einer mehrfachen Überzahl von Sarazenen erblickt. Dank seiner Besinnung und äußersten Kraftanstrengung gelang es ihm, unweit davon sein Pferd zum Stehen zu bringen. Er sah die römischen kurzen Schwerter, bluttriefend in blutüberströmten Händen, sich heben und senken. Bald knickte ein sarazenisches Ross, aus dessen Brust in weitem Bogen Blut hervorquoll, in den Vorderknien zusammen, dann fuhr die Spitze des Schwertes einem mit dem Ross gestürzten oder vom Sattel gleitenden Sarazenen mitten ins Gesicht.

Flavianus rief aus voller Brust: „Galerius! . . . Galerius!"

Ja, es war Galerius, welcher mit den Trümmern seiner Legion hier standhaft den Platz behauptete und jetzt zu seinem Feldherrn aufschaute.

„Galerius, du hältst dein Versprechen. Ich sterbe mit dir!"

Damit wollte er sich in das Kampfgewühl stürzen. Doch plötzlich schob sich zwischen den Knäuel und Flavians Ross ein herbeisprengender Reiter.

„Fabricius! . . . Verräter!" schrie Flavianus auf.

„Sei gegrüßt, Präfekt!" meldete sich Fabricius ruhig. „Deinetwegen bin ich herbeigeeilt. Ich will dich und dieses Häuflein tapferer Römer schonen. Ergib dich und befiehl es auch Galerius!"

„Noch bedarf Rom nicht der Großmut der Barbaren." antwortete Flavianus, äußerlich nun ganz kühl erscheinend. „Warum zückst du dein Schwert nicht?"

In Fabricius' Gesicht zuckte es. Doch verwand er die Beschimpfung, wendete sein Pferd und ritt schnell zurück an den Ort, von welchem aus er vorher den kämpfenden Knäuel beachtet hatte.

Flavianus aber gab seinem Ross die Sporen und setzte mitten unter die Kämpfenden mit dem Schwert in der Hand.

„Sei gegrüßt, Feldherr!" rief ihm Galerius zu. „Morituri te salutant! Sterbende begrüßen dich!"

In dem gegenseitigen Morden trat ein kurzer Stillstand ein.

„Sterbende begrüßen dich, Feldherr!" riefen die Legionäre.

„Seid gegrüßt von einem Legionär euresgleichen!"

Die Sarazenen schauten verwundert drein, aber nur einen Augenblick. Dann begann der Kampf umso heftiger von neuem.

Hier fielen die letzten Römer.

Nachdem Flavianus, Galerius und des letzteren Freiwillige den Tod gefunden und die wenigen am Leben gebliebenen Sieger sich aus dem Haufen von Menschen- und Pferdeleichen herausgearbeitet hatten, ließ Winfried Fabricius seinen sarazenischen Reitern zum Rückzug blasen. Sein Auftrag, die Einfallstore zum Wippachtal zu öffnen, war erfüllt. Schon ertönten in seinem Rücken die Signale des Comes Gainas, dessen Goten sich in den kurz vorher durchschrittenen Schluchten zeigten. Die Verfolgung der flüchtenden Römer überließ Winfried den beutegierigen Hunnen, welche auch bis knapp vor Arbogasts Stellung am westlichen Ende der Talebene vordrangen.

Der Frankenkönig war von der Niederlage und Flucht der Kinder Italiens bereits unterrichtet. Er ließ die Flüchtlinge in sein leeres Lager ziehen, damit sie im offenen Feld nicht hinderlich waren, und betrachtete nun mit seinem Adlerblick die Bewegungen der Goten.

Auch seine Franken im Vordertreffen verhielten sich so ruhig, als hätten sie ein durchaus nicht ungewöhnliches Schauspiel vor ihren Augen.

Gainas, welcher den Oberbefehl über sämtliche Goten innehatte, befasste sich ausschließlich nur mit dem Fußvolk, die Reiterei wurde von Alarich in Ordnung gebracht.

Die Franken witzelten und lachten über das Bild, welches die Goten selbst schon in geringerer Entfernung boten. In Tierhäuten mit nach außen gekehrtem Haar steckend, machten sie mit ihren Büffelhörnern über der Stirn den Eindruck einer riesigen Rind Viehherde.

„Theodosius hat seine sämtlichen Stallungen geöffnet, um uns mit Rindfleisch zu versehen."

„Das Fleisch wird aber zäh sein!"

„Warum denn? Das Vieh ist ja doch von Theodosius gut gemästet. Man sagt, er pflege es mit großer Sorgfalt."

„Ja, ja, aber es ist nicht lauter Jungvieh, und zudem weither getrieben. Dadurch verliert das Fleisch an Güte."

So ging es von Mund zu Mund unter den Franken Arbogasts, welche römische Tuniken trugen.

Aber dieses gotische ‚Vieh' war in römischen Diensten geschult; es befolgte Signale und Kommandorufe mit der Aufmerksamkeit und Beweglichkeit von Legionären, ohne mit deren Schwächen und Untugenden behaftet zu sein. Auch Gainas ordnete sein Heer zu drei Treffen in Vierecken.

Schon hatte die Sonne die Hälfte ihrer Tagesreise hinter sich. Die Franken hatten ihr Mittagsmahl eingenommen, gereicht von Sklaven und Schänkinnen. Noch immer konnten sie sich mit allerlei Bemerkungen über die Goten und über die geflüchteten Römer die Zeit vertreiben. Sie schienen gar nicht daran zu denken, dass noch heute der Tod seine Hippe schwingen und grausige Ernte auch unter ihnen machen könnte.

Endlich aber erschien Arbogast vor der Front. Er ritt einen Schimmel, von dessen Haupt seine Purpurtoga grell abstach. Seinen goldenen Helm schmückte die Königskrone. Vorangetragen wurde ihm eine scharlachrote Standarte mit Herkules dem Unbesiegten. Ihm folgte eine in aller Pracht glänzende Leibwache und eine Schar Trompeter mit Löwenkopfhäuten über der Stirn.

In gestrecktem Galopp ritt er die Front ab. Kein Wort von Ansprache, keine ermutigende oder anspornende Rede kam über seine Lippen. Seine Gegenwart sollte dem Heer nur eine Gewähr seiner wachsamen Fürsorge sein. Wo eine in früheren Kämpfen wohlverdiente Abteilung stand, hielt er an und senkte vor ihr sein Schwert. Diese wortlose Anerkennung wirkte besser als eine feurigste Rede. Die so ausgezeichneten Soldaten erröteten vor Freude und dankten ihrem König mit Blicken treuer Hunde.

Der Frankenkönig nahm hierauf wieder seine Stellung auf der Bodenerhöhung im Rücken seines Fußvolks und vor der gallischen Reiterei ein und fasste die Goten fest ins Auge.

Feierliche Stille war eingetreten. Die Franken spöttelten nicht mehr. Auf ein Knie niedergelassen, mit der Stirn den Schild berührend, verlegten sie ihre ganze Aufmerksamkeit ins Gehör, das Signal erwartend.

Auch der Imperator Eugenius traf seine letzten Anordnungen für den von Arbogast gesetzten Fall, wie aus den Bewegungen der goldenen Adler und der weißen Jupiterstatuetten auf der Vorlagerung des südlichen Gebirgszugs zu ersehen war.

Dem fränkischen Fußvolk genau gegenüber funkelten im Sonnenlicht die Monogramme Christi über dem Volk Alarichs, strahlenden Sternen ähnlich.

Hier das Heidentum — dort das Christentum. Vergangenheit und Zukunft standen sich kampfbereit gegenüber.

Plötzlich wurde die große Stille durch dumpfe Büffelhornklänge gestört. Die schlummernden Berge rechts, links, vorne und hinten schienen aus einem bösen Traum zu erwachen. Der vielfache Widerhall der gotischen Bereitschaftssignale erfüllte das weite Tal wie mit Klagerufen unsichtbarer Wesen.

Die Goten setzten sich in Bewegung. Große, mit Leder überzogene Schilder vor sich tragend, näherten sie sich gleichmäßigen Schrittes, ohne Geschrei, der Frontlinie der Franken. Aus der großen Masse traten rechts und links Reiterabteilungen ins klare Licht; auf den Helmen ihrer Anführer wiegten Adlerfittiche, sich öffnend und schließend.

Noch rührte sich auf der fränkischen Seite kein Fuß, keine Hand. Arbogasts Bogenschützen, die besten ihrer Zeit, knieten ruhig hinter ihren Schildern und maßen mit dem Auge die Entfernung. Die Lanzenträger ergriffen nicht einmal ihre Waffe, sondern ließen sie mit dem spitzen Ende im Boden steckend aufrechtstehen.

Auch Arbogast maß mit dem Auge die Annäherung des Feindes. Plötzlich erhob er seine Rechte. Die Signaltrompeter hoben ihr Instrument.

„Wurfmaschinen!" befahl er.

Die Trompeter schmetterten den Befehl nach rechts und nach links hinaus, die Tuben nahmen ihn auf, und bald knarrten die auf den Erdwällen aufgepflanzten Maschinen.

Über die Köpfe des fränkischen Fußvolkes hinweg flog ein Steinhagel und sauste auf die Goten herab.

Ohne einen Kommandoruf abzuwarten, erhob das gotische Fußvolk die Schilde und schuf sich daraus ein Dach. Gainas aber wusste, dass die Steine so groß sind und mit solcher Kraft von der Schleudermaschine abgeschnellt werden, dass mitunter sogar eiserne Rüstungen durchschlagen wurden. Daher kommandierte er: „Laufschritt!" Mit verdoppelter Eile näherten sich die Beschossenen dem Angriffsziel. Der Steinhagel lichtete ihre Reihen; sie aber wollten sich stärker zeigen als der Tod und drangen umso ungestümer vor.

„Halt!" befahlen mit einem Mal die Tuben. Die Goten blieben wie festgepflanzt stehen. Sie hatten den Feind nahe vor sich, erblickten ihn aber erst, als der aufgewirbelte Staub, welchen ein nordöstlicher Luftzug vor ihnen her trieb, sich ein wenig verflog.

Während die Wurfmaschinen noch immer ihren Steinhagel aussendeten, jetzt aber gegen die hinteren Reihen der Goten, herrschte zwischen den einander unmittelbar gegenüberstehenden Vordertreffen einige Augenblicke hindurch düstere Stille. Dann aber begann beiderseits die blutige Arbeit der Bogenschützen und der Schleuderer. Die Arbogastschen Schützen ließen die Goten ihre Überlegenheit so stark fühlen, dass diese mit Ungeduld das Zeichen zum Handgemenge erwarteten. Ihre Reihen lichteten sich entsetzlich schnell. Kein Adler, kein Hirsch entkam dem fränkischen Bogen. Wie sollten die Goten vor dieser Waffe ihre Ruhe bewahren? Sie erhoben ein mächtiges Geschrei. Ihre Hände griffen unwillkürlich nach den Schwertern — ein Zeichen, dass sie Brust an Brust, Mann gegen Mann zu kämpfen verlangten.

Gainas ließ seine Tuben zweimal kurz und zweimal gedehnt erklingen. Das Signal bedeutete: „Lanzenträger vor!"

Sofort ertönte dasselbe Kommando auf fränkischer Seite. Die Bogenschützen und Schleuderer beider Vordertreffen wichen schnell zurück, gotische und fränkische Lanzenträger traten vor und stürzten sich alsbald übereinander.

Die Goten taten es mit solcher Wucht, dass sie ihren Spieß dem erstnächsten Feind im Leibe stecken ließen und sofort das Schwert ergriffen. Von diesem Augenblick an kamen auf beiden Seiten immer mehr und mehr Schwerter in Verwendung, es entstand ein immer weiter um sich greifendes Gemetzel. Zwei tapfere germanische Völker mordeten sich gegenseitig, als wollten sie einander für immer vernichten.

Müßig schauten auf diesen Bruderkampf die weströmischen Legionen von dem südlichen Höhenzug herab und die oströmischen unter Theodosius folgten eben den Iberern unter Bakurius durch die östlichen Schluchten in die Talebene hinab, hell beleuchtet von der über den Bergen im Westen bereits tiefstehenden Sonne.

Arbogasts Auge, die Bewegungen seiner Krieger fortwährend beobachtend und leitend, sah die frischen feindlichen Streitkräfte kommen. Für heute aber bekümmerte er sich ihretwegen nicht mehr. Wusste er doch, dass sie nicht mehr Zeit hatten, sich so zu entfalten, um vor Sonnenuntergang eingreifen und über das Ende des Tages mitbestimmen zu können. Der heutige Tag gehörte schon ihm. Wohl waren Flavianus Legionen geschlagen, aber er hatte sie gar nicht in seinen Plan einbezogen. Dagegen waren seine Franken entschieden im Vorteil gegen die Goten, welche ohne hinlängliche Rast nach monatelanger Reise in den Kampf getreten waren und mit ihrer Ungeduld und Wut gegen die Ruhe und Kraftfülle der Franken nichts ausrichten konnten.

Das keineswegs unerwartete Erscheinen der Iberer und der oströmischen Legionen im Gesichtskreis des Schlachtfelds ließ in Arbogasts Seele nur den Plan reifen, den Sieg des heutigen Tages ganz unzweideutig an seine Standarten zu heften, schon deswegen, um seinen Truppen die Nachtruhe zu versüßen und sie den morgigen Tag, den Tag der endgültigen Entscheidung, mit umso größerer Zuversicht begrüßen zu lassen.

Er besaß eine Schar bewährter Schwertfechter, welche er nur bei besonderen Gelegenheiten zu verwenden pflegte. Die in ihr durch Krieg oder in natürlicher Weise entstehenden Lücken wurden mit älteren, öfters erprobten Männern ausgefüllt, deren nackte Arme ein ganzes Narbennetz bedeckte, deren Brust zahlreiche Denkmünzen schmückten. Sie hatte eine eigene griechische Musikkapelle, von welcher sie bis zum Zusammenstoß mit dem Feind begleitet, von deren Klängen sie auch nach dem Zusammenstoß noch angefeuert wurde. Diese Schar ließ Arbogast jetzt vor sich vorbeimarschieren.

„Heil Euch, treue Kriegsgefährten! . . . Tod den Feinden!" rief er ihr zu, mit der Hand genau in Richtung zur Mitte des Kampfgewühles weisend.

„Heil Euch, König und Herr!" antworteten die Männer, von deren Gesicht der Ernst und ruhige Entschlossenheit niemals wich. Dabei zückten sie ihre langen, zweischneidigen spanischen Schwerter.

Arbogasts Mannschaften kannten die Klänge der griechischen Musikkapelle genau. Wo sie diese zu hören bekamen, teilten sie sich ohne besonderen Befehl nach zwei Seiten. So auch hier, als die Schar vor Arbogasts Angesicht in scharfer Schwenkung abbog. Aber auch da, wo die feindseligen Brüder vermengt sich gegenseitig todbringende Wunden schlugen, öffnete sich vor der Schar eine breite Gasse, weil das lange Eisen, den fechtenden Franken verschonend den gotischen Gegner niederstreckte.

Die Unterstützung seitens der auserlesenen Schar wahrnehmend, drangen die Franken noch mutiger als vorher auf die Goten ein. Die Gasse gabelte sich, dann verzweigte sie sich nach vorne, nach rechts, nach links. Die Goten fingen an zu wanken.

Diesen Augenblick hatte Arbogast erwartet. Er schickte nun von seinem rechten Flügel die Alemannen, vom linken die freien Franken den Goten in die Seiten. Der Zahl nach stark vermindert, an Kraft beinahe schon erschöpft, konnten diese den Druck von innen und zugleich von außen nicht aushalten. Zwar stürzten sich den Alemannen Alarich mit seiner Reiterei, den freien Franken Fabricius mit seinen Sarazenen entgegen: doch nur mit dem Erfolg, dass sie das bereits im Rückzug begriffene gotische Fußvolk vor Verfolgung schützten.

Die Sonne war schon untergegangen. In ihren von Bergen zurückgeworfenen letzten Strahlen hatte Theodosius den Rückzug der Goten gesehen. Die schnell eintretende Dunkelheit lagerte sich über die Talebene und trennte die Kämpfenden vollends.

Mit Siegesgeschrei kehrten Arbogasts Völker in ihre ursprünglichen Stellungen zurück. Unter schrecklichen Flüchen und Verwünschungen näherten sich die Goten den Lagerplätzen der Iberer und der oströmischen Legionen.

Die gallische Reiterei, welche vor dem befestigten Lager im Rücken Arbogasts aufgestellt war, hatte den ganzen Tag über ihre Stellung nicht verändert. Sie wurde von Arbitrio befehligt, jenem jungen Tribunen, der vor nicht ganz zwei Jahren in Totonis von Arbogast in Gegenwart der römischen Abordnung, deren Mitglied der heute rühmlich gefallene Galerius gewesen, tödlich beleidigt worden war. Sein Unrecht hatte der Frankenkönig damals damit gutmachen wollen, dass er Arbitrio zum Herzog des südlichen Galliens ernannte. Dadurch schien der junge stolze Krieger auch völlig ausgesöhnt zu sein.

An diesen Herzog wendete sich nun, gleich nach dem Rückzug der Goten, Arbogast mit einem Befehl.

„Sofort wirst du am Flussufer entlang deine Reiterei aus der Ebene hinausführen, dann linksum die südliche Alpenkette umgehen und die östlichen Zugänge zum Tal besetzen. Sobald deine Wachtposten dir am Morgen melden, dass der Kampf begonnen hat, steigst du ins Tal hinab und versperrst dem Feind den Rückzug. Verstanden?"

„Ihr habt befohlen, großmächtiger König und Herr!" antwortete Arbitrio.

„So verrichte denn deine Sache gut, damit ich dich mit der Comeswürde belohne." fügte Arbogast hinzu.

„Meinen Lohn will ich mir verdienen." versicherte der Herzog.

Er gab seine Befehle betreffs des Nachtmahles und des Proviants für die Reiter, sowie betreffs der Abfütterung der Pferde und der Fourage. Eine Stunde darauf trugen die Rosse, mutig schnaubend, die gallische Reiterei aus der Talebene hinaus.

Noch an demselben Abend sendete Arbogast einen Boten zu dem Imperator Eugenius mit der Nachricht von Arbitrios Aufgabe und der Weisung, die weströmischen Legionen hinabzuführen und mit der gallischen Reiterei zu vereinigen, sobald diese am Ostrand des Tales aufgestellt wäre.

In seinem Zelt saß Theodosius auf einem elfenbeinernen Thronsessel, umgeben von den Fürsten seiner Hilfsvölker, sowie von seinen Comites und Herzögen. Nur Bakurius fehlte. Er stand schon vor einem höheren Machthaber, als es der ‚göttliche und ewige' Theodosius war. Der Imperator erfuhr erst jetzt, Bakurius sei gefallen, als er bei noch nicht fertiger Entwicklung seiner Streitkräfte mit einem Teil der Iberer, zugleich mit den Sarazenen unter Fabricius und mit Alarichs Reiterei, das wankende gotische Fußvolk hatte unterstützen wollen. Dabei aber hatte er sich zu weit gewagt.

Der Tod des tapferen Comes ging dem ohnehin schon missmutigen Imperator sehr zu Herzen. Doch heuchelte er Ruhe.

„Ich habe euch zu mir beschieden," sprach er, „um angesichts des missglückten Anfangs euren Rat hinsichtlich der Fortsetzung zu hören."

„Wenn Deine Göttlichkeit unsere Meinung hören will," meldete sich zuerst der Vandale Stilicho, welcher mit Theodosius verschwägert, am freimütigsten reden durfte, „so geschieht es in richtiger Beurteilung der sehr misslichen Sachlage. Nun meine ich, ruhige Erwägung gebietend, das Lager sofort abzubrechen und umzukehren. Arbogast ist entschieden im Vorteil. Je eher wir dieses unglückselige Tal verlassen, desto besser für dich und für uns. Nach Thrazien wird er uns nicht nachziehen."

„Ich teile die Meinung Stilichos." pflichtete ihm der Comes Timasius bei, der einzige Römer unter den Feldherren in der Umgebung des Imperators. „Der Ausgang des heutigen Tages gleicht einer halben Niederlage, welche morgen aller Wahrscheinlichkeit nach zu einer vollständigen sich gestalten wird. In stummem Groll beweint Alarich zehntausend gefallene Männer seines Volkes. Mit Bakurius ist ein Teil der Iberer auf dem Kampfplatz geblieben. Die Hunnen und Sarazenen sind geschwächt, während Arbogast vom Kampf noch ganz unberührte Kräfte besitzt und ihm außerdem der Vorteil des heutigen Tages zugutekommt. „In einem oder in zwei Jahren, wenn die Wunden der Goten vernarbt, wenn sie mit frischen Kräften gestärkt sind, können wir wiederkommen und den heutigen Tag rächen."

„Und Comes Gainas?" fragte Theodosius.

„Du hast unsere Schwerter für diesen Feldzug angeworben." antwortete der Heerführer der Goten. „Du hast zu befehlen, wir dagegen den Vertrag zu halten, auch wenn kein einziger Mann diese verwünschten Berge verlassen sollte. Ob der Vertrag für einen zukünftigen Feldherrn erneuert würde, das zu beurteilen ist nicht meine Sache."

Mit Freuden hörte Fabricius diese Worte. Er trat aus seiner bescheidenen Zurückgezogenheit vor Theodosius und ließ sich auf ein Knie herab.

„Was hast du zu sagen?" fragte der Imperator.

„Gestatte, göttlicher und ewiger Herr, dass ich Einsprache erhebe gegen die Behandlung der Sache vom Standpunkt rein menschlicher Bedenken und Berechnungen. Ich finde die Sachlage wohl ernst und reiflicher Überlegung bedürftig, doch keineswegs verzweifelt. Wohl haben die

Goten starke Verluste erlitten und mussten sich zurückziehen, weil die Ehre des Tages ihnen allein zufallen sollte, weil sie selber danach geizten. Damit ist aber auch das Unglück des Tages erschöpft. Gemildert wird seine Einwirkung auf die Gemüter dadurch, dass, wie Comes Gainas soeben erklärt hat, die Goten auch morgen bis auf den letzten Mann für ihre Ehre einzustehen bereit sind. Es heißt, Hunnen und Sarazenen seien geschwächt. Abgesehen davon, dass die Flavianischen Legionen, welche von Arbogast wahrscheinlich aufgeopfert wurden, aufgerieben sind, ist denn Arbogasts Heeresmacht ebenso stark wie sie am heutigen Morgen war? Die Hunnen und Sarazenen brennen übrigens vor Kampfbegierde. Ihre Einbuße an Zahl hat in ihnen einen Rachedurst erweckt, welcher die fehlenden Arme ersetzt. Aber der Frankenkönig, so sagt man, besitzt vom Kampf noch ganz unberührte Kräfte. Haben denn nicht auch wir solche Kräfte auf unserer Seite? Es wäre unwürdig, vor endgültiger Entscheidung uns nach Thrazien zurückzuziehen, froh, dass Arbogast nicht nachzieht. Die geplante Rache nach einem Jahr oder nach zwei Jahren ist mir nur ein Beweis, dass man Krieg des Krieges wegen führen will, dass der Zweck des gegenwärtigen Feldzugs unerkannt ist. Für wessen Auge er bisher noch verschleiert ist, dessen Ohren wären auch taub gegen eine Aufklärung. Es genügt mir, dass ich von unserem göttlichen und ewigen Herrn verstanden werde."

Fabricius war in der Umgebung des Theodosius bisher außer wegen seines religiösen und soldatischen Eifers auch noch wegen seiner Bescheidenheit bekannt, welche aber falsch ausgelegt wurde. Man hielt ihn für einen tüchtigen, aber selbständigen Denkens unfähigen Vollstrecker erhaltener Befehle. Ein solches Auftreten, zumal in wohlgesetzter Rede, hatte man von ihm nicht erwartet. Seine scharfe Kritik empfand man als Beleidigung. Besonders verletzend waren seine letzten Worte, die er sicher nicht ausgesprochen haben würde, hätte er in Theodosius' Antlitz wohlwollende Aufmerksamkeit bemerkt.

„Wo hat Fabricius sich zum Rhetor ausgebildet?" bemerkte Timasius.

„Ich habe als Soldat gesprochen. Aber jeder ist beredt genug, wenn er das spricht, wovon er erfüllt ist."

Theodosius runzelte die Stirn, erhob die Hand und sprach: „Lasst mich allein."

Kaum war jedoch eine halbe Stunde verstrichen, als Fabricius zum Imperator beschieden wurde.

Diesmal fand er Theodosius allein. Der Imperator saß nicht auf dem Thron, sondern bewegte sich nachdenklich in seinem Zelt, als wollte er dessen Länge und Breite mit seinen Schritten abmessen. Fabricius stand schon eine Weile am Zelteingang, ehe der ‚ewige Herr' seiner gewahr wurde.

„Was war der eigentliche Sinn deiner Rede?" fragte er, und sich selber auf seinen Feldsessel niederlassend, lud er auch den Herzog mit einer Handbewegung ein, sich zu setzen.

Fabricius nahm nur zögernd Platz und antwortete:

„Ich habe sagen wollen, dass wir nicht so sehr aus freiem Antrieb unseres göttlichen und ewigen Herrn hier sind, als vielmehr auf Geheiß des guten Hirten, dass wir mithin ohne Rücksicht auf mehr oder minder wahrscheinliche Berechnungen bezüglich des Erfolgs unsere Aufgabe mit Einsatz aller Kräfte voll zu erfüllen haben."

„Du redest wie Bischof Ambrosius."

„Weil ich durch Ambrosius erst wahrer Christ geworden bin."

„Wie soll ich das verstehen? Warst du einst kein wahrer Christ?"

„Wohl hatte ich den Glauben, einen starken, aber ungeklärten Glauben, und auch diesem entsprachen meine Werke nicht. Durch eine schwere und demütigende Buße, die Ambrosius mir auferlegt hat, durch harte Dienste in seinem Krankenhaus, die man sonst Sklavendienste nennt, sowie später durch Belehrungen eines frommen Einsiedlers, mit dem ich längere Zeit in Waldeinsamkeit zubringen musste, bin ich in das Wesen der christlichen Lehre besser eingedrungen."

„Auch ich habe Ambrosius' Strenge zu fühlen gehabt," sagte der Imperator, „und glaube, ebenfalls ein wahrer Christ zu sein. Eben als Christ habe ich mich für den gegenwärtigen Feldzug entschlossen. Infolge des Drängens seitens Ambrosius habe ich mich vielleicht ein wenig übereilt."

„Göttlicher und ewiger Herr . . ." begann Fabricius, doch unterbrach er sich selbst.

„So sprich nur." ermunterte ihn der Imperator.

„Göttlicher und ewiger Herr, erlasse mir die Antwort."

„Ich erlasse dir den göttlichen und ewigen Herrn. Deine Rede sei frei. Ich will vertraulich mit dir sprechen."

„Nun, so sei mir gestattet, zu sagen, dass es zwar Sache des weltlichen Herrschers ist, sich darüber zu entscheiden, ob er die Sache des Christentums unterstützen ober auf eigene Verantwortung vor Gott und der Christenheit ihr die Unterstützung verweigern will. Aber wie und wann dem Christentum geholfen werden soll, darüber hat Ambrosius als vertrautester Gehilfe des römischen Bischofs Siricius zu entscheiden."

„Du gehst weit," erwiderte Theodosius, „aber ich habe fernen Grund, in diesem Augenblick mit deinem jetzt, wie du sagst, geklärten Glauben über Rechte und Pflichten des weitsichtigen Herrschers zu disputieren. Du siehst mich und dich und meine Heeresmacht hier. Du siehst, dass ich mich Ambrosius gefügt habe. Ich habe es umso williger getan, als ich selbst mich gedrängt fühlte, dem heidnischen Übermut ein Ende zu bereiten. Es verlangt mich nicht mehr, den Glanz meiner irdischen Krone zu erhöhen. Ich habe beinahe mein ganzes Leben hoch zu Ross im Lager, unter Wolken von Geschossen zugebracht. Müde bin ich der fortwährenden Kämpfe, des Blutvergießens, des Kriegslärmes. Den Rest meiner Tage möchte ich, den Staatsgeschäften fern, dem Verehren mit Gott widmen. Ein heiligmäßiger Einsiedler hat mir ja frühen Tod prophezeit. Also nur um des guten Hirten und seiner Herde willen habe ich diesen Feldzug unternommen, Ambrosius aber versicherte mir, Christus der Herr werde mit mir sein. Sage mir nun: wo war der gute Hirte, als die Goten unter seinem Zeichen von den Heiden niedergeschmettert wurden?"

„Die Goten haben ihre Strafe verdient," antwortete Fabricius freimütig, „weil sie sich durch Stolz und Ehrgeiz versündigten. Dem Ehrgeiz widersetzte sich für einen Augenblick nur Alarich, allerdings wieder sündhaft, weil er böse Pläne für die Zukunft schmiedet und sein Volk geschont sehen möchte. Andererseits ist aber auch gegen die Goten gesündigt worden, indem man ihrem Ehrgeiz widersprach mit dem unausgesprochenen Gedanken, das wegen seiner unbescheidenen Forderungen unbequeme Volk möge sich aufreiben oder wenigstens stark gedemütigt werden. So knüpfte sich Schuld an Schuld. Darum wird auch die Strafe als gemeinsame auf beiden Seiten empfunden. Hätte der heutige Kampf wirklich nur um des guten Hirten und seiner Herde willen stattgefunden, ohne Nebenrücksichten und Nebenabsichten, vielleicht wäre der Ausgang ein anderer gewesen."

Theodosius hörte diese Worte mit einer inneren Erregung, welche ihn im Gesicht erröten ließ. Doch er bewahrte scheinbar seine Ruhe. Die Änderung der Gesichtsfarbe hatte Fabricius bei der spärlichen Beleuchtung des Zeltes nicht bemerkt.

„Aber für die morgige Fortsetzung des Kampfes bist du des Beistandes seitens des guten Hirten gewiss?" fragte Theodosius lebhaft und mit Nachdruck. „Sind irgendwelche Nebenrücksichten gesühnt und getilgt, bleibt nur die reinste Absicht für die Fortsetzung des Unternehmens maßgebend, so muss uns der göttliche Beistand und somit der Erfolg unbedingt gesichert sein."

„Als dein Soldat vollziehe ich deine Befehle und erfülle meine Pflicht nach bestem Wissen und Gewissen ohne jegliche Rücksicht auf Erfolg oder Misserfolg, sollte ich auch den Tod dabei erdulden. Auf eine vorhergehende Beurteilung deiner Anordnungen lasse ich mich dabei nicht ein. Denn als Imperator musst du weitblickender sein als ich. Nun aber sind wir alle nur Soldaten Christi, haben daher unsere Pflicht voll zu erfüllen, alles übrige unserem Herrn überlassend, der da herrscht und regiert nach seiner göttlichen Weisheit. Hoffnungsfreudig dürfen und sollen wir sein, nicht aber den Erfolg als unbedingt sicher voraussetzen und nur unter solcher Voraussetzung etwas unternehmen. Ich hoffe für morgen zuversichtlich auf Gottes Beistand, setze aber den Sieg nicht als unbedingt sicher voraus. Zweifel in ersterer, wie allzu große Sicherheit in letzterer Beziehung wären gleichmäßig sündhaft und verderblich."

Fabricius ließ sich auf ein Knie nieder, legte die Hand auf die Brust, senkte die Stirn und fügte hinzu:

„Das ist der Sinn meiner Rede im Kriegsrat. Verzeih, göttlicher und ewiger Herr, wenn ich allzu freimütig gesprochen haben sollte. Es war so Pflicht eines allergetreuesten Dieners seinem erhabenen Herrn gegenüber und auch heilige Pflicht gegen Gott."

„Erhebe dich." sprach Theodosius. „Den Kriegsrat hatte ich einberufen, nur um die Stimmung kennen zu lernen. Ich finde sie nicht sonderlich tröstlich. Doch will ich offen gestehen, dass auch ich selbst einen Augenblick wankte; du hast mich gestärkt. Morgen tun wir unsere Pflicht. Nun gehe und bete für mich."

Als rote Scheibe stand die Sonne schon über den Bergen, welche die weite Talebene an der Wippach im Osten abschließen, während ein dichter Nebel, der auf wenige Schritte jeglichen Ausblick verhinderte, noch immer sich weder heben noch senken wollte.

Dieser Umstand war für Theodosius sehr ungünstig. Die Iberer waren gestern so spät angekommen, dass sie sich nur zu geringerem Teil entwickeln konnten. Die ihnen nachziehenden oströmischen Legionen hatten vollends ungeordnet ihre Nachtlager aufschlagen müssen.

Theodosius hatte nach dem Gespräch mit Fabricius sich mit Wein, Brot und Früchten gestärkt und auf seinem Teppichlager die müden Glieder gestreckt, aber, ohne einen Augenblick zu schlummern, seine Heerführer noch bei dunkler Nachtzeit wieder zu sich berufen lassen, um den Schlachtplan zu entwerfen. Seine Absicht war, die Goten, welche so viel gelitten hatten, in Reserve zu bringen und oströmische Legionen ins Vordertreffen zu stellen. Dem widersetzte sich aber sowohl der Vandale Stilicho, in dessen Gedächtnis uralte Ungerechtigkeiten, welche die Vandalen von den Goten erlitten hatten, noch fortlebten, wie auch Gainas selbst. Stilicho glaubte einwenden zu müssen, dass die Verschiebung der zwei Heeresteile an und für sich schon zu viel Zeit in Anspruch nehmen und außerdem die Aufstellung der übrigen aufhalten würde; Gainas aber meinte, die stolzen Goten könnten in ihrer Schonung die Absicht einer Zurücksetzung oder ein Misstrauen erblicken.

So einigte man sich denn auf Fabricius' Rat, auf des Imperators ursprüngliche Anordnung zurückzugreifen, wonach die Iberer die Abgänge der Goten schon gestern hatten ersetzen sollen und stellte diese Völker in den Vorderpinn. Die weiteren Einzelheiten der Schlachtordnung und des Schlachtplanes boten keine Schwierigkeiten.

Als jedoch zur Dämmerungsstunde an die Aufstellung der Schlachtordnung geschritten werden sollte, war schon der Nebel eingefallen, und es musste damit bis nach Sonnenaufgang gewartet werden. Auch jetzt noch war das eine mühselige, viel Zeit raubende und unvollkommene Arbeit, welche vielfacher Nachbesserung bei vollem Licht bedurfte.

Arbogast begrüßte den Nebel als seinen Bundesgenossen. Seine Truppen waren gestern nach der Schlacht in die vorderen eingenommenen Stellungen zurückgekehrt. Sie konnten nach genossener Nachtruhe in kurzer Zeit wieder schlachtfertig dastehen.

„Der Nebel verliert sich schon," sagte Arbogast vergnügt, „aber er steigt. Wir bekommen Regen, müssen uns daher beeilen. Die Goten in ihren Tierfellen sind gegen Nässe besser geschützt als wir."

„Aber kühler wird es." meinte der alte Comes Bauto. „Gestern war es zu heiß. Unsere Leute ermatteten schon gegen Ende der Arbeit."

Arbogast wartete weder das völlige Schwinden des Nebels, noch einen Angriff seitens des Feindes ab. Er hatte berechnet, dass dieser seine Aufstellung noch nicht vollendet haben konnte, und entschloss sich, ihn unvorbereitet anzugreifen.

Er befahl, unter Weglassung von Bogen und Schleuder, sofort mit Lanze und Schwert einzudringen, stellte seine auserlesene Schwertfechtertruppe, heute jedoch ohne Musik, wiederum genau in der Mitte an die Spitze und ließ ihr beinahe seine ganze Heeresmacht auf dem Fuß, die Reserve aber in einiger Entfernung folgen.

Ungestüm war der Angriff auf die ahnungslosen Goten und Iberer, welche, durch den Widerhall der Berge getäuscht, das Dröhnen des Talbodens unter den Füßen der heranrückenden Feinde als von den Bewegungen in ihrem Rücken Stellungnehmenden übrigen Heeresteile herrührend erachteten.

Gainas bemerkte die lange Linie der Angreifer mit dem im Laufschritt voran stürmenden Keil der auserlesenen Schwertfechter in Nebelschwaden kaum auf dreihundert Schritt vor seiner Front. Ihm wurde die Zeit knapp, um sie mit Pfeilen und Schleudersteinen zu begrüßen, worauf auch er sofort Lanze und Schwert in Anwendung zu bringen und damit den Angreifern entgegenzueilen befahl. Seine Tuben und das Geschrei der Goten und Iberer ließen Theodosius und dessen andere Heerführer den Überfall erkennen.

Fabricius, welcher die Hunnen und Sarazenen befehligte, ließ, schnell entschlossen, die Unterbefehlshaber dieser Reiter rechts, den Lauf der Wippach entlang, und links, am Fuß des südlichen Gebirgszuges, in gestrecktem Galopp vordringen und gegen die noch nicht sichtbaren Feinde Flankenangriffe vornehmen. Den Sarazenen sprengte er selbst voran. Die Hunnen stießen auf die freien Franken, die Sarazenen auf die Alemannen. Fabricius führte Schwertstreiche gegen Männer desjenigen Volkes, welchem er selbst entsprossen war.

Beide Flügel Arbogasts waren überrascht von dem Reiterangriff. Dadurch wurden die Goten und Iberer bedeutend entlastet, welche denn auch eine Zeitlang den königlichen Franken wacker standhielten, so dass Theodosius mit den übrigen Heerführern seine oströmischen Legionen unbehindert in Ordnung bringen konnte.

Noch zogen graue Dünste, die Reste des schweren Nebels, durch die Wipfel der Tannen, als Theodosius die Reihen der Goten und Iberer durchbrochen erblickte. Gleichzeitig bemerkte er die weströmischen Legionen unter dem Imperator Eugenius sich auf dem südlichen Höhenzuge ostwärts bewegen. Von Fabricius Flankenangriffen hatte er zu seiner großen Befriedigung durch einen Boten Kenntnis erhalten. Doch was nützten sie ihm jetzt, da sein letzter Truppenteil von vorn und von der Seite bedroht war? In diesem Augenblick hätte er den Herzog lieber in dessen ursprünglicher Stellung gesehen.

Auch Arbogast überblickte nun in vollem Sonnenlicht das Schlachtfeld. Die Beschäftigung der freien Franken und der Alemannen durch die Hunnen und Sarazenen ließ ihn bedauern, dass er die gallische Reiterei nicht zur Hand hatte. Doch tröstete er sich, als er sah, dass seine eigenen Franken schon sehr tief in die Masse der Goten und Iberer sich eingewühlt hatten und nun bald an der anderen Seite dieses gebrochenen Körpers hinauskommen würden, um sich mit den oströmischen Legionen des Theodosius zu messen. Die Tüchtigkeit dieser letzteren kannte er als noch geringer, denn die Brauchbarkeit der weströmischen des Eugenius, welche drüben eben ihre Bewegung ausführten, um im geeigneten Augenblick in die Ebene zu treten.

Mit Ungeduld suchte sein Auge eine Spur von Arbitrio in den östlichen Schluchten des Gebirges. Er sah dort nur den Rand einer tiefschwarzen Wolke, welche hinter den Bergen lag. Erschiene die gallische Reiterei jetzt im Rücken der Oströmer, Theodosius Schicksal wäre in einer Stunde, noch vor Ausbruch des drohenden Gewitters, entschieden.

„Der wollte uns schlagen!" sagte Arbogast zu seiner Umgebung, auf Theodosius Stellung weisend. „Er hätte lieber in Konstantinopel bleiben sollen in seinem goldenen Palast, umgeben von tausend Eunuchen, und nach so vielen mühevollen und ruhmvollen Taten sein Leben in wohlverdienter Ruhe verbringen, anstatt mir auf dem Weg zu meinem letzten Ziel entgegenzutreten. Ich bedaure ihn, denn er war stets ein tapferer Soldat und gerechter Feldherr. Aber ich kann ihm nicht helfen. Er ist verloren und mit ihm sein galiläischer Gott."

„Arbitrio!" rief jemand.

Arbogast blickte wieder zu den östlichen Bergen hinüber.

„Arbitrio kommt wie gerufen. Theodosius' Verhängnis naht auf den Flügeln des Windes!".

Auch die fränkischen Kämpfer bemerkten den Abstieg der gallischen Reiterei zum Tal. Sie erhoben nun ihrerseits ein Freudengeschrei und wühlten sich umso ungestümer in den gotisch-iberischen Heeresteil hinein. Da stürzte sich Alarich mit seiner Reiterei in den Kampf, um das Fußvolk vor gänzlicher Vernichtung zu schützen.

Während hier ein fürchterliches Gemetzel wütete, entstand drüben unter den oströmischen Legionen eine Bewegung. Theodosius ließ sie die Stellung so ändern dass drei Fronten gebildet wurden: die eine gegen die Franken, die andere gegen Eugenius, die dritte gegen Arbitrio.

Dann erhob er seine Hände gen Himmel und betete: „O Gott, du Hirt und Herrscher deiner Gläubigen, forderst du heute meine Seele vor deinen Richterstuhl, lasse die Sünden reines Lebens mit meinem Blut getilgt sein. Gern erscheine ich dann vor deinem gnadenreichen Antlitz, doch stehe bei mir in der letzten Lebensstunde, damit ich und die mit mir vom Tod ereilten Gläubigern sterben als Förderer der Ehre deines Namens auf Erden. Christus hilf!"

Der Imperator betete so laut, dass die ihm zunächst stehenden Legionen es hörten. Sofort fielen sie auf die Knie, ihnen nach die übrigen. Alle schauten flehentlichen Blickes zum Himmel. Nach dem Gebet ertönte aus viel tausend Kehlen ein Hymnus, beginnend mit den Worten:

Wir, des Herrn Waffenträger,

Kinder Christi, des Erlösers . . .

Als die heranrückenden weströmischen Legionen der Andacht ihrer oströmischen Feinde ansichtig wurden, neigten sich einige Standarten des sein Christentum verleugnenden Imperators Eugenius. Und als die Hymne ertönte, sanken so viele seiner Soldaten in die Knie, dass der Weitermarsch augenblicklich unmöglich war. Eugenius wurde stutzig und befahl, in der Vorwärtsbewegung einstweilen innezuhalten.

Mächtig widerhallte der Gesang über die ganze Talebene. Er übertönte das Freudengeschrei der Franken. Erstaunt ließen sie und ihre Kriegsgenossen ihre Schwerter sinken, dasselbe taten Goten und Iberer, Hunnen und Sarazenen. Alles horchte gespannt und blickte gegen Osten, als gäbe es dort etwas Übernatürliches zu schauen.

Auf Christen und Heiden war der Eindruck ein gleicher.

Der Kampf ruhte.

Gainas und Fabricius errieten die Bedeutung des Gesanges. Das einander ergänzende Vorrücken seitens Eugenius und Arbitrio gegen die oströmischen Legionen war ihnen eine genügende Erklärung. An ein Zurückziehen seiner Sarazenen und Hunnen durfte Fabricius nicht denken: das wäre in diesem Augenblick das größte Übel gewesen. Daher gab er zuerst das Zeichen zur Wiederaufnahme des Kampfes.

Auch zu Arbogasts Ohren war der Gesang gedrungen. Der sonst so nüchterne Frankenkönig erschauderte; doch fasste er sich sofort:

„Die Galiläer haben allen Grund, ihrem Gott ihre Not zu klagen. Es ist ja der Gott der Bedrängten." sagte er zu seiner Umgebung.

Die Männer seiner Umgebung aber verharrten in verlegenem Schweigen, weil einer von ihnen, während Arbogast und die übrigen nur auf die gallische Reiterei ihre Augen geheftet hielten, den Stillstand in Eugenius' Vormarsch bemerkt und seine Beobachtung einem anderen zu gelispelt hatte, welcher sie durch Winke weiter mitteilte. Sie wussten ja, dass die weströmischen Legionen stark mit Christen durchseht waren und sorgten sich, dass Eugenius von diesen in Verlegenheit versetzt würde.

Jetzt bemerkte Arbogast selbst den Stillstand: „Eugenius steht. Wahrscheinlich, weil er zu viel Galiläer in seinen Legionen stecken hat. Bis unlängst noch selbst Bekenner der galiläischen Lehre, bemisst er den augenblicklichen Eindruck des Klageliedes gut und will ihn vom Winde verweht sehen, bevor er weiter vorrückt. Arbitrio soll nur alle Gallier im Tal haben, und an deren Aufstellung gehen, dann wird auch Eugenius sein Weniges zur Zerschmetterung des oströmischen Gesindels beitragen."

Der Frankenkönig wendete seine ganze Aufmerksamkeit wieder Arbitrio zu. Dieser war mit der Aufstellung seiner Reiterei im Tal über alle Erwartung schnell fertig.

Arbogast schaute dann eine Weile recht ungeduldig nach den Legionen auf dem südlichen Höhenzug, stieß einen heftigen Fluch gegen Eugenius aus und wendete abermals sein Gesicht nach links.

„Was ist das!?" donnerte er plötzlich. Er wollte noch weiter sprechen, war aber von solcher Aufregung befallen, dass seine Kehle zugeschnürt schien. Tatsächlich ergriff ihn ein Erstickungsanfall, die Augen quollen ihm hervor, sein Mund blieb offen stehen.

Arbitrio hatte seine Reiterei am Fuß seines Gebirges zurückgelassen und war mit nur wenigen Begleitern, mit einem weißen Banner voran, geradewegs zu Theodosius geritten. Schon in einiger Entfernung stiegen sie ab, knieten nieder und hielten die Rechte zum Imperator erhoben.

„Hund! Verräter!" kam es endlich wütend über Arbogasts Lippen. „Die Genugtuung für zugefügte Ungerechtigkeit hat er nicht zurückgewiesen, und nun übt er doch Rache! . . . Warum habe ich ihn in Totonis nicht getötet?! . . . Doch du entkommst heute nicht meinem Zorn!"

Sofort befahl er, die bisher verschmähten Trümmer der Flavianischen Legionen aus dem Lager herbeizuziehen, um sie den Hunnen preiszugeben und so die freien Franken von seinem linken Flügel zur Unterstützung seiner eigenen Franken gegen die ohnehin schon zersprengten Goten und Iberer verwenden zu können. Seine Reserve ließ er zum Angriff auf Fabricius' Sarazenen übergehen, mit welchen die Alemannen auf seinem rechten Flügel am Fuß des südlichen Gebirgszuges in Kampf verwickelt waren. Er hoffte, in dieser Weise schnellstens bis zu den oströmischen Legionen, deren baldiges Eingreifen nach Arbitrios Verrat er voraussah, vorzudringen, den zögernden Eugenius ins Tal herabzubringen und die ganze Streitmacht des Theodosius mitsamt der Reiterei Arbitrios gegen das linke Wippachufer zu drängen.

Die Ausführung dieses rasch gefassten Entschlusses begann in dem Augenblick, als die Sonne von der tiefschwarzen Wolke verdunkelt wurde, welche Arbogast schon beim Ausspähen nach Arbitrio als aufsteigende Gewitterwolke erkannt hatte.

Eben bekam die Reserve mit den Alemannen Fühlung, als der gelinde Luftzug, welcher des Frankenkönigs glühendes Gesicht fächelte, plötzlich in einen Sturmwind ausartete, welcher trockenes Waldlaub und Reisig von den Bergen hinab ins Tal fegte. Er kam mit solcher Gewalt, dass nicht nur die Kinder Italiens, sondern auch die wetterharten Reservetruppen Arbogasts sofort zum Stehen gebracht wurden. Der König selbst musste seinem Pferd die Sporen geben, um noch vorwärts zu kommen, und die Reserve zum Ankämpfen gegen die entfesselte Naturkraft zu ermuntern. Doch dies half nichts, denn die Gewalt des Sturmwindes wuchs. Über den östlichen Bergen entlud sich ein furchtbares Gewitter, über das Tal legte sich beinahe nächtliches Dunkel. Die ostwärts gewendeten Streiter Arbogasts um den von den unablässig zuckenden Blitzen geblendet. Das hundertfach widerhallende Donnergepoller, das mächtige Rauschen der Wälder auf den Bergen, das Sausen, Brausen und Geheul der Luft, das Gewieher der Pferde vereinigte sich zu einem betäubenden sinnverwirrenden Getöse. Der wilde Sturm brachte von den Bergen ganze Wolken feineren Gerölls, er wühlte den grobkörnigen Sand der Talebene auf und schleuderte beides den Soldaten Arbogasts ins Gesicht, den Kämpfern des Theodosius in den Rücken. Die oströmischen Legionen und Arbitrios gallische Reiterei hatten außer der Rückenstellung den Vorteil, dass sie, den östlichen Bergen näher, vor dem Anprall des Sturmes mehr geschützt waren.

Diese Begünstigung seitens der Natur ausnützend, drangen nun die Goten und Iberer, vom Sturm geschoben, auf die Feinde ein. Gainas und Alarich rächten die gestrige Niederlage. Auch die Hunnen und Sarazenen hielten mit der Linken ihre unruhigen Rosse nach Möglichkeit im Zaum und ließen mit der Rechten ihre Schwerter den freien Franken und den Alemannen in den Nacken niedersausen.

Theodosius, solche Wendung voraussehend, ließ jetzt die oströmischen Legionen vorrücken. Als durch das Sturmgebrause der Klang seiner zahlreichen Tuben in der Nähe des Kampfplatzes ertönte, ließen auch Arbogasts Befehlshaber die ihrigen wieder erschallen. Sie machten alle erdenklichen Anstrengungen, ihre Kämpfer in eine gewisse Ordnung und gegen ihre Bedränger zu bringen. Aber vergeblich. Denn schon hatten die Kinder Italiens, welche die gestrige Bekanntschaft mit den unheimlichen Söhnen des Orients, den Hunnen, zu erneuern keine Lust verspürten, die Flucht ergriffen mit dem entschuldigendem Geschrei: „Alle galiläischen Dämonen kämpfen gegen uns!"

Die Flucht wirkte ansteckend.

Bald darauf erreichte der Sturm seine größte Stärke, er riss Helme und Schilde mit sich fort, warf Männer zu Boden, trug dichte Wolken von Geröll, Staub und abgebrochenen Baumwipfeln vor sich her. Ungemein schnell aufeinander folgende Blitze erfüllten das Tal mit schrecklichstem Donner. Über den östlichen Bergen und jenseits derselben ging ein Hagelwetter ohnegleichen nieder. Das Niedersausen des Hagels hörte sich an, als führen Tausende von Riesenschwertern zischend durch die Lüfte, als führen Tausende von Riesenschildern wütend gegeneinander. Der Sturm fing sich in den Rissen und Spalten der Berge und Schluchten, es pfiff, brauste und kreischte, als öffnete die Unterwelt ihre Schlünde.

Währenddessen herrschte auf dem Kampfplatz ein unbeschreibliches Wirrsal. Niemand wusste sich über Freund oder Feind, ja nicht einmal über sich selbst Rechenschaft zu geben[18].

Ein Platzregen von kurzer Dauer, welcher bei schnell abnehmender Luftbewegung über die Talebene niederging und die stauberfüllte Luft mit einem Schlage reinigte, bildete den Abschluss des schaurig großartigen Naturschauspiels.

Als Gainas wieder zur Besinnung kam, erblickte er seine Goten und Iberer, so viele deren noch übrig geblieben waren, unmittelbar vor riesigen Menschenknäueln, welche, an die zwei langen Erdwälle links und rechts vor Arbogasts verschanztem Lager gepresst, sich zu entwirren

---

[18] Ein ähnliches Sturmwetter hatte einst Marius in dem mörderischem Kampf mit den Kimbern und Teutonen zu seinem Sieg verholfen

trachteten. Es war ein Teil der Franken des Königs, der freien Franken und der Alemannen. Die eigene Flucht und der überwältigende Sturm hatten sie bis hierher getrieben und gegen die Wälle geschleudert. Eine Unzahl von Menschen fand hier ihren Tod unter der Last der über sie geschobenen Kampfgenossen. An den Rändern dieser Knäuel sah Gainas viele seiner eigenen Leute mit den Feinden vermengt.

Nur die Kinder Italiens, hatten glücklicherweise noch den weiten Zwischenraum, welcher die zwei Erdwälle trennte, gefunden und das schützende Lager erreicht. Aber lange würden sie dort nicht verweilen, denn bei der flüchtigen Rundschau, die Gainas jetzt hielt, erblickte er — merkwürdig! — auch die Hunnen innerhalb des Lagers, und zwar schon eifrig damit beschäftigt, die letzten Trümmer der Flavianischen Legionen teils niederzuschlagen, teils über die Schanzen hinweg aus dem Lager zu treiben. Die klugen Rosse der Hunnen hatten aus Gewohnheit ihre Reiter den fliehenden Italern nachgetragen.

Auch außerhalb des Lagers, jenseits des einen Erdwalles, am Fuß des südlichen Gebirgszugs, sah Gainas kleinere Gruppen von Franken und Alemannen sich vom Boden erheben und angesichts der hunnischen Kampfeslust die Flucht in die Berge ergreifen.

Er wendete sich und schaute nach hinten. Hier erblickte er, wirr durcheinander und zum Teil mit seinen Goten und Iberern vermischt, die oströmischen Legionen, die Sarazenen und die gallische Reiterei. In der Mitte hielt hoch zu Ross Theodosius, leicht kenntlich durch seine seidene Purpurkleidung, welche, vom Regen durchnässt war, in den Strahlen der wieder lachenden Sonne grell erglänzte. Ihm näherten sich von verschiedenen Seiten Würdenträger und Befehlshaber, unter diesen auch Fabricius, der an seinem Wuchs und blonden Lockenhaar zu erkennen war, sowie die Signaltrompeter, welche der Sturm und die gescheuten Rosse von dem Imperator getrennt hatten.

Weit hinter diesem schaurig bunten Bild, inmitten vielfachen Todes, kreisten schon Raben und Geier über dem dicht besäten Leichenfeld. Immer mehr Raubvögel kamen aus den Wäldern hinzugeflogen, angelockt durch die von dem Wetter geförderte Verwesung der gestrigen Leichen.

Während Gainas wie sinnesverloren dastand, erschien Alarich vor ihm und machte ihm Vorwürfe, dass er untätig sei, anstatt die Goten und Iberer aufzurütteln, die sich aufraffenden Franken und Alemannen zu verfolgen und Alarichs Reitern das Feld freizumachen. Mit Stumpf und Stiel müssten die Feinde ausgerottet werden, damit sie nie mehr ihre Waffen für Rom erheben, damit sie der Goten Wege nie mehr durchqueren konnten!

Der Gotenprinz rief seine Reiter zusammen. Gainas schüttelte seine Geisteslähmung ab und sammelte das gotische und iberische Fußvolk zu kleinen Trupps, welchen er sofortige Niedermetzelung der Feinde, ob stehend, liegend oder fliehend, auftrug.

Schon dauerte die rohe Schlächterei eine Zeitlang, schon war eine Gasse frei für Alarichs Reiter, welche das Vertilgungsmerk hätten vollenden sollen, als von Theodosius ein strenger Befehl an Gainas kam, das Leben der nicht mehr gefährlichen Feinde zu schonen und diese nur gefangen zu nehmen. Besonders sei zu beachten, Arbogast und seine Befehlshaber dem Imperator lebendig auszuliefern. Derselbe Befehl erging an den Führer der Hunnen, denen dafür das Lager Arbogasts als Beute überlassen wurde. Auch Alarich erhielt Mitteilung von dem Befehl; er knirschte mit den Zähnen und stich einen Fluch gegen Theodosius aus.

König Arbogast saß auf dem Stammende einer vom Sturm gefällten Eiche, in den sternenfunkelnden Himmel schauend. Zu seinen Füssen murmelte ein Gebirgsbach, dessen Wasser, über Stock und Stein dem Tal zueilend, aufschäumten. Um ihn herum lagen träumerisch die Alpen, mit feinem Silbernebel umwoben.

Seine Umgebung hatte ihn vom Schlachtfeld weggeführt. Als er dem rasenden Sturm entgegen vorzudringen trachtete, um durch eigenes Beispiel die Flucht seiner Kämpfer aufzuhalten, rief der alte Bauto: „Theodosius soll das Haupt unseres Königs nicht blutig sehen!" und sofort umringten ihn seine Edelherren. Sein Blut wallte in diesem Augenblick so heftig auf, dass er einen Ohnmachtsanfall erlitt. Zwei Herren ergriffen von beiden Seiten die Zügel seines Rosses, andere stützten den König selbst. Sie steuerten schräg zur Windrichtung, halb vom Sturm getragen, dem nahen südlichen Gebirgszug zu, wo sie alsbald in eine, Schlucht Zuflucht und Schutz fanden. Da dieses Versteck nach der endgültigen Entscheidung der Schlacht nicht mehr sicher genug schien, zogen sich die Herren mit ihrem König tiefer ins Gebirge zurück. Arbogast ging willig. Theodosius hatte überallhin, wo immer er ein Versteck vermutete, kleine Abteilungen ausgesendet, um ihn einzufangen. Erst mit einfallender Dunkelheit fühlte daher Arbogasts Umgebung sich und ihren König sicher.

Müde und matt, konnte der alte Frankenkönig seinen Gliedern jetzt erst Ruhe gönnen und seine Gedanken sammeln

„Nicht du, Theodosius, nicht du hast mich überwunden!" sprach er und schleuderte einen hasserfüllten Blick dem Himmel zu, als hätte er Flavianus Ausspruch gehört, dass ihn Jupiter und alle Götter nichts sind ohne sein Rom, und als wollte er mit der stummen Gebärde seiner Meinung über die Nichtswürdigkeit der Götter des Walhall noch kräftigeren Ausdruck verleihen, als es Flavianus gestern den Göttern des Olymp gegenüber getan hatte.

„Nicht das Ungestüm deiner Goten hat meine tapferen Kämpfer niedergestreckt! Nicht die Masse deiner Horden hat ihnen Schrecken eingejagt! Nicht du, Theodosius, hast mich niedergerungen!" fuhr er im Selbstgespräch fort. „Wäre nicht das verdammte Unwetter gekommen, das ganze römische Reich läge jetzt zu meinen Füßen und die ganze Welt müsste sich meinem Willen beugen. Nun aber bin ich elender als ein Sklave! . . . Damit wird mein Lebenswerk gekrönt?! . . . Ich wollte meinen Siegen nur noch diesen einen hinzufügen, der gestern so herrlich begonnen und heute so gewiss schien. Und nun ist der Ruhm all meiner Siege vernichtet!"

Drohend erhob der gedemütigte Feldherr die geballte Faust gegen den Himmel: „Jetzt schweigst du und lächelst wie ein träumendes Mädchen, elender Verräter! Du verhöhnst mich!

... Mit deiner tückischen Ruhe zerwühlst du mein Inneres! Zürne doch dem frevelnden Greis und sende einen Donnerkeil gegen sein Haupt! Du tust es nicht, weil ich dann Ruhe hätte!"

Die stille Mondnacht wirkte keineswegs beruhigend auf Arbogasts tieferregtes Gemüt, sie erweckte vielmehr seinen Zorn, der umso wütender sich entfesselte, je ohnmächtiger er war. Für die grausame Niederschmetterung seines Heidnischen Stolzes hätte der auf dem Thron geborene, an uneingeschränkte Betätigung seines Willens gewöhnte Herrscher und Sieg auf Sieg häufende Krieger am Himmel Rache nehmen wollen. Wie aber wollte er seine Rache üben? ... Er konnte sich nur in Verwünschungen ergehen gegen die überirdische Gewalt, welche, anstatt ihre Freude an ihm und seinem Werk zu haben, ihn neidisch hatte unterliegen lassen.

„Nicht du, Theodosius, nicht du hast mich niedergerungen!" wiederholte Arbogast mit beharrlicher, stets sich steigernder Verbitterung. „Ich weiß nicht, wer du bist, du neiderfüllter Dämon, du Beschützer der Bedrängten und der Sklaven, aber ich hasse dich! . . . Theodosius, das Klagelied deines Gesindels hat mir die Niederlage gebracht. Gesiegt hast du nicht!"

Mit dieser Unterscheidung, wonach er einer höheren, mit Waffen nicht angreifbaren Macht unterlegen, nicht aber von Theodosius besiegt war, suchte er seinen tiefbeleidigten herrischen Stolz zu trösten.

Unweit ertönte dreimal der Ruf einer Nachteule.

Arbogast horchte aus. „Wer kommt?" fragte er.

„Es ist das Meldezeichen Meltobalds und Sunnos." antwortete der alte Bauto, welcher allein in der Nähe des Königs saß, während andere um ein Feuer lagerten, an welchem die jüngsten der Edelherren aus dem unterwegs erlegten Wild das Mahl bereiteten, dessen alle dringend bedürftig waren.

Einige Gestalten, vom Feuerschein beleuchtet, tauchten zwischen den Bäumen auf, von welchen die kleine Waldblöße, die Raststätte des Frankenkönigs, umgeben war.

Arbogast hatte einige Junker, je drei besonders, noch vor der Ankunft am Rastplatz zurück ins Tal gesandt, um, wenn möglich, Nachrichten zu erhalten. Meltobald, Sunno und Waldo waren auf ein Häuflein Frauken gestoßen, welche sie jetzt mit sich führten.

Herzog Sunno berichtete mit tränenerstickter Stimme, was er von den Mitgebrachten vernommen hatte. Diese hätten anfangs einzeln in den Bergen versteckt gelegen und den Verlauf der Dinge nach ihrer Flucht gesehen. Später aber hatten sie sich zusammengefunden und aus ihren gegenseitigen Mitteilungen lasse sich folgendes Bild entwerfen: Nachdem das Unwetter aufgehört hatte, seien noch viele Franken von den Goten und Iberern niedergemetzelt worden. Die auserlesene Schar der Schwertkämpfer sei bis auf den letzten Mann in die Walhalla abberufen worden. Bald jedoch habe die Metzelei aufgehört, nur die beharrlich Fortkämpfenden seien gefallen. Die größte Zahl der Überlebenden sei teils entronnen, teils gefangen genommen. Die freien Franken haben sich in die Fluten der hoch angeschwollenen Wippach gestürzt und die Flucht ins nördliche Gebirge fortgesetzt, die Alemannen teilweise im südlichen sich verloren. Die Legionen der westlichen Präfekturen aber haben des ermordeten Imperators Eugenius Leiche zu Theodosius gebracht und sich freiwillig ergeben.

Der Frankenkönig ließ den Kopf sinken. Bisher hatte er noch einige Hoffnung gehegt, seine Franken wären vielleicht durch den bequemen westlichen Talausgang entkommen und Theodosius hätte sich nicht getraut, sie zu verfolgen. Dieser letzte Hoffnungsschimmer erlosch in seiner Seele, nachdem Sunno seinen Bericht erstattet hatte. Gebrochen saß der greise König da, während seine Umgebung den starken Hunger stillte. Er selbst berührte die Speise nicht, nur Wasser aus dem Bach ließ er sich reichen. Doch in anderer Beziehung forderte die Natur auch von ihm ihre Rechte. Seine Gedanken gingen allmählich in Träume über, er schlief ein.

Im Laufe der Nacht kehrte eine zweite Gruppe von Arbogasts Kundschaftern zurück, ohne bedeutende Nachrichten zu bringen. Es fehlte nur noch der kühne Junker Chlodvald mit seinen zwei Begleitern — die jüngsten aus des Königs Umgebung. Schon hielt man sie für verloren, da die Sonne längst aufgegangen war. Aber der König gab noch immer nicht den Befehl, aufzubrechen. Da erschienen sie endlich. Chlodvald berichtete, ihm sei in einer Schlucht an ihrer Ausmündung in die Talebene plötzlich der Rückzug abgeschnitten und er selbst mit seinen Gefährten gefangen genommen worden, längere Zeit hindurch streng bewacht und spät in der Nacht vor Theodosius gestellt worden. Der Imperator habe in Arbogasts befestigtem Lager sein Zelt aufschlagen lassen, genau an der Stelle, wo des Frankenkönigs Zelt gestanden hatte. Nur Winfried Fabricius sei bei ihm gewesen. Der Herrscher habe gewusst, dass die Gefangenen der Umgebung Arbogasts angehörten, aber nach dessen Aufenthalt gar nicht gefragt, sondern sofort erklärt: Ihr seid frei. Kehrt zurück zu eurem erhabenen Herrn und sagt ihm, der Imperator habe sämtlichen Fürsten, Comites, Herzogen und Senatoren, Römern wie Barbaren, alle und jegliche Schuld nachgesehen."

Arbogast sprang aus, wie von einem giftigen Tier gestochen, fasste sich aber all sogleich.

„Hast du noch etwas zu sagen?"

„Theodosius erklärte", so berichtete Chlodvald weiter, „als Bekenner des Gottes der Barmherzigkeit mache er, hergebrachter Sitte entgegen, nicht vom Kriegsrecht, sondern von seinem Gnadenrecht Gebrauch. Auch den Kriegsgefangenen werde er nach einiger Zeit freistellen, entweder in seine Legionen einzutreten oder in die Heimat abzuziehen, in der Hoffnung, dass später Franken und Alemannen treue Verbündete des römischen Reiches sein würden. Dann ließ er uns ein Zelt anweisen, uns bewirten, ruhen und bei Tagesanbruch hinausgeleiten bis zu jener Stelle, wo man uns eingefangen hatte."

„Also Gnade und Vergebung im Namen des Gottes der Barmherzigkeit!" sprach Arbogast aufs äußerste empört mit heiserer zitternder Stimme. „Theodosius begnadigt seinen Besieger! . . . Meiner Niederlage fügt er Demütigung hinzu! . . . Niemand, auch nicht sein Gott der Barmherzigkeit, hat das Recht, sich Arbogasts zu erbarmen! Das kann nur Arbogast allein!"

Bevor Bauto es hindern konnte, hatte der alte König sein Schwert gezogen und stieß es sich heftig in die Seite.

„König! Vater!" riefen die fränkischen Herren erschrocken und stürzten hinzu, um ihn zu stützen und das Schwert aus der Wunde zu ziehen.

Er aber wehrte ab. Sie knieten mit erhobenen Händen vor ihm.

„Mit meinem Blut," stieß er hervor, „will ich diesen Boden düngen! An Stelle der gefällten soll schnell eine junge Eiche erstehen und euch das Laub zum Siegerkranz liefern, wenn ihr den Vampyr überwältigt haben werdet."

Nun zog er selbst das Schwert aus der Wunde und stürzte der Länge nach mit dem Gesicht zu Boden.

14. Kapitel

Über dem Atrium der Vesta zu Rom lagerte eine Stille der Erstarrung, der stummen Verzweiflung. Seit eintausendeinhundertundvierzig Jahren brannte aus dem Altar der jungfräulichen Beschirmerin der römischen Nation, von Jungfrauen behütet, das heilige Feuer, das Symbol des sittenreinen und tugendhaften Familienlebens als der Grundlage der staatlichen Gemeinschaft und ihrer Stärke. Jenes Feuer, welches seine Strahlen mehr als dreißig Geschlechtern unverdrossen spendete, welches von wütigsten Tyrannen, die alle göttlichen und menschlichen Rechte mit Füßen traten, in Ehren gehalten wurde, welches sogar Barbaren Scheu einflößte. Diese Flamme sollte jetzt gelöscht werden.

Dieses Urteil gegen das heilige Feuer der Vesta hatte der Imperator Theodosius in Arbogasts Lager am Frigidus gesprochen. Als sein Vollstrecker war Winfried Fabricius geradeswegs vom Schlachtfeld nach Rom gekommen, während Theodosius selbst nach Mailand gezogen war. In Rom, wie überall, war der Ausgang des gewaltigen Zusammenstoßes zwischen Heidentum und Christentum am Fuß der Julischen Alpen schon bekannt. Heiden wie Christen erwarteten keinen anderen Spruch vom Sieger.

Am Morgen nach seinem Einzug in die Hauptstadt der Welt erschien Herzog Fabricius in der Curia Hostilia vor dem versammelten Senat. Er verkündete den Vätern den Willen des ‚göttlichen und ewigen Herrn', den unwiderruflichen Befehl, die heidnischen Tempel zu schließen, das Christentum als herrschende Religion zu proklamieren und in den öffentlichen Ämtern die entsprechenden Änderungen sofort durchzuführen. Wer an heidnischen Überlieferungen festhalten wollte, dürfe seine religiösen Übungen nur am häuslichen Herd verrichten.

Mit Beifallsgeklatsche begrüßten diese Verfügung die christlichen Senatoren, mit dumpfem Schweigen verließen die heidnischen die Stätte ihres lieblos herrschsüchtigen Wirkens. Mit Tränen in den Augen, mit schmerzlich bebenden Lippen, jedoch ohne ein Wort zu wechseln, drückten sie sich gegenseitig die Hände.

Eine Stunde später füllten sich die Straßen von Rom mit verschiedenstem Gefährt und mit allerlei Sänften. Die heidnischen Senatoren zogen zur Stadt hinaus, um den Triumph der verhassten Galiläer nicht sehen zu müssen. Sie begaben sich auf ihre Landgüter auf Sizilien, in Gallien, in Afrika, im Quadenland. Die christlichen dagegen, und mit ihnen hoch zu Ross Fabricius, umgeben von seinen Unterbefehlshabern, zogen zu der von Konstantin dem Großen begründeten Basilika im Lateran, der Ecclesia urbis et orbis omnium ecclesiarum mater et caput, der Kathedralkirche des römischen Bischofs. Dieselbe sollte erst heute ihre Weihe als unbestritten und ungeteilt herrschende erhalten durch einen feierlichen Dankgottesdienst, den Bischof Siricius angesagt hatte, der eifrige Hüter der Einheit und Reinheit der christlichen Lehre auf dem Stuhl des heiligen Petrus.

Die Ankündigung der Tempelschließung kam in das Atrium der Vesta mit dem Beisatz, dass nur das heilige Feuer gelöscht und die Cella des Heiligtums geschlossen würde, den Vestalinnen aber freigestellt sei, zu ihren Familien zurückzukehren, oder unter dem Schutz des Gesetzes ein zwangloses Zusammenleben in den gewohnten Räumen zu führen. Als die greise Oberpriesterin Pulcheria Placida die Jungfrauen um sich versammelte und ihnen ihre unmittelbar bevorstehende Zukunft eröffnete, erstarrten sie, als wäre ein Blitz unter sie gefahren. Wie Kücklein bei nahendem Unwetter unter die schützenden Flügel ihrer Mutter sich flüchten, so umringten die Priesterinnen die Greisin, schluchzend, aber sprachlos. Auch Pulcheria Placida sprach kein Wort mehr. Sie begab sich in das eigentliche Atrium der Behausung, jenen großen fast quadratischen Raum, welcher hinter der Vorhalle lag und als Empfangssaal diente. Hier ließ sie sich nieder. Die anderen Priesterinnen folgten ihr und setzten sich zu ihren beiden Seiten in einer Reihe. Schweigend, den Blick auf den Eingang von der Vorhalle geheftet, unbeweglich, Bildsäulen ähnlich, erwarteten sie den Feind des Palladiums der heidnischen Roma.

So bildete im Jahre 393 nach Christi Geburt die kleine Schar patriotischer Jungfrauen jeglichen Alters ein Gegenstück zu jenem Bild stummer, stolzer, wehrloser, verachtungsvoller Ergebung, welches im Jahre 393 vor Christi Geburt die greisen Senatoren boten, die in ihren kurulischen Sesseln den gallischen Brennus erwarteten. Und wie die Senatoren von damals, so hätten auch die Vestalinnen von jetzt dem sieghaften Feind ihre Häupter hergegeben, wenn er sie verlangt hätte.

Nur Fausta Ausonia saß nicht im Atrium. Als sie die allgemeine Bestürzung bemerkt hatte, eilte sie, obwohl ihre Dienststunden soeben abgelaufen waren, in die Cella, legte trockenes Lorbeerreisig auf die Glut und betreute auch weiterhin das heilige Feuer.

Im Sessel lehnend, zog sie den Purpurmantel fester um ihre Schultern und Arme. Sie rief sich jene Nacht ins Gedächtnis zurück, in welcher vor zwei Jahren Fabricius frevelhafterweise an dieser nämlichen Stelle sie mit seinem Liebesantrag überrascht hatte. Dann reihte sich eine Erinnerung an die andere. Ihr römisches Herz empörte sich von neuem. Aber es war ja doch auch ein weibliches Herz, und dieses fühlte sich von dem Ungestüm der Liebe des Herzogs geschmeichelt. Sie schloss die Augen und gab sich wie damals in Träumereien hin.

Plötzlich vernahm sie eine männliche Stimme mitten unter bekannten Stimmen von Sklavinnen außerhalb der Cella. Sie schnellte empor und gab rasch dem Feuer neue Nahrung.

Auf der Schwelle des Heiligtums stand Fabricius. Fausta schaute nicht zum Eingang hin, aber sie fühlte sich von seinem Blick getroffen. Ihr Herz pochte heftig; mit der Hand unter dem Mantel suchte sie es zu beruhigen. Aber das Blut stieg ihr zu Kopf, sie musste sich niederlassen. Ihre Willenskraft überwand bald den Anfall leiblicher Schwäche und sie erhob nun ihre Augen zu dem Herzog, welcher regungslos dastand.

„Sei gegrüßt, hochberühmte Jungfrau." redete er sie jetzt mit weicher wohltönender Stimme an. Den Titel einer Priesterin oder Frau verweigerte er ihr.

Sie erwiderte den Gruß nicht, sondern sprach in festem Ton:

„Noch ist die für Vollstreckung des Frevels gesetzte Frist nicht ganz abgelaufen. Was willst du hier?"

„Beruhige dich, hochberühmte Jungfrau. Ich habe gefrevelt, obwohl nicht so, wie du es meinst, sondern lediglich gegen dich selbst, vor zwei Jahren. Da hast du in mir den unechten Christen kennen gelernt. Heute erscheine ich vor dir als besserer Christ. Ich komme nicht um deines Schmerzes zu höhnen. Mein Herz verlangt nicht nach der Trauer meines Nächsten. Es hat Mitgefühl für dessen Leiden und hält aufrichtige Tränen in Ehren, wie es mein Gott und Herr Jesus Christus befiehlt. Ich bin gekommen, um dich vor allem milder zu stimmen gegen das unvermeidliche, welches dir schroff, grausam, ungerecht und frevelhaft vorkommen mag. Dann aber auch, um dich vielleicht für die Welt zurückzugewinnen, weil du Kraft der bevorstehenden Tatsache selbst deines Gelübdes entbunden sein wirst. Und endlich, um noch einmal um Vergebung alles dessen zu bitten, was meine ungebändigte Liebe an dir verbrochen hatte. Bischof Ambrosius hat mich entsündigt unter der Bedingung, dass ich für alle bösen Taten nach Möglichkeit Genugtuung leiste und die Vergebung derjenigen mir erwirke, gegen welche ich gesündigt habe. Möchte doch die Vergebung meiner Schuld von deiner Seite ein erster Schritt sein zur Anerkennung der erhabenen Lehre, zu der ich mich bekenne."

Fausta staunte über die Änderung, die mit Fabricius vorgegangen war. Ihr Herz fühlte sich ganz und gar zu ihm hingezogen, doch ward sie durch seine letzten Worte abgeschreckt. Die Zumutung, durch Vergebung einen Akt von Anerkennung der christlichen Lehre zu setzen, beleidigte ihr römisches, ihr patriotisches und ihr priesterliches Gefühl. Sie nahm sich vor, das Weibliche in ihrem Herzen zu ersticken und es nur römisch zu lassen. Nicht zu dem Zweck hatte sie sich von den anderen Priesterinnen getrennt, um hier im Angesicht des Standbildes der strengsten aller Göttinnen und ihres heiligen Feuers mit dem Vollstrecker der mörderischen Verfügung Liebesworte auszutauschen. Denn es war ja eine neuerliche, wenn auch verhüllte Liebeserklärung, wenn Fabricius von ihrer Wiedergewinnung für die Welt sprach.

„Du willst mich milder stimmen gegen den bevorstehenden Frevel und kommst mir mit der galiläischen Lehre, deren Ausfluss der Frevel ist? Diese Lehre trieft von Nächstenliebe und der Lehrer selbst hat gesagt: Selig sind die Friedsamen, denn sie werden Kinder Gottes genannt werden. Ist es aber Nächstenliebe gewesen, dasjenige, das den Imperator Theodosius und dich mit ihm an den Frigidus geführt hat? Ist es ein friedsames Werk, das ihr dort vollbracht habt? Sind es Dämonen der Liebe und des Friedens gewesen, welche ihr angerufen und welche euch zum Sieg verholfen haben?"

So sprach Fausta Ausonia und ihre Stimme wurde dabei von Satz zu Satz immer mehr erregt, ihre Augen erglänzten von innerem Eifer. Sie erhob sich und warf abermals Lorbeerreisig ins Feuer. Knisternd loderte die Flamme auf und ließ Faustas herrliche Gestalt und erregt gerötetes Gesicht in dem vorabendlichen Zwielicht in voller Schönheit erscheinen.

Der Herzog fühlte sich unwillkürlich zu ihr hingerissen. Er trat zwei Schritte vor, machte aber sogleich einen Schritt wieder zurück, rieb sich die Stirn und antwortete nach kurzer Überlegung:

„Von Dämonen sprichst du, welche uns durch das Unwetter zum Sieg verholfen hätten. Nun, von den Gipfeln der Julischen Alpen schaute euer Jupiter, der Donnerer in vielfacher Gestalt herab. Hat er etwa unseren Sieg gewollt? Hat er ihn gewollt, so hat er auch die Folgen des Sieges im Voraus gutgeheißen. Grund genug, euch den Folgen zu fügen. Hat er ihn nicht gewollt, warum hat er unseren angeblichen Dämonen nicht gewehrt? Er hat ihn nicht gewollt, denn sonst hätte er nicht gegen sich selbst gewütet. Sein Blitz hätte nicht das mächtigste seiner Standbilder von dem höchsten Gipfel herabgeschleudert. Nicht Dämonen hat Theodosius angerufen und mit ihm seine Legionen, sondern unseren einzigen dreieinigen Gott. Dieser hat sich stärker erwiesen als euer Jupiter. Du darfst unseren Gott für jetzt, bevor du ihn besser erkannt und anerkannt hast, mit eurem Fatum verwechseln, welchem eure Götter ja unterliegen. Aber dann habt ihr wiederum Grund genug, euch ins unvermeidliche zu fügen."

Mit äußerster Spannung folgte Fausta Ausonia den Worten des Herzogs. Den barbarischen Krieger von ehedem, den ungestümen Jüngling konnte sie in ihm nicht wiedererkennen. Er war geistig und auch in Haltung, Gebärde und in den Gesichtszügen veredelt. Sie bewunderte diese Wandlung im Stillen noch mehr, als nach seinen ersten Worten.

Er holte tief Atem und sprach dann weiter:

„Ein friedsames Werk war es nicht, welches wir mit Gottes Hilfe im Tal am Frigidus vollbracht haben. Aber es geschah um des Friedens willen, und ich hatte Teil daran nicht als handwerksmäßiger Krieger, für welchen der Krieg des Krieges wegen da ist, sondern als Bekämpfer des Übels, für welchen der Krieg das nicht frei oder gar mutwillig gewählte, sondern das aufgezwungene traurige Mittel, der beklagenswerte, aber unumgängliche Weg zu erhabenem Ziel, zu lobenswertem Zweck ist. Ein solcher Zweck hat den Imperator Theodosius in die Julischen Alpen geführt. Oder sollte er ruhig zusehen, wie das mit Arbogast verschworene Rom den Gang der Geschichte aufhalten, ja zurückstauen und der welterlösenden Lehre sowie ihren Bekennern das Ende des anderen Imperators, des jungen Valentinian, bereiten wollte? Sollte der christliche Imperator gewähren lassen, dass seine Brüder und Schwestern in Christo wiederum im Amphitheater unter den Klauen von Bestien verbluten, oder als lebende Fackeln verbrennen? Sollte er ruhig zulassen, dass die Wohltaten des Christentums der Menschheit für noch längere Zeit vorenthalten werden? Nicht wir, nicht die Christen haben den Krieg gewollt, noch auch haben wir angefangen. Der Hass gegen das Christentum und Arbogasts Herrschergelüste haben den Krieg begonnen. Wir haben ihn nur beendet."

„Nun aber wollen wir Frieden. Der Imperator belässt euch, was er belassen kann, nur will er den Frieden gesichert sehen. Das Vae victis! darf auf christlichem Boden nicht gepflanzt werden. Schon auf dem Schlachtfeld hat es Theodosius nicht angewendet, viel weniger tut er es hier. Das ist, was ich dir sagen wollte, um dich milder zu stimmen und mit der christlichen Lehre vielleicht auszusöhnen."

„Ich bitte dich, hochberühmte Jungfrau, verlasse nun diese Stätte. Schon naht der Augenblick der Vollstreckung des Dekretes. Ich möchte dir den Schmerz ersparen, die wirklichen Vollstrecker diesen Raum betreten zu sehen."

„Was schadet eurem Friedensbedürfnis der stille Kultus der jungfräulichen Göttin? Was stört euch dieses verborgene harmlose Feuer?" fragte Fausta entrüstet, da sie an den nahenden Augenblick erinnert wurde.

„Dieser Kultus und dieses Feuer sind nicht so harmlos, wie du sie ausgibst. Du weißt es: der kapitolinische Jupiter ist dem Frieden und dem Gedeihen des Christentums nicht so gefährlich, wie die Viktoria Fortuna in der Curia Hostilia, und diese wieder nicht so, wie das Feuer auf dem deiner Obhut anvertrauten Altar. Erst wenn es bis auf den letzten Funken gelöscht ist, wird das nichtchristliche Rom aufhören zu sein, was es ist — ein hasserfüllter und verhasster Feind der Völker, welcher der Menschheit nichts mehr zu geben hat."

„Ich aber will Römerin bleiben!" sprach Fausta mit Entschiedenheit und warf mehr Reisig ins Feuer als gewöhnlich.

„Der römische Bischof Siricius und sein mailändischer Bruder Ambrosius, sind sie denn keine Römer?" fragte Fabricius.

„Gewesen!" sagte Fausta fest.

„Gewesen," bestätigte Fabricius, „und doch sind sie es wieder. So wird auch Rom gewesen sein und doch wird es wieder sein. Es gereicht dem Römertum zu höchstem Ruhm, dass es, nachdem es in den alten Überlieferungen sich überlebt hat, durch das aufgepfropfte Christentum sich verjüngt und die weltbeherrschende Macht bleibt. Aber es bedarf eben des Christentums, damit es nicht vermodere, damit Rom nicht ein bloßer geschichtlicher Name, sondern wahrhaft die heilige und ewige Stadt werde, die geistige Hauptstadt des Erdkreises bis ans Ende der Zeiten. Es war kein Zufall, sondern Gottes weise Fügung, dass der Fürst der Apostel unseres Herrn Jesus Christus in Rom seinen Sitz aufgeschlagen hat neben dem Thron Caligulas und Neros. Gott selbst hat das Christentum zum Erben Roms eingesetzt und die gesamte Christenheit dem heiligen und ewigen Rom unterworfen. Wer von den alten Römern an der Erbschaft und an der neuen Herrschaft Roms teilnehmen will, ist dazu berufen. Siricius und Ambrosius und tausend andere haben den besseren Teil ihres Römertums gewählt. Folge auch du, hochberühmte Jungfrau, ihrem Beispiel."

Mit gemischten Gefühlen lauschte Fausta Ausonia den Worten des Herzogs. Schön und einschmeichelnd klang seine männliche kräftige Stimme; dagegen teils bestechend, teils verletzend war seine Rede. Die Patrizierin erkannte das Verletzende als überwiegend. Doch zürnte sie jetzt darüber dem Herzog nicht persönlich, denn sie sah ein, dass er aus innerster Überzeugung sprach und sie keineswegs beleidigen, vielmehr gewinnen wollte.

„Deine künftige Weltherrschaft des heiligen und ewigen Rom ist an eine Bedingung geknüpft, die für mich zu hart ist." antwortete sie ihm. „Ich glaubte, Rom hätte sich bereits verjüngt, da es seinen lange Zeit hindurch verhöhnten Göttern sich wieder zuwendete, und es bedürfe eurer Taufe nicht. Sind trotzdem seine Götter ihm untreu geworden, so hasse ich sie, bleibe aber meinem Rom und mir selbst treu. Das ist meine Wahl."

Von dem den Tempel der Vesta umgebenden Garten her ließen sich rauhe Männerstimmen und ein Gekreische der Sklavinnen vernehmen.

Fabricius wollte die stolze Römerin noch einmal bitten, sich der gewaltsamen Entfernung aus dem Tempel nicht auszusetzen. Aber schon sprach Fausta Ausonia, über den Altar vorgeneigt, mit erhobener Stimme:

„Ihr werdet das meiner Obhut anvertraute Feuer nicht löschen!"

Jäh warf sie den Purpurmantel mit der linken Hand zurück. Im Scheine der Flamme blitzte ein Dolch.

„So stirbt, von Roms Göttern verlassen, die letzte Vestalin!" rief sie.

Das Feuer zischte, getroffen von einem Blutstrahl.

Fabricius sprang hinzu und unklammerte Fausta mit beiden Armen. Sie lehnte ihr Haupt an seine Brust.

Auf dem Altar brannte noch der vom Blut nicht getroffene Rest des Lorbeerreisigs.

Fausta erhob ihren erlöschenden Blick zu Fabricius' erschreckten Augen.

„Ich habe dich . . . geliebt . . . ich verzeihe dir." kam es leise wie ein Hauch über ihre Lippen.

„Fausta!" rief Fabricius erschüttert.

Sie röchelte, als wollte sie noch antworten, aber gleich darauf überzog ihre erstarrenden Augen der mattglasige Glanz des Todes.

Das Feuer auf dem Altar erlosch gänzlich. Dunkel wurde es im Tempel der Vesta.

Zur selben Stunde erglänzte in den letzten Strahlen der untergehenden Sonne hoch über dem Forum Romanum auf dem goldenen Giebelfirst des Tempels des Jupiter Capitolinus inmitten der erzschimmernden Quadrigen ein weithin sichtbares goldenes Kreuz unter hellem Jubel der christlichen Römer jeglichen Alters und Standes.

Und doch stimmte in diesen Jubel derjenige nicht ein, um welcher bei der Ausrichtung des Kreuzes die Christen sich scharten. Kummervollen Herzens und Blickes erhob der römische Bischof Siricius seine Arme dem hochragenden Leidens- und Triumphsymbol entgegen und betete:

„Allmächtiger, ewiger, dreieiniger Gott, du Quell. Spender und Ziel der Eintracht, des Friedens und der Liebe, erleuchte den Sinn der Ungläubigen, dass sie, deine Wahrhaftigkeit und ihren Irrtum erkennend, uns nicht mehr mit ihren Feindseligkeiten verfolgen, sondern fromme Lämmer deiner Herde werden. Erfülle auch die Herzen der Gläubigen mit deiner Gnade, damit sie, den Dunkel und Hochmut der Unvernunft in sich niederschlagend kindlichen Sinnes die von seiner auf Petri Fels begründeten Kirche behütete Lehre in sich aufnehmen und nicht Unkraut unter deinen Weizen säen. Über die Herrscher und Völker des Erdkreises sende deinen heiligen Geist, auf dass sie nicht eifern um Macht, Besitz und Vorrecht, sondern in Frieden und Liebe je nach ihren Kräften walten und wirten zum Wohl der Menschheit und zu deiner größeren Ehre."

Weiter geht es mit den **Bänden 5, 6 und 7** mit einer in sich abgeschlossenen Romantrilogie innerhalb der Reihe ROM IM UNTERGANG welche sich derzeit in Vorbereitung befindet (voraussichtliches Erscheinen **Sommer/Herbst 2015**)

Weitere Bücher von Alexander Kronenheim:

ROM IM UNTERGANG
Band 1: Eine neue Macht (ISBN: 9783734787911)
Band 2: Kampf in Germanien (ISBN: 9783734787928)

Band 1 und 2: Historische Romane welche zur Zeit Marc Aurels spielen, geschildert aus römischer Sicht und durch die Augen eines germanischen Tribuns. In spannender Weise werden die aufkeimenden Konflikte mit neuen Mächten beschrieben, welche als Auslöser des Untergangs von Roms zu sehen sind.

(ISBN: 9783734787911)

(ISBN: 9783734787928)

ROM IM UNTERGANG
Band 3: Die Rückkehr der Götter (ISBN: 9783734745560)

Historischer Roman zur Zeit Theodosius, geschildert aus Sicht der Bekenner der alten nationalen römischen Götter und durch die Augen des Alemannischen Herzogs von Italien christlichen Glaubens. In spannender Weise werden die aufflammenden Konflikte zwischen alter und neuer Macht beschrieben, welche als Auslöser des Untergangs von Roms zu sehen sind. Auszug:
„Ich vermute, dass die Narbe, welche deine Stirn schmückt, mit diesem letzten Fall in Verbindung steht."
Winfried lächelte. Eine freudige Erinnerung ließ sein männliches Gesicht erstrahlen.
„Die Franken hatten uns in den Wäldern überrumpelt," erzählte er, „und zwar in so überwiegender Zahl, dass ich sofort begriff, es bleibt mir nur die Abwehr. Ohne Kommando schlossen sich meine Leute zusammen, wie ein umstelltes Rudel von Hirschen, bereit, den Kampf mit dem Schwert, mit dem Schild, mit der Faust, mit den Zähnen zu führen. Wir waren überzeugt, dass aus dieser Falle kein einziger mit dem Leben davonkommen wird. Und wir verlangten es auch nicht, denn das Leben retten hätte bedeutet in Gefangenschaft zu geraten. Die Barbaren stürzten so zahlreich und mit solchem Ungestüm über uns her, dass unser geschlossenes Häuflein binnen kurzem in blutige Fransen zerrissen war."

(ISBN: 9783734745560)

Bunker (ISBN: 9783734784842)
Historienroman: Dies ist die Geschichte vom Schicksal eines Wehrmachtbunkers an der Front und seiner Besatzung, welche unter Führung eines Unteroffiziers tapfer die Stellung verteidigt und dabei um das Überleben kämpft.

Die Schlacht bei Fehrbellin (ISBN: 9783734784859)
Historienroman: Die Geschichte um den Werdegang eines jungen Mannes aus der Zeit Friedrich Wilhelms (der Große Kurfürst) von seiner Einberufung bis zur Teilnahme an der Entscheidungsschlacht bei Fehrbellin.

Der böse Geist (ISBN: 9783734754241)

Fantasy Kurzroman: Eine spannende Geschichte über die Abenteuer dreier Ritterssöhne und deren Kampf gegen die bösen Flüche ihres Burggeistes.